Gaby Hauptmann
Das größte Glück im Leben

PIPER

Zu diesem Buch

Maike lebt als Töpferin in ihrem kleinen Elternhaus in Timmendorfer Strand. Sie liebt ihre Tochter Lilly, die in Hamburg studiert, und natürlich ihre Nachbarschaft aus dem Butenweg, einer kleinen Sackgasse, in der alle füreinander da sind. Nur dass das Geld seit ihrer Scheidung immer knapp ist, liegt ihr auf der Seele. Das trifft sich gut für einen skrupellosen Makler, der für seine potente Kundschaft ein Haus in Strandnähe sucht. Wie zum Beispiel die Lohmanns, denen jeder Preis recht zu sein scheint. Plötzlich steht Maike im Zentrum eines gierigen Ringens um ihr geliebtes Zuhause. Doch sie bekommt Hilfe von unerwarteter Seite – und es zeigt sich für sie, was Freundschaft und Zusammenhalt im Leben wert sein können ...

»Ein unterhaltsames Lesevergnügen für Strandstunden mit Buch – nicht nur an der Ostsee.« *Ruhr Nachrichten*

Gaby Hauptmann, geboren 1957 in Trossingen, lebt als freie Journalistin und Autorin in Allensbach am Bodensee. Die Liebe zum Wasser trieb sie immer wieder an die deutschen Küsten, nicht zuletzt nach Timmendorfer Strand, in das sie sich schon früh verliebte. Zuletzt erschien »Hoffnung auf eine glückliche Zukunft«, der Anfang einer mehrbändigen Bodensee-Saga.

Gaby Hauptmann

Das größte Glück im Leben

Roman

PIPER

Mehr über unsere Autorinnen, Autoren und Bücher:
www.piper.de

Wenn Ihnen dieser Roman gefallen hat, schreiben Sie uns unter Nennung des Titels »Das größte Glück im Leben« an *empfehlungen@piper.de*, und wir empfehlen Ihnen gerne vergleichbare Bücher.

Von Gaby Hauptmann sind im Piper Verlag 30 Bücher erschienen, u.a.:
Suche impotenten Mann fürs Leben
Scheidung nie – nur Mord!
Plötzlich Millionärin – nichts wie weg!
Lebenslang mein Ehemann?
Unsere allerbeste Zeit
Unser ganz besonderer Moment
Hoffnung auf eine glückliche Zukunft

Unser Versprechen für mehr Nachhaltigkeit
- Klimaneutrales Produkt
- FSC®-zertifiziertes Papier
- Hergestellt in Europa

FSC www.fsc.org
MIX
Papier | Fördert gute Waldnutzung
FSC® C083411

Ungekürzte Taschenbuchausgabe
ISBN 978-3-492-32049-8
Mai 2024

erschienen im Verlagsprogramm Paperback
Umschlaggestaltung: FAVORITBUERO, München
Umschlagabbildung: Bilder unter Lizenzierung von Shutterstock.com genutzt
Satz: Satz für Satz, Wangen im Allgäu
Gesetzt aus der Adobe Garamond
Druck und Bindung: CPI Books GmbH, Leck
Printed in the EU

»Man kann nicht leben und zugleich Angst haben.«

Mongolischer Spruch

Den »Hinnengässlern« in Allensbach.
Unser Hochwasser 1999 hat gezeigt,
was Zusammenhalt und Freundschaft
wert sind – bis heute.

Donnerstag, 25. April

Was ist Glück? Maike sah von ihrem alten Strandkorb aus zu, wie die beiden kleinen Mädchen im Sand spielten. Ella baute eine Burg, ganz klar, sie war immer gestalterisch und alles, was sie anfasste, musste auch irgendetwas darstellen. Ihre Zeichenlehrerin meinte, sie habe großes Talent, was immer das bei einer Achtjährigen bedeuten mag. Jule gab sich dagegen ganz dem Vorsatz hin, sich bis zur Nasenspitze im Sand einzubuddeln. Sie war ein fröhliches Kind mit strohblonden Haaren, die jetzt wild in alle Richtungen abstanden, und einem quietschenden Lachen, womit sie nun ihre zwei Jahre ältere Schwester nervte.

»Was ist denn so lustig?«, wollte Ella streng wissen.

»Es kitzelt«, kreischte Jule.

Ella schüttelte nur den Kopf und arbeitete an ihrer Burg weiter.

Maike zog die Beine in den Korb. Sie waren schon richtig braun gebrannt, obwohl es noch früh im Jahr war. Doch die letzten Tage waren durchweg schön gewesen und geradezu unglaublich warm für den hohen Norden. Es ist wie in einem anderen Land, dachte sie manchmal, eher wie am Mittelmeer als an der Ostsee.

Ella drehte sich zu ihr um. »Maike, das darf keiner kaputt machen. Ich möchte morgen weiterbauen.«

Sie nickte nur. Es wäre schön, wenn einem keiner was kaputt machen könnte, dachte Maike. Weder hier am Strand noch im Leben. In ihrem Leben war es schon zu spät. Einiges war kaputtgegangen. Ihre Ehe zum Beispiel. Sie seufzte und umschloss ihre angewinkelten Beine mit den Armen. Kein Grund, um Trübsal zu blasen. Sie hatte ihre Arbeit, sie hatte das Glück, hier in Timmendorfer Strand wohnen zu dürfen. Und vor allem hatte sie das Meer.

Die Dünung, die immer auf sie zurollte, so wie jetzt. Kleine, flach auslaufende Wellen, die in Richtung Ellas Burg züngelten, sie aber nicht erreichen würden. Das beruhigte Maike, dann hatte Ellas Burg eine Chance. Zumindest bis andere Mächte sie zerstören würden. Sie hob den Blick. Das Licht hatte sich verändert. Kaum, dass sich die Sonne hinter einer Wolkenschicht versteckt hatte, wurde aus dem eben noch blauen Meer ein silbernes Band. Maike liebte dieses Farbenspiel, diese Pinselstriche der Natur, die sie zu Hause wiedergeben wollte, aber auf ihrer Leinwand nie so richtig hinbekam. Trotzdem. Die auf sie zulaufenden Wellen brachten immer Energie. Und Botschaften. Von weit her. Und von tief unten. Diese Tiefe der Meere fand sie unheimlich und anziehend zugleich. Eine völlig andere Welt. Eine Welt von Neptun und Nixen, wenn man, so wie Ella, daran glaubte.

Nun hatte Jule es geschafft, ihr ganzer Körper war mit Sand bedeckt, nur ihre Zehenspitzen und der Kopf schauten noch heraus.

»Maike, schau mal«, rief sie. »Jetzt bin ich nicht mehr da.«

Ella sah auch hin, sprang auf, und Maike ahnte schon, dass das nicht gut ausgehen könnte, doch bevor sie ihr etwas zurufen konnte, war Ella schon bei Jule und kitzelte sie an den Füßen. Jule schrie, strampelte, rollte sich aus ihrer Sanddecke heraus und stürzte sich auf Ellas Burg. Und gleich darauf balgten die beiden und rollten fest umklammert dem Wasser entgegen.

Das ist Glück, dachte Maike. Zwei gesunde Mädchen, die ihre Kräfte messen. Wie die Löwenbabys. Sollte sie eingreifen? Gleich wird eine weinen. Oder auch nicht. Sie beschloss noch zu warten, aber nachdem sich weder Gewinnerin noch Verliererin abzeichnete und aus dem Balgen Kratzen und Haareausreißen wurde, griff sie mit einem Satz ein: »Was haltet ihr von einem Eis?«

Das half.

Die Mädchen lösten sich voneinander und sprangen auf. Und wie sie so dastanden, empfand Maike wieder, dass es Glück ist, wenn auch nicht ihr eigenes, sondern das ihrer Nachbarn. Ella, die Dunkelhaarige, die mit ihren jetzt schon ausgeprägten Gesichtszügen nach ihrem Vater kam, und Jule, strohblond mit Stupsnase, nach ihrer Mutter Sandra. Die Eltern waren oft einfach zu überlastet, um noch viel Zeit für ihre Kinder zu haben – so half Maike hin und wieder aus. Wenn man helfen konnte, sollte man das tun. Und außerdem tat sie es gern.

»Ja, ein Eis«, riefen die beiden und kamen einträchtig auf sie zu. Maike sah ihnen lächelnd entgegen. Sie erinnerten sie an ihre eigene Tochter Lilly, an das Glück der frühen Kinderjahre. Aber das war lang her. Nun war Lilly 19 Jahre alt und studierte in Hamburg Rechtswissenschaften. Und jeder Anruf brachte Maike ins Schwitzen, denn fast immer ging es um Geld. Für Bücher, für öffentliche Verkehrsmittel, für alles, was ungeplant daherkam. Dabei jobbte Lilly in einem Großhandel und tat alles, um sich selbst über Wasser zu halten, aber Hamburg war teuer.

Im kleinen Bollerwagen und zufrieden die zwei Waffeln Eis in der Hand, ging es später die Strandstraße entlang, bis sie ziemlich am Ende von Timmendorfer Strand zu Maikes Häuschen kamen. Es lag nicht direkt am Meer, aber auch nicht weit davon entfernt. Ihr Großvater hatte es gebaut, ihr Vater hatte es geerbt, und jetzt gehörte es ihr. Ein kleines, verwunschenes Fleckchen Erde, hatte ihr Vater immer gesagt. Das richtige Häuschen, um an die Fabelwesen im Meer zu glauben und den Kindern abends von der kleinen Meerjungfrau zu erzählen. Oder vom Fischer und seiner Frau, die nie genug kriegen konnte.

Nun war es fast achtzig Jahre alt, die Holzfassade hatte in den letzten Jahren gelitten, das Reetdach hatte ihr Vater vor zehn Jahren noch erneuern wollen, war aber unerwartet innerhalb von sechs Wochen an Krebs gestorben. Die vielen Rosenbüsche ums Haus herum erinnerten an ihn, die hatte er alle für ihre Mutter gepflanzt, statt immer in den Blumenladen zu müssen, wie er sagte. Nach seinem überraschend schnellen Tod wollte ihre Mutter nicht bleiben, die Erinnerungen würden sie ersticken, sagte sie, und zog zurück nach Köln, wo sie aufgewachsen war. So war sie, Maike, vor neun Jahren eingezogen, mit ihrem Mann, in den sie noch immer verliebt war, und mit ihrer gemeinsamen zehnjährigen Tochter. Ihr Traum vom Leben schien sich zu erfüllen. Christian besaß das Kapitänspatent und war ein schnittiger Typ, genau der Typ Mann, den man sich so vorstellte: welterfahren, braun gebrannt, gut aussehend. Dazu charmant, ehrlich und verlässlich. Er war bei einer der großen Reedereien angestellt, und sein gutes Gehalt ermöglichte es ihr, sich ihrem Kind und ihrer Leidenschaft zu widmen, der Kunst. Den großen Schuppen neben dem Haus hatte sie zum Atelier umgebaut, wo sie töpfern und malen konnte, genau wie sie es sich immer gewünscht hatte. Zudem lebten sie in ihrem Elternhaus, das sie liebte und das ihr, so bildete sie es sich immer ein, nachts Geschichten erzählte, wenn der Wind über das Strohdach strich oder in den Bäumen rauschte.

Über all das dachte sie nach, während sie den Handwagen zog, in dem auch Lilly als kleines Kind schon gesessen hatte. Damals, da lebten sie noch in einer eintönigen Reihenhaussiedlung aus den Fünfzigerjahren, hatte sie ihn zusammen mit Lilly bunt angemalt, und so sah er auch heute noch aus. In der Zwischenzeit war die Farbe zwar etwas abgeblättert, aber mit den bunten Kissen und den roten Vollgummireifen war er noch immer ein Hingucker.

»Zappel nicht so rum!«

Ellas Stimme. Maike drehte sich im Gehen nach den beiden um.

»Aber du machst dich so breit!« Jule schlug nach ihrer Schwester.

Ella hielt sie am Handgelenk fest. »Ich bin eben schon groß! Und du sollst nicht dauernd nach mir schlagen. Das sagt Mama auch immer!«

»Die ist aber nicht hier!«

»Was ist denn, ihr beiden?«, mischte sich Maike ein.

»Ich habe keinen Platz!«, maulte Jule.

Das stimmte allerdings. Im letzten Jahr hatte Ella einen gewaltigen Schuss nach oben gemacht.

»Wenn du schon so toll groß bist, dann kannst du auch laufen!«

»Ich denke ja nicht dran! Lauf doch du!«

Maike bog von der Strandallee in ihre Straße, den Butenweg, ein und winkte ab. »Ich schlage vor, ihr lauft beide. Und zwar um die Wette … da vorn steht nämlich eure Mutter schon an eurem Gartentor!«

Maike winkte Sandra zu, die kurz zurückwinkte und dann die frisch lackierte Gartentüre zu ihrem Grundstück für ihre beiden Töchter öffnete, die nun nicht schnell genug aus dem Wagen klettern konnten.

Maike sah ihnen nach, wie sie losstürmten, und lächelte in sich hinein. Es waren die kleinen Dinge, die einem Glücksmomente schenkten.

»Hast du einen Augenblick Zeit?« Sandra kam ihr entgegen, rechts und links ihre Töchter, die sich feixend an ihrem geblümten Kleid festhielten.

»Ja, klar«, antwortete Maike, dachte dabei an ihre Töpferarbeit, die sie noch sortieren wollte, um sie noch rasch in den kleinen Andenkenladen zu bringen, verwarf aber den Gedanken schnell wieder.

Sandras Grundstück grenzte an ihres, getrennt nur durch den alten Jägerzaun, den Maikes Vater vor langer Zeit gezogen hatte. Inzwischen war er vor lauter Efeupflanzen, Wildrosen und allem Grünen, das irgendwie an Holzlatten emporklettern kann, kaum noch zu sehen. Sandras Garten war dagegen das absolute Kontrastprogramm. Ihr Mann sauste jeden Samstag mit dem Rasenmäher um den weiß gekachelten Swimmingpool herum. Nachdem sie das Haus vor ein paar Jahren gekauft hatten, hatten sie damit begonnen, das Gebäude völlig zu entkernen und mit großen Fenstern und einer gemauerten Terrasse zu modernisieren. Sie waren in der kurzen Sackgasse die einzigen Nachbarn, die neu dazugekommen waren. Alle anderen waren schon seit Generationen da, ihre Backsteinhäuser mit den weißen Fensterrahmen standen hinter immergrünen, hohen Heckenpflanzen, manche, wie die Lorbeerkirsche, blühten weiß und verströmten einen intensiven Duft und lockten viele Insekten an. Ihre Gärten waren alt, das zeigten schon die vollen Rhododendronbüsche und die hohen, stattlichen Bäume, darunter Spitzahorn, Rotkiefern, Hainbuchen und Robinien. Die Zeit schien hier stehen geblieben zu sein, auch was die Straße anging. Maike liebte die Sandpiste, eine der letzten in der Stadt, und sie liebte das Gefühl, hier in eine eigene Welt einzutauchen. Zudem liebte sie die Gemeinschaft in dieser Straße, denn alle kannten sich über Generationen hinweg und waren ein verschworener Haufen, der es mit dem Rest der Welt aufnehmen konnte. »Wir Butenwegler«, sagten sie oft, wenn die Gemeinde etwas beschließen wollte, was ihnen nicht passte. Sicher konnte der Bürgermeister diesen Begriff schon nicht mehr hören.

»Magst du einen Tee?«, fragte Sandra und wies mit dem Daumen zu ihrer Terrasse. So richtig erkennen konnte es Maike auf diese Entfernung nicht, aber es sah aus, als sei der Tisch gedeckt. Sie nickte.

Ella und Jule rannten voraus, und Maike überlegte, was hinter der Einladung stecken könnte. Die Nachbarn luden sich häufig gegenseitig ein, aber doch eher abends zum Grillen oder einfach nur auf ein Bier. Meist gab es einen kurzen Rundruf, und dann trafen sie sich bei dem einen oder anderen. Brachten mit, was sie gerade im Kühlschrank fanden, oder vertrauten darauf, dass der Gastgeber etwas vorbereitet hatte. So ein Tee mitten unter der Woche war dagegen eher selten.

Zwei Tassen, eine Teekanne, ein ganzer Erdbeerkuchen auf einer runden Tortenplatte, eine Schüssel mit frisch geschlagener Schlagsahne.

Sandra zeigte mit einer einladenden Handbewegung auf einen der Stühle und drehte sich dann zu ihren Töchtern um: »Und ihr geht jetzt mal spielen!«

Was kommt denn jetzt?, dachte Maike und setzte sich folgsam hin.

»Also«, begann Sandra, nachdem sie Tee eingeschenkt und jeweils ein Stück Erdbeerkuchen auf die Teller gehoben hatte, »ich weiß ja, dass du das möglicherweise nicht hören willst. Und sowieso nicht willst.« Sie löffelte jedem einen Klacks Schlagsahne auf den Kuchen und sah dann Maike, die sich nicht rührte, in die Augen. »Aber ich möchte nicht, dass du ohne eine Bezahlung deine Zeit für unsere Kinder opferst. Oder andersherum, wenn du schon deine Zeit für unsere Kinder aufwendest, weil wir keine Zeit für sie haben, dann sollst du wenigstens Geld dafür bekommen!«

»Bist du verrückt?« Maike runzelte die Stirn.

»Ja, schau. Jetzt hast du ihnen wieder ein Eis gekauft. Das haben sie mir doch gleich erzählt. Das kostet doch alles Geld! Du nimmst ja nicht einmal die fünf Euro für ein Eis … und das muss sich ändern!«

»Sagt wer?«

»Ich!«

Maike überlegte. Wie kam Sandra jetzt darauf?

»Du weißt, dass ich das gern tu!« Sie lud sich ein Stück Kuchen auf die Gabel und schob sie sich in den Mund.

»Mmmhhh. Gut! Selbst gebacken?«

»Ich kann dir das Rezept geben.«

»Mit Mascarponecreme?«

»Genau.«

»Geriebene Zitronenschale?«

»Lenk nicht ab!«

Maike streckte die Hand aus und legte sie auf Sandras Arm. »Du weißt, Sandra, dass ich das wirklich gern tu. Ich gehe sowieso oft an den Strand, und deine Kinder sind einfach wunderbar. Ich hänge meinen Gedanken nach, beobachte die Menschen, die Tiere, die Wellen, den Himmel … und das macht mich glücklich. Kurzum: Ich will kein Geld! Und von dir schon gar nicht!«

»Aber …«

»Nichts Aber! Mir geht es gut, und deine Kinder sind für mich so ein kleiner Rückblick, als Lilly noch klein war. Ich genieße die Zeit mit ihnen, wirklich!«

»Trotzdem! Du nimmst sie mir ab, und sie haben dabei großen Spaß! Lass mich doch mal was für dich tun.«

»Das tust du doch gerade … mit diesem wunderbaren Erdbeerkuchen. Und wenn ich nachher noch ein Stück mit rübernehmen darf, dann hast du für heute genug für mich getan.«

***

Rolf Petersen lockerte sich die Krawatte. Gerade hatte er einen Außentermin gehabt und war in sein klimatisiertes Büro zurückgekommen, wo ihn seine Mitarbeiterin ungeduldig erwartete.

»Sie haben schon wieder angerufen. Der Preis scheint keine Rolle zu spielen, wenn nur die Lage stimmt.«

»Lage, Lage, Lage«, wiederholte Petersen und verzog das Gesicht. »Wir könnten täglich verkaufen, wenn wir nur was reinkriegen würden!«

Carolin Schmidt zog den Kopf etwas ein. Sie wusste, was kam.

»Haben Sie sich umgehört? Die Todesanzeigen gelesen? Wenn wir nicht die Ersten sind, bringt das nichts. Sie müssen die Anzeigen sehen, bevor sie jemand anderes sieht. Noch besser im Krankenhaus erfahren, wen von den ortsansässigen Hausbesitzern es demnächst erwischt.« Er warf ihr einen unwilligen Blick zu. »Aber das wissen Sie ja selbst, tausendmal erzählt. Dorfklatsch. Ohren offen halten. Den Pleitegeier sehen, bevor er zur Landung ansetzt … auf TikTok oder Instagram werden Sie das nicht finden. Und auf Ihren Dating-Apps auch nicht. Da müssen die altbewährten Mittel her. Old-fashioned, von mir aus. Hauptsache, es wirkt!« Damit ging er an ihrem Schreibtisch vorbei in sein Zimmer und zog die Tür vernehmlich hinter sich zu.

Diese Carolin taugt einfach nichts, dachte er. Hübsch, lange Beine, ja, aber dafür null Talent, keine Bauernschläue. Doch so etwas braucht man als Immobilienmakler. Das war angeboren, das konnte man nicht lernen. Instinkt. Wühlmaus sein. Wissen, wo man hinhören muss. In der Nachbarschaft. Am Stammtisch. In der Sauna. Genau wie die Lokalreporter früher – nur wer die Nase überall drin hat, erfährt die Interna. Das ist ihre Aufgabe. Er selbst fütterte die Prominenz, kannte die richtigen Leute. War in den wichtigen Klubs. Schmiss für die richtigen Leute die richtige Runde. War auf Du und Du mit den wichtigen Machern, fuhr das richtige Auto, pflegte sein Netzwerk. War smart, gewinnend, leicht schleimerisch, aber das störte ihn nicht, solange es wirkte.

Er beherrschte seinen Job. Carolin dagegen nicht.

Er würde sich einen männlichen Mitarbeiter suchen, er wusste nur noch nicht, wie er Carolin wieder loswerden sollte, denn immerhin hatte sie ja einen Vertrag. Aber Verträge konnte man kündigen, wenn man die richtigen Anwälte an seiner Seite hatte.

Er zog die Zeitung zu sich heran.

***

Maike ging nachdenklich nach Hause. Sie wusste nicht so richtig, was sie davon halten sollte. Bisher war nie die Rede von Bezahlung gewesen. Sie hatte sich einfach angeboten, weil sie sah, dass Sandra mit ihrem Job zu wenig Zeit für die Kinder hatte – vor allem, wenn die Kinder Ferien hatten und Sandra noch im Büro festhing. Und Fabian war als Bankangestellter zwar abends regelmäßig zu Hause, hatte aber zahlreiche Hobbys.

Fabian, dachte sie plötzlich, während sie ihr Gartentürchen aufstieß und den Bollerwagen am üppig blühenden Rosenbusch abstellte. Fabian, ob der etwas damit zu tun hat? Aber nein. Es gab doch ein Bankgeheimnis. Aber unter Eheleuten? So wie man eben abends bei einem Glas Wein über seinen Tag spricht … da würde ja schon ein Satz reichen. So in etwa: *So ganz rosig sieht Maikes Konto ja leider nicht aus.* Oder: *Wieso zahlt Christian eigentlich so wenig, Lilly studiert doch noch* … Irgend so ein Satz würde schon reichen. Maike blieb auf dem Kiesweg zum Haus stehen, das Herz schlug ihr bis zum Hals. Sie wollte nicht, dass ihre Nachbarschaft über ihre finanzielle Angespanntheit Bescheid wusste. Sie wollte, wie bisher und wie alle anderen auch, großzügig sein, zwischendurch auch selbst einladen, gute Weine ausschenken. Sie warf einen kurzen Blick hinüber zum Nachbargrundstück. Der Tisch war abgeräumt, weder Sandra noch die Kinder waren zu sehen, alles still. Quatsch, sagte sie sich und ging weiter, das war nur ein Zufall. Sandra hat sich das einfach überlegt, weiter nichts.

Maike zog den großen Haustürschlüssel aus ihrer Tasche und musste unwillkürlich lächeln, während sie ihn im Schloss umdrehte. Christian hatte sie deswegen immer aufgezogen. Aber sie wollte die alte, schöne Holztür nicht durch ein modernes Schloss verschandeln. Sie strich mit den Fingerspitzen kurz über das geschnitzte Holz. Ihr Großvater hatte diese Tür damals bei einem der zahlreichen Künstler auf der Halbinsel Darß nach seinen eigenen Entwürfen anfertigen lassen. Mit seinen Initialen, HH, für Hein Hinrichs und mit zwei springenden Delfinen, weil er diesen Tieren Glück zuschrieb. Wegen dieser Initialen musste dann auch der Anfangsbuchstabe seines Sohnes mit H beginnen … Henning. Die Tradition erlosch dann allerdings mit ihrer Geburt. Da sie kein Stammhalter war und auch kein Bruder nachkam, hoffte ihr Vater auf einen Enkel. Den Namen hatte er auch schon ausgesucht: Henk. Aber es wurde eine Lilly.

Im Flur schlug ihr die gewohnte Kühle entgegen. Und ein Geruch, den sie schon immer geliebt hatte und durch den sie ihr Haus unter Hunderten anderer Häuser erkennen würde: Es lag ein Veilchenduft in der Luft. Vielleicht lag es an der geblümten Tapete, die sie schon als Kind so geliebt hatte. Manche der hellblauen Vergissmeinnicht hatte sie mit Buntstiften nachgezeichnet, die Umrandungen waren heute noch zu sehen.

Sie legte ihre Tasche und den Hausschlüssel auf die alte Truhe, die auch schon seit Großvater auf ihrem Platz an der Wand stand und nur einmal im Jahr, beim Frühjahrsputz, von der Wand weggerückt wurde, weil sie so schwer war. Doch seitdem Christian nicht mehr da war, wischte sie den dunkelroten Natursteinboden eben um die Kommode herum. Ging ja auch. Fabian, grübelte sie weiter, während sie in die Küche ging und die zweiflügelige Sprossentür zum Garten weit öffnete. Ein warmer Windhauch wehte herein. Wie schön. Ein Ausläufer des Azorenhochs, wurde im Radio gesagt. Wie meist um diese Jahreszeit. Ihr war es recht, sie würde heute draußen zu Abend essen. Aber vorher noch in die Werkstatt. Ein Blick auf die Uhr zeigte ihr, dass sie zu spät dran war, um nach Timmendorfer Strand hineinzufahren. Gestern hatte sie drei Teller mit Strandmotiven gebrannt, ein neues Design, an dem sie tagelang herumgetüftelt hatte, bis die Farben und Motive so pastellig und zart waren, wie sie sich das vorgestellt hatte. Morgen ist Freitag, dachte Maike, am Wochenende kommen die Kunden, ich sollte also morgen ziemlich früh in den Ladengeschäften sein. Und besonders bei Anja, die die Laufkundschaft an der Promenade hat.

Wobei es ja nie sicher war, ob ihre Stücke überhaupt verkauft wurden, denn Anja hatte nicht viel Platz in ihrem Geschäft, und manchmal, wenn sie andere Ware bekommen hatte, rutschten ihre Tassen und Vasen ein paar Regale nach hinten. Am besten lief es immer, wenn Anja ihr Schaufenster mit einigen von Maikes Stücken dekorierte.

Maike ging ein paar Schritte über die Wiese zu ihrer Werkstatt. Sie liebte das. Es war wie heimkommen. Wenn sie dort war und arbeitete, wollte sie nirgendwo anders sein. Es war das Gefühl vollkommener Zufriedenheit, vor allem, weil sie auch das Material so liebte, mit dem sie arbeitete. Sie liebte es, wie sich der Ton auf ihrer Haut anfühlte, weich und fast sinnlich. Sie liebte es, wie er sich auf der Drehscheibe durch ihre Hände und Finger gestalten ließ, und sie liebte schließlich auch den Moment, wenn sie ihre Kunstwerke aus dem Brennofen nahm. Immer wieder, wenn sie mit ihrer Arbeit anfing, den rohen Ton auswalzte, knetete und schlug, um die Luft herauszuschlagen, war es wie ein kleines Wunder, dass aus dieser Masse nach kurzer Zeit etwas entstehen würde, das so filigran sein konnte – und vor allem etwas, das sie selbst geschaffen hatte.

So muss sich der liebe Gott gefühlt haben, als er die Welt schuf, hatte sie damals zu Lilly gesagt, als sie ihre ersten Versuche auf der Drehscheibe startete. Aber Lilly war schon zehn Jahre alt und schüttelte nur den Kopf über ihre naive Mutter. »Das war ein Urknall«, sagte sie nur. »Kein lieber Gott.«

Die Türe zu ihrer Werkstatt war unverschlossen, und die Fenster standen weit offen. Als sie eintrat, fiel ihr Blick auf die Schürze, die einladend am Haken direkt neben der Tür hing. Sollte sie sich noch einmal hinsetzen? Noch einen vierten Teller töpfern? Vielleicht mit ganz neuen, kühnen Mustern? Aber nein, erstens würde die Zeit nicht mehr reichen, und dann passten die drei Teller, die nebeneinander auf dem langen Tisch am Fenster lagen, hervorragend zueinander und waren als Demo-Teller perfekt. Sie hoffte, dass Anja sie so toll fand, dass sie gleich mehrere bestellen würde. Auf Kommissionsbasis, natürlich, genau wie die Bücher, die sie in ihrem Geschäft verkaufte, das war so abgemacht.

Sie streifte noch ein bisschen herum, betastete dies und machte sich Gedanken über das, dann ging sie schließlich mit einem unbestimmt guten Gefühl zurück in ihre Küche, öffnete den Kühlschrank, inspizierte den mageren Inhalt, nahm den restlichen Käse heraus, dazu Brot aus ihrem Korb und die Flasche Rotwein, die sie gestern angebrochen hatte, und platzierte alles draußen auf ihren kleinen Gartentisch. Der Plan ist gut, dachte sie, während sie sich Teller, Besteck und ein Weinglas holte, dann würde sie morgen früh ihren Rundgang durch die Geschäfte machen und sich anschließend auf Lilly freuen, die mit dem Nachmittagszug kommen wollte. Vielleicht sollte sie sich schon mal einen Einkaufszettel machen, damit sie nichts vergaß. Aber eigentlich brauchte es für Spaghetti aglio, olio e peperoncino nicht so viele ausgefallene Zutaten, und die eine Flasche Rotwein konnte sie sich auch merken. Dazu einen gemischten Salat und fürs Frühstück Nutella, das leere Glas hatte sie nach Lillys letztem Besuch entsorgt.

Auf alle Fälle würde sie jedoch einen Blick in Lillys Zimmer werfen, ob alles in Ordnung war, und einen kleinen Willkommensgruß auf ihr Kopfkissen legen.

Ihre Vorfreude ist direkt kindlich, dachte sie, während sie sich ein Glas Wein einschenkte und eine Scheibe Brot herunterschnitt. Ihr Blick fiel auf ihr Gemüsebeet. Das könnte sie vielleicht mit Lilly gemeinsam richten? Es standen um diese Jahreszeit jede Menge Aussaaten und Pflanzungen an, und ihre Tochter hatte immer gern im Garten gearbeitet, genau wie sie. Mit Erde zu arbeiten war fast so befriedigend wie mit Ton. Vielleicht hatte Lilly ja Lust dazu, das wäre besonders schön.

Sie nahm einen Schluck und freute sich über die ersten Frühlingsblumen, die am Gartenzaun wuchsen. Im Sommer würde dann auch der Mohn kommen, der sich dort seinen Platz erobert hatte. Sie hatte ihn nicht ausgesät. Also ein kleines Wunder. Oder die Samen waren vom Nachbargrundstück herübergeweht worden, Regine hatte stets eine Unmenge Sommerblumen in ihrem Garten, alle aus einer Tüte »Bienenmischung«, wie sie jedes Jahr aufs Neue verkündete. Maike gab einen kleinen Seufzer der Zufriedenheit von sich, während sie sich den Käse mundgerecht richtete und einige Häppchen Brot zurechtschnitt. So mochte sie es am liebsten. Dann griff sie nach ihrem Handy. Eine WhatsApp von Lilly.

»Mama, bitte nicht enttäuscht sein, Papa hat mich vorhin angerufen. Er hat zwei Musicalkarten und hat mich für morgen Abend eingeladen. Ich habe ihn so lange nicht gesehen, ich komme nächste Woche. Versprochen!!! Kuss, Lilly. Hab dich lieb.«

Maike las es einmal, zweimal, dann legte sie das Handy umgedreht neben ihren Teller. Eine Weile sah sie nur geradeaus und dachte überhaupt nichts. Dann spürte sie, wie die Enttäuschung nach ihr griff. Es fühlte sich nicht anders an als vor dreißig Jahren, als sie mit 17 einen Korb ausgerechnet von dem Jungen bekam, in den sie seit ihrem gemeinsamen Tanzkurs verliebt war. Damals war in der Schule ein weiterer Kurs angeboten worden: Tango. Und sie stellte sich das gigantisch vor, Körper an Körper mit Jens, ertasten, erfühlen … vielleicht noch mehr … doch da sagte er ihr, Katrin hätte ihn bereits gefragt. Und er hätte zugesagt. Sorry.

Sie war so enttäuscht gewesen, um Haaresbreite hätte sie die Schule geschmissen, nur um ihn nicht mehr sehen zu müssen. Jedenfalls sausten ihre Noten direkt in den Keller, und sie konnte ihren Eltern nicht einmal den Grund dafür nennen. Sie kannte sich ja selbst nicht mehr.

So fühlte sie sich jetzt.

Dumme Ziege, schalt sie sich gleich darauf. Er ist ihr Vater. Sie hat ein Recht darauf, ihn zu sehen.

Er schnappt sie dir weg, meldete sich ihre innere Stimme sofort. Ausgerechnet morgen! Ich sehe sie schließlich auch nicht so oft. Er kümmert sich nie, er zahlt kaum noch Unterhalt, wälzt alles auf mich ab – und ausgerechnet jetzt …

Sie schwankte zwischen Wut und Traurigkeit. Und vor allem fühlte sie sich verletzt. Sei nicht albern, sagte sie sich, das ist doch nicht schlimm. Machst du morgen halt etwas anderes. Vielleicht rufst du ein spontanes Gartenfest aus … oder machst eine Radtour. Oder … es fiel ihr nichts mehr ein. Sie griff wieder nach dem Handy, las die Nachricht ein drittes Mal und überwand sich dann, einigermaßen fröhlich zurückzuschreiben: *»Liebe Tochter, das ist eine schöne Idee. Genieß den Abend mit deinem Vater. Vielleicht steckt er dir ja das nötige Geld für deine Bücher zu, die du für dein Studium kaufen musst. Ich freu mich nächste Woche auf dich, deine Mama. PS: Ich hab dich auch lieb.«*

Maike las es noch einmal, löschte den Satz mit den Büchern, drückte auf »Senden«, lehnte sich in ihrem Korbstuhl zurück und sah den treibenden Kumuluswolken nach. So ein schöner Abend. Warm, trocken, windstill. So ein schöner Abend und so ein Idiot. Aber dieser jungen Kapitänin, die ihm erst Bewunderung abgerungen hatte, wie er anfangs freimütig erzählte, und später dann klammheimlich mehr, war sie nicht gewachsen gewesen. Maike konnte sich das hoch aufgeschossene Fräulein mit den langen, blonden Haaren in der schicken Uniform gut vorstellen. Und Christian, dessen Augen bei ihrem Anblick direkt aus dem Kopf gequollen waren.

Ob er sie zu dem Treffen mitbringen würde? Nein. So taktlos konnte er nicht sein. Oder doch? Würde ihr Lilly das erzählen? Vielleicht kannte sie sie ja schon.

Maike goss sich ein zweites Glas ein. Okay, dachte sie. Kein Beinbruch. Christian ist weg, aber sie haben immer noch ein gemeinsames Kind, und er sieht es am Wochenende. Das ist alles in Ordnung, beruhig dich, Maike. Alles andere geht dich nichts an.

Aber sie hätte so gern auch mal aufgetrumpft. Mit einem supertollen Typen an ihrer Seite. Irgendwo auf einem roten Teppich, sodass Christian sie in jeder Zeitschrift sah. Oder mit einer Geschirr-Serie, die den Markt eroberte und sie überall bekannt machen würde. Ja, das wäre fast noch besser! Kein toller Typ, aber Erfolg mit ihren eigenen Händen. Der Gedanke munterte sie auf und ließ sie an ihre drei Teller denken. Waren die gut genug? Sie fand schon.

Freitag, 26. April

Sorgfältig verpackt legte Maike ihre drei Teller am nächsten Morgen in den Einkaufskorb ihres Fahrrads. Seit ihrer Trennung von Christian hatte sie kein Auto mehr, aber es hatte ihr in den fünf Jahren seither auch nie gefehlt. Hier in der Gegend ließ sich viel mit dem Fahrrad erledigen, und zudem gab es ja Bus und Bahn. Und wenn es wirklich mal klemmte, sprang Jupp ein, Regines Mann. Oder sonst ein Nachbar. Das war das Gute hier in der Straße, man war nie wirklich allein.

Und da der Himmel heute nicht so richtig wusste, was er eigentlich wollte, legte sie noch eine Regenjacke in den Korb. Und auf dem Rückweg würde sie sich leckere Croissants für ein spätes Frühstück kaufen, alles andere würde man sehen. Den Gedanken an Christian verbot sie sich. Sie freute sich nun einfach auf das nächste Wochenende, basta!

Etwa zwei Kilometer waren es bis zu Anja, und sie genoss die Fahrt, die Körperlichkeit, wenn sich ihre Beinmuskeln anspannten, das Gefühl, ewig weiterradeln zu können, ohne jemals zu ermüden. Mit ihren 47 Jahren fand sie sich ziemlich gut trainiert. Und eigentlich auch hübsch, wenngleich Christian das wohl nicht mehr so empfand. »Such dir halt einen anderen«, hatte ihre Nachbarin Frauke gleich gesagt. Aber ging das so einfach? Und wollte sie das überhaupt? Eigentlich, fand sie, hatte sie von Männern die Nase voll. Waren sie nicht alle gleich? Stieg ihr Hormonpegel, wurde der Blick getrübt.

Aber bei uns doch auch, hatte Frauke grinsend eingeworfen.

Gut, Frauke lebte schon ewig allein. Wahrscheinlich nahm sie sich, was sie wollte, wenn keiner hinsah. Aber das konnte ihr egal sein. Frauke war ein Pfundskerl, ein weiblicher Pfundskerl, für den Begriff gab es wohl gendermäßig noch kein Pendant … Darüber musste sie lächeln und war durch ihre Gedankenspiele schneller auf der Kurpromenade als gedacht. Und es war auch weniger los als gedacht. Nicht gut. Am liebsten war ihr, wenn hier alles überfüllt war und die Touristen von Geschäft zu Geschäft bummelten und ordentlich Geld liegen ließen. Und zwar am liebsten in Anjas Laden, natürlich.

Aber die paar Leute … und einige bereits mit Regenschirm unter dem Arm, die würden sich bald in ein Restaurant verkriechen oder vielleicht ins Sealife, dort wurden nur die vielen Fische um einen herum nass.

Auch Anjas Laden war leer, sie war in dem rückwärtigen, kleinen Büro und kochte sich gerade einen Tee. Maike passte das gut, dann war sie relaxed.

»Moin«, Anja schenkte ihr ein Lächeln, »magst du auch einen Tee? Neue Entdeckung, griechischer Bergtee – von ganz weit oben, handgepflückt. Soll sich positiv auf die Gehirnwindungen auswirken.«

»Ja, gern«, Maike stellte das Papppaket auf den kleinen Holztisch, »magst du mal sehen? Neue Kreation.«

»Ja, klar, immer.«

Anja war die typische Großstädterin, die sich ihren Traum vom Landleben erfüllt hatte. Nachdem ihre beiden Kinder ausgezogen waren, hatte sie ihren Mann vor die Wahl gestellt – entweder beide ans Meer oder Fernbeziehung. Er war kein Selbstversorger und ohnehin, da zwanzig Jahre älter, Rentner, und willigte ein. So hatten sie vor drei Jahren eine Wohnung in Hemmelsdorf gefunden und Anja durch den Tipp ihres neuen Vermieters auch noch den kleinen Laden, bevor die Neuvermietung groß in der Zeitung gestanden oder bei einem Makler entsprechend mehr Geld gekostet hätte. Ein Glücksfall, hatte sie damals Maike verraten, die schon die Vorbesitzerin beliefert hatte.

Und Maike freute sich genauso, denn es hätte ja auch ein Schuhgeschäft daraus werden können, oder sonst etwas. So aber blieb der Laden, was er immer schon gewesen war, nur dass an der Tür der Name der Inhaberin ausgewechselt wurde.

Während Anja eine zweite Tasse hinstellte und langsam heißes Wasser durch das Teesieb in die bauchige Teekanne goss, wickelte Maike ihre Teller aus und hielt unwillkürlich den Atem an, als sie sie sorgsam nebeneinander auf den Tisch stellte, genau unter das kleine Fenster, damit das hereinfallende Tageslicht die Pastelltöne richtig zur Geltung bringen konnte. Und ja, fand Maike, sie sahen einfach großartig aus.

Anja hantierte noch immer mit dem Tee, reichte Maike schließlich eine der Tassen und umfasste ihre eigene mit beiden Händen. Dann stellte sie sich neben Maike und sah auf die Teller.

»Hübsch!«, sagte sie. »Ja, sie sind wirklich schön, Maike.«

Maike spürte ihr Herz freudig höherschlagen, doch Anja redete weiter. »Nur schade, dass bei mir so etwas nicht läuft. Die Leute wollen kein vollständiges Service kaufen und auch keine einzelnen Teller, sie haben die Schränke voll. Sie wollen ein kleines Erinnerungsstück oder ihren Freunden einfach zeigen, wo sie waren, und das machen sie mit einem kleinen Mitbringsel.« Sie nahm einen Schluck und sah Maike an. »Du weißt schon, Maike, deine Tassen mit den Wellen oder den Möwen, dem Leuchtturm oder dem Strandkorb und dem Satz *Gruß aus Timmendorfer Strand*. Das zeigt, wo man war, das ist nicht allzu teuer und trotzdem ein Unikat.« Sie zuckte die Achseln. »Gestern habe ich zehn deiner Tassen verkauft. Aber keine einzige von deinen schönen Vasen, die ganze Woche nicht. Vielleicht solltest du auf die auch einen Timmendorfer-Strand-Gruß schreiben, aber ja, ich weiß, das verschandelt sie. Wäre aber verkaufsfördernd.«

Maike holte tief Luft. Tassen. Es war einfach frustrierend. Sie konnte so viel mehr, als nur Tassen töpfern. Immer nur Tassen.

Aber was nützte es, wenn ihre Kunst kein Geld einbrachte? Gar nichts.

»Schade«, sagte sie nur und packte ihre Teller wieder ein.

»Sei nicht traurig!« Anja legte ihre Hand auf Maikes Arm. »Hier ist halt kein Markt für kleine Kunstwerke. Vielleicht in einem anderen Geschäft … oder irgendwo in einer Galerie …« Sie ließ den Satz in der Luft hängen, weil beide wussten, dass es schwierig war. »Möbelhäuser haben auch oft besondere Accessoires neben ihren Ausstellungsstücken stehen«, fügte sie noch ohne echte Überzeugung hinzu.

Maike nickte. Draußen klingelte die Eingangstür, und sie fühlten sich beide erlöst. Anja ging voraus, Maike packte ihre Teller sorgfältig ein und überwand sich dazu, fröhlich durch den Verkaufsraum zu gehen.

»Da kommt gerade die Künstlerin«, hörte sie Anjas Stimme, und tatsächlich, ein älteres Ehepaar drehte sich nach ihr um, beide hielten eine ihrer Tassen in der Hand.

»Oh, wie schön«, sagte die weißhaarige Frau und lächelte ihr zu. »Ich habe gerade zu meinem Mann gesagt, bei fünf Enkeln nehmen wir natürlich fünf Tassen.« Sie zwinkerte. »Das gibt dann doch bestimmt Mengenrabatt?«

»Nein, leider«, sagte Maike, bevor Anja reagieren konnte, »ich bin Witwe und habe drei Kinder zu ernähren, wir sind von dem Verkauf abhängig.«

»Oh!« Der Mund der Frau blieb offen. »Aber wenn das so ist, Werner, dann nehmen wir doch noch zwei mehr. Unter Frauen muss man solidarisch sein.«

»Ich bin keine Frau«, murrte Werner.

Maike wartete nicht ab, sondern verabschiedete sich mit einer schnellen Geste, sah von draußen aber dann doch durch die Fensterscheibe, wie Anja sieben Tassen auf den Ladentisch stellte und Werner seinen Geldbeutel aus der Gesäßtasche zog.

Trotz ihrer Traurigkeit im Herzen brachte sie das zum Lächeln. Sieben und zehn Tassen hatte Anja verkauft, fünfzehn Euro die Tasse, 3 Euro für Anja, 12 für sie, das machte dann doch immerhin 204 Euro. Damit ließ sich etwas anfangen. Vor allem, wenn Lilly nächstes Wochenende kam, könnte sie schön auftischen und Lilly sogar zum Essen einladen. Der Gedanke brachte Zuversicht und gute Laune. Sie radelte zu den beiden anderen Geschäften, aber auch da wurden ihre Teller zwar bewundert, aber nicht genommen. »Und nur mal so, als Ausstellungsstück?«, fragte sie, aber alle hatten wenig Platz, und im Endeffekt wiederholten die Verkäufer, was schon Anja gesagt hatte. Erfreulich war, dass weitere zehn Tassen verkauft worden waren. Das machte noch einmal 120 Euro, was definitiv super war. Die würde Maike zur Seite legen, denn Rechnungen kamen ja ständig. Und die Steuer irgendwann auch.

Wie fast immer traf sie beim Nachhausefahren einen der Nachbarn auf ihrer Straße, weitere kamen dazu, und wie immer schlug Maike vor, doch einen Stehtisch aufzustellen, dann hätte man es beim Nachbarschafts-Talk bequemer. Neuigkeiten wurden ausgetauscht, kleine und große Aufreger über den Ort, die Lokal- und Weltpolitik, und irgendwann sagte Per, er werfe morgen Abend seinen großen Grill an, und wer kommen wolle, solle kommen. Pers Grill war nicht einfach ein Grill, sondern eine große, runde Edelstahl-Bratfläche, auf die man alles legen konnte: Fisch, Fleisch, Kartoffeln, Gemüse, Mais ... und natürlich war dieser Grill sein Eigenbau, denn Per war Schlosser und, obwohl er seine große Werkstatt längst an seinen Sohn weitergegeben hatte, noch immer im Geschäft. Und für alle Nachbarn da, wenn er irgendwie helfen konnte. Ähnlich wie Jupp, der seine Schreinerei zwar ebenfalls an seinen Sohn weitergegeben hatte, aber noch immer mit Leib und Seele Schreiner war. Maike fühlte sich seit ihrer Kindheit in dieser Gemeinschaft wohl und erst recht, seitdem sie als Erwachsene wieder hierhergezogen war.

»Du kommst auch, oder?«, wollte Gunni wissen, Pers Frau.

»Ja, klar«, antwortete Maike leicht verwundert, »warum nicht?«

»Ach, weil doch Lilly kommt.«

Maike überlegte kurz. Wem hatte sie das gesagt? Aber egal. Es ging ihr nun erstaunlich leicht von den Lippen: »Sie kommt erst nächstes Wochenende. Ihr Vater hat sie überraschend eingeladen. Ins Musical.«

Kurz war es in der Runde still, dann seufzte Per: »Ach ja, der Chrischan!«

Die anderen nickten, denn damit war alles gesagt.

***

Rolf Petersen schlenderte durch Timmendorfer Strand, an Gosch vorbei zum Café *Engels Eck* und lamentierte innerlich darüber, was sich alles verändert hatte, seitdem die innerdeutsche Grenze gefallen war. Früher waren Sylt und Timmendorfer Strand die beiden Hauptanziehungspunkte für Urlauber, machten sich selbst keine Konkurrenz, denn die einen fuhren eben an die Nordsee, die anderen an die Ostsee. Wer reich war und sich schön fühlte, ließ dort sein Geld liegen, lockte andere an, die sie bewunderten oder es ihnen gleichtun wollten. Es bedarf keinerlei Anstrengung, denn die Gäste kamen von selbst und wollten sich im Wettstreit der Reichen und Schönen gegenseitig ausstechen. Ein Paradies für alle Restaurant- und Barbesitzer, für den Autoverleih, für die Boutiquen, Schmuckverkäufer und vor allem auch für ihn selbst, den Makler Rolf Petersen, dem sie die Bude einrannten, um das noch schönere Haus zu ergattern. Damals, vor der Wiedervereinigung, war er jung und unerfahren gewesen, aber auch das schadete nichts, jung, smart, spendabel, das waren die Kriterien jener Zeit für sichtbaren Erfolg. Aber nun hatten nicht nur die Ostseebäder im Osten wie Kühlungsborn, Boltenhagen, Warnemünde und der Darß mit schönen Promenaden und Seebrücken mächtig aufgerüstet, sondern auch

Scharbeutz – und damit die unmittelbare Nachbarschaft. Jetzt verteilte sich das Geld und floss nicht mehr nur nach Timmendorfer Strand. Und auch nicht mehr unbedingt zu ihm. Aber was fast noch ärgerlicher war: Der damalige Boom hatte dazu geführt, dass sich hier die Immobilienhändler eine Zeit lang auf die Füße getreten hatten. Jeder wollte ein Stück vom Kuchen abhaben, mit allen Mitteln. Das hatte sich inzwischen Gott sei Dank wieder relativiert. Er als mittlerweile alter Hase war noch da, viele andere Glücksritter hatte es in andere Regionen gezogen.

Trotzdem. Es waren noch immer zu viele.

Er war beim Café angekommen und ließ seinen Blick über die voll besetzten Tische schweifen. Er entdeckte kein bekanntes Gesicht, aber viele Augenpaare richteten sich auf ihn. Es wunderte ihn nicht. Noch immer hing dem Café *Engels Eck* der exklusive Ruf an, und so hofften viele der Gäste, hier im Café Wichtig doch einmal einen echten Promi zu entdecken. Nun, er war zwar kein Promi, aber Rolf war sich seines Auftretens im weißen Leinenanzug und der dezenten Goldkette um den Hals recht bewusst. Erfolg muss man sehen, war stets sein Motto, denn Erfolg zog an und vermittelte darüber hinaus Vertrauen. Wer sich an ihn wandte, vertraute darauf, dass er ihm die genau richtige Immobilie zu dem genau richtigen Preis beschaffen konnte.

Rolf hatte seine Lieblingskellnerin entdeckt, die ihm durch ein kleines Handzeichen signalisierte, dass sein Lieblingsplatz im hinteren Bereich an der Bar frei sei. Während er durch die Reihen der Tische schritt, bestätigte sich auch mal wieder seine Beobachtung, dass das Publikum aus Alt und Jung bestand. Waren es früher noch die Paare um die vierzig, die gut betucht hier aufschlugen, sah man jetzt entweder Rentner oder viele unter dreißig. Die Erben, dachte Rolf kurz hoffnungsfroh, tat den Gedanken aber sogleich wieder ab. Es waren nicht die Youngster, die wie früher mit dicken Autos und vollen Geldtaschen kamen, diese Jungen hier kamen eher mit dem Zug, liehen sich Fahrräder und verschwanden nach ein paar Tagen genauso lautlos, wie sie gekommen waren. Die brachten kein Geld. Zumindest nicht ihm.

Er steuerte auf seinen Lieblingsplatz zu und erkannte nun doch, dass mit Uwe, der einen Espresso trank, ein vertrautes Gesicht dort saß. Ein Lichtblick? Er war sich nicht so sicher.

Uwe hatte ihn von seiner Nische aus kommen sehen und schenkte ihm ein »Moin«. Rolf nickte ihm zu und musterte gleich darauf sein eigenes Erscheinungsbild im kleinen Wandspiegel, die dichten, grau melierten Haare saßen korrekt, das Hemd war nicht zu weit offen, er wirkte sportlich gebräunt und locker, ganz der Mann von Welt, der alles hatte.

Ich hätte auch wirklich viel, wenn ich in den guten Jahren nicht so viel ausgegeben hätte, dachte er und setzte sich zu Uwe.

»Und?«, fragte der, »wie gehen die Geschäfte?«

Rolf sah, dass sein Blick auf seine Cartier-Goldkette fiel, und er wusste, dass er ihm das nie verzeihen würde. Aber immerhin hatte Uwe auch noch nie etwas bei ihm gekauft, weder Haus noch Wohnung, also zogen sie gleich.

»Könnte besser sein«, sagte er wahrheitsgemäß. »Und bei dir?«

»Dito.« Uwe machte eine wegwerfende Handbewegung. »Was früher Cartier war, sind heute Freundschaftsbändchen.«

»Hmmm.« Rolf überlegte kurz. »Ich hätte ein Ehepaar, das händeringend in Strandnähe ein Haus sucht. Preis Nebensache. Weißt du was? Ich würde dich natürlich an der Provision beteiligen.«

Uwe schob seine Tasse ein Stück von sich weg und runzelte die Stirn.

»Im Moment nicht. Aber ich kann mich mal umhören. Der Preis ist Nebensache, sagst du?«

Rolf nickte.

»Wo sind die Leute her? Hamburg?«

Rolf nickte erneut, wusste aber, dass er nicht mehr verraten durfte, sonst würde sich Uwe den Fang selbst an Land ziehen.

»Gehen Scharbeutz, Niendorf auch, oder ausdrücklich Timmendorfer Strand?«

»Am liebsten hier. Aber nebenan ginge auch, denke ich.«

Uwe zog sein blaues Designer-Poloshirt über seinen strammen Bauch nach unten, eine automatische Handlung, die Rolf schon an ihm kannte. Offensichtlich dachte er angestrengt nach. Und so wie Rolf mutmaßte, vor allem in seine eigene Richtung.

»Tja«, sagte er dann. »Mehr Informationen hast du nicht?«

Der betont gleichgültige Ton passte zu seiner Handbewegung, er hatte Feuer gefangen, und Rolf verkniff sich ein Grinsen. Alter Fuchs, dachte er, ich kenne dich und deine Gedanken. Aber da beißt du jetzt auf Granit.

»Ehepaar, älterer Jahrgang, aus Hamburg. Das Haus ist egal, kann man ja umbauen, wenn es nicht direkt passen sollte. Aber frei stehend. Mit Garten. Kein Appartement.«

»Tja«, sagte Uwe, »es tut sich ja immer mal wieder was.«

»Genau«, nickte Rolf ihm zu und bestellte sich einen Espresso mit einer kleinen Flasche Mineralwasser, »man muss nur drankommen.«

»Eine kleine Flasche Mineralwasser?«, Uwe zog ironisch die Augenbrauen hoch, »auf diese Idee wärst du früher nicht gekommen …«

»Champagner erst nach Abschluss«, erklärte Rolf, »und im Übrigen … wie wir beide sehr genau wissen: früher waren die Zeiten einfach anders!«

Samstag, 27. April

Es war früher Morgen, als Maike alle Fenster und Terrassentüren im Haus weit öffnete, um den jungen Tag hereinzulassen. Sie liebte vor allem die Geräusche, die morgens aus ihrem Garten und den Nachbargärten drangen – die Vogelstimmen, leise Gespräche, helles Kinderlachen und, ja, sogar die Rasenmäher, weil danach meist der Duft von frisch gemähtem Gras herüberwehte.

Sie steckte sich ein Stück Brot in den Mund und ging hinüber zu ihrer Werkstatt, öffnete die Tür sperrangelweit und auch die Fenster, um frische Luft hindurchwehen zu lassen, setzte dann Wasser für eine Kanne grünen Tee auf und betrachtete noch einmal ihre neuen Teller, die sie sorgsam in einem ihrer Regale aufgestellt hatte. Sie waren ihr wirklich gelungen, es waren, so fand sie, kleine Kunstwerke. Doch heute würde es an die Tassenproduktion gehen.

Nun ja, was soll's, dachte sie, die Tassen bringen mir Geld, also produziere ich Tassen.

Für die Motive hatte sie sich irgendwann Stempel gebastelt, die sie in den weichen Ton drückte, das ging schneller, als sie jedes Mal aufs Neue zu gestalten. Also legte sie alles parat, was sie brauchen würde: den Tonklumpen zum Bearbeiten auf die Arbeitsfläche und die Schüssel Wasser neben die Drehscheibe, das reichte für den ersten Arbeitsschritt. Danach würden die frisch geformten Tassen antrocknen müssen, lederhart werden, bevor sie morgen weiterbearbeitet werden konnten. Sie brauchten dann noch Henkel und ihre Zierde, bevor sie sie zum ersten Mal brennen würde, bemalen, glasieren und erneut brennen. Das alles brauchte Zeit. Und das alles machte sie gern, das Material fühlte sich gut an, es war sensitiv, es war ein Handwerk, bei dem man schmutzig und glücklich wurde.

Maikes Blick fiel wieder auf die Teller, und als sie gegen Mittag vierzig frisch geformte Tassen zum Antrocknen auf ihr Regal stellte, blieb sie erneut nachdenklich vor ihnen stehen. Dann schloss sie ihre beiden Fenster und die Eingangstür, damit der warme Luftzug den Ton nicht zu schnell trocknen konnte, und ging zu ihrem Kühlschrank. Mit einem weiteren Klumpen Ton kehrte sie zu ihrem Arbeitstisch zurück, schlug, drückte und walkte ihn und setzte sich erneut an ihre Drehscheibe. Und plötzlich kam es wie von selbst über sie, so, als gäbe sie den Weisungen einer inneren Stimme nach. Wie im Traum formte sie einen Teller, einen wie die im Regal und dazu eine Platte, eine Salatschüssel und schließlich zwei Kerzenhalter. Manchmal dachte sie daran, auch einfach Figuren zu modellieren, so wie sie es bei ihrer Lehrerin gesehen hatte, aber die war Meisterin, und Maike hatte bei ihr nur ein halbes Jahr gelernt. Zu kurz, um alles zu können. Aber mit den Jahren half auch *learning by doing*. Und manchmal auch der Mut, einfach Dinge zu tun. So wie jetzt. Sie formte ein kleines Hufeisen. Mit kleinen Stollen, seitlichen Einkerbungen und sechs Löchern für die Hufnägel. Anstelle des kleinen Griffs vorn könnte man Namen prägen. Eva & Marco, beispielsweise, und darunter das Datum. Das wäre doch ein ideales Hochzeitsgeschenk. Oder ein sinnfälliges Geschenk für den Einzug in eine neue Wohnung oder in ein neues Haus: Viel Glück. Oder: Für Traumjahre. Oder was auch immer, die Schenkenden könnten das frei entscheiden. Maike war von ihrer eigenen Idee begeistert. Sie würde gleich mal drei formen und bei ihrer nächsten Rundreise als Idee vorstellen. Und überhaupt, sie müsste sich wirklich mal aufraffen und eine neue Liste der diversen Keramikmärkte, Kunsthandwerkermärkte und Ladengalerien zusammenstellen. Sicher gab es inzwischen ein paar Anlaufstellen mehr als nur die, die sie vor drei Jahren aufgelistet und bei denen sie mit ihren Sachen kein Glück gehabt hatte. Während sie das Hufeisen formte und den Ton glatt strich, dachte sie darüber nach. Ihr Pech war einfach, dass Töpfern ein solcher Trend geworden war, dass es inzwischen viele professionelle Töpferwerkstätten gab und obendrein auch noch viele Hobby-Töpfer, die ihre Werke ebenfalls verkaufen wollten. Nicht zuletzt für Schleuderpreise auf den Flohmärkten. Sie unterdrückte ein Seufzen. Aber egal, nun hatte sie eine gute Idee. Und mit der würde sie es ein weiteres Mal probieren: ein Hufeisen fürs Glücklichsein.

Es klopfte leicht. Sie dachte schon, sie hätte sich verhört, aber dann begleitete doch Ellas Stimme das zweite Klopfen: »Maike …? Bist du da?«

Maike hob den Kopf. »Ja, komm rein, die Tür ist offen.«

Ella streckte ihren Kopf herein, schob den schmalen Körper nach und schloss die Tür sorgfältig hinter sich.

»Was machst du?«, wollte sie wissen und kam vorsichtig näher.

»Ganz viele Tassen, schau.« Maike zeigte aufs Regal. »Und jetzt ein Hufeisen.«

»Ein Hufeisen?« Das weckte Ellas Neugierde. »Wieso ein Hufeisen? Damit kannst du doch keine Pferde beschlagen … oder doch?«

Seitdem sie auf dem Gestüt in Hemmelsdorf einige Male auf einem Pony gesessen hatte, fühlte sie sich in der großen Welt der Reiter und Amazonen zu Hause.

»Nein, damit kann man keine Pferde beschlagen«, sagte Maike lächelnd. »Dazu braucht es Eisen und einen Schmied. Aber man kann sie über die Haustüre hängen. Das bringt Glück.«

»Ja?« Zweifelnd sah Ella sie an, und Maike fielen mal wieder ihre klugen Augen auf, grün-braun und immer aufmerksam. »Und warum hängt dann kein Hufeisen über deiner Türe, wenn das Glück bringen soll?«

»Ich bin gerade erst auf die Idee gekommen.« Maike wies mit

ihrem tonverschmierten Zeigefinger auf die halbrunde Form, die vor ihr lag. »Siehst du? Das wird mein Hufeisen. Da schreib ich dann: ›Viel Glück‹ drauf und hänge es über meine Eingangstür.«

»Toll! Machst du mir auch eines? Und schreibst du dann ›Bella‹ drauf, das ist mein Lieblingspony. Sie ist ganz weiß und sooo groß …« Ella deutete mit der Hand eine Höhe ihrer eigenen Schulter an. »Und sie hat mich lieb. Und ich sie auch.«

Mädchen und Pferde, dachte Maike, das ist eine unvergängliche Liebe. Das können Pferde-Mädchen bis ins hohe Alter niemals mehr abschütteln. Wer diesen Bazillus erst einmal hatte, trug ihn lebenslang in sich, wie sie selbst. Oder wie Lilly, die, als sie noch eine heile Familie waren, auch häufig in Hemmelsdorf bei den Pferden war.

»Und jetzt willst du mir zuschauen?«, fragte sie Ella, um auf andere Gedanken zu kommen.

Ella griff kurz mit beiden Händen nach ihrem dunkelbraunen Pferdeschwanz. »Schau«, sagte sie und neigte den Kopf nach vorn. »Siehst du meinen Haargummi?«

Maike musste sich etwas recken, und dann sah sie den glänzenden, kleinen Pferdekopf an Ellas Haargummi.

Ella richtete sich wieder auf. »Den habe ich von meiner Reitlehrerin zum Geburtstag bekommen«, sagte sie stolz. »Und auf den passe ich gut auf, vor allem wegen Jule.«

»Wegen Jule?«

»Klar!« Ella verzog kurz das Gesicht. »Sie will doch ständig alles haben, was mir gehört.«

»Na ja«, beschwichtigte Maike, »das meint sie ja nicht bös, sie ist eben noch klein.«

»Das meint sie sehr wohl böse!«

»Ella?« Sandras Stimme.

»Oh!« Ella schlug sich schnell die Hand vor den Mund, »ich sollte dich ja etwas fragen …«

»Ella? Bist du da?« Es klopfte.

»Komm ruhig rein«, rief Maike. »Sie ist da.«

Sichtlich erhitzt stand Sandra im Türrahmen und hielt sich die Hand vor die Augen. »Oh, ich sehe nichts. Hier ist es so dunkel.«

»Tja, draußen ist es eben sehr hell«, entgegnete Maike schmunzelnd. Sandra nahm die Hand langsam weg. »So, jetzt sehe ich dich. Sorry, dass ich dich störe, aber eigentlich sollte dich Ella fragen …«

»Ich frag schon«, schnitt Ella ihrer Mutter das Wort ab, »wir fahren zum Einkaufen. Sollen wir dir was mitbringen? Für unseren Grillabend heute bei Per?«

Maike überlegte kurz. »Ja, Grillkäse wäre klasse und zwei Maiskolben?«

»Keine Wurst? Fleisch?«, fragte Sandra nach.

Maike schüttelte den Kopf.

»Da hast du recht.« Sandra nickte. »Pers eigene Sachen sind sowieso die besten.«

Einen Moment zögerte sie. »Und, Ella? Willst du dableiben? Bei Maike?«

»Geht Jule mit?«

»Ja, klar geht sie mit.«

»Und bekommen wir ein Eis?«

»Wer mitgeht, bekommt auch ein Eis.«

»Gut.« Ella lief zu ihrer Mutter, drehte sich in der Tür aber noch einmal zu Maike um. »Vergiss nicht, sie heißt Bella.«

Als Maike abends zu Per rüberging, war sie mit sich selbst im Reinen. Die schier endlose Energie, die sie den Tag über angespornt hatte, hat ihr gutgetan. Sie konnte sogar völlig entspannt an Lilly und ihren gestrigen Abend mit Christian denken, so positiv strömte das Blut durch ihre Adern. In einem großen Korb hatte sie Teller, Besteck und ein Weinglas, eine Flasche Rotwein und ihr Grillgut, das ihr Sandra mitgebracht hatte. Und außerdem hatte sie am frühen Nachmittag noch ein knuspriges Brot gebacken, das mochten immer alle besonders gern – und sie auch. Überhaupt, alles, was irgendwie selbst gemacht war, aus dem eigenen Garten oder der eigenen Tierhaltung kam, ist in ihrer Nachbarschaft schon immer großgeschrieben worden. Und da war Per mit seinen Schafen natürlich ganz weit vorn. Vor allem, weil sie bei seinem alten Schulfreund, ein paar Kilometer landeinwärts, nicht nur ein gutes Leben, sondern auch einen stressfreien Tod hatten. Und weil er so dachte, kaufte er auch stets ein ganzes Husumer Landschwein, das er selbst zerlegte und das dann in seine Räucherkammer wanderte. Jupp brannte Schnaps – und hatte mehrere bauchige Glasflaschen mit unterschiedlichen Sorten in seinem Keller stehen, alle mussten weg, wie er sagte, um Platz zu schaffen, und brachte stets eine Auswahl mit. Und für den Rest sorgten die Frauen mit deftigen Beilagen, Salaten und Gemüse, wenn möglich aus den eigenen Gärten, und natürlich selbst gebackenen Kuchen. Ein Grillfest bei Per war immer ein Happening mit Bierbänken, einem großen Kühlschrank an der überdachten Hauswand, und immer ging es bis in die Nachtstunden hinein, denn keiner der Nachbarn beschwerte sich über den Lärm. Alle waren ja dabei.

Maike war früh dran, denn Per hantierte noch an seinem Grill, und Gunni breitete eine weiße Papiertischdecke über den Holztisch aus, der unter dem Dachvorsprung an der Hauswand stand. Dann stellte sie ihre Schüsseln darauf ab, und Maike tat es ihr gleich.

»Ah, du hast deinen genialen Kartoffelsalat gemacht«, stellte Maike begeistert fest. »Der wird in null Komma nichts weg sein.«

»Das würde mich freuen.« Gunni lächelte ihr zu. »Genau wie dein Brot. Schau, dort ist das große Holzbrett. Und Brotmesser hast du?«

Maike nickte und zog alles aus dem Korb.

Nach und nach trafen alle ein, zum Schluss Sandra, Fabian und die beiden Kinder. Ella sprang sofort zu Maike, um sich nach ihrem Hufeisen zu erkundigen, und Fabian wurde von den anderen aufgezogen, weil er wahrscheinlich noch den Rasen gemäht hatte, wie Geert vermutete. »Und du hast fleißig Fische gefangen?«, konterte Fabian mit Blick auf die beiden Makrelen, die nebeneinander auf einem Vesperbrett am Grill lagen. Geert zuckte mit den Achseln. »De Dösch bit nicht mehr.«

»Oder er *kann* nicht mehr beißen«, mischte sich Per ein, »weil es den Dorsch nämlich kaum mehr gibt.«

»Trotz der zwei Monate Schonzeit«, nickte Geert.

»Trotz strikter Fangregeln!«, bestätigte Per.

»Nur die Menschheit nimmt dauernd zu«, Geert schlug sich leicht auf den Bauch.

»Ja, stimmt«, schmunzelte Per.

»Womit wir beim Lieblingsthema wären«, stellte Maike fest, die sich zu den beiden gestellt hatte. »Für die Überbevölkerung bin ich mit einem Kind jedenfalls nicht verantwortlich!«

»Wir auch nicht!« Fabian streckte zwei Finger in die Höhe. »Wir reproduzieren uns nur.«

Frauke drehte sich fragend zu Maike um. »Ja, wo ist deine Tochter eigentlich. Sie wollte doch zu Besuch kommen?«

»Ja, stimmt«, sagte Maike und fügte lächelnd hinzu, »aber sie kommt dafür nächstes Wochenende.«

»Wer grillt jetzt die Makrelen?«, wollte Jupp wissen, der sich dazugesellte, »und Gunni will wissen, ob ihr vielleicht den ersten Schnaps auf unseren Enkel trinken wollt?«

Alle starrten Jupp an. »Wie, was … euer Sohn?« Geert runzelte ungläubig die Stirn.

»Quatsch!« Jupp lachte. »Aber wenn ihr einen Grund für einen ersten Schnaps braucht, dann wäre das doch einer …«

Maike lächelte in sich hinein. Außer Frauke, Fabian und

Sandra waren alle älter als sie. Per und Jupp sogar gute zwanzig Jahre. Gunni und Regine, ihre Frauen, etwas weniger. Aber alle waren sie körperlich gut drauf, waren ständig in Bewegung, beruflich oder privat, und waren so etwas wie ihre Ersatzfamilie geworden. So, wie sich alle Bewohner des Butenwegs ein bisschen wie eine Großfamilie fühlten. *Die Butenwegler* eben.

Gegen Mitternacht war Maike wieder zu Hause und ging mit einem letzten Glas Mineralwasser ins Wohnzimmer. Vor dem offenen Kamin, den ihr Großvater gemauert hatte, blieb sie stehen und betrachtete die beiden cognacfarbenen Ledersessel, die wuchtig und schwer schon dagestanden hatten, als sie noch ein Kind war. Sie hatte es geliebt, wenn ihre Eltern abends zusammengesessen hatten, ein Feuer im Kamin, ein Glas Wein auf dem kleinen Tisch zwischen ihnen. Oft besprachen sie am Abend den nächsten oder den vergangenen Tag, und sie kuschelte sich zu ihrem Vater, der sie liebevoll in den Arm nahm, bis sie dafür zu groß war. Es hingen so viele Erinnerungen an diesen beiden Sesseln, dass sie es nie übers Herz gebracht hatte, sie wegzugeben, den Esstisch mit der alten Bank und den unbequemen Holzstühlen dagegen hatte sie sehr gern ausgetauscht. Der Tisch war einfach nicht mehr schön, und Christian fand damals, dass zwei alte Stücke vollauf genügen würden und dass dem düsteren Wohnzimmer mit den kleinen Sprossenfenstern ein Durchbruch in den Garten, ein neuer, heller Anstrich und moderne Möbel gut stehen würden. Und so wurde es ein Halb-halb-Wohnzimmer. Eine Hälfte Erinnerung, die andere Hälfte stylish. Wobei diese neue Hälfte inzwischen auch schon wieder Erinnerungen barg. Maikes Blick glitt zur Regalwand mit den vielen Büchern, aber auch den gerahmten Fotografien. Einige zeigten ihre Großeltern und ihre Eltern, aber auf den meisten war Lilly zu sehen. Als Baby, als Kleinkind, am Strand, lachend auf ihrem Lieblingspony, bei der Einschulung mit der großen Schultüte und als Vierzehnjährige, mit ihr. Das war Maikes Lieblingsfoto. Vielleicht lag es an dem herzhaften Lachen ihrer Tochter, das sie nie zeigte, sobald eine Kamera in der Nähe war – aber damals war dieser Schnappschuss gelungen. Lilly lachte ihr schelmisches Lachen, zeigte ihre schönen weißen Zähne, und ihre Augen blitzten. Sie hatten ihre Köpfe zusammengesteckt, und sie, Maike, war auch noch fünf Jahre jünger, glücklich, strahlend – kurz bevor diese junge Kapitänin ihr Leben durcheinandergewirbelt hatte. Ihre braunen Haare waren damals noch sehr lang gewesen, später hatte sie sie dann schneiden lassen. Nicht ganz kurz, dazu fehlte ihr der Mut, aber doch ein gutes Stück. Und bis heute hatte sie noch ihren schwulen Friseur im Ohr, der dreimal nachfragte: »Wirklich nicht nur die Spitzen?« Und dann war ihm klar, dass sie eine Veränderung brauchte. Und ihm war auch gleich klar, warum. Ohne ein weiteres Wort legte er kurz seine Hand auf ihren Oberarm, und diese Berührung spürte Maike bis heute – sie rührte sie damals zu Tränen.

Maike stand auf. *As time goes* by, dachte sie, *die Welt wird Liebende immer willkommen heißen, während die Zeit vergeht.* Diesen Satz des Liedes hatte sie sich gemerkt. Sie hatte den Ursprung einmal nachgelesen, schon 1931 hatte der Jazzer Herman Hupfeld diesen Titel geschrieben, der später durch Frank Sinatra und »Casablanca« berühmt geworden war. Und weil sie dieses Lied so liebte, hatte sie es sich zur Hochzeit gewünscht, *a kiss is just a kiss.*

»Toll!«, sagte sie laut. »A kiss is just a kiss! Mit einer anderen! Schweinepriester!«

Bevor sie sich hineinsteigern konnte, nahm sie ihr Wasserglas und prostete ihren Eltern zu. »Gute Nacht, Mama, gute Nacht, Papa.« Und ging ins Bett.

Sonntag, 28. April

Maikes erster Griff ging am nächsten Morgen zum Handy. Sie hatte von Lilly geträumt und war mit Herzklopfen aufgewacht. Bisher hatte sie sich noch nicht gemeldet. War etwas passiert? Ihr Handy zeigte einen anonymen Anruf, allerdings von gestern, und nun endlich eine WhatsApp ihrer Tochter. Sie öffnete sie schnell. *»Alles paletti«*, las sie, *»das Musical war klasse, Papa würde mir ein Auto schenken, wenn du den Unterhalt übernimmst, hat er gesagt.«*

Maike ließ das Handy sinken. Hatte der einen Knall? Seit Jahren drückte er sich vor jeder Zahlung, die nicht amtlich festgeschrieben war, und jetzt schob er ihr mit dieser Ansage natürlich den Schwarzen Peter zu. Ganz sicherlich wusste er, dass ihre finanzielle Situation mehr als angespannt war. Feine Sache. So konnte er Lilly den Mund wässrig machen in der Gewissheit, dass er gar nie in die Verlegenheit kam, ein Auto bezahlen zu müssen. Ihr Herz klopfte bis zum Hals. Sie musste aufstehen und sich bewegen. Sollte sie ihn auf der Stelle anrufen? Sie war unschlüssig. Erst einmal einen Kaffee, dachte sie, und die Gedanken ordnen. In ihrem Kopf ging alles wild durcheinander. Aber während sie die Treppen hinunterging, überkam sie das heulende Elend. Warum nur hatte sie solche Probleme? Sie versuchte doch immer nur, allen alles recht zu machen, sie arbeitete, sie gab nie auf, hatte immer ein Ziel vor Augen, lebte sehr bescheiden – aber trotzdem reichte ihr Geld hinten und vorn nicht. Sie wagte kaum auf ihre Bankauszüge zu sehen, ständig wurde etwas abgebucht, ging das, was sie sich gerade erarbeitet hatte, wieder drauf. Es war wie ein ewiges Laufrad, immer im

Kreis, ohne Entrinnen. Sie spürte, wie ihr die Tränen kamen, und sie stützte sich am Fuß der Treppe mit der Hand an der Mauer ab und ließ es einfach geschehen. Vielleicht tat es ja auch gut, wenn man sich mal so richtig ausheulte.

Aber es tat nicht gut, es zog sie nur noch weiter runter.

»Das bringt nichts«, sagte sie sich laut. »Maike, reiß dich zusammen. Du willst ihr alles ermöglichen, aber du kannst nicht. Deshalb bist du noch längst keine schlechte Mutter!«

***

Lea Lohmann sehnte sich weg. Ihr großes Haus gab ihr nichts mehr, all die Dinge, die sie vor vielen Jahren schön und erstrebenswert gefunden hatte, empfand sie nur noch als Ballast. »Eigentum macht Arbeit«, das hatte sie ihrem Mann gesagt, der immer mehr Güter anhäufte. Eigentumswohnungen, Autos und schließlich auch noch ein Boot, für das er an der Ostsee schon eine passende Werft gefunden hat.

»Was willst du denn?«, fuhr ihr Mann sie zwischendurch an, »genieß doch, dass es dir so gut geht, und jammre nicht rum.«

Lea war nicht der Typ, der herumjammerte. Sie fand nur, dass man mit 73 Jahren abbauen und nicht noch mehr anhäufen sollte. Und schon gar kein Boot, denn Helmut war 78 und sie fühlte sich schon im Auto nicht mehr so richtig wohl neben ihm. Ihrer Meinung nach war es nur den anderen Verkehrsteilnehmern zu verdanken, dass es nicht schon böse gekracht hatte. Und nun auch noch ein Boot. Das konnte ja nur schiefgehen.

»Jetzt fehlt bloß noch das passende Haus, dann machen wir es uns in Timmendorfer Strand gemütlich«, sagte er an diesem Abend und drehte sein Weinglas zwischen den Fingern. Sie saßen in ihrem Lieblingsrestaurant am Hamburger Hafen, hatten gerade eine vorzügliche Seezunge gegessen, und Helmut lächelte selbstzufrieden vor sich hin. Oder schielte er nach der jungen Bedienung? Das könnte auch sein.

Lea betrachtete ihn. Er war nie ein gut aussehender Mann gewesen, aber er hatte das gewisse männliche Etwas, das Stärke, Energie und Entscheidungskraft versprach. Es musste an seiner Statur und an seinem Auftreten liegen, dass er es im Leben so weit gebracht hatte – vom einfachen Angestellten bis zum Eigentümer der Konservendosenfabrik, für die sich nach drei Generationen kein Nachfolger mehr gefunden hatte. Keines der Kinder hatte Lust gehabt, die Familientradition fortzuführen – und dann kam er, Helmut Lohmann, und machte dem Chef ein Angebot, das er annehmen musste, weil es keinen anderen Interessenten gab. Und weil sich Helmut in der Firma auskannte.

»Ja, Lea«, sagte er und legte seine schwere Hand auf ihre. »Jetzt warte ich nur noch drauf, dass sich dieser Immobilienmakler rührt.« Er sah sie an. »Meinst du, der taugt was?«

Lea zuckte die Schultern. »Es ist vielleicht nicht so einfach …«

»Wenn ich in drei Wochen keinen Vorschlag vorliegen habe, werde ich meine Suche etwas streuen. Das teile ich ihm morgen mit. Und das wird ihm sicherlich Dampf machen!«

»Ja, Helmut«, Lea griff nach ihrem Glas und nahm einen Schluck, »das machst du sicherlich richtig.«

Montag, 29. April

Uwe Feddersen sah sich die Auslagen in seinem Schmuckgeschäft an. Am Montag räumte er manchmal ein bisschen um, so, als wären neue Stücke dazugekommen. Am besten um die Eyecatcher herum, die so richtig viel Geld kosteten. Das waren auch die Stücke, auf die die meisten Blicke fielen. Vor allem das Cactus de Cartier Collier für 47 700 Euro brachte die Menschen vor seinem Schaufenster zum Staunen. Und da er gern hörte, was die Leute so sagten, hatte er ein kleines Mikrofon an der Außenwand platziert. Zu Forschungszwecken, um herauszufinden, welche Stücke besonders ansprachen und in welchen Bereichen er vielleicht noch nachlegen konnte.

Aber immer kamen die gleichen Sprüche: »Was soll an dem Teil denn so Besonderes dran sein?«

»Mensch, da kriegst du ja ein richtig tolles Auto dafür …«

»Wer kauft denn so was?«

Ja, wer kauft denn so was.

Schon wieder stand ein Ehepaar neben ihm, beide in einem Reisebus gekommen, wie er aufgrund ihrer Kleidung mutmaßte.

Sie zog ihren Mann kurz am Ärmel seiner beigen Windjacke.

»Schau da mal!« Und als er nicht so richtig wusste, wohin er schauen sollte, deutete sie nach vorn. »Der Preis! Da hat der sich doch vertan!«

Nun wurde auch ihr grauhaariger Begleiter aufmerksam und beugte sich vor.

»47 700 Euro«, las er langsam vor.

»So was Ähnliches hat uns doch Tante Frieda in ihrer Schmuckschatulle hinterlassen. Meinst du, das ist so viel wert?«

Uwe zog die Augenbrauen hoch. Fast war er geneigt gewesen, den Herrschaften diesen Schmuck näher zu erklären. 750er Gelbgold, mit 123 Diamanten im Brillantschliff von insgesamt 2,90 Karat besetzt.

»Dann gehen wir halt mal damit zu diesem … du weißt schon, der mit dem Bart. Im Fernsehen.«

»Horst Lichter?«

»Ja, genau. Der mit dem Bart!«

Uwe zog sich in seinen Laden zurück. Was machte es für einen Sinn, Menschen über die Schönheit, die Herstellung von Schmuck aufzuklären? Welchen Weg die einzelnen Diamanten hinter sich hatten, bis sie schließlich da glitzerten, wo sie jetzt saßen? Durch wie viele Hände sie gegangen sind, wie viel Schweiß an ihnen klebte?

Nein, das machte keinen Sinn.

Er blieb stehen und betrachtete nachdenklich seine Auslagen. Er wollte immer ein offenes Geschäft haben, transparent. Sodass die Betrachter von außen die Geschäftigkeit im Laden sehen konnten, die vielen Kunden, die sich Schmuckstücke zeigen ließen … so ein bisschen Tiffany von der 5th Avenue, wer drin ist, ist der King. Und wer dann mit der kleinen schwarzen Tragetasche mit dem goldenen Aufdruck seines Geschäftes durch Timmendorfer Strand spazierte, konnte sich der neugierigen und manchmal auch neidvollen Blicke sicher sein. Aber nun herrschte in seinem Geschäft meist gähnende Leere. Hochzeitsringe verkauften die anderen auch, und Schmuck zwischen 200 Euro und 2000 Euro wurde fast überall angeboten.

Heute Morgen hatte ihn Arnulf Schmidt, Filialleiter seiner Bank, darauf angesprochen. Das empfand er als Alarmzeichen. Banken hatten einen im Griff, vor allem, wenn die Umsätze sanken, die Ausgaben aber gleich hoch blieben. Und klar wusste

Schmidt auch, dass dieses Cartier-Collier nur in Kommission in seinem Schaufenster lag. Das Aushängeschild eines Hamburger Großhändlers, ein Appetizer, der Kunden anlocken sollte. Um von seinen üppigen Darlehen abzulenken, erzählte Uwe ihm schnell von Rolfs Angebot, eine Immobilie für ein sehr solventes Hamburger Ehepaar zu finden.

»Aha? Und haben Sie da bereits was im Auge?«, wollte Schmidt wissen, aber so blöd war Uwe nun doch wieder nicht. Wer weiß, was Schmidt mit so einer Information anfangen würde?

»Es gibt da eine geschiedene Frau mit Tochter, sie hält sich mit Selbstgetöpfertem über Wasser«, sagte er leichthin, denn das hatte er von seiner Freundin gehört, die in dem Geschäft nebenan zwischendurch Geschenke kaufte.

»Und diese Frau ist Eigentümerin einer Immobilie?«, wollte Schmidt wissen.

Uwe war sich nun nicht mehr so sicher. Er plapperte ja nur nach, was er über mehrere Ecken gehört hatte. Er musste aufpassen, dass der Schuss nicht nach hinten losging.

»Scheint so …«

Dienstag, 30. April

Fabian Richter hatte nicht vorgehabt, da etwas loszutreten. Es waren einfach Routineblicke auf die Konten seiner solventen Kunden, denn manche hatte ihn damit beauftragt, Geldbeträge von ihren Festgeldkonten auf ihre Girokonten zu verschieben, sollte es nötig sein. Nach voriger Absprache, natürlich. Und da ist er letzte Woche über Maikes Konto gestolpert, und diese Minus-Summe hatte ihn nachdenklich gemacht. Eigentlich hatte sie dem, außer dem Haus, nichts entgegenzusetzen. Die Einnahmen durch ihre Töpferei waren lächerlich gering und Christian … offensichtlich sah er keinen Grund, seiner Ex-Frau zu helfen. Nach so vielen Jahren und einem gemeinsamen Kind … Fabian ließ kurz seine Gedanken schweifen. Er könnte sich nicht vorstellen, Sandra und die Kids im Stich zu lassen. Aber Menschen waren unterschiedlich, und für manche zählte nur das Jetzt und nichts sonst.

Als er an jenem Abend nach Hause kam, hatte er seiner Frau den Vorschlag gemacht, Maike finanziell ein bisschen zu unterstützen. Und zwar so, dass sie den wahren Grund nicht merkt. Sandra kam sofort auf die Idee mit dem Babysitter-Zuschuss – und beide fanden das gut, weil es nur fair war. Maike hütete ihre Kinder, das musste honoriert werden.

Aber wieso kam sein Filialleiter nun, am frühen Dienstagmorgen, plötzlich auf Maike zu sprechen? Fabian hatte sich das Konto zwar angesehen, aber keinen Ton darüber verloren. Er konnte sich keinen Reim darauf machen. Zufall?

Er schob seinen Bürosessel zurück und fuhr die Arbeitsplatte hoch. Eine Stunde stehen, eine Stunde sitzen, das hatte er sich angewöhnt. Außerdem fand er, dass er im Stehen besser denken konnte. Und am allerbesten, wenn er sich bewegte. Er würde abends noch eine Runde mit dem Rennrad drehen, vielleicht begriff er dann, warum sich Schmidt ausgerechnet Maikes Kontoumsätze angesehen hatte.

Freitag, 10. Mai

Die Zeit war schneller herumgegangen, als Maike nach Lillys Musical-Mitteilung gedacht hatte. Und als Lilly ihr vor einer Woche mitteilte, dass sich ihr Besuch nun doch noch einmal um eine Woche verschieben würde, war sie nicht einmal besonders traurig. Sie hatte auch nicht nachgefragt. Sie steckte so in ihrer neuen Idee, dass sie die Zeit einfach brauchte.

Inzwischen waren ihre Hufeisen fertig, und sie hatte für eines der vier Exemplare auch noch kleine Blumen gefertigt, die sie aufgesetzt hatte. So etwas Ähnliches hatte sie als Jugendliche bei einem Schüleraustausch einmal aus England mitgebracht, und nach einer langen Suche in verschiedenen Kartons aus ihrer Jugendzeit, allesamt in einem stickigen, kleinen Speicherraum unter dem Dach gestapelt, war sie tatsächlich fündig geworden. Das Hufeisen war noch da. Unversehrt. Selbst die Herkunft war noch zu lesen: Crown Staffs England, *fine bone china*. Feines Knochenporzellan. So etwas hatte sie natürlich nicht, aber sie würde es trotzdem versuchen. Und diese Aufgabe hatte sie ganz beseelt. Warum auch immer, der Fund aus ihrer Jugendzeit, passend zu ihrer eigenen Idee, war wie ein Aphrodisiakum, es belebte sie von den Haarwurzeln bis in die Zehenspitzen. Und so tüftelte sie herum, googelte nach Vorlagen im Internet, formte zarte Blüten und Blätter, suchte die passenden Farben, kurz, es begeisterte sie. Und noch mehr begeisterte sie der Gedanke, ihrer Tochter eines der fertigen Hufeisen als Geschenk präsentieren zu können. Sie musste sich also ranhalten.

Am Abend würde Lilly am Bahnhof ankommen. Das waren vom Butenweg aus knapp drei Kilometer, zu Fuß doch immerhin fast eine Dreiviertelstunde. Also hatte sich Geert erboten, sie mit dem Auto abzuholen.

Jetzt saß Maike noch mit Ella und Jule am Strand, genoss das Meer und hatte sich für die beiden ein Spiel ausgedacht. Mit der Hand strich sie eine Fläche glatt und malte mit dem Zeigefinger ein großes, quadratisches Gitter in den Sand, mit drei mal drei Kästchen.

»Wie bei euch an dem kleinen Fenster neben der Küche«, erläuterte sie.

»Das ist Mamis Speisekammer«, wusste Ella sofort.

»Ja, genau.« Maike nickte. »Und nun sammelt ihr fünf Muscheln und legt sie abwechselnd in so ein Gitter. Und wer zuerst drei Muscheln in einer Reihe hat, rauf, runter oder quer, hat gewonnen.«

Sie musste aber bald einsehen, dass Jule keine Lust hatte. Sie fand den kleinen Hund, der sich offensichtlich vom Hundestrand aus hierher verirrt hatte, viel interessanter. Allmählich machte sich Maike Sorgen, dass ihnen nun wirklich ein kleiner Findling zugelaufen sei, zumal er kein Halsband trug und sofort an ihrer Badetasche schnupperte. Wohl auf der Suche nach Essbarem. Nun ließ auch Ella Spiel Spiel sein und lockte ihn. »Na, was bist denn du für ein süßes Kerlchen?«

»Nehmen wir ihn mit?« Jule lag bereits neben ihm im Sand und der Hund, ein Rauhaardackel, legte sich zutraulich zu ihr. Also verhungert sah er nicht gerade aus, fand Maike und überlegte, was zu tun sei. Der Strand war recht leer, das schlechte Wetter der vergangenen Tage hatte nur die wenigsten ans Meer gelockt. Wen informierte man, wenn man einen herrenlosen Hund gefunden hat? Die Polizei? Die Touristeninformation? Aber ja doch, am ehesten das Tierheim, fiel ihr ein.

»Ich wollte schon immer einen Hund«, erklärte Jule, und Maike dachte, genau wie Lilly. Es war damals nur an Christian gescheitert, der keine Haustiere wollte. Der hier gehörte bestimmt jemandem.

»Schau mal, Maike, er mag mich!« Der Kleine schleckte Ella die Hand ab, was Jule zornig aufschreien ließ: »Ich war zuerst. Mich mag er lieber!«

Maike sah den Strand entlang. Kam da jemand auf der Suche nach seinem Hund? Bisher offensichtlich nicht.

»Der mag euch ganz bestimmt beide«, sagte sie beschwichtigend. »Und ganz bestimmt hat er sich verlaufen und denkt jetzt, wir könnten ihm helfen.«

»Aber vielleicht hat er ja gar kein Herrchen?« Ellas Stimme klang hoffnungsvoll.

»Aber vielleicht liebt er ja sein Herrchen … oder Frauchen … und mag zu ihm zurück? Sollten wir ihm nicht helfen?«

Ella und Jule sahen sich an. Der Hund drehte sich auf den Rücken und streckte alle viere in die Luft. »Was macht er denn jetzt?«, fragte Ella.

»Offensichtlich fühlt er sich wohl«, meinte Maike. »Zumindest hat er keine Angst vor uns.«

»Wir tun ihm ja auch nichts!« Im Ton trotziger Gekränktheit fuhr sie ihm mit ihrer kleinen Hand sachte über den Brustkorb. Er rekelte sich. Offensichtlich gefiel ihm das. Und eines war jetzt auch offensichtlich, es war ein Rüde.

»Ihr könnt ihm ja mal einen schönen Namen geben«, forderte Maike die beiden auf, während sie das Handy in ihrer großen Strandtasche suchte, um vorsorglich beim Tierheim nachzufragen.

»Danny«, kam es von Ella wie aus der Pistole geschossen.

»Nein, er heißt Cassie. Wie aus meinem Kinderbuch!«, wandte Jule ein.

Maike stand auf, um einen besseren Überblick über den Strand zu haben. Wahrscheinlich rannte gerade jemand verzweifelt herum und suchte seinen Hund. Sie sah auf die Uhr. Mittagszeit. Um 16 Uhr 20 würde Lillys Zug einrollen. Noch Zeit genug … Auf der anderen Seite wollte sie ja auch noch ein paar Vorbereitungen treffen. Und jetzt ein herrenloser Hund?

»Maike, wie soll er denn jetzt heißen?«, unterbrach Ella ihre Gedanken.

»Es ist ein Männchen, also doch eher einen männlichen Vornamen. Was meint ihr?«

»Ist doch egal!« Ella winkte ab, und Jule streichelte hingebungsvoll eine seiner emporgereckten Pfoten. Er zuckte, was sie zum Lachen brachte. »Er ist lustig«, fand sie.

Maike fand es nicht so lustig. Sie hatte noch immer keinen Plan.

»Bleibt ihr hier mal sitzen? Ich schau nur mal schnell hoch zur Promenade, vielleicht sucht ihn ja jemand.« Maike klopfte sich den Sand von den Jeans.

»Och, nein!« Ella warf ihr einen ärgerlichen Blick zu. »Wieso denn?!«

Maike gab keine Antwort, sondern ging durch den tiefen Sand zum Strandeingang hoch. Vielleicht wussten die von der Vermietung was, aber das Häuschen war leer. Und die wenigen Passanten, die vorbeiflanierten, schienen es nicht sonderlich eilig zu haben. *Warum kümmerst du dich eigentlich ständig um Dinge anderer Leute?*, hörte sie plötzlich Christian sagen. Ja, stimmt, dachte sie, das tue ich. Und sie hatte es Christian auch mehrfach erklärt: Das nennt man Hilfsbereitschaft. Das habe ich von meinem Vater. Und in unserer Straße haben das alle. Aber Christian war ganz woanders aufgewachsen, und er fand, dass sich am besten jeder um sich selbst kümmerte. Hilfsbereitschaft anderen gegenüber war ihm völlig fremd – er fragte sie ja nicht einmal, ob er etwas für sie erledigen könne, wenn er sowieso in die Stadt fuhr. Sie fuhr dann eben den gleichen Weg noch einmal. Absurd, hatte sie oft gedacht.

Aber gut, sie machte kehrt und ging zu den Kindern zurück,

vielleicht war ihre Sorge um den kleinen Hund ja wirklich übertrieben. Als sie um zwei Strandkörbe, die ihr die Sicht versperrten, herumgegangen war, sah sie eine junge Frau in enger Sportkleidung bei den Kindern stehen. Vom Dackel keine Spur.

»Ah, gut, ich habe nur die Kinder nach ihrer Mutter gefragt …«, begrüßte sie Maike.

Maike schüttelte das schuldbewusste Gefühl, das sie sofort überkam, ab. Herrenloser Hund, mutterlose Kinder. Sie nickte nur. »Ja, ich habe nur …«

»Ja, der Hund«, schnitt ihr die Unbekannte das Wort ab. »Ihre Tochter hat mir das erzählt. Aber da müssen Sie sich keine Gedanken machen. Ich jogge hier jeden Tag, und zwischendurch sehe ich ihn. Er macht einfach einen Spaziergang.«

»Ach so!«, erleichtert entfuhr Maike ein Stoßseufzer. »Wunderbar. Ein Problem weniger! Wissen Sie denn, wohin er gehört?«

Die Frau schüttelte den Kopf, fuhr Ella, die aufgestanden war, kurz mit der Hand über den Kopf. »Sei nicht traurig. Er wollte euch einfach mal *Hallo* sagen, das war doch nett von ihm.«

Ella nickte, aber Jule kämpfte mit den Tränen.

»Ja dann, schönen Tag noch!« Und damit lief sie weiter.

»Suchen wir ihn jetzt?«, wollte Jule wissen.

»Nein.« Maike begann ihre Sachen in den Bollerwagen zu packen. »Der ist jetzt einfach heimgegangen, so, wie wir das auch tun.«

»Aber es war ein besonderer Hund.«

»Da hast du recht«, bestätigte Maike, »es war ein hübscher und lieber Rauhaardackel.«

»Nein«, widersprach Ella, »er war besonders, weil er zwei Augenfarben hatte.«

»Wirklich?«

Auch Jule nickte heftig, während sie die Muscheln aus den Sandgittern aufsammelte, an ihrem T-Shirt säuberte und dann in ihre kleine Stofftasche steckte. »Ja, zwei verschiedene Augen.«

So ganz mochte es Maike noch immer nicht glauben.

»Hellbraun und dunkelbraun«, erklärte Ella bestimmt und zog den Reißverschluss ihrer Jacke hoch.

An der Einfahrt zu ihrem Sandweg stand ein Auto, das Maike hier noch nie gesehen hatte. Ein dicker BMW, dunkelblau mit teuren, blitzenden Alufelgen, aber einheimischem Kennzeichen. Merkwürdig geparkt, so an der Ecke, halb auf der Durchgangsstraße, halb im Butenweg.

Maike zog den Bollerwagen hinter sich her, diesmal saß nur Jule drin, Ella lief voraus. »Der ist aber sauber!«, rief sie und deutete auf den glänzenden Lack. Maike musste grinsen. Ja, die Sandpiste machte Menschen mit einem Sauber-Auto-Tick zu schaffen, denn entweder war sie trocken und staubig oder nass und matschig. »Papa sagt immer, das macht ihn noch wahnsinnig«, erzählte Ella weiter, und Maike dachte, wie herrlich ehrlich Kinder doch sind. Fabian würde das nie zugeben, denn natürlich wollte er bei den anderen nicht als Spießer dastehen. »Wenn man bei einer Bank arbeitet, muss man sicherlich ein sauberes Auto haben«, versuchte Maike eine Erklärung. Aber Ella ließ sich nicht beirren. »Mama sagt, er hat einfach einen Tick!«

Die Aufregung griff nach Maike wie nach einem kleinen Kind, so kam sie sich auch vor. Als Geerts Auto vor ihrer Gartentür hielt, sprang sie schnell hin, denn sie hatte schon seit einer Weile auf das Motorengeräusch gelauert.

»Der is see!« Geert lachte Maike beim Aussteigen über sein ganzes, breites Gesicht entgegen. So einen herzenswarmen Mann bräuchtest du eigentlich, dachte sie, während sie das Gartentor öffnete, wischte den Gedanken aber gleich wieder beiseite. Wozu überhaupt einen Mann … Es geht doch wunderbar ohne. Lilly saß auf dem Beifahrersitz, aber sie griff nach etwas auf dem Rücksitz und wandte ihr den Rücken zu.

»Schön, dass du sie mir bringst«, sagte Maike über das Autodach hinweg und dachte gleichzeitig, dass es ziemlich uncool war, wie sie so als ungeduldige Henne dastand und auf ihr Küken wartete. Aber es war schon zu spät, Lilly drehte sich zu ihr um und öffnete die Autotür, in der Hand drei rote Rosen.

Maike wich einen Schritt zurück und sah vor allem auf die Rosen. *Drei Rosen … Das war Christians Samstagsgeschenk. »Für unsere Dreieinigkeit«, hatte er immer gesagt. »Mama, Papa und klein Töchterlein.«*

»Schön, dass du da bist.« Es klang hölzern, das spürte Maike selbst.

Lilly strahlte genau wie Geert über das ganze Gesicht. »Schau, ich dachte, darüber freust du dich. Sicherlich hast du lange keine Blumen bekommen«, und damit streckte sie ihr den kleinen Strauß entgegen.

Maike nickte. »Wirklich schön. Aber wieso drei? Wir sind doch nur zwei?«

»Wer weiß, was noch kommt?« Lilly zwinkerte ihr zu und lief dann zum Kofferraum, wo ihr Geert schon den kleinen Koffer entgegenhielt.

»Magst du noch etwas trinken?«, fragte Maike höflich, aber Geert war schon klar, dass Maike den Abend mit ihrer Tochter herbeigesehnt hatte. Er winkte ab. »Lass man, habt's schön heute Abend!«

Lilly ist mehr Fels in der Brandung als sie selbst, dachte Maike, während sie hinter ihr herging. Dieses Selbstbewusstsein, wie sie hier vor ihr herschritt, ihre aufrechte Haltung, die Art, wie sie durchs Leben schritt, wo hatte sie das nur her? Hatte sie selbst, Maike, ihr das als junge Mutter vorgelebt? Nein, Maike sah sich selbst eher als Wesen in der zweiten Reihe, aber ganz sicher nicht an der Front. Dort hatte Christian gestanden, und hinter seinem breiten Rücken hatte sie sich wohlgefühlt.

Beschützt und zugleich behaglich, so ein bisschen unter einem großen Dach, unter dem alles Schutz findet.

An der Haustüre drehte sich Lilly nach ihr um. Ende August wird sie zwanzig, dachte Maike. Zwanzig! Wo war nur die Zeit geblieben?

»Wir essen doch bestimmt draußen, heute ist das Wetter ja wieder gut.«

Maike nickte.

»Meine Spaghetti?«

»Deine Spaghetti!«

Wie die Freude über ihr Gesicht zog. Sofort erkannte Maike wieder das kleine Mädchen in diesen Zügen, das sich auf ein Eis freute. Oder auf einen Ritt auf dem Pony.

Pony. Ella fiel ihr ein, ihr Hufeisen lag fertig in der Werkstatt. Weiß, mit einer roten Inschrift und einem roten Herz: Bella. Noch vor dem Essen wollte sie Lilly ihre neuen Kunstwerke zeigen – und zum Schluss würde sie ihr eigenes, mit feinen Blüten verziertes Hufeisen bekommen. Ihr Meisterstück. Sie freute sich schon jetzt auf ihr Gesicht.

Lilly war die Treppe hinauf in ihr Zimmer gegangen, und Maike blickte ihr einen Moment nach, dann suchte sie im Wohnzimmer eine schlanke Vase. Seltsam, dachte sie, dass Lilly sich an dieses kleine Ritual erinnert – und dass sie gerade jetzt damit kommt, nachdem sie Christian gesehen hat.

»Gefallen sie dir?« Lilly stand hinter ihr, die langen braunen Haare nachlässig hochgesteckt, in ihren Ohrlöchern baumelten zwei bunte, lange Hänger. »Ja, sehr«, antwortete Maike und deutete dann auf Lillys Ohren. »Hübsch, die stehen dir. Sonst trägst du doch immer Stecker?«

»Manchmal muss man mal was wagen …«, meinte Lilly geheimnisvoll und ging mit dem Laptop unter dem Arm an ihr vorbei. »Schön, wieder hier zu sein. Es ist so«, sie drehte sich nach Maike um, »ganz besonders. Ich weiß nicht, Mama, woran es liegt, aber ich denke immer, dieses Haus hat was ganz Besonderes.«

»Was meinst du?«

»Ja, irgendwie ... eine Ausstrahlung. Ich kann es dir nicht so genau erklären. In unserer WG in Hamburg fühle ich gar nichts. Wände, Beton, Farbe. That's it! Kälte! Hier ist ... hier ist es lebendig!«

»Vielleicht ist ein guter Geist im Haus ...«

»Einer?«, Lilly lachte auf, »mehrere, würde ich sagen.« Sie ging einige Schritte weiter in Richtung Terrassentür.

»Wann essen wir denn? Hab ich noch eine Stunde? Ich möchte noch etwas arbeiten, ist das okay für dich?«

Maike nickte, obwohl sie sich lieber zu ihrer Tochter gesetzt und geredet hätte. Über alles. Über ihr Studium, über ihr Treffen mit Christian, ob er etwas über seine Neue gesagt hat. Vielleicht will er wieder heiraten? Womöglich erwartet sie ja ein Kind ... aber nein, diesen Gedanken strich Maike wieder. Es war Lilly gegenüber nicht fair. Aber trotzdem ... diese drei Rosen ... Egal. Sie ging hinter Lilly her. »Magst du denn was trinken? Einen Kaffee, etwas Kühles – oder schon einen Aperitif?«

Lilly winkte ab. »Lass nur. Das machen wir alles nachher. Ich freu mich auf das Abendessen mit dir, auf ein Glas Rotwein und auf die Spaghetti!«

Maike nickte. Und während sich Lilly an den Gartentisch setzte und ihr Laptop aufklappte, ging Maike durch das Gras zu ihrer Werkstatt.

***

Carolin Schmidt hatte eine Spitzen-Neuigkeit und das erste Mal das Gefühl, so richtig top zu sein. Sie konnte es kaum erwarten, bis ihr Chef von seinem nachmittäglichen Espresso im Café Wichtig zurückkam. Eigentlich müsste er mir dafür eine Erfolgsprämie zahlen, dachte sie, denn das sind ja Top-News, die ich ihm da präsentieren werde. Und dafür könnte er ja wohl auch darüber hinwegsehen, dass ich während meiner Arbeitszeit mal schnell in die Passage zum Lebensmittelladen geflitzt bin. Sie ordnete ihren Schreibtisch, legte alle Fachzeitschriften auf Kante, denn irgendwas musste sie tun, so aufgeregt war sie. Als alles erledigt war, griff sie nach ihrem Smartphone, um ihrem Freund die Neuigkeit zu schreiben, aber da hörte sie Rolfs Schritte und ließ das Handy schnell in ihrer Handtasche verschwinden.

Wie immer kam er herein, warf ihr einen kurzen Blick zu, »gab's was?«, und wollte schnell an ihr vorbei in sein Arbeitszimmer verschwinden.

Doch diesmal reckte Carolin sich und sagte langsam, aber bedeutungsvoll: »Ja, es gab was.«

»Ein neues Angebot auf Tinder?«, knurrte er über die Schulter hinweg, drehte sich aber um, als Carolin mit einer für ihn völlig unbekannten Tonlage »etwas Essenzielles« sagte.

»Und was?« Er war noch nicht überzeugt, hatte sich aber immerhin schon halb umgedreht.

»Ich habe etwas über eine Immobilie erfahren. Hier, in Timmendorfer Strand.«

»Aha?« Nun wurde er hellhörig. »Von wem? Was ist es?« Er kam ein paar Schritte näher und blieb vor ihrem Schreibtisch stehen. Carolin zierte sich etwas. Irgendwie tat es ihr leid, ihre Informationen einfach so rauszuhauen – so ganz unspektakulär.

»Die Freundin von dem einen Schmuckhändler stand vor mir in der Schlange und hat sich mit einer anderen Frau unterhalten.«

»Moment mal, in welcher Schlange?«

»Vorhin, beim Edeka.«

Ein missbilligender Blick traf sie.

»Ja, und«, sprach Carolin schnell weiter, »die eine sagte, sie habe gerade eine sehr schöne Töpfervase gekauft, in dem kleinen

Laden an der Kurpromenade. Ja, diesen Laden kenne sie, die Besitzerin heiße Anja, hat dann die Freundin vom Schmuckhändler gesagt …«

»Geht's schneller?«, unterbrach Rolf sie.

»Nein. Das gehört dazu. Denn die Freundin vom Schmuckhändler sagte dann«, Carolin veränderte die Stimme, »das sei gut, dass sie etwas gekauft habe, denn der Töpferin gehe es nicht so gut, das habe ihr Anja verraten. Sie sei geschieden, habe eine studierende Tochter, und deshalb unterstütze Anja sie auch mit dem Verkauf ihrer Keramiktassen.«

»Ja, und? Wo bleibt die Immobilie?«, fragte Rolf barsch, und die senkrechte Falte an der Nasenwurzel zeigte sich.

Carolin ließ sich Zeit. Nun hatte sie einmal die Oberhand, da konnte er granteln, so viel er wollte.

»Gut sei, hat die Freundin des Schmuckhändlers gesagt, dass sie ja in einem eigenen kleinen Häuschen lebe … aber wie lange sie das noch könne, sei fraglich.«

Rolf stutzte. »Aha. Interessant.« Seine Gedanken kreisten. »Wo liegt dieses Häuschen?«

Carolin zuckte mit den Schultern. »Das kann ich herausbekommen, sie töpfert ja offensichtlich für den kleinen Laden an der Kurpromenade.«

»Haben Sie mal nach ihr gegoogelt? Einen Töpfer müsste man hier in der Gegend ja finden.«

»Fehlanzeige. Es gibt die Töpferin direkt am Niendorfer Hafen, aber das ist jemand anderer. Sonst nichts.«

Uwe rieb sich kurz die Nasenwurzel.

»Und, Moment mal, welche Freundin von welchem Schmuckhändler eigentlich?«

»Der an der Kurpromenade. Neben der Anja, dem Andenkenladen«, präzisierte sie.

Sofort schrillten in Rolfs Hirn alle Alarmanlagen. Er sah die Lichter förmlich kreisen.

»Und Sie haben nicht nachgefragt, wo diese Immobilie steht?« Dumme Kuh, dachte er, das ist doch das Erste, was man als Immobilienhändler tut.

»Es war deren Gespräch – ich konnte mich da doch nicht einmischen. Ich war schließlich froh, dass ich es überhaupt gehört habe.«

»Dann auf, zu diesem Laden, und fragen Sie nach der Immobilie von dieser … Töpferin, bevor es jemand anderes tut.«

Und da Carolin nicht sofort reagierte, setzte er nach: »Worauf warten Sie noch?«

»Auf ein Lob vielleicht?«, sagte Carolin, während sie aufstand und nach ihrer Jacke griff. Depp, dachte sie, bei der nächsten Gelegenheit kündige ich und such mir einen anderen Job. Das sagte ihr Freund schon lange.

***

Arnulf Schmidt saß in seinem Büro und ließ sich das durch den Kopf gehen. Maike Hinrichs hatte ihren Dispokredit voll ausgeschöpft und zusätzlich zwei Darlehen laufen. Schon die monatlichen Zinsen machten ihr offensichtlich zu schaffen. Immer mal wieder kamen kleine Beträge auf ihr Konto, mal 100 Euro, mal 150 … alle von drei kleinen Läden in Timmendorfer Strand, die offensichtlich ihre Töpferwaren verkauften. Wie viel darüber hinaus schwarz ging, wusste er nicht, es konnte sich aber um keine Reichtümer handeln.

Am frühen Nachmittag war er mal dem Tipp von Uwe Feddersen nachgegangen und kurz zum Butenweg gefahren, um sich die Hausnummer 12 anzusehen. Auf den ersten Blick ein kleines, schmuckes Häuschen, ganz offensichtlich alt, aber liebevoll gestaltet. Doch der zweite Blick zeigte ihm, dass es bald renoviert werden müsste, um auch noch für die nächsten Jahrzehnte erhalten zu bleiben. Vor allem das schöne Reetdach müsste dringend saniert werden, und wenn alle Fenster im Haus so waren wie die beiden neben dem Hauseingang, war das bei Wind und Kälte ein Problem und energietechnisch völlig veraltet. Mehr hatte er von der Straße aus nicht sehen können. Und er wollte auch nicht auffallen, so schlenderte er wie ein neugieriger Tourist die Straße entlang, blickte mal nach links, dann nach rechts und wollte am Ende der Sackgasse gerade wieder umdrehen, als er eine Frau in die Straße einbiegen sah, mit einem Bollerwagen und einem kleinen Mädchen, das vorauslief. Er wich hinter die tiefen Zweige einer Trauerweide zurück und beobachtete die Szene. War das vielleicht Maike Hinrichs? Hatte sie noch so kleine Kinder? Nein, in ihren Bankauszügen war klar zu erkennen, dass sie regelmäßig Geld nach Hamburg überwies. Das deutete eher auf ein größeres Kind hin, vielleicht Student. Er musste das besser recherchieren. Sein Kollege Fabian Richter war erschrocken gewesen, als er nach Maike Hinrichs fragte. Warum eigentlich? Er konnte sich keinen Reim darauf machen. Aber immerhin sah er jetzt, dass die Kinder aufs Nachbargrundstück sprangen und die Frau tatsächlich Maike Hinrichs sein musste, denn sie verschwand in der Hausnummer 12.

***

Lilly deckte den Gartentisch und hielt noch die tiefen Pastateller in der Hand, als Maike mit einer Schachtel aus der Werkstatt kam.

»Was hast du da?«, wollte sie wissen, aber Maike lachte nur.

»Das zeige ich dir bei einem Aperitif«, sagte sie gut gelaunt und platzierte die Schachtel vorsichtig auf der Bank. »Und wenn du jetzt noch klein wärest, würde ich sagen: Pass auf, dass sie nicht runterfällt.«

»Wenn ich noch klein wäre, hättest du sie nie und nimmer in meine Reichweite gebracht«, konterte Lilly, und beide lachten. Ach, dachte Maike, wie gut es tut, mit der eigenen Tochter lachen zu können, das befreit, stimmt einen sorglos und lässt alle düsteren Wolken am Horizont verschwinden.

»Stimmt, du warst aber auch ein kleiner Schussel.«

Lilly lachte noch immer, während sie die Teller abstellte. »Weißt du noch? Omis Vase? Sie wollte mich umbringen!«

»Dabei wolltest du ihr nur eine Freude machen und sie abstauben.«

»Und das war's dann.«

»Sie war aber auch scheußlich!« In der Erinnerung an damals schüttelte Maike den Kopf. »Und das Geschenk, das du unbedingt zum Wagen tragen wolltest ... die kleine, handbemalte Butterdose aus Porzellan ...«

»Da war der große Stein schuld, der plötzlich im Weg lag.«

Lilly grinste übers ganze Gesicht. »Es ist besser geworden, ich schwör's dir. Außer einem Teller in unserer WG habe ich schon lange nichts mehr kaputt gemacht!«

Maike sah sie an, und wieder mussten beide lachen.

»Ach was ...«, sagte Maike. »Nur einen Teller?«

»Ikea. Halb so schlimm«, erklärte Lilly.

»Gut, dann Finger weg vom Paket!« Maike schenkte ihr einen warmen, schrägen Blick. »Ich hole uns zwei Gläser, ich habe extra einen Sekt kalt gestellt, um etwas zu begießen ... Ich habe nämlich eine neue Geschäftsidee, und vielleicht bringt das den großen Erfolg!«

»Das wäre schön!«

Sie stießen an, bevor Maike die Schachtel auf den Schoß nahm. »So, jetzt bin ich gespannt, was du sagst! Aber sei ehrlich, bitte!«

»Mama, ich bin gnadenlos ehrlich, das weißt du doch. Vielleicht etwas schusselig, aber immer ehrlich!«

Maike nickte, dann zog sie das Hufeisen für Ella heraus und legte es vor Lilly auf den Tisch.

»Das ist ein Glücksbringer für Ella. Ihr Lieblingspony heißt Bella. Und das brachte mich auf die Idee …«

Lilly nahm es in die Hände und drehte es. »Hübsch«, sagte sie dann. »Wirklich hübsch. Sogar mit den Löchern für die Hufnägel – und die rote Schrift mit dem Herz, ja, das ist wirklich klasse.« Sie nickte Maike zu. »Ein Hufeisen als Glücksbringer.«

»Ja, genau«, bestätigte Maike und spürte, wie sie eifrig wurde. »Auch für Brautpaare. Zwei Namen mit zwei Ringen. Oder für Verliebte zwei Herzen … Oder beim Einzug in ein Haus für über die Tür, mit einem entsprechenden Spruch. Es gibt so viele Möglichkeiten, zum Geburtstag, oder, schau mal …« Sie warf Lilly einen Blick zu und zog bedächtig ihr Geschenk hervor.

»Für mich?«

Maike nickte und sah zu, wie ihre Tochter es drehte und wendete und schließlich die Blumen ganz genau betrachtete. »Die hast du super hingekriegt, ganz feine Blütenblätter.« Sie blickte auf. »Das ist wirklich schön, Mama!«

Maike spürte, wie sich ihre Gesichtszüge entspannten, und sie holte tief Luft. »Gefällt es dir wirklich?«

»Und ob!«

»Und meinst du, das könnte geschäftlich auch was werden?«

»Da hast du mehr Erfahrung als ich, aber ich finde sowieso, du solltest mit deinen Sachen mal aus Timmendorfer Strand raus. Es kann dich ja keiner entdecken, wenn du dich nicht zeigst. Und eine Homepage … Mama, das wäre wirklich das Mindeste, wenn du deine Sachen verkaufen willst.«

»Ach, Lilly, wer soll mich im Internet schon finden, es gibt doch so viele.«

»Schon. Aber man muss sich halt bekannt machen. Immer mal wieder was posten, neue Kreationen, neue Ideen …«

»Wenn ich das schon höre, immer mal wieder was posten. Lilly, dazu habe ich doch gar keine Lust. Lieber drehe ich in der Zeit ein paar neue Tassen.«

»Weißt du, an wen du mich erinnerst?«

Maike runzelte die Stirn in Erwartung eines furchtbaren Vergleichs. »Nein, an wen?«

»An den Dachdecker, von dem Opi erzählte. Der erst zwei Jahre später seine Rechnungen schrieb, weil er dazu keine Zeit hatte. Und fast Konkurs gegangen wäre.«

»Stimmt natürlich. Aber der arbeitete halt auch lieber draußen im Freien als im Büro.«

»Tolle Einstellung, Mama!«

Maike musste lachen, und Lilly deutete auf die Kiste. »Hast du noch mehr?«

»Ja, ich habe vier Stück zu Demonstrationszwecken gemacht. Die zeige ich alle Anja und den beiden anderen Frauen. Deines auch. Und dann bekommst du dein Hufeisen – und Ella ihrs.«

»Aber vorher fotografiere ich sie, und morgen gestalte ich dir eine Homepage.«

»Geht das so einfach?«

»Das geht so einfach!«

»Dann warte mal, Lilly, ich habe auch noch einige Teller gemacht. Die sind auch superschön, finde ich. Die zeige ich dir auch noch schnell! Kommst du mit in die Werkstatt?«

»Klar!« Lilly stand auf. »Und außerdem fotografier ich dich morgen beim Töpfern und so ein bisschen die Umgebung. Und am besten drehe ich gleich ein kleines Video, ein bisschen Atmosphäre einfangen. Du wirst sehen, Mama, das wird eine super Homepage. Zu zweit werden wir das Kind schon schaukeln!«

Maike lächelte vor sich hin, während sie Lilly voraus zu ihrer Werkstatt ging. Zu zweit werden wir das Kind schon schaukeln, dachte sie. Ja, das schenkte ihr Zuversicht. Und zwar eine ganz große Portion.

***

Carolin Schmidt stand in Anjas Laden und wusste nicht so richtig, wie sie anfangen sollte. Unschlüssig drehte sie eine blauweiße Holzmöwe in ihren Händen und war froh, dass Anja noch mit einer anderen Kundin im Gespräch war. Schließlich hatte sie eine Idee und griff nach einer der Tassen, die ganz sicher von der betreffenden Töpferin waren. Schließlich hatte die andere Kundin etwas gefunden, sie bezahlte, und Carolin sah, wie Anja einen kurzen Blick auf ihre Armbanduhr warf. Kurz vor Ladenschluss, das kam ihr entgegen. »Ich will nicht lange stören«, Carolin ging Anja mit der Tasse in der Hand entgegen, »aber wissen Sie, ob diese Töpferin auch Kurse gibt? Soviel ich weiß, ist sie doch hier aus der Gegend.«

»Ja, stimmt.« Anja warf ihr einen prüfenden Blick zu, und Carolin wurde ganz heiß. Sie war noch nie gut im Schwindeln gewesen, hoffentlich lief sie jetzt nicht rot an. »Sie kommt aus Timmendorfer Strand.« Sie deutete auf die Tasse in Carolins Hand. »Wollen Sie die haben?«

Nein, das wollte Carolin nicht. Fünfzehn Euro waren ihr zu viel für eine Recherche, die ihr Chef nicht bezahlen würde. »Sie macht doch sicher noch andere Sachen. Schüsseln, Vasen, so etwas?«

»Vasen stehen dort hinten, die können Sie sich gern ansehen.«

»Eigentlich wollte ich meiner Schwester einen Töpferkurs zum Geburtstag schenken. Wenn Sie mir ihren Namen nennen, kann ich ja mal nachfragen, ob sie Kurse gibt. Oder ich schau mir ihre Homepage an, noch einfacher.«

»Homepage?«, Anja verkniff sich ein Lächeln, »vielleicht ist ein Töpferkurs ja sogar eine gute Idee und sie freut sich darüber.«

Sie nahm Carolin die Tasse ab. »Sie heißt Maike Hinrichs und wohnt in Timmendorfer Strand. Irgendwo in Richtung Niendorf.«

»Danke«, sagte Carolin und hätte am liebsten einen Luftsprung gemacht. Wahnsinn! Sie hatte den Namen, und gleich würde sie auch die Adresse haben!

***

Maikes Spaghetti aglio, olio e peperoncino waren gelungen, das war mal sicher. Lilly nahm sich schon zum zweiten Mal und ächzte: »Du sollst nicht so gut kochen, Mama, ich kann gar nicht aufhören.«

Maike freute sich. Und ihr selbst schmeckte es auch. Sie saßen noch immer draußen, obwohl es etwas kühler geworden war und der Wind aufgefrischt hatte. Doch hinter dem Haus waren sie windgeschützt, zudem hatte Maike zwei dicke Wolljacken geholt und Kerzen angezündet, denn gegen neun würde es dunkel werden. Sie nahm die Weinkaraffe und goss nach.

»Und meinen Lieblingswein hast du auch gekauft. Du bist einfach eine liebe Mami.«

Maike spürte Tränen aufsteigen. Rührung, dachte sie. Wahnsinn.

»Zum Wohl, liebe Tochter«, sagte sie schnell und hob ihr Glas. Nach dem Schluck konnte sie es sich nicht länger verkneifen. »Wie war denn der Abend mit deinem Vater? Was gibt es Neues?«

Lilly setzte das Glas langsam ab. »Er ist noch immer viel unterwegs, und Kiki, also seine Freundin, ist es auch, sie hat jetzt ein eigenes Schiff.«

»Kiki?«, fragte Maike nach und zog unbewusst eine Augenbraue hoch.

»Katharina«, erklärte Lilly, und weil Maike eine kleine Ungeduld in Lillys Stimme zu hören glaubte, dachte sie, dass Lilly diese *Kiki* sicher gut kannte. »Und wie geht es Christian?«

Lilly zuckte die Achseln. »Er sah gut aus, wie immer. Ein bisschen nach Urlaub. War aber nicht so, hätten sie erst noch vor, sagte er.«

Dieses *sie* gab Maike einen Stich ins Herz, ob sie wollte oder nicht.

Maike zögerte, nahm noch einen Schluck und überlegte, ob man eine Tochter so etwas fragen könne. Aber wenn sie es jetzt nicht tat, wann dann?

»Weißt du eigentlich, warum er sich überhaupt getrennt hat? Mir hat er diese Frage einfach nicht beantwortet.«

»Er hat sich verliebt.«

»Wenn man in einer Beziehung glücklich ist, verliebt man sich doch nicht so schnell in einen anderen ... also hat ihm doch was gefehlt.«

Maike sah, wie Lilly kurz Luft holte und sie dann über ihr Glas hinweg ansah. »Mama, was meinst du denn, was ihm gefehlt hat?«

Maike zuckte die Achseln und fühlte sich unwohl.

»Mama! Du bist jetzt 47. Als ihr euch vor fünf Jahren getrennt habt, war Papa so alt wie du heute.«

»Vor vier Jahren.«

»Vor vier Jahren war die Scheidung«, korrigierte Lilly.

Maike nickte langsam. »Stimmt ...«

»Ihr hattet ein schönes Haus, ein gesundes Kind und ein gemütliches Couchleben, hast du mir mal gesagt.«

Maike nickte wieder.

»Siehst du. Aber er sah das nicht so. Ihm fehlte was.«

»Was?«

»Mama! Das Prickeln, der Sex! Mal nicht im Bett, sondern draußen im Garten. Hinter dem Rosenbusch, was weiß ich. Du warst zufrieden – und er war hungrig.«

»Und das hat er dir gesagt? Einfach so?«

»Nein, aber ich habe ihn natürlich auch gefragt.«

»Und genau so hat er es dann gesagt? Ich war die zufriedene Hausfrau – und er war der hungrige Abenteurer?«

»Nein, natürlich nicht. Das ist meine Interpretation.«

Interpretation. Sollte sie jetzt darauf eingehen? Nach Lillys »Interpretation« hatte ihm aufregender Sex gefehlt. Konnte sein, konnte nicht sein. Sie hatte immer den Eindruck gehabt, er war mit ihrem Sexleben zufrieden. Irgendwie war es ja auch schön, eher schön gemütlich als aufregend, das stimmte natürlich. Aber trotzdem, sie hatte ihr Zusammensein als gewachsene Liebe empfunden.

»Nach dem Sex kommt Liebe«, erklärte sie ihrer Tochter augenzwinkernd.

»Quatsch, Mama. Das sind zwei ganz verschiedene Paar Stiefel. Sex kannst du mal über Nacht haben, kann schön sein. Oder wild. Oder auch blöd, kommt ganz drauf an. Aber Liebe … Liebe … ja, darauf warte ich noch.«

Maike schüttelte den Kopf. »Ist ja irre. Jetzt muss ich mich von meiner neunzehnjährigen Tochter aufklären lassen.« Sie griff nach dem Glas. »Ich dachte, du studierst?«

»Unter anderem das Leben, liebste Mama. Das ist anders als hier. Sehr viel mehr Möglichkeiten. Und dass Sex nicht gleich Liebe ist, aber Liebe ohne Sex auch nicht funktioniert, dafür muss man nicht studieren!«

Maike musste lachen. »Tja«, sagte sie. »Nun sind die beiden auch schon fünf Jahre zusammen, meinst du, da ist der Sex auch schon erlahmt, das Aufregende, das Prickelnde, wie du sagst?«

Lilly drehte Spaghetti auf ihre Gabel. »Du fragst mich Sachen.« Sie steckte die Gabel in den Mund, aß genießerisch mit rollenden Augen und spülte mit einem kleinen Schluck Rotwein nach. »Ich glaube, dass die beiden sich so selten sehen, dass es jedes Mal ein neues Kennenlernen ist.«

War das nun gut oder schlecht?

»Und wie ist es bei dir, Lilly? Irgendwo eine große Liebe am Horizont?«

»Ich warte noch auf den einen zündenden Moment.« Sie

schob die Kerze, die zwischen ihnen stand, etwas zur Seite und sah ihrer Mutter in die Augen. »Und bei dir, Mama?«

Maike schüttelte den Kopf. »Ich habe gar kein Interesse.«

»Kein Interesse?«

»Ja, ganz genau. Tote Hose!«

Als Maike später im Bett lag, dachte sie über sich nach. Und über das, was Lilly gesagt hatte. Sex? Vermisste sie den Sex? Sie streichelte sich manchmal, tat genau das, was ihr guttat, aber Sex mit einem Mann? Wenn sie ehrlich war, vermisste sie ihn überhaupt nicht. Eher die Geborgenheit, das Zusammensein, die Streicheleinheiten, wenn sie gemeinsam in der Küche standen, ein liebevolles Aneinanderschmiegen, aber an Christians Penis hatte sie in all den Jahren kein einziges Mal gedacht.

Ging es bei den Männern wirklich um das Erleben mit einer Frau oder war es eine Fortsetzung der jugendlichen Prahlerei, jederzeit zu können, wie oft und mit wie vielen? Hing ihnen das in ihren Köpfen bis ins Greisenalter?

Sie hatte niemanden, mit dem sie darüber hätte reden können.

Möglicherweise hatte Lilly ja recht, es ging um das Prickeln, um die Aufregung. Und möglicherweise gingen Männer und auch Frauen fremd, weil genau dieses Geheime dieses Prickeln verursachte. Die Abenteuerlust, entdeckt zu werden oder eben nicht.

Hatte sie selbst jemals über Fremdgehen nachgedacht? Nein. Vielleicht war sie keine sehr sinnliche Frau? Jeder Mensch war anders. Dann gehörte sie eben zu der Kategorie *Mein Leben spielt sich nicht zwischen den Beinen ab.*

Über diesen Gedanken musste sie lächeln und entdeckte ihre Hand genau dort. Auch gut, dachte sie, bevor sie den Fernseher einschaltete, um endlich einzuschlafen.

Dienstag, 14. Mai

Als Maike vier Tage später von einer morgendlichen Besorgung zurückkam, stand ein völlig fremder Mensch in ihrem Garten. Sie schob ihr Fahrrad durch das offene Gartentürchen und fragte: »Suchen Sie jemanden?«

Der Mann fuhr herum, sah sie kurz an und fragte: »Entschuldigen Sie, ich habe gehört, dass hier ein Haus verkauft werden soll.«

»Ach?« Völlig überrumpelt sah sich Maike um. »Also, das muss eine Fehlinformation sein. In dieser Straße nicht. Und mein Haus schon gar nicht.«

»Aha«, er kniff kurz die Augen zusammen, »Helmut Lohmann. Aus Hamburg. Ja, dann war das wohl eine Fehlinformation. Ich entschuldige mich.« Er deutete eine knappe Verbeugung an, drehte sich um und ging. Maike starrte auf seinen breiten Rücken. Komisch. Wieso kommt der aus Hamburg angereist und steht in meinem Vorgarten? Was hatte das zu bedeuten?

Wahrscheinlich eine Verwechslung. Falsche Adresse. Vorn, zum Strand hin, gab es einige Prachtvillen. So, wie der aussah, in seinen teuren Klamotten, wollte der wohl eher dorthin. Und das Alter für einen superteuren Ruhesitz hatte er offensichtlich auch. Maike kicherte in sich hinein. Da hat er sich wohl nicht schlecht gewundert, dass er statt vor einer Luxusvilla hier vor ihrem kleinen Hexenhäuschen stand.

Sie ging in die Küche und stellte ihre Einkäufe ab. Viel war es nicht, nur das Nötigste. Aber sie war trotzdem gut drauf. Anja hatte eines der Demo-Hufeisen behalten und versprochen, eine kleine Infotafel zu gestalten und auf die verschiedenen Möglichkeiten einer individuellen Bestellung hinzuweisen. Und außerdem fand sie Lillys Blumen-Hufeisen sehr schön. Also hatte Maike sich vorgenommen, heute Nachmittag einige Exemplare mit unterschiedlichen Blüten herzustellen. Und sie würde Ella rüberrufen und ihr das Bella-Hufeisen schenken. Dieser Freudenschrei war dann sicher im ganzen Butenweg zu hören.

***

Lea Lohmann saß in Timmendorfer Strand auf der Terrasse des Seeterrassen-Restaurants und wartete auf ihren Mann. Sie hatte sich ein Glas Champagner bestellt, um ihre Nerven zu beruhigen, und bekam zu dem Glas eine warme Decke serviert, da der Tag zwar wolkenlos, aber recht frisch war. Lea fror mehr innerlich als äußerlich, aber das war sie gewöhnt. Sie nippte an dem Glas, sah auf das Meer, betrachtete die vielen sich kräuselnden Wellen, beobachtete die Menschen auf der Seebrücke und hing ihren Gedanken nach.

Helmut hatte nach dem gestrigen Telefonat mit dem Makler nicht viel verraten, sich nur auf die Brust geklopft. »Da kannst du mal sehen, mein Mäuschen«, hatte er zu ihr gesagt, »ich brauche nur zu drohen, dann flutscht das. Ich bin eben dein starker Kater!«

Und so waren sie heute Morgen losgefahren, um sich dieses »reine Goldstück«, wie es der Makler Helmut gegenüber genannt hatte, anzusehen.

Lea brauchte nicht lange zu warten, da hörte sie ihn bereits mit dem Personal reden. Das war auch so eine Eigenschaft von ihm. Egal, wo er auftauchte, er meldete sich gleich mal lautstark als Platzhirsch an. »Draußen sitzt sie? Danke, dann wollen wir mal sehen!«

Lea lächelte ihn an, während er sich in einen Stuhl fallen ließ.

»Und?«, fragte Lea, »ist es schön?«

»Das ist ein elendiger Betrüger, dieser Makler. Von wegen Goldstück! Das ist eine ganz armselige Hütte, in einer armseligen Straße, noch nicht mal Asphalt, mit einer armseligen Nachbarschaft. Und gehört einer völlig unbedarften Frau.«

»Also nichts für uns?« Unwillkürlich atmete Lea auf.

»Man muss dieses Ding abreißen. Das Grundstück ist groß genug, da ist gut Platz für ein ordentliches Haus.«

»Aber wenn dir doch das ganze Drumherum nicht gefällt?«

»Wenn da erst einmal einer zu verkaufen anfängt, ziehen die anderen nach und verkaufen peu à peu. So, wie das dort aussieht, können alle Geld gebrauchen. Und bis auf ein Pärchen, habe ich gehört, sind das sowieso alles ältere Semester.«

»Aha, so wie wir?«

Ein strafender Blick traf sie.

»Du willst uns doch wohl nicht mit denen vergleichen? Weißt du, was Butenweg überhaupt heißt? Buten? So was wie: die da draußen. Das waren also arme Fischer oder sonst was in der Richtung. Hat sich bis heute nicht geändert, sieht man schon an der Sandpiste. Ich bin nicht mal reingefahren, ruiniere doch nicht mein Auto.«

Dass dieses *mein* sie schon seit vierzig Jahren störte, kommentierte Lea auch dieses Mal nicht. Sie strich sich die wohlgeordneten blonden Haare zurück.

»Und was willst du jetzt tun?«

»Jetzt höre ich mir noch mal den Kaufpreis an.«

»Hat dir die Frau den nicht gesagt?«

»Die scheint von ihrem Glück noch gar nichts zu wissen. Ein völlig naives Wesen.« Ein Blick streifte sie, und Lea wusste, was er damit sagen wollte.

»Also, du standest in ihrem Vorgarten, und sie wusste nicht, dass ihr Haus verkauft werden soll?«

»Na, lass man«, Helmut winkte ab, »unser Makler sagte, das Wasser stünde ihr schon bis zum Hals. Wenn wir abwarten könnten, würde es sicher noch günstiger werden, dann müsse sie weit unter Wert verkaufen, um überhaupt etwas zu haben. Er hat da den Daumen drauf, hat er gesagt.«

Lea lauschte seinen Worten.

»Und du meinst, wenn man das so macht, ruht auf dem Haus ein Segen?«

»Ein Segen? Papperlapapp. Hier geht es ums Geschäft und nicht um Menschenfreundlichkeit – seit wann bin ich Philanthrop?« Er lachte dröhnend. »Das wüsste ich aber!«

***

Rolf Petersen tigerte durch Timmendorfer Strand. Wenn er sich seiner Sache nicht sicher war, brauchte er stets Bewegung. Im Büro wäre es Carolin aufgefallen, also musste er raus. Er wusste, dass Helmut Lohmann heute zu dem Objekt gefahren war. Er wusste nur noch nicht, wie er diese Geschichte einfädeln könnte. Er musste Lohmann hinhalten, gleichzeitig die anderen fernhalten und erst mal irgendwie an das Haus kommen. Der Plan war ihm noch nicht so klar. War er alt geworden? Wieso wollte sein Gehirn nicht mitspielen? Früher war es doch für sämtliche Schachzüge zu haben gewesen? Das machte ihm am meisten zu schaffen.

Vielleicht würde ein Espresso helfen. Er machte kehrt in Richtung Café Wichtig. Als er hineinging, sah er Uwe an seinem Stammplatz sitzen. Nein, das ging überhaupt nicht. Aber es war schon zu spät, Uwe hob die Hand.

»Gut, dass ich dich sehe, da gäbe es noch was zu besprechen.«

Mist, dachte Rolf, das hat mir zu meinem heutigen Glück gerade noch gefehlt. Ist nicht auch Uwe bereits hinter dem Brocken her? Immerhin ist es seine Freundin, der Carolin diese Information verdankte – wenn auch rein zufällig.

»Moin«, antwortete er einsilbig.

Uwe wies mit einer kurzen Handbewegung auf den freien

Platz an seinem schmalen Tisch. »Saßen wir nicht letztens schon hier?«, fragte er lakonisch, was nichts Gutes verhieß. »Und haben wir da nicht was ausgemacht?«

Rolf ging nicht darauf ein. Er sah sich nach seiner Lieblingskellnerin um und hob die Hand, als er sie am Kuchentresen erblickte. Sie nickte. Ein Espresso, das verstand sie auch ohne Ansage. Zeit gewinnen, dachte er, und im nächsten Moment überkam ihn: Schuldbewusstsein. Wieso eigentlich? *Es ist doch mein Projekt, mein ureigenes Projekt!* Er straffte die Schultern.

»Ja«, sagte er, »Uwe, was gibt's?«

»Meine Freundin hat diese Töpferin ausgemacht. Mitsamt der wackeligen Immobilie. Und plötzlich hängt da der Schmidt mit drin, und wie ich höre, hast du auch das Hamburger Ehepaar schon von der Leine gelassen.«

»Das hast du gehört?«, fragte Rolf unschuldig. »Von wem?«

»Ich lebe hier nun auch schon seit etlichen Jahren. Meinst du, ich hätte weniger Verbindungen als du?« Uwe war richtig aufgebracht.

»Netzwerk ist Netzwerk«, meinte Rolf, nahm seinen Espresso in Empfang, doch während er eine ansehnliche Menge an Zucker in die kleine Tasse schüttete und den Inhalt nachdenklich umrührte, blickte er plötzlich auf. »Aber der Schmidt? Wieso denn der Schmidt?«

»Weiß der Teufel, wie das zugegangen ist. Der darf uns jedenfalls nicht in die Quere kommen!«

Rolf störte das Wörtchen *uns*, aber er sagte nichts dazu. »Ihn als Gegner zu haben wäre allerdings schlecht.«

Uwe rieb sich übers Kinn. Er wusste ganz genau, wie Schmidt auf die Töpferin gekommen war. Aber viel hatte er ihm nicht erzählt, nur dass es eine geschiedene Frau mit Tochter war, die sich mit Selbstgetöpfertem über Wasser hielt. Da hatte er Schmidt wahrscheinlich ungewollt mit der Nase draufgestoßen. Wie auch immer, er dachte an seine laufenden Darlehen und hütete sich, Rolf über das Gespräch mit Schmidt aufzuklären.

»Und jetzt?«, sagte er stattdessen, »wenn die Sache läuft und die Immobilie von meiner Freundin gefunden wurde, dann sind wir beteiligt, so war es abgemacht.«

Rolf trank den völlig übersüßten Espresso und schüttelte sich. »Da läuft gar nichts«, sagte er und fügte im Stillen ›leider‹ hinzu. »Diese Töpferin wohnt noch lustig in ihrem Haus, sie verkauft weiterhin Töpferwaren für ihren Lebensunterhalt und scheint keinen großen Mangel zu leiden.«

Uwe zuckte die massigen Schultern. »Dann muss man ihr halt das Wasser abgraben, sie wird schon verkaufen … müssen.« Er grinste.

»Aha«, Rolf wurde hellwach. »Und wie willst du das machen?« Er sah die Lohmanns vor sich und das viele Geld, das da winkte.

»Hast du nicht gerade was von Netzwerk gesagt?«, fragte Uwe und zuckte mit der Augenbraue. »Ich habe auch meine Verbindungen.« Er schaute Rolf grimmig an. »Aber, dass wir uns da einig sind, Rolf, mein Freund, ich bin mit im Boot. Und zwar nicht nach deinen Bedingungen, sondern nach *unseren* Bedingungen!«

»Ja, aber klar! Selbstverständlich!«, beteuerte Rolf. »Abgemacht ist abgemacht!«

***

Helmut Lohmann trommelte mit den Fingerkuppen auf den Tisch. Dieses Zeichen kannte Lea, seine Nerven waren zum Zerreißen gespannt.

»Wo bleibt der Kerl«, brummte er nach seinem zweiten Bier und sah auf seine Audemars Piguet Royal Oak. Die trug er gern so, dass andere sie auch sehen konnten, denn es war ein ganz besonders schönes Stück, fand er, und zudem hatte diese Uhr eine

Geschichte: Er hatte sie sich vor fünfzehn Jahren zu seinem neuen Status als Unternehmer geleistet. Mehr nicht. Kein neues Auto, kein größeres Haus, zunächst nur diese Uhr. Sie war Zeichen seines Erfolges, und er liebte sie.

»Er wird schon kommen«, sagte sie beruhigend. »Schau, wie schön das Meer ist, so ruhig und glatt … und so endlos … ist der Blick nicht fantastisch?«

»Fantastisch wäre, wenn der Kerl endlich kommen würde!«

Lea wollte noch nicht aufgeben, sie wollte ihren Mann bei Laune halten. Das tat sie nicht nur für ihn, sondern auch für sich selbst. Wenn er gut gelaunt war, dann war er ein fröhlicher, sogar witziger Mann. Wenn nicht, dann konnte er ihr sofort die Laune verderben. »Magst du vielleicht was essen?« Sie schob ihm die Speisekarte zu.

»Wir essen unten in der Orangerie«, brummte er. »Wenn schon …«

Das war klar. Die Orangerie war das Gourmet-Restaurant im Maritim, ausgezeichnet mit einem Michelin-Stern. Sie hätte lieber hier oben eine Kleinigkeit gegessen, im Freien, mit weitem Blick und der salzigen Luft der Ostsee. »Gut«, sagte sie.

»Und wenn der Kerl nichts zustande bringt, fahren wir sowieso gleich wieder zurück.«

»Auch gut«, sagte sie besänftigend.

»Nichts ist gut«, brummte er. »Noch nicht.« Dann fing er wieder an zu trommeln.

Rolf traf fünfzehn Minuten später ein, er fand die Verspätung, als sehr beschäftigter Immobilienmakler, absolut vertretbar.

»Entschuldigen Sie«, sagte er mit einer kleinen Verbeugung zu Lea, »aber es gibt im Moment so viel zu tun.«

»Was denn, wenn Sie keine Objekte haben?«, fragte Helmut barsch und wies mit der Hand zu dem freien Stuhl an der Kopfseite des Tisches. »Ein Bier?«, fragte er weiter und sah sich nach dem Kellner um.

»Ja, gern.« Rolf setzte sich. »Bitte alkoholfrei.«

Der Blick, der ihn traf, brandmarkte ihn sofort als absolutes Weichei. Macht nichts, er musste einen klaren Kopf behalten.

»Na, denn!« Helmut wandte sich an Lea. »Und du? Noch ein Gläschen Champagner?«

»Lieber Mineralwasser, danke.«

Helmut knurrte etwas Unverständliches und machte erneut ein Zeichen in Richtung Terrassentür. Nachdem er die Bestellung aufgegeben hatte, stützte er sich mit den Unterarmen auf und beugte seinen massigen Körper in Rolfs Richtung. Das war seine Einschüchterungshaltung, die Lea gut kannte. Wie ein Boxer vor dem Kampf.

»So«, sagte er, »Sie haben also viel zu tun. Aber die Dame, deren Haus Sie uns verkaufen wollen, weiß noch überhaupt nichts von einem Verkauf.« Seine Augen lauerten auf jede verräterische Regung.

»Sie weiß sehr wohl, dass ein Verkauf auf sie zukommt«, entgegnete Rolf in absolut gelassenem Tonfall. Den hatte er über die Jahre eingeübt, der zog immer.

»Aha!« Helmut ließ nicht locker. »Und Sie wollen ihr das Häuschen quasi unter dem Hintern wegziehen?«

»Die Alternative wäre eine Zwangsversteigerung, aber dann sind alle zur Stelle, und der Preis schnellt in kurzer Zeit gewaltig in die Höhe.«

»Das wäre aber doch für die Frau gut«, fand Lea.

»Aber für uns nicht!«, wies Helmut sie zurecht.

Rolf bekräftigte: »Nein, meine Strategie ist schon so, dass es für Sie passt.« Er suchte Augenkontakt mit Helmut. »Vorausgesetzt, das Grundstück sagt Ihnen zu.«

»Daraus könnte man was machen«, entgegnete Helmut vage.

Er wusste auch, wie Preise in die Höhe getrieben werden, also mal den Ball ganz schön flach halten.

»Ach, da bist du?«

Alle drehten sich nach der Stimme um, und Rolf meinte, sein Blut müsse ihm in den Adern gefrieren. Uwe kam auf sie zu.

»Ja?«, antwortete Rolf gedehnt und schoss ihm einen warnenden Blick zu.

»Entschuldigung«, Uwe stellte sich an den Tisch, streifte die Runde mit einem kurzen Blick und richtete sich wieder direkt an Rolf, »ich wollte nur noch rasch was wegen der Immobilie fragen … aber, na ja, Geschäft ist Geschäft. Kann auch noch bis morgen warten.«

Er verabschiedete sich mit einer kleinen Geste und ging zur Terrassentür zurück.

»Ein Geschäftspartner?«, fragte Helmut.

»Ein Kunde«, sagte Rolf.

»Und er sucht eine Immobilie?«

Rolf sah seine unverhoffte Chance kommen. »Ja, mit allen Mitteln. Geld spielt keine Rolle, hat er gesagt.«

»Ach so?« Helmut Lohmann blickte Uwe hinterher. »So sah er gar nicht aus.«

»Tja«, machte Rolf, »der wahre Reichtum verbirgt sich oft hinter Bescheidenheit.«

Lohmann nickte. »Wie bei uns, nicht wahr, Mäuschen?« Und als Lea nickte, wandte er sich wieder Rolf zu und fixierte ihn. »Dass uns da kein anderer in die Quere kommt, haben wir uns da verstanden?«

»Tut mir ehrlich leid«, erklärte Rolf selbstbewusst, »zum Schluss hängt natürlich alles vom Angebot ab.«

***

Maike hatte Orangensaft und Wasser in eine Glaskaraffe gegossen, Eiswürfel dazugetan und den Gartentisch mit drei Kuchentellern gedeckt. Auf jedem Teller saß ein Schokoladen-Igel mit Stacheln aus Marzipan. Dann rief sie Sandra an.

»Ja, prima«, sagte sie sofort, »sie streiten gerade im Kinderzimmer, ich höre sie bis hierher. Ich schicke sie dir gleich … Das wird den Streit schlichten.«

Maike ließ noch einmal den Blick über den Tisch gleiten, dann sah sie prüfend zum Himmel. Es war später Nachmittag, und es hatte aufgefrischt, aber der Himmel hatte seine strahlend blaue Farbe den ganzen Tag über behalten. Dieses Blau, dachte sie, das müsste ich mal hinbekommen. Ein einfacher blauer Teller mit taubenblauen, sparsamen Ornamenten. Die Vorstellung gefiel ihr. Vielleicht eher kleine Teller? Kuchenteller? Und dann das Pendant: taubenblaue große Teller mit strahlend blauen Ornamenten.

Während sie noch ihrer Vorstellung nachhing, hörte sie das Gartentor gehen und Jules helle Kinderstimme: »Nicht so schnell!«

Klar war Ella die Erste, die erhitzt eintraf.

»Hast du mein Hufeisen fertig?«, rief sie, kaum dass sie um die Ecke des Hauses gesaust kam.

»Setz dich erst mal«, wies Maike sie an, »und wir warten auf deine Schwester.«

»Die kommt schon«, winkte Ella ab. »Die kommt immer.«

»Trotzdem. Sie ist zwei Jahre jünger als du, das …« Weiter kam sie nicht, denn Jule stand schon da, wischte sich die strohblonden Haare aus der Stirn und boxte Ella. »Du bist gemein!«

Ella schlug zurück. »Lass mich!«

»Na, na, na«, ging Maike dazwischen. »Ihr seid doch Schwestern. Und Schwestern sollten sich doch lieb haben.«

»Phh!«, machten sie gleichzeitig, dann sahen sie sich an und mussten beide lachen.

»Na also!« Maike zeigte zum Tisch. »Schaut mal, was ich euch gerichtet habe.«

»Oh, mein Lieblingsigel!« Ella saß sofort und sah Maike erwartungsvoll an. »Und dann gibt es meine Überraschung?«

»Was denn für eine Überraschung?«, wollte Jule wissen.

»Eine Überraschung für mich«, fertigte Ella sie ab.

»Es ist eine Überraschung für dich, Ella, aber Jule darf sich dann auch eine Überraschung aussuchen, wenn es ihr gefällt.«

»Was denn?«, fragte Jule.

»Abwarten, meine Damen. Wir trinken einen Schluck, und dann zaubere ich die Überraschung hervor.« Sie blickte jede an. »Oder wollt ihr zuerst den Igel essen?«

»Erst die Überraschung!« Da waren sich beide sofort einig.

Maike nahm das in Kindergeschenkpapier eingewickelte Hufeisen, das sie neben sich auf die Bank gelegt hatte, und wollte es gerade überreichen, als sie »Hallo, Maike« hörte, »bist du da?«

»Ja, um die Ecke, im Garten«, rief sie. Gleich darauf stand Frauke da, einen Korb voller Obst und Gemüse in der Hand. »Überschuss«, sagte sie. »Meine Freundin hat mich angerufen, dass ihr Garten und ihr Gewächshaus überquillen und alles kaputtgeht, wenn man es jetzt nicht isst. Also verteile ich gerade. Das ist deine Portion!« Frauke zeigte den Inhalt des Korbes. Erdbeeren, Salatköpfe, Rhabarber, Kohlrabi, Rettiche, Erbsen, Brokkoli … Maike konnte gar nicht so schnell erfassen, was es alles war.

»Ich lade dir alles in deine Spüle, soll ich?« Frauke nickte den Kindern zu. »Hallo, ihr beiden. Naschzeit?«

»Magst du auch was?«, wollte Maike wissen, »einen Igel habe ich zwar nicht mehr, aber vielleicht was zu trinken?«

Frauke lachte ihr herzliches Lachen. »Nein, danke, ich bin schon wieder weg. Ich habe eine Mission zu erfüllen!« Sie hob den Korb kurz an. »Du bist ja nicht die Einzige in unserer Gasse.« Sie nickte zu Jule und Ella hin. »Zu eurer Mutter muss ich auch noch.«

»Ich mag kein Gemüse«, erklärte Jule. »Zu uns musst du nicht.«

Maike verkniff sich ein Grinsen. Lilly war als Kind auch kein Gemüse-Freak gewesen. »Papa mag auch kein Gemüse«, fuhr Jule voller Überzeugungskraft fort. »Und Salat auch nicht!!«

»Ist ja gar nicht wahr«, Ella funkelte sie an, »Papa mag sehr wohl Gemüse!«

»Aber nur, weil Mama sagt, dass er es essen muss. Es ist gesund, sagt sie immer!«

»Ist es ja auch!«, bestätigte Frauke und nickte Maike fragend zu. »In die Spüle?«

Maike bestätigte, und Frauke ging in die Küche. Mit einem leeren Korb kam sie kurz darauf zurück.

»Wie?« Maike streckte sich, um auf den Boden des Korbes sehen zu können. »Hast du nun etwa alles ausgepackt?«

»Klar doch! Das war deine Portion. Die anderen bekommen die gleiche Menge.«

»Ich fasse es nicht!« Maike sah ihr kopfschüttelnd nach, bis sie hinter der Hausecke verschwand, und überlegte gleichzeitig, was sie nun alles kochen, einkochen und einfrieren musste, damit ihr die schönen Sachen nicht kaputtgingen.

»Darf ich jetzt auspacken?« Ellas Stimme brachte sie zurück.

»Ja, ich will's auch sehen!« Jules Mund war bereits mit Schokolade verschmiert.

»Ja, klar.« Maike legte Ella das eingepackte Hufeisen neben den Teller, und einen Moment später hing ihr Ella am Hals. »Das ist ja sooo schön«, jauchzte sie, »sooo schön, vielen, vielen Dank, liebe Maike, ich freu mich ja so. Das muss ich morgen gleich Bella zeigen, die wird Augen machen!«

Jule machte auch Augen und vergaß sogar ihren halb aufgegessenen Igel. »Und ich bekomme auch so eines?«

»Ja, das habe ich ja versprochen. Du darfst dir einen Namen aussuchen.«

Jule überlegte, die Hand mit der Kuchengabel in der Luft und dirigierte dann die Buchstaben: »J U L E«.

»Deinen eigenen Namen?«, fragte Ella, »das ist ja langweilig!«

»Sie darf es sich aussuchen«, sagte Maike.

Jule streckte Ella die Zunge heraus. »Ich darf mir das auch aussuchen. Und ich wünsche mir ein rotes Hufeisen mit einem weißen Namen. Meinem.«

***

Rolf Petersen brauchte, nachdem sich die Lohmanns verabschiedet hatten, einige Zeit, um wieder runterzukommen. Früher hätte er eine geraucht. Das vermisste er, und wie so oft überlegte er, ob er nicht wieder anfangen sollte. Für wen hat er eigentlich aufgehört? Die Zigarette danach hatte ihm immer gutgetan. Nach aufregenden Kundengesprächen, nach dem Sex. Gut, nach dem Sex, das war mengenmäßig sicher vertretbar. So oft brauchte er sie nicht mehr. Also? Er kämpfte mit sich, wie so oft, dann entschied er sich auf dem Weg ins Büro Uwe anzurufen.

»Sag mal, Uwe, wie bist du denn auf diese bescheuerte Idee gekommen?«

»Welche?«

»Na, welche wohl«, herrschte Rolf ihn ungeduldig an, »da einfach aufzukreuzen.«

»Na, ich dachte, dein Interessent möchte vielleicht deinen Kompagnon kennenlernen.«

Uwes Stimme war ihm eine Spur zu lässig.

»Du hättest alles vermasseln können!«

»Ich wollte mir dieses sagenhafte Pärchen aus Hamburg einfach mal anschauen.«

»Und? Was hast du gesehen?«

»Seine Audemars Piguet Royal Oak.«

»Aha«, fauchte Rolf ungeduldig. »Und was sagt uns das?«

»Das sagt uns, dass er nicht den wirklich erlesenen Geschmack hat. Die tragen heute gern die Zuhälter auf dem Kiez, um sich den Touch des Seriösen zu geben. Mann von Welt. Mann mit Geld.«

»Zumindest scheint er Geld zu haben, wenn er eine solche Uhr trägt!«

»Na ja, okay. Die hat er mal vor Jahren für etwa 50 000 Piepen gekauft. Heute bekommst du sie günstiger.«

»Gut. Von mir aus. Ich kauf mir keine.«

Es entstand eine kurze Pause.

»Du kaufst ja auch sonst keinen Schmuck. Außer deinem Panther da – um den Hals«, stichelte Uwe.

Das leidige Thema, dachte Rolf.

»Und? Hat er gefragt, wer ich bin?«, wollte Uwe wissen, mit leichter Erwartung in der Stimme. Selbstgefälliger Idiot, dachte Rolf.

»Ich habe dich als Kunden vorgestellt, sozusagen als Konkurrenten. Das ist mir Gott sei Dank blitzschnell eingefallen.«

»Sehr schlau. Und wenn er je in mein Geschäft kommt, um Schmuck zu kaufen, und mich wiedererkennt?«

»Du kannst doch trotzdem Kunde sein.«

»In Timmendorfer Strand würde man das doch wohl auf einer anderen Ebene abhandeln, privat. Hier kennt doch jeder jeden.«

»Der erkennt dich nicht mehr.«

»Und wenn doch?«

»Dann hast du eben einen Zwillingsbruder!«

***

Anja fand die Idee mit den Hufeisen wirklich gut, zumal sie im Hemmelsdorfer Gestüt viele Abnehmer sah, vor allem Kinder, die dort reiten lernten und ihre Eltern sicher von so einem tollen Geschenk überzeugen konnten. Sie erzählte es beim Abendessen ihrem Mann und ließ auch nicht unerwähnt, dass Frauen einfach solidarisch sein müssten.

»Solidarisch?«, fragte er und sah von seinem Teller auf. »Ich dachte immer, Frauen seien stutenbissig.«

Anja überlegte kurz, ob es Sinn machte, mit ihm darüber zu diskutieren, aber da sie schon oft die Erfahrung gemacht hatte, dass er an etwas anderes dachte, während sie ihm die Welt erklärte, ließ sie es sein. Dieses »das hast du mir nie gesagt«, konnte sie einfach nicht mehr hören, also erzählte sie ihm nichts mehr. Wozu auch. Reinhard schilderte seinen Golftag, beschrieb seine guten Abschläge, sie begeisterte sich mit ihm, und er freute sich darüber. Wenn man über ihre eigenen Belange hinwegsah, hatten sie die perfekte Symbiose. Sie liebte ihr kleines Geschäft, das sie nun drei Jahre lang zu dem aufgebaut hatte, was es heute war, und er liebte seinen Golfball, solange er dorthin flog, wo er ihn haben wollte.

Der Schreck kam, als am nächsten Morgen ihr Vermieter in der Tür ihres Ladens stand. Er hatte sich nicht angekündigt. Erst, als er über eine Vertragsverlängerung sprach, wurde ihr bewusst, dass sie einen befristeten Mietvertrag hatte. Drei Jahre. Die waren jetzt rum.

»Ist ja alles ganz ordentlich«, sagte Hans-Günter Schröder, während er an ihren Regalen entlangschlenderte. »Ein interessantes Angebot«, lobte er und drehte sich an der Kasse wartend nach ihr um, eine von Maikes Tassen in der Hand.

»Oh, die gefällt Ihnen«, bemühte sich Anja schnell zu sagen, »ja, Maike Hinrichs ist eine sehr gute Töpferin, ich kann Ihnen auch gern noch ihre Vasen – oder seit Neuestem auch ihre Hufeisen – zeigen, die werden ganz sicher ein großer Renner.«

Ein sehr gedehntes »Jaaa« … Und er drehte die Tasse in seinen feingliedrigen Händen. Wie ein Pianist, dachte Anja. Oder doch etwas zu sehnig? »Das Thema ist, ich habe einige Interessenten, die mir sehr gute Angebote für dieses Mietobjekt gemacht haben. Sehr gute …«

Anja fuhr der Schreck in die Glieder. Sie hatte vor drei Jahren alles ganz genau ausgerechnet und für die Innenausstattung einen nicht unerheblichen Kredit aufgenommen. Die Malerarbeiten, der neue Boden, die Regale, die kleine Sitzecke, die Kasse … Sie war damals so glücklich gewesen, dass sie überhaupt nicht verhandelt hatte. Weder über die Malerarbeiten, noch über den absolut ausgetretenen Boden, der ja eigentlich Sache des Vermieters gewesen wäre. Sie wollte den Laden und hatte alles dafür getan. Diesen dreijährigen Mietvertrag akzeptiert, obwohl fünf Jahre üblich waren, und sogar ihrem Mann verschwiegen, wie hoch der Kredit tatsächlich war.

Jetzt aber fiel ihre keine Erwiderung ein. Sie fühlte nur, dass sie von Kopf bis Fuß stocksteif geworden war. Endlich erwachte sie aus ihrer Starre und ging ein paar Schritte auf ihren Vermieter zu. »Entschuldigen Sie, ich verstehe nicht recht«, sagte sie, während ihr die Ohren dröhnten. Flog sie raus? Wollte er ihr das sagen? Womöglich ohne Ablöse mit einem abzuzahlenden Kredit, der … sie durfte gar nicht weiter darüber nachdenken.

»Nun ja«, sagte Schröder und stellte die Tasse ab. »Für die Lage, mitten in der City, mitten in den größten Touristenströmen, ist die Miete sehr niedrig, das werden Sie ja selbst sehen.«

»Aber«, erwachte Anja zum Leben, »ich habe alles renoviert.« Sie machte eine allumfassende Handbewegung, »die Wände, den Fußboden, neue Beleuchtung … sehen Sie sich doch um!«

»Ich sehe«, er sah keinen Millimeter auf, »aber was soll ich tun? Ich lebe auch nur von dem, was ich einnehme, und wenn andere sehr viel mehr zahlen, was würden *Sie* tun?«

Anja verschluckte sich. Welche Antwort war richtig?

Die Tür ging auf, und ein älteres Ehepaar kam herein, die Frau steuerte zielstrebig auf das Regal mit den regionalen Büchern zu. »Timmendorfer Strand – Bilder aus den Wirtschaftswunderjahren. Heinz«, sagte sie, »das habe ich gesucht, das müssen wir kaufen.«

»Ja, Wirtschaftswunderland«, sagte er, »wenn man die Zeit noch einmal zurückdrehen könnte … Wie viel soll es denn kosten?«

Anja wandte sich ab und spürte, wie die Tränen in ihr aufstiegen. Nein, dachte sie, die Blöße gibst du dir nicht! »Was wollen Sie denn tun?«, fragte sie und suchte noch immer nach der richtigen Strategie.

»Ich wollte es Ihnen nur schon mal ankündigen. Die Zeit läuft ja.«

»Heißt das, dass Sie meinen Vertrag nicht verlängern werden?«

»Das heißt, dass Sie sich etwas überlegen können.«

In Anjas Hirn liefen tausend Bilder ab. Was wollte er?

»Ich verstehe nicht«, sagte sie langsam.

»Sie verstehen sehr gut«, sagte er und drehte sich zum Gehen um. »Ihre Zeit könnte ablaufen. Oder eben auch nicht. Das hängt ganz von Ihnen ab.«

Sie lief ihm an dem verdutzten Ehepaar vorbei nach. »Aber sagen Sie mir doch, um wie viel mehr es sich handeln würde?«

Als er die Summe nannte, wurde ihr schlecht. Während er ohne weiteren Gruß hinausging, stürzte sie zur Toilette.

***

Lea und Helmut Lohmann saßen in ihrer Hamburger Wohnung am Esstisch und überlegten, was zu tun sei.

Lea hatte bei der ganzen Sache kein gutes Gefühl, aber Helmut steckte schon mitten in der Planung.

»Und wenn wir diese Hütte dort an der Ostsee abgerissen und neu gebaut haben, verkaufen wir das hier«, sagte er. »Und kaufen uns eine perfekte, praktische Stadtwohnung.«

»Meinst du, das geht so schnell?« Lea griff nach ihrem Glas. »An der Ostsee, meine ich?«

»Klar, ich habe mich umgesehen. In der Nähe stehen einige Prachtbauten. Quasi über die Straße rüber. Wenn die eine Genehmigung bekommen haben, bekommen wir die auch. Und ruckizucki leben wir in Timmendorfer Strand.«

Lea nahm einen Schluck von ihrem Portwein, den liebte sie, vor allem machte er sie immer so schön schläfrig und hielt sie damit vom Grübeln ab. »Ich hätte mir diese Hütte, wie du sagst, auch mal gern angesehen.«

»Zu viel Aufhebens«, winkte er ab. »Wir wollen ja keine schlafenden Hunde wecken. Solange ich den Kaufvertrag nicht in der Tasche habe, spielt sich alles schön im Geheimen ab. Unterirdisch, du weißt schon, im Verborgenen die Fäden ziehen, das liegt deinem Helmut.« Er zwinkerte ihr zu.

Sie konnte nichts dagegen sagen, denn seine Art, Geschäfte zu machen, hatte ihr immerhin ein schönes Leben eingebracht. Rückblickend war es eigentlich unfassbar, wie sie beide die Leiter hinaufgeklettert waren. Zuerst hatten sie beide jahrelang für das Unternehmen gearbeitet, sie im Büro und Helmut in der Produktion. Gemeinsames Einkommen, es reichte zum Leben. Und dann war Helmut plötzlich der Chef der Firma. Hatte Erfolg und machte beim Verkauf der Firma vor zwei Jahren einige Millionen. Manchmal mutete es noch immer wie ein Märchen an. Wenn sie selbst auch wenig dazu beigetragen hatte, wie sie sich eingestehen musste. Doch immerhin war sie an seiner Seite geblieben, und das war nicht die leichteste Übung, so viel war sicher.

Mittwoch, 15. Mai

Anja hatte die Nacht nicht geschlafen. Ständig kreisten ihre Gedanken um den Vermieter. Sie hätte ihn vergiften können, und irgendwann, während sie im Bett ständig eine neue Schlafposition suchte, wunderte sie sich wirklich über ihre Vorstellungskraft. Sie war ja kein gewalttätiges Wesen, aber zum ersten Mal begann sie zu begreifen, warum man plötzlich gewalttätig werden konnte. Sie hatte tatsächlich Mordfantasien und tat sich schwer, diese Gedanken abzuschütteln. Reinhard neben ihr schlief wie ein Bär. Manchmal drehte er sich, das heißt, er richtete sich etwas auf und ließ sich dann in die neue Position fallen, sodass die einteilige Matratze den Schlag an sie weitergab. Normalerweise störte sie das nicht, über die vielen Ehejahre hatte sie sich daran gewöhnt, aber in dieser Nacht hätte sie ihn gleich mit umbringen können. Um fünf Uhr stand sie auf. Sie hielt es nicht mehr aus, irgendwie musste sie sich abreagieren.

Im Schlafzimmer war es stockdunkel, die Fenster standen offen, aber die Jalousien waren heruntergelassen. Sie hörte die Spatzen tschilpen, und einer von ihnen suchte offensichtlich in der Regenrinne nach Futter, es kratzte metallisch, Vogelkralle auf Zink. Das machte Anja vollends nervös, sie suchte leise ihre Joggingsachen zusammen und schlich sich rasch aus dem Zimmer.

Laufen war sie schon lange nicht mehr gewesen, aber heute musste es sein. Sie brauchte frische Gedanken, und es hieß ja immer, beim Laufen kämen einem die allerbesten Ideen. Die brauchte sie auch, denn sie war mit ihren Überlegungen seit gestern nicht weitergekommen. Gut, der Vertrag war befristet.

Schröder musste ihr überhaupt nicht kündigen, sie war einfach draußen. Aber sie hätte sich das nie träumen lassen, denn sie hatte das Geschäft ordentlich geführt, auf ihre Kosten renoviert, sie hatte pünktlich ihre Miete bezahlt und von ihrem Vermieter nie einen Pieps gehört. Und ihn seit der Vertragsunterzeichnung vor drei Jahren nicht mehr gesehen. Für sie war es klar, dass alles so weiterlief, sie hatte sich schließlich bewährt. Was konnte ein Vermieter also mehr wollen?

Während sie ihre Schuhe zuschnürte und sich den Haustürschlüssel einsteckte, dachte sie über Reinhard nach. Sie hatte ihm nichts davon erzählt, denn ihre größte Sorge war, dass er es gutheißen würde, wenn sie aufhören musste. Und davor hatte sie wirklich Panik. Sie war 48 Jahre alt, sie war tatendurstig, sie hatte sich mit diesem Geschäft einen Traum erfüllt, sie liebte es, mit Menschen umzugehen, sie liebte es, schöne Waren zu bestellen und ihre eigene Herrin zu sein. Sie würde das alles nicht kampflos aufgeben.

Während sie auf dem Radweg an der Seestraße entlanglief, die würzig frische Luft einatmete und sich über den gleichmäßigen Takt ihrer Schritte freute, wurde sie ruhiger. Und als sie eine Dreiviertelstunde später ihre Haustüre wieder aufschloss, war ihr klar geworden, dass ihr Vermieter eine völlig willkürliche Summe genannt hatte. Wahrscheinlich wusste er nicht einmal, wie hoch der momentane Mietpreis war, denn er hatte gleich mal um fünfzig Prozent erhöht. Das konnte nicht sein. Das warf der Laden bei keinem ab. Also hatte er ins Blaue hinein gedroht. Aber warum?

Oder ging es ihm doch um etwas anderes? *Ihre Zeit könnte ablaufen. Oder eben auch nicht. Das hängt ganz von Ihnen ab,* hatte er gesagt.

Die Ungewissheit konnte sie nicht aushalten, also musste sie ihn aufsuchen. Seine Adresse hatte sie ja. Und dann würde er Klartext reden müssen. Was er wirklich wollte. Welche Vorstellungen sich hinter diesem Satz verbargen. Denn, ob er wirklich Interessenten hatte, die so viel mehr bezahlen wollten, wie er ihr weismachen wollte, bezweifelte sie. Eine kleine Mieterhöhung würde sie verkraften, da müsste sie mit ihren Artikeln vielleicht etwas umplanen. Wichtig war, dass ihr Vertrag verlängert wurde. Darum ging es jetzt!

Anja spürte ihr fröhliches Gemüt zurückkommen. Sehr gut, dachte sie und schnappte sich den Geldbeutel. Nun würde sie noch schnell frische Brötchen holen, duschen und ihren Reinhard mit einem dampfenden Kaffee im Bett wecken. Und dann würde sie die Sache und vor allem ihren Vermieter voll frischer Energie angehen.

***

Hans-Günter Schröder griff zum Telefon. Das tat er noch ganz altmodisch in seinem Büro mit dem schweren Schreibtisch aus Eiche. Alles war noch so, wie es sein Vater vor zwanzig Jahren verlassen hatte, bevor er auf der Fahrt zu seiner Geliebten den Sattelschlepper übersah. Er war sofort tot. Hans-Günter sah dies nur als gerechte Strafe, denn seine Mutter hatte unter der Situation gelitten, vor allem unter dem Gespött der Einheimischen. Seither lebten sie zusammen im Haus, seine 75-jährige Mutter führte den Haushalt, und er verwaltete die Immobilien, die sein Vater ihm hinterlassen hatte.

»Sie hat einen gehörigen Schreck bekommen«, sagte er.

»Aha? Gut! Das war dann also der erste Schritt.«

Hans-Günter stützte die fünf Finger seiner linken Hand gespreizt auf der grünen Schreibtischunterlage auf und betrachtete sie.

»Und wie hast du das gemacht?«

Er hob jeden einzelnen Finger an, während er die Punkte seines gestrigen Besuchs bei Anja durchging.

Ein männliches Lachen am anderen Ende der Leitung. »Du

hast sie also im Unklaren gelassen, was du eigentlich von ihr willst? Für die Vertragsverlängerung?«

»So sieht es aus«, bestätigte Hans-Günter und begann sein Fingerspiel rückwärts.

»Sie wird sich sonst was denken.«

»Wird sie.«

Kurze Pause.

»Und du könntest vielleicht … auch sonst was von ihr kriegen.«

»Könnte ich wahrscheinlich.«

»Und?« Wieder eine Pause. »Willst du?«

Hans-Günter ballte seine langen schlanken Finger der linken Hand zu einer Faust. Er antwortete zunächst nicht darauf.

»Das ist nicht das richtige Mittel«, sagte er schließlich. Und präzisierte nach einer weiteren Überlegung. »Es ist nicht das richtige Mittel, eine Frau zu kriegen.«

»Aber ein bisschen Sex? Das ist doch was anderes als eine ganze Frau.«

»Lass gut sein. Wir machen es so, wie wir es beschlossen haben.«

»Auch recht!« Sein Gegenüber zögerte. »Sehr recht sogar«, fügte er hinzu und dann noch ein knappes: »Danke dir.«

***

Maike hatte Freude an der Homepage, die ihre Tochter für sie gestaltet hatte. Bisher hatte sie wohl noch niemand entdeckt, denn es waren über ihre Kontaktdaten noch keine Nachrichten eingegangen, aber sie selbst scrollte gern darin herum, betrachtete ihre kleinen Kunstwerke, die Lilly in schönem Werkstattlicht fotografiert hatte, und sah zum wiederholten Mal das Video, das sie beim Arbeiten zeigte. Wenn sie es betrachtete, war es, als sähe sie einer anderen Person zu. Überhaupt erkannte sie sich selbst kaum wieder. An einer Strähne ihrer dunklen Haare, mit dem Handrücken nachlässig nach hinten gewischt, klebte etwas Ton, und ihre dunkelgrüne Latzhose war voller Lehmspritzer. Sie hatte Lilly anschließend gefragt, ob sie sich nicht etwas hübscher hätte machen sollen? Das ist authentisch, hatte Lilly geantwortet. Das wollen die Leute sehen, keinen künstlichen Schmus. Aber mittlerweile gefiel ihr das Filmchen. Vielleicht gerade deshalb, weil sie so anders aussah. Sie wirkte jünger, fand sie. Auch ihr Gesicht war anders, als wenn sie sich morgens im Spiegel begegnete. Entspannt, locker, ein Lächeln auf den Lippen. Ja, sie liebte, was sie tat, das war ihr anzusehen. Das Licht fiel, schon etwas dämmrig, schräg herein, und wie sie sich so zusah, wie ihre nassen Finger auf der Drehscheibe eine Vase emporwachsen ließen, erinnerte es sie an ein Märchen. Damals war es keine Töpferscheibe, sondern eine Spindel. Wie hieß es noch gleich? Dornröschen. Aber die hatte sich daran gestochen … Während Maikes Gedanken um dieses Märchen kreisten und die Symbolik der Spindel, machte sich auf ihrem Bildschirm ein kleines Fenster auf. Eine Nachricht! Aufgeregt öffnete sie die Message, ihre allererste. »*Liebe Mama*«, las sie, »*ich hoffe, du hast Freude mit der Homepage, und ich hoffe noch mehr, dass sie dir Erfolg bringt. Leider hat mir mein Chef heute gesagt, dass er Personal abbauen müsse. Und nun trifft das mich. Also muss ich mich nach einem anderen Job umsehen. Und gerade jetzt, wo ich neue Bücher zum Lernen brauche. Ich frage ja ungern, aber hast du vielleicht noch 60 Euro übrig?*«

***

Anja Hoffmann hatte die Adresse ihres Vermieters in ihr Navi eingegeben und stand nun vor einer alten Backsteinvilla. Auf das Klingeln an der Haustüre aus massivem Holz öffnete allerdings nicht ihr Vermieter, sondern eine gepflegte Dame mit schneeweißen, in Wellen gelegten Haaren.

»Sie wünschen?«, fragte sie förmlich und musterte Anja mit

einem durchdringenden Blick. Anja hatte sich schon gedacht, dass Schröder in diesem großen Gebäude nicht alleine leben würde, aber – wer war das nun? Hatte er eine ältere Ehefrau?

Sie trug ihren Wunsch vor, Herrn Schröder sprechen zu wollen.

»Sind Sie angemeldet?«, fragte die Frau. Angemeldet? Das brachte sie völlig aus dem Tritt. War das sein Büro? Seine Kanzlei? Arztpraxis? Sie hatte nichts dergleichen gelesen.

»Äh, nein«, erwiderte sie, »bin ich nicht. Ich möchte ihn einfach nur sprechen.«

»In welcher Angelegenheit denn?«

Anja holte tief Luft. »Privat!«

»Privat?« Die Stimmlage war nach oben gerutscht.

Also doch die Ehefrau, dachte Anja, wiederholte dennoch trotzig: »Ja, privat!«

»Mein Sohn ist nicht da. Melden Sie sich beim nächsten Mal bitte an, guten Tag!«

Wo denn?, wollte Anja fragen, da war die Türe aber schon zu.

***

Hans-Günter Schröder hatte aus dem Bürofenster im ersten Stock zugesehen. Jetzt, da Anja den Kiesweg zum Gartentor zurückging, trat er etwas vom Fenster zurück, für den Fall, dass sie sich noch einmal umdrehen würde.

Aha, damit hatte er nicht gerechnet. Er war nicht der Mutigste, wenn es um Konfrontationen ging – und deshalb war diese Frau doch ganz bestimmt gekommen. Gut, dass seine Mutter so forsch aufgetreten war. Auf sie war eben Verlass!

Er ging zu seinem Schreibtisch und den Rechnungen zurück, die er noch bearbeiten musste.

»Wer war diese Person?« Seine Mutter stand in der Tür.

»Eine Mieterin.«

»Sie sprach davon, dass sie dich *privat* sprechen wolle ...« Der Satz blieb in der Luft hängen, halb Frage, halb Drohung.

»Es ist nichts«, entgegnete Hans-Günter. »Es ist die Mieterin aus dem kleinen Laden an der Kurpromenade.«

»Was will sie dann, wenn es *nichts* ist?«

»Es geht um eine Mieterhöhung.« Er spreizte seine fünf Finger und stützte sich auf der grünen Unterlage ab.

»Dass deine Mieter jetzt schon zu uns nach Hause kommen ... wo bleibt da der Anstand?«

»Ja«, sagte er, »da hast du recht.«

»Und Klavier gespielt hast du auch schon lange nicht mehr!« Ihr Blick ruhte auf seinen Fingern.

»Natürlich«, er nickte und zog seine Finger zurück, »auch da hast du recht.«

Samstag, 18. Mai

Drei Tage später fuhr Maike ihre Runde. Ihre »Laden-Runde«, wie sie es nannte. Diesmal hatte sie keine neuen Keramiken dabei, sie wollte nur hören, was noch gebraucht würde, und vor allem war sie neugierig, ob Anja Hufeisen-Bestellungen bekommen hatte. Sie fand sich in ihrer Vorfreude schon fast etwas kindisch und hoffte inbrünstig, dass sie mit den Hufeisen auf dem richtigen Weg war.

Schon als sie in den Laden kam, war irgendetwas anders. Die Atmosphäre? War etwas geschehen? Sie sah Anja, von einigen Regalen halb verdeckt, hinten in der Ecke stehen. Eine junge Frau interessierte sich für Tischsets mit Möwendruck. Maike ging hin, blieb aber respektvoll in einiger Entfernung stehen, sie wollte nicht stören.

»Ja, die sind schön«, sagte die junge Frau eben. »Vier Stück bitte. Und wenn Sie auch noch entsprechende Tassen hätten? Dann wäre das Geschenk perfekt!«

Maike freute sich. Ihre Tassen hatten Möwenmuster, das war tatsächlich perfekt. Und auf die Kombination Tischsets und Tassen hätte sie eigentlich schon mal früher kommen können. Oder Anja.

»Nein, leider führen wir keine entsprechenden Tassen.«

Maike traute ihren Ohren nicht. Keine Tassen? Waren die zehn Stück schon wieder verkauft? Sie suchte Anjas Blick. Anja sah an ihr vorbei.

»Oh, wie schade. Aber gut, das kann man nicht ändern.«

Die junge Frau ging zur Kasse und schenkte Maike im Vorübergehen ein freundliches Nicken. Maike stand wie versteinert, denn jetzt sah sie, dass alle ihre Sachen weg waren. Das ganze Regal war umgestaltet worden, keine Tassen, keine Teller, keine Hufeisen. Stattdessen bunte Bilderrahmen, kleine Plüsch-Seehunde, Tischsets und getrocknete Seesterne.

Sie stand noch, als die junge Frau den Laden schon verlassen hatte. »Anja«, sagte sie mit erstickter Stimme. »Was ist passiert? Habe ich was falsch gemacht?«

»Es tut mir leid, Maike.«

Maike erstarrte.

»Deine Teile liegen hinten in einer Kiste. Gut verpackt. Du kannst sie mitnehmen.«

»Aber was? Wieso?« Ihre Stimme zitterte.

»Ich kann dir das nicht sagen. Ich darf nicht. Es ging nur darum, entweder gehen deine Sachen aus dem Laden, oder ich muss gehen.«

»Du musst gehen?« Maike hielt sich an einer der Regalstangen fest. »Aber wieso?«

Anja schüttelte den Kopf. »Es ist …«, sagte sie, dann brach sie ab und drehte sich rasch weg.

Voller banger Vorahnungen stieg Maike auf ihr Fahrrad, um zu den beiden anderen Läden zu fahren. Die lagen etwas abseits des Touristenstroms, waren aber eben doch seit vielen Jahren verlässliche Einnahmequellen, wenn auch der Umsatz im Vergleich zu Anjas Geschäft minimal war. Der Unterschied war zudem, dass diese beiden Läden nicht inhabergeführt waren. Aber spielte das jetzt überhaupt eine Rolle? Sie konnte sich einfach keinen Reim darauf machen. Was war los? Was hatte Anja plötzlich gegen sie? Die Kiste mitnehmen? Wieso denn? Sie würde sie nicht mitnehmen. Wie auch … Und überhaupt, sie hätte noch einmal nachfragen sollen, sie hätte sich nicht so einfach abwimmeln lassen dürfen, sie waren doch befreundet. Oder nicht?

Sie fuhr auf ihrem Fahrrad die Straße entlang und fühlte sich wie betrunken, zu keinem klaren Gedanken fähig. Ein Autofahrer hupte sie an, und sie wäre vor lauter Schreck fast gegen den Randstein gefahren. Reiß dich zusammen, sagte sie sich, aber wie sollte sie sich bei solch einem Schlag in die Magengrube zusammenreißen? Mit jedem Meter weiter wurde ihr bewusst, was das bedeuten konnte. Wenn Anja wirklich nichts mehr abnahm, aus welchen Gründen auch immer, geriet alles ins Wanken. Ihre gesamte Existenz. Kurz dachte sie an ihre Homepage, aber die rettete sie dann auch nicht mehr. Weiterdenken fiel ihr jetzt noch schwerer. Andere Märkte erschließen, Galerien, Möbelhäuser, was auch immer, das sagte sich so leicht. Aber sie war eben keine Macherin, sie war Töpferin, und im Verkaufen war sie schlecht, Marketing, Buchhaltung, das alles war nicht ihrs. Sie wollte Kunst machen, mehr nicht. Ihr kamen die Tränen. Aber Selbstmitleid, das fehlte ihr gerade noch. Die sechzig Euro kamen ihr in den Sinn, die sie gestern noch an Lilly überwiesen hatte – im Glauben, das Geld wieder hereinholen zu können. Sechzig Euro! Die würden ihr jetzt wirklich wehtun.

Die Verkäuferinnen der beiden anderen Läden waren wie immer. Nett, aber nicht besonders engagiert. Nein, sie bräuchten nichts, nein, es sei in der letzten Woche auch nichts verkauft worden.

Stimmte das? Oder hatte ein unsichtbarer Virus um sich gegriffen, ein »Wir-bremsen-Maike-aus«-Virus? Sie radelte auf dem schnellsten Weg nach Hause, ließ ihr Fahrrad einfach am Gartenzaun stehen, ging in ihren Garten und setzte sich auf die kleine verwitterte Bank zwischen den blühenden Rosenbüschen. Dort hatten auch ihre Großeltern schon gesessen und später ihre Eltern. Sie legte den Kopf zurück und sah in den Himmel, verbannte jeden Gedanken aus ihrem Hirn, und nach einer Weile fühlte sie sich völlig leer. Sie starrte einfach nach oben, bis eine Stimme sie aufschreckte.

»Ist was mit dir?«

Maike fuhr zusammen.

Geert stand am Gartentor und blickte zu ihr herüber.

Wie lange hatte sie so gesessen?

»Ich sehe nur den Wolken nach.«

»De Wulken?« Geert sah nach oben. »Heute gibt es keine Wolken«, sagte er dann. »Alles bedeckt.«

»Ach ja?« Maike blickte erneut in den Himmel. »Stimmt«, sagte sie langsam. »Alles grau in grau.«

Geert öffnete die niedrige Gartentüre. »Darf ich?«

Maike nickte, da saß er schon neben ihr und streckte seine langen Beine aus. Sie rückte ein bisschen zur Seite, um ihm Platz zu machen.

»Hier saß dein Vater schon immer«, sagte er. »Suchst du ihn?«

Maike überlegte.

»Ja, ein bisschen von seinem Geist täte mir manchmal schon gut.«

»Sicher ist sein Geist immer bei dir.«

Maike holte tief Luft. »Schön wär's«, flüsterte sie.

Eine Weile saßen sie still nebeneinander, bis Geert sie ansah. »Wat is passiert?«

Maike kniff die Lippen zusammen. Es hörte sich so läppisch an. Und es war ja auch läppisch. Welche Tragweite hatte es für einen Außenstehenden, wenn Anja ihre Keramik nicht mehr annahm? Was war das schon … ein paar Tassen. Kein vernünftiger Mensch bestritt auf diese Weise seinen Lebensunterhalt, das konnte ja nur schiefgehen.

»Ich bin traurig«, sagte sie deshalb einfach.

»Warum?«

»Weil alles so ist, wie es ist.«

Geert nickte und zog seine Beine an.

»Also nichts Schlimmes?«

»Nichts Schlimmes«, sagte Maike. »Einfach nur Melancholie.«

»Melancholie.« Geert nickte. »Das kenn ich.«

Maike sah ihn verwundert an. »Duuu?«

»Ja, was glaubst denn du? Ich bin auch nur ein fühlender Mensch.«

»Auch nur …«, wiederholte Maike. »Ich finde, das ist eine ganze Menge.«

Geert erwiderte nichts, sondern stand langsam auf. »Na denn«, sagte er und strich sich mit der Hand über die Haare. Verlegen, wie es Maike schien.

»Na denn«, wiederholte sie und fügte ein leises »Danke« hinzu. Er nickte in Richtung des Gartentors.

***

Uwe Feddersen war zufrieden. Hans-Günter hatte sein Versprechen gehalten. Er hatte es in der Männergemeinschaft nicht leicht, so ganz ohne aufregende Abenteuer, die die anderen ständig auf Lager hatten – fantasievoll angereichert, oder überhaupt erschwindelt und gelogen –, aber das machte nichts aus, auch gelogene Abenteuer waren unterhaltsam, wenn sie nur eine ordentliche Portion Sex beinhalteten –, und das hatte Hans-Günter nun mal nicht vorzuweisen. Wie jeder in Timmendorfer Strand wusste, achtete seine Mutter genau darauf, dass keine weibliche Konkurrenz ins Haus kam. Sie führte ihm den Haushalt, und mehr brauchte er nicht. Fand sie.

Und irgendwann fand er es auch.

Schon deshalb nahm Hans-Günter jede Gelegenheit wahr, um sich im Männerverein, der kein wirklicher Verein, sondern eine lose Gemeinschaft Gleichgesinnter war, zu beweisen. Und dies war so eine Gelegenheit gewesen. Insgeheim hatte es ihm sogar Spaß gemacht, diese Frau, seine Mieterin, einzuschüchtern. Abends hatte er darüber nachgedacht, warum es ihm Spaß bereitet hatte. Hatte er im Lauf der Jahre sadistische Züge angenommen? War er zum Frauenhasser geworden? Eigentlich nicht, hatte er befunden, und trotzdem hätte er das Spiel noch etwas weitergetrieben, wenn seine Mieterin nicht sofort eingewilligt hätte. Ein bisschen mehr Kampfgeist hätte er sich schon gewünscht. Man hörte doch immer so viel über Frauensolidarität … Da hätte man einen Widerspruch, ein Sich-Aufbäumen schon erwarten können. Aber nichts dergleichen war passiert. In ihren Augen hatte er ablesen können, dass sie ganz andere Forderungen erwartet hatte, um einen neuen Mietvertrag zu bekommen. Einmal unter den kurzen Rock greifen. Oder eben die überhöhte Miete, die er ihr bei ihrer ersten Begegnung vorgeschwindelt hatte. So war er fast enttäuscht gewesen, wie schnell sie eingewilligt hatte, erleichtert, dass es nicht ihr an den Kragen ging, sondern nur dieser Töpferin, für die sie ja keine besonderen Gefühle hegen musste, schon gar kein Verantwortungsgefühl.

Jedenfalls war sein Ansehen gestiegen, Uwe klopfte ihm beim wöchentlichen Stammtisch auf die Schulter und bedankte sich vor all den anderen bei ihm für seine Hilfe. Wie diese Hilfe genau aussah, mochte er nicht preisgeben. Kleine Erpressung, war alles, was er augenzwinkernd verraten hatte. Aber immerhin wussten nun alle, dass es um diese Anja aus Hemmelsdorf ging, die Zugezogene. Und was Hans-Günter nach seiner »kleinen Erpressung« mit ihr angestellt hatte, blieb der eigenen Fantasie jedes Einzelnen überlassen.

»Na«, überlegte Leonhard, ehemaliger Schuldirektor, »dann schau ich mir das Pflänzchen auch mal genauer an. Wenn das bei der so leicht ist, wie ihr sagt?«

Uwe nickte. »Vielleicht freut sie sich ja schon.«

Montag, 20. Mai

Arnulf Schmidts Bitte, er möge doch mal in sein Büro kommen, ließ Fabian Richter nichts Gutes ahnen. Am Montagmorgen war das in der Bank eine echte Seltenheit, also musste irgendwas passiert sein. Oder aber es ging um seine Nachfolge, denn Schmidt stand kurz vor seiner Pensionierung. Dann wäre es natürlich eine super Sache.

Schmidt stand am Fenster, als Fabian eintrat. Er drehte sich nach ihm um, ließ ihn aber kurz ohne Begrüßung stehen, bevor er sich selbst hinter seinen Schreibtisch setzte und ihm Platz anbot.

Fabian bemühte sich, aber er konnte in den Zügen seines Vorgesetzten nichts lesen. Schmidt musste ein guter Pokerspieler sein, kein Lächeln, kein Wimpernzucken, keine Regung.

»Wenn ich meinen Sessel demnächst räume«, begann er schließlich, »möchte ich, und möchten alle Verantwortlichen, dass das Haus gut bestellt ist.«

Fabian hielt die Luft an.

»Dazu gehört auch, dass ich mir die Konten unserer Kunden ansehe.« Er machte eine bedeutungsvolle Pause. »Dabei sind mir einige Konten aus unterschiedlichen Gründen aufgefallen, die ich gern mit Ihnen besprechen würde.«

Fabian fühlte Enttäuschung aufsteigen. Aber vielleicht kam das Bonbon ja noch. Vielleicht gehörte diese Kontenüberprüfung auch zu so einer Art Prüfung für ihn? Also musste er achtgeben.

Es wurde ein langer Vormittag, unterbrochen nur durch ein paar Handlungen wie Fenster aufmachen, Kaffee bestellen, Fenster schließen, einigen Telefonaten, die durchgestellt wurden, und Krawatte lockern und schließlich ganz abstreifen. Dann kam Maikes Konto auf den Tisch. Und angesichts von Schmidts hektischeren Bewegungen beschlich Fabian das komische Gefühl, dass alle anderen Konten nur Vorwand gewesen waren, um dieses hier irgendwie unauffällig mit einzupacken.

»Was sagen Sie dazu?«, wollte Schmidt wissen.

Fabian kratzte sich am Nacken und wusste sofort, dass es das total falsche Signal war. Sich zu kratzen wurde als Verlegenheit ausgelegt, eine Geste, die innere Angespanntheit verriet. Schon zu spät. Er legte die Hand auf den Tisch.

»Hhhmm«, räusperte er sich. »Tja, Maike Hinrichs hat derzeit wohl einige kleine Probleme.«

Schmidt deutete mit seinem Zeigefinger direkt auf die im Saldo stehende Summe.

»So ganz klein scheint mir das Problem nicht zu sein.« Er runzelte die Stirn. »Und da hat sie ja auch noch diese beiden Darlehen laufen, 17 000 und 63 000. Auch nicht gerade wenig. Und die muss sie monatlich abbezahlen. Sollte …«, präzisierte er, »sollte sie monatlich abbezahlen.« Er sah Fabian an. »Wovon lebt die Frau eigentlich?«

Fabian sah sich im nächsten Zwiespalt. Sollte er preisgeben, dass Maike seine Nachbarin war?

»Sie töpfert«, sagte er schließlich, »und verkauft ihre Ware hier in ein paar kleineren Läden.« Er stockte. »In Timmendorfer Strand und in der Umgebung.«

»Viel scheint dabei nicht rumzukommen.« Schmidts Zeigefinger fuhr an der Liste der Einnahmen entlang. »Haben Sie schon mal mit ihr darüber gesprochen? Ich meine, womit will sie denn diese …«, er rechnete kurz nach, »summa summarum 85 000 Euro decken?«

»Sie lebt in ihrem eigenen Häuschen«, schoss es aus Fabian heraus, und gleich darauf hätte er sich gern die Zunge abgebissen, denn Schmidt antwortete lakonisch: »Tja, davon kann sie aber nicht abbeißen, keine Rechnungen bezahlen und auch sonst nichts. Heißt, so ein Häuschen als Eigentum kostet nur.« Er verzog das Gesicht, als denke er angestrengt nach. »Wenn das Häuschen in Timmendorfer Strand steht, könnte sie sich auf einen Schlag aller Sorgen entledigen. Hat sie schon mal über Verkauf nachgedacht? Wissen Sie das?«

Fabian zuckte die Schultern. Sollte er nun doch mit ihrer guten Nachbarschaft herausrücken?

»Es ist ihr Elternhaus. Sie liebt es.«

Schmidts Hände hoben sich kurz gegen den Himmel.

»Geerbte Elternhäuser sind meist in die Jahre gekommen, müssen renoviert werden, sind energetisch eine Katastrophe, verschlingen also viel Geld. Das macht die Sache«, er deutete wieder auf das Minuszeichen, »nicht besser.«

Fabian schwieg.

»Bevor es zwangsversteigert wird, sollte man die Dame vielleicht mal über ihre Situation aufklären. Das heißt, man sollte schätzen lassen, was dieses Haus wert ist. Da ist natürlich die Lage entscheidend. Aber eine gute Lage hat es ja.« Er nickte Fabian zu, der trocken schluckte. Zwangsversteigerung? Was für ein Spiel wurde da gespielt?

»Wir könnten Frau Hinrichs vielleicht ein erweitertes Darlehen anbieten?«, legte Fabian nach, aber Schmidt schenkte ihm nur einen Blick wie für einen bedauernswerten Idioten. »Zwei hat sie ja schon. Und auch die müssen irgendwann abbezahlt werden«, sagte er abschließend. Und wandte sich wieder dem PC zu. »Nächster Kunde.«

***

Fabian Richter nahm an diesem Abend sein Mountainbike aus der Garage und fuhr los. Der teils von Wurzeln durchzogene und stellenweise abbröckelnde Sandweg am Brodtener Steilufer entlang erschien ihm gerade die richtige Ablenkung, um seine Gedanken zu verdrängen. Eines wurde immer klarer: Schmidt war auf dieses Häuschen scharf. Warum auch immer. Und woher wusste er bei all den vielen Kunden und Kundinnen, die finanzielle Probleme hatten, dass gerade Maike ein vielversprechendes Objekt in Strandnähe besaß? Irgendetwas stimmte da ganz und gar nicht.

Aber was konnte er, Fabian Richter, jetzt tun? Maike warnen? Vielleicht konnte sie ja mit Christian darüber sprechen – schließlich hatten sie den Kredit für die damaligen Baumaßnahmen gemeinsam aufgenommen. Oder hatte Maike sonst noch Möglichkeiten? Ihre Mutter? Das würde sie nie tun, da war er sich sicher. Ihre Mutter brauchte alles, was sie hatte, für ihr Alter, hatte Maike einmal gesagt.

Und wenn er sie warnte, machte er sie nur verrückt, und am Ende war gar nichts? Oder, noch schlimmer, verriet er damit ein Bankgeheimnis und war schließlich selbst dran?

Er trat in die Pedale und genoss den hügeligen Weg, mal kurz bergauf oder bergab, das verlangte Konzentration und bei seinem Tempo auch Kondition. Gut, dass das Wetter wenig verlockend war, grau in grau, und kaum Fußgänger unterwegs waren, so konnte er sich zumindest austoben.

Auf dem Rückweg, von Brodten über die geteerte Landstraße und am Vogelpark Niendorf vorbei, fand er, dass ihm die kleine Radtour zwar körperlich gutgetan, an seiner inneren Befindlichkeit aber nichts geändert hatte.

Im Butenweg angekommen, blieb er eine Weile an seinem Gartentor stehen und sah, den Fahrradlenker in der Hand, zum idyllischen Pflanzendurcheinander auf Maikes Grundstück hinüber, all die bunten Frühjahrsblumen, die überall emporschossen, die vielen Rosen in allen Farben und nicht zuletzt das Häuschen mit dem Reetdach und der Ausstrahlung eines Zauberhäuschens aus dem Märchenbuch.

Schließlich riss er sich von dem Anblick los und schob sein Fahrrad schweißnass in die Garage. Am liebsten wäre er auf der Stelle rübergegangen und hätte Maike über die dunklen Wolken aufgeklärt, die sich da über ihrem Kopf zusammenballten. Aber war das sinnvoll? Er schüttelte den Kopf. Nein, er würde Sandra diese seltsame Situation mit Schmidt schildern. Dann könnte sie entscheiden und würde sicher eine gute Lösung finden, denn Sandra hatte einen absolut klaren und unbestechlichen Verstand.

***

Maike war am Küchenfenster stehen geblieben und hatte Fabian beobachtet, der minutenlang zu ihr herüberstarrte. Sie konnte das nicht deuten. Eigentlich hatte sie sich ja nur einen Tee machen wollen, aber dann war ihr Fabians seltsames Verhalten aufgefallen. Wieso stand er dort, ohne sich zu rühren? Das Mountainbike am Lenker haltend, als wäre ihm beim Hineingehen etwas Wichtiges eingefallen. Oder dachte er nur nach und sah dabei rein zufällig zu ihr hinüber? Ein seltsames Gefühl beschlich sie. Erst Anjas seltsames Verhalten und nun Fabian. Hatte das etwas zu bedeuten?

Sie hatte sich in quälenden Stunden am Wochenende überlegt, am Montag auf alle Fälle zu Anja zu fahren, um noch einmal über alles zu sprechen. Zumindest das »Warum« musste sie ihr doch beantworten können. Heute Morgen hatte sie einfach der Mut verlassen. Was, wenn Anja sie wieder stehen ließ?

Den ganzen Sonntag lang hatte sie x-mal ihr Handy zur Hand genommen, um Lilly einzuweihen, denn sie musste unbedingt mit jemandem über all das reden. Und vielleicht konnte sie mit Lilly einen Plan entwickeln. Aber konnte sie ihre Tochter mit ihrem eigenen Kram belasten?

Abends kauerte sie sich in den Ledersessel ihres Vaters und sah sich einen Film an, ohne der Handlung folgen zu können. Und auch der Jubiläums-Aquavit half nichts, den sie vorm Zubettgehen trank, Allheilmittel ihres Vaters. Nichts half. Und genau mit diesem Gedanken schlief sie schließlich ein und hatte seit vielen Jahren das erste Mal wieder einen Albtraum, der sie schweißgebadet mitten in der Nacht aufwachen ließ.

Dienstag, 21. Mai

Rolf Petersen saß in seinem Immobilienbüro und knetete seine Hände. Dass diese Maike keine Einnahmen mehr erzielte, war ja gut und schön. Aber er hatte keine Ahnung, wie es um ihren finanziellen Rückhalt bestellt war. Wie sah ihr Bankkonto aus? Möglicherweise hatte sie Rücklagen und betrieb ihre Töpferei nur aus Spaß? Dann konnte er lange warten, bis ihr die Luft ausging. Mittlerweile saßen ihm die Hamburger im Nacken. Er musste einen anderen Weg finden. Einen direkten. Aber wie kam er an mehr Informationen? Klar kannte er den Schmidt. Aber den Schmidt in dieser Situation über die Hinrichs auszufragen, das konnte total ins Auge gehen. Schmidt war ein gerissener Hund und würde sofort Lunte riechen. Und unter einem Vorwand? Dass sie sich für eine Wohnung interessiere und er Informationen über ihre Bonität bräuchte, bevor er sich darauf einließe? Das könnte vielleicht gehen. Vielleicht!

Rolf stand auf und sah zum Fenster hinaus. Und wenn sie bei einer anderen Bank war, dann war auch diese Liebesmüh umsonst. Er begann um den Schreibtisch zu wandern. Bewegung hilft den Gehirnzellen, hatte er mal gelesen. Vielleicht gleich ein richtiger Spaziergang? Nein, da kam er nicht zum Nachdenken, da verwickelten ihn zu viele Bekannte in ein Schwätzchen.

Ob ihn die Hinrichs wohl kannte? Oder er sie? Vom Sehen vielleicht? Wie war der Trick seiner Mitarbeiterin gewesen, sie hatte bei Anja nach einem Töpferkurs als Geburtstagsgeschenk gefragt und Hinrichs' Adresse herausbekommen. Das wäre doch eine gute Idee, dachte er, jetzt, wo er ihre Ware bei Anja nicht mehr kaufen konnte. Also würde er einfach zu ihr nach Hause fahren. Und woher hatte er ihre Adresse? Das würde sie ihn vielleicht fragen.

Also setzte Rolf sich an den PC und gab Maike Hinrichs, Töpferin, Timmendorfer Strand, ein. Und siehe da, es gab sogar eine Homepage. Und auch noch eine gut gemachte! Er sah sich die Seiten und das kleine Video an und fand, dass die Hinrichs zudem eine ganz ansprechende Person war. Und so eine lebte alleine?

Er war sich nicht sicher. Genau das müsste er herausbekommen. Hatte sie selbst Geld? Oder gab es da eine helfende Hand im Hintergrund?

Butenweg, dachte er. Er würde hinfahren. Er würde Maike Hinrichs in ihrer Werkstatt besuchen, als interessierter Kunde, der ein schönes Keramikstück für seine Freundin sucht. Nein, Freundin ist schlecht. Wer weiß, was er sich da verbaute. Besser war eine Geburtstagseinladung. Ja, für die Frau eines Freundes. Er öffnete den »Kontakt« auf ihrer Seite. Alles vorhanden, Mailadresse, Telefonnummer, Adresse.

***

Maike stand lustlos in ihrer Werkstatt und schob ihre Werke von links nach rechts. Die drei Teller nahm sie nacheinander in die Hand, betrachtete sie und hätte sie aus einem Impuls heraus am liebsten auf den Boden gefeuert. Alles, was sie tat, war nichts. Hatte das nicht ihre Mutter schon immer gesagt? *Lern einen gescheiten Beruf, einen Brotberuf. Kunst ist nur was für reiche Ehefrauen, die sonst nichts können. Wie Golf.* Sie hatte damals nur abgewinkt und sich umgedreht. Sie war sich sicher gewesen, dass sie erfolgreich werden würde. Und außerdem war sie ja glücklich verheiratet.

Verheiratet *gewesen*. Sie holte tief Luft, drehte sich einmal im Kreis, alles genau betrachtend, ging dann zur Drehscheibe und strich mit den Fingerkuppen sachte darüber. Es kam ihr wie ein Abschied vor. Genauso fühlte sie sich. Schwer im Herzen und irgendwie krank. Sie hatte nie verstanden, wie die Schwermut von einem Besitz ergreifen konnte, die Welt war doch so schön, die ziehenden Wolken, das wechselnde Kleid der Bäume, der Gesang der Vögel – aber gerade jetzt fühlte sie sich so, als wolle sie sich nur noch in eine Ecke kauern und nie mehr aufblicken.

»Maike, reiß dich zusammen«, sagte sie laut zu sich selbst. »Setz dich hin und mach einen Plan! Trübsal blasen macht keinen Sinn!« Sich selbst anzutreiben hatte schon in ihrer Schulzeit ganz gut geklappt. Sie holte tief Luft, drehte sich zur offenen Tür um und schrak zusammen. Dort stand ein Mann. Sie hatte ihn nicht kommen hören und kannte ihn auch nicht. Kurz starrten sie einander an, dann machte er eine entschuldigende Geste und eine kleine Verbeugung. »Entschuldigen Sie, ich wollte Sie nicht erschrecken. Ich habe geklingelt …« Er deutete zum Haus hin. »Und dann dachte ich, wo sollte eine Töpferin wohl schon sein?« Es sollte leicht und locker klingen, aber trotzdem war Maike auf der Hut. Er sah zwar eher smart aus, war gut gekleidet, aber man konnte ja nie wissen.

»Mein Name ist Rolf Petersen«, stellte er sich vor, wartete kurz auf eine Reaktion, aber als sie nichts erwiderte, fuhr er fort: »Und ich habe Ihre Adresse aus dem Internet.«

Aha, dachte Maike, Lillys Homepage.

»Ach ja«, sagte sie nur. Was konnte er wollen?

»Ich habe Töpfer und Keramik und Timmendorfer Strand eingegeben und bin auf Sie gestoßen … und offensichtlich bin ich ja richtig.« Maike nickte.

»Ja, ich töpfere«, sagte sie und spürte selbst, wie lahm es klang.

»Nun«, fuhr ihr Gegenüber fort, »die Frau meines Freundes hat Geburtstag, und sie liebt Keramik. Ich wollte ihr etwas Schönes kaufen.«

Kaufen? Das hörte sich schon besser an.

»Ja«, sagte Maike langsam, ohne sich vom Fleck zu rühren, »eigentlich kann man meine Sachen auch direkt in Timmendorfer Strand kaufen …«

»Wie gesagt«, er verbeugte sich wieder leicht und trat dann einige Schritte zurück, »ich habe nichts gefunden. Und dachte dann …«

Dass er zurücktrat, empfand Maike als angenehm. Sie bekam wieder mehr Raum und fühlte sich auf einen Schlag besser. Allerdings hatte sie noch nie einen fremden Menschen in ihrer Werkstatt gehabt. Und schon gar keinen Mann, dessen Absichten sie nicht kannte.

»Ich mache Ihnen einen Vorschlag«, sagte sie. »Sie setzen sich dort draußen auf die Bank, und ich bringe Ihnen ein paar Stücke zur Auswahl. Außerdem wollte ich mir gerade einen Tee machen, wenn Sie auch einen mögen?«

»Sehr gern«, erwiderte er und nickte. Maike schätzte ihn auf Mitte, Ende fünfzig und hatte das Gefühl, während sie nebeneinander über das Wiesenstück zu ihrer Terrasse gingen, dass sie sein Gesicht schon irgendwo gesehen hatte, die etwas eng stehenden Augen, das grau melierte, dichte Haar, das kräftige Kinn. Bloß wo?

»Kommen Sie aus Timmendorfer Strand?«, wollte sie wissen, und als er bejahte, dachte sie, dass es dann kein Wunder sei, hier war jeder jedem schon einmal begegnet.

»Bitte«, sagte sie und zeigte auf die Bank an der Hauswand. »Was soll es denn sein? Eine Vase? Oder eine Schale … für Obst oder Salat, Teller? Wann ist denn die Einladung? Wenn ich Zeit habe, kann ich auch ein Glücks-Hufeisen fertigen. Speziell auf die Dame zugeschnitten.«

»Hmmm.« Rolf setzte sich, um gleich darauf wieder aufzustehen. »Am Samstag. Also diesen Samstag.«

Maike rechnete schnell nach. Maßgeschneidert ging nicht mehr, aber sie hatte ja die Demo-Hufeisen. Die lagen allerdings alle noch bei Anja. Der Gedanke an Anja gab ihr einen kleinen Stich.

»Vorschlag«, sagte Rolf. »Ich mache den Tee, ich bin nämlich der Weltmeister im Teebrauen, und Sie schauen, was Sie mir anbieten können.«

»Sie machen den Tee?« Maike runzelte kurz die Stirn, dann entspannte sie sich wieder. Was war schon dabei? Klauen konnte er nichts, bei ihr gab es nichts zum Klauen. Außerdem sah er nicht so aus.

»Ja, warum eigentlich nicht«, sagte sie, »dann zeige ich Ihnen die Küche. Im Prinzip sind ja alle Küchen gleich«, sie lächelte kurz und ging ihm dann entschlossen voraus.

»Wenn ich darf?« Er blieb vor dem Herd stehen. »Der Wasserkocher steht ja schon da – und Teekanne, Teetassen, Kandis oder brauner Zucker … alles hier, nehme ich an?« Er zeigte auf die Hängeschränke. Maike nickte. »Und die Teesorten dort im Apothekerschrank.«

Als sie wieder zur Terrassentür hinaus und rüber zu ihrer Werkstatt ging, fand sie es zwar ein bisschen seltsam, aber was sollte schon passieren. Warum sollte ein Mann in einer fremden Küche keinen Tee kochen?

Vor ihren Keramikregalen blieb sie stehen. Es wäre wirklich einfacher gewesen, ihn in die Werkstatt zu bitten. Sie verstand sich selbst nicht. Seit wann hatte sie Angst vor Männern? Aber gut, nun hatte sie es so entschieden. Sie stellte eine ihrer schönsten Vasen auf ein Tablett, dazu die drei Demo-Teller und noch eine opalfarbige Salatschüssel, die sie sehr liebte. Als sie das Tablett anhob, entschied sie sich um. Das war zu schwer und zu riskant. Also drei verschiedene Vasen, die drei Teller beim ersten Gang und beim zweiten die große Salatschüssel und eine kleinere dazu. Inzwischen stellte sich frohe Erwartung ein. Offensichtlich war er ein zugänglicher Mann, vielleicht hatte er auch kein Problem mit einem etwas höheren Preis?

Sie ging mit ihrem Tablett über den Rasen, stellte die drei Vasen und die beiden Teller auf den Tisch und warf einen Blick zur Küche. Sie hörte ihn rumoren, dann kam er mit zwei Porzellantassen, den passenden Untertellern und der Zuckerdose heraus. »Wenn ich das gewusst hätte, hätte ich noch Kuchen mitgebracht«, sagte er lächelnd. »Das sieht schon mal schön aus.« Er deutete auf die Keramikobjekte.

»Ja, ich mag sie auch«, sagte Maike. »Aber ich hole noch mehr.«

»Darf ich so lange vielleicht kurz zur Toilette? Der Tee braucht noch einen Moment.«

»Aber natürlich!« Maike zeigte ihm die grobe Richtung. »Einfach über den Flur, die Gästetoilette ziert ein kleines Keramikherz.« Sie lächelte.

Er nickte. »Das werde ich finden.«

Summend schritt Maike ihr langes Regal ab und nahm auch noch zwei Kerzenständer heraus, die sie in die Salatschüssel legte. Vielleicht hatte ja der liebe Gott diesen Mann geschickt, vielleicht fand er ja Gefallen an ihren Sachen? Nicht nur für diese eine Frau zum Geburtstag, sondern auch für zukünftige Geschenke?

Der Gedanke stimmte sie zuversichtlich, während sie alles hinübertrug und auf dem Tisch platzierte.

Es waren wirklich schöne Sachen. Und jetzt kam auch die Sonne ein bisschen zwischen den dicken Wolken hervor, und die opalfarbenen Kerzenständer und die Schüsseln schienen in einem ganz besonderen Glanz.

Sie setzte sich, zog ihre Tasse zu sich und schob die zweite Tasse über den Tisch, stellte die Zuckerdose in die Mitte und dachte darüber nach, ob sie noch irgendwo Kekse hatte? Aber für solch unnötige Lebensmittel hatte sie schon lange kein Geld mehr ausgegeben.

Dann brachte ihr fremder Gast die geblümte Teekanne und

zwei Teelöffel aus der Küche und setzte sich ihr gegenüber auf die Bank. Irgendwie schön, mal wieder einen Mann hier zu haben. Christian saß auch immer mit dem Rücken zur Hauswand.

»Hübsch haben Sie es hier«, begann Rolf, während er Maikes Tasse vorsichtig füllte. »Die Blätter müssen sich noch besser setzen«, sagte er.

Sie sah auf die Teekanne. »Haben Sie das Tee-Ei nicht gefunden?«

»Ich brühe Tee ganz nach englischer Art.«

»Ach? Dann trinken Sie ihn auch mit Milch?«

»Das nun nicht gerade, aber ohne Sieb und Ei, einfach recht langsam, damit sich die Teeblätter setzen können und der Tee ziehen kann.«

Maike nickte. Das beeindruckte sie nun doch ein bisschen, sie kannte in ihrem Bekanntenkreis niemanden, der das Teetrinken so zelebrierte.

Rolf ließ inzwischen seinen Blick über die Keramikteile gleiten. »Da wird mir die Auswahl schwerfallen.« Er deutete auf die Schüssel. »Sehr schöne Farbe. Und gleich noch die passenden Kerzenhalter dazu, sehr schön. Dann könnte ich noch entsprechende Kerzen und Servietten dazu kaufen, was meinen Sie?«

Maike meinte sehr viel, denn es waren ihre teuersten Stücke. »Sie haben einen sehr guten Geschmack«, sagte sie.

»Na ja«, er machte eine leichte Handbewegung und schenkte ihr ein gewinnendes Lächeln, »Mann von Welt eben.«

Maike nickte. Wer weiß, was er beruflich tat, vielleicht war er ja wirklich ein Mann von Welt, kultiviert, weit gereist, vermögend. Weiter mochte sie nicht denken.

»Und Sie sind offensichtlich eine Frau von Welt«, fuhr er fort, rührte etwas in seiner Tasse herum und sah sie an.

»Eigentlich nicht«, entgegnete Maike, »eigentlich bin ich eine Stubenhockerin, komme aus Timmendorfer Strand nicht weg.«

Rolf führte seine Tasse an die Lippen und nahm einen vorsichtigen Schluck. Er schlürfte, fiel Maike auf.

»Sollte ich schlürfen, entschuldigen Sie mich bitte. Teegenießer in der ganzen Welt und auch Teesommeliers schlürfen den Tee wegen des besseren Aromas«, er stellte die Tasse wieder ab, »dieser hier schmeckt jedenfalls sehr gut!«

Maike nickte. Den hatte ihr Sandra von einem Ausflug nach Hamburg mitgebracht. Aus einem richtig teuren Teeladen. Als Dankeschön, weil sie für diesen Trip mit ihrem Mann die beiden Kinder gehütet hatte.

»Sie bezeichnen sich als Stubenhockerin?« Er lächelte, und Maike fand, dass er, trotz seiner gepflegten Erscheinung, etwas Seltsames an sich hatte. Vielleicht waren es die Augen? »So hätte ich mich auch mal bezeichnet!«, fuhr er fort. »Dann habe ich mein geerbtes Haus verkauft und war frei. Frei, weil ich Geld hatte, frei, die Welt zu entdecken und mich neu zu erfinden.«

Er sah sie wieder an. »Denken Sie nicht manchmal auch über so etwas nach?«

Maike antwortete zunächst nicht. Dann aber schüttelte sie langsam den Kopf. »Es ist mein Elternhaus«, sagte sie, »und ich liebe es, ich würde es nie verkaufen wollen.«

Rolf nickte verständnisvoll. »Jaja, so ging es mir damals auch. Aber dann wurde mein Geld knapp, und ich überlegte, was mir wichtiger war … ein Leben, bei dem ich jeden Cent umdrehen musste, oder ein Leben, das ich frei nach meinem Willen leben konnte …« Ein prüfender Blick traf sie, aber dann lachte er. »Aber nein, was erzähle ich Ihnen da für Geschichten. Ihnen geht es gut, das sieht man ja. Ein gefülltes Bankkonto hilft einem eben doch über manches im Leben hinweg.« Er nahm einen weiteren Schluck und tippte dann auf die Schüssel und die beiden Kerzenleuchter. »Was möchten Sie denn dafür haben?«

Maike überlegte. Sie fühlte sich leicht überrumpelt. Jeden

Cent umdrehen, ja, so ging es ihr auch. Und offensichtlich hatte dieser Mann es geschafft. Wie auch immer. Sie gab sich einen Ruck.

»Zwanzig Euro pro Leuchter und vierzig Euro die Schüssel, wäre das in Ordnung?«

»Das ist aber nicht Ihr Ernst!« Er schüttelte den Kopf, und Maike erschrak. Zu hoch gepokert? Würde er nun gar nichts nehmen?

»Für die schönen Sachen? Handgemacht? Nein, nein.« Er holte seinen gut gepolsterten Geldbeutel hervor, Designer-Marke, wie Maike registrierte, sah kurz hinein und zog einen grünen Schein heraus. »100 Euro«, sagte er, »das scheint mir angemessen. Wäre das für Sie in Ordnung?«

Als Maike nickte, arrangierte er die Stücke vor seiner Teetasse. »Sehr schön«, er nickte zufrieden, »dann werde ich mal wieder von dannen ziehen.«

»Warten Sie, ich packe sie noch ein, wäre schade, wenn etwas kaputtginge.«

Maike stand auf und kam kurz darauf mit der Tageszeitung wieder. Während sie die Kerzenleuchter einpackte, riss er eine Ecke der Zeitung ab und zückte seinen Kugelschreiber aus der Brusttasche seines Hemdes.

»Ich schreibe Ihnen mal meine Handynummer auf, man weiß ja nie.« Er schenkte ihr einen gewinnenden Blick. »Denn ich liebe solche schönen, einmaligen, von Rosen umrankten Häuser. Vielleicht gerade deshalb, weil ich kein Elternhaus mehr habe. Also, falls Sie es verkaufen wollen, bei mir wäre es in guten Händen. In sehr guten.« Er wartete kurz ab, aber Maike war noch mit den Kerzenhaltern beschäftigt. »Und nicht nur, dass es bei mir in guten Händen wäre, es wäre mir auch etwas wert.« Er legte eine weitere Kunstpause ein. »Eine Million, würde ich mal sagen. Direkt und ohne Umschweife.«

Jetzt blickte Maike auf. Eine Million? Sie dachte kurz an ihr

Bankkonto, an ein sorgenfreies Leben und vor allem an Lilly, der sie bei ihrem Studium helfen könnte. Dann schüttelte sie langsam den Kopf. »Es ist mein Elternhaus. Und ich liebe es.«

»Ja«, sagte Rolf Petersen begütigend. »Es eilt nicht. Und wie gesagt, da es Ihnen ja offensichtlich finanziell gut geht … Na, es war eben eine spontane Idee.«

Sie nickte, ging aber nicht darauf ein. »Ich begleite Sie noch hinaus«, sagte sie stattdessen und stand auf. »Und danke für Ihren Besuch.«

An ihrem Gartentor reichten sie sich die Hand, und sie sah ihm noch nach, wie er zu seinem Wagen ging, den er etwas weiter unten geparkt hatte. Inzwischen war sie sich sicher, dass sie ihn schon einmal gesehen hatte. Aber in Timmendorfer Strand lief man sich früher oder später über den Weg, das hatte nichts zu sagen.

***

Sandra Richter hatte zufälligerweise gerade aus dem Fenster ihres kleinen Büros im ersten Stock geblickt, als Maike und Rolf Petersen sich am Gartentor die Hand gaben. Sehr freundlich, wie es von hier oben den Anschein hatte. Dann hatte sie Maike nachgesehen, wie sie beschwingt zurück zum Haus ging. An der Hausecke zu ihrer Veranda verlor Sandra sie aus den Augen. Trotzdem blieb sie am Fenster stehen und sah noch eine Weile hin.

Maike und der Petersen? Herzlicher Händedruck? Nach dem, was Fabian ihr erzählt hatte, wollte sie heute Abend eigentlich mal rübergehen und ein vorsichtiges Gespräch mit Maike führen – aber offensichtlich kannte sie die Situation und hatte die Dinge selbst in die Hand genommen. Denn wenn sie Petersen eingeladen hatte, dann sah das schwer nach einem Geschäftstermin aus. Wollte sie sich erst mal über den Wert ihres Hauses informieren, oder hatte sie tatsächlich schon die Absicht, zu verkaufen und wegzuziehen, ohne mit den Butenweglern darüber zu reden?

So richtig konnte sie sich das nicht vorstellen, denn Maike hatte ja ein sehr offenes und kommunikatives Wesen. Aber wer wusste schon, was so ein finanzieller Druck mit einem anstellte? Sandra griff zu ihrem Smartphone und rief Fabian an.

»Im Ernst?«, fragte er, nachdem sie ihm berichtet hatte.

»Händedruck, zwei freundliche Gesichter«, betonte Sandra, »Petersen sogar mit einer Keramikschüssel unterm Arm … Also irgendwie scheinen sie sich näher gekommen zu sein. Geschäftlich, meine ich.«

»Hätte ich nicht gedacht.«

»Warum nicht?«

»Na, Schmidt legt gerade so richtig los. Mit ihrem Konto und dem Darlehen, meine ich.«

»Sie wird ja ihre Situation selbst am besten kennen.« Sandra tigerte in ihrem kleinen Büro auf und ab. »Und wenn nichts mehr auf ihrem Konto ist, wovon soll sie leben?«

»Trotzdem«, insistierte Fabian, »sie verkauft ihre Sachen doch noch. Sie erzählt doch immer wieder von dieser Anja, die jetzt auch diese Hufeisen verkaufen will. Eine gute Idee, oder nicht?«

»Sieht Schmidt das auch so?«

Da war sie wieder, seine analytisch denkende Frau.

»Eher nicht«, gab er zu.

»Ich fahre morgen mal hin, zu dieser Anja. Mal sehen, wie verkaufsfördernd die Dame ist.«

Mittwoch, 22. Mai

Fabian Richter hatte seine Töchter morgens in die Schule gebracht, und Sandra kombinierte nun den Weg zu ihrem Arbeitsplatz mit einem kurzen Einkauf im Lebensmittelladen und, weil sie es sich vorgenommen hatte, mit einem Besuch in dem *Krimskramsladen*, wie sie ihn nannte, an der Kurpromenade.

Sie hatte Glück, denn Anja öffnete erst um zehn Uhr, und es war kurz nach. Ein feines Glockenspiel erklang, als sie die Tür öffnete, aber soweit sie sehen konnte, war sie alleine im Laden. Auch gut, dachte sie und schritt die Regale ab. Alles, was das Touristenherz begehrte, ging es ihr leicht spöttisch durch den Sinn, vom bestickten Geschirrtuch bis zur Wanduhr mit Möwenmotiven, aber sie sah kein einziges Stück von Maike. War sie im falschen Laden? Sie blieb an der Kasse stehen und betrachtete die Empfangsklingel, die dort auf dem Tresen stand. Sollte sie läuten? Aber dann hörte sie aus der hinteren Ecke ein Geräusch, und eine Frau mit einer Tasse in der Hand bog um das Regal. Als sie Sandra sah, lächelte sie kurz. »Ach, entschuldigen Sie, wenn ich in meinem Büro bin, höre ich die Türe nicht. Dafür habe ich die Tischglocke da«, sie zeigte auf die Klingel vor Sandra.

Sandra nickte und musterte ihr Gegenüber. Sie hatte ein gewinnendes Lächeln, ein nettes, ihr zugewandtes, offenes Gesicht. Mitte vierzig, schätzte sie, und ihrer Aussprache nach keine Hiesige. Sie tippte auf Hamburg.

»Ja, eigentlich«, begann Sandra, »habe ich gehört, dass es bei Ihnen Keramikgeschirr gibt. Tassen – und jetzt sogar Hufeisen, die man mit entsprechenden Namen in Auftrag geben kann, aber ich kann es nirgendwo finden.«

Das Gesicht der Frau verfinsterte sich.

»Oder täusche ich mich?«, fragte sie deshalb rasch.

»Ja«, entgegnete Anja gedehnt, »leider bieten wir keine Keramik mehr an.«

Auf Sandras fragenden Blick machte sie eine schnelle Handbewegung. »Aber falls Sie ein Geschenk suchen, Sie können sich gern umsehen, ich kann Sie gern beraten ...«

»Eigentlich möchte ich nur wissen, warum es keine ... sind die Sachen ausgegangen? Ich komme gern morgen oder übermorgen wieder, wenn Sie wieder frische Ware haben.«

Anja schüttelte den Kopf. »Ich habe Keramik aus dem Sortiment genommen.«

»Ist es nicht mehr gelaufen?«

»Wieso?« Anjas forschender Blick zeigte Sandra, dass sie an das Märchen, das ihr Sandra aufgetischt hatte, nicht mehr glaubte. »Weil es meine Entscheidung war«, sagte sie brüsk.

Sandra zögerte. Sollte sie sich damit zufriedengeben?

»Ist etwas passiert, dass Sie so entschieden haben? Oder waren die Sachen nicht gut genug?«

Anja richtete sich auf. »Was wollen Sie?«

»Ich möchte es verstehen.«

»Und warum?«

»Weil ...« Jetzt musste sie mit der Wahrheit rausrücken. »Weil ich die Künstlerin kenne und mir Sorgen um sie mache.«

»Ich kann dazu nichts sagen.«

»Also ist etwas passiert?«

»Wenn Maike es genau wissen will, dann muss sie selbst kommen.«

»Sie haben Maikes Sachen aus dem Sortiment genommen, und sie hat nicht nachgefragt, warum Sie das tun?«

Anja zuckte mit den Achseln. »Wie auch immer, aber mir

wäre es jetzt recht, wenn Sie gingen. Ich kann Ihnen nicht weiterhelfen.«

***

Maike hatte lange nicht einschlafen können, ein unbestimmtes Gefühl, dass irgendetwas im Gange war, hatte sie daran gehindert. Und nachdem sie früh aufgewacht war, war sie sofort zur Toilette gestürzt, so hatte es in ihrem Magen rumort. Seither versuchte sie sich mit verschiedenen Tätigkeiten abzulenken. Sie putzte, arbeitete im Garten, durchforstete ihren Computer nach Mails von Interessenten, rief Keramikmärkte auf, sah sich ihre Homepage noch einmal an, schließlich musste sie sich eingestehen, dass dies alles Ablenkungsmanöver waren. Alles, was sie tat, hielt sie davon ab, zu Anja zu gehen und sich der Wahrheit zu stellen. Was hatte Anja ihr gesagt? *»Ich kann dir das nicht sagen. Ich darf nicht. Es ging nur darum, entweder gehen deine Sachen aus dem Laden, oder ich muss gehen.«* Das konnte sie doch so nicht stehen lassen. Das war ja ganz eindeutig eine Erpressung. Aber von wem? Und warum? Was hatte sie denn getan, dass Anja zu so etwas gezwungen wurde? Das sind ja Mafiamethoden, dachte sie und fuhr den PC herunter. Egal wie, nun würde sie die Sache in die Hand nehmen. Vielleicht sollte sie vorher noch einen Schnaps trinken? So wie ihr Vater, wenn es um etwas Entscheidendes ging? Und auch schon ihr Großvater? Aber nein, es war nicht einmal zehn Uhr. Noch zu früh für Alkohol. Und außerdem vertrug sie ihn nicht gut, also konnte das nur schiefgehen.

Sie wollte schon zur Haustüre hinaus, ging dann aber noch einmal zurück, nachdem sie einen kurzen Blick auf das Wetter geworfen hatte. Es zog sich zu. Was vorhin nach einem freundlichen Tag ausgesehen hatte, verdüsterte sich zusehends. Tiefe Wolken trieben vom Meer herein und verdunkelten den zuvor noch blauen Himmel. Maike holte sich ihre Regenjacke und überlegte, ob sie auch eine wasserdichte Überziehhose anziehen sollte, entschied dann aber, sie erst mal nur einzupacken. Der Wind trieb die Wolken manchmal schnell ins Landesinnere, wahrscheinlich würde es trocken bleiben.

Düster, dachte sie, das trifft es genau. Genauso war ihr zumute. Sie warf einen Blick zum Nachbarhaus, aber alle schienen ausgeflogen zu sein. Sandra arbeitete als Steuerberaterin manchmal von zu Hause aus, aber offensichtlich waren heute alle weg. Und auch sonst war niemand zu sehen, der Butenweg war wie leer gefegt. Das war nun auch nicht ungewöhnlich, aber jetzt verursachte es in Maike ein Gefühl der Einsamkeit. Alle hatten Partner, mit denen sie sich besprechen, an deren Schulter sie vielleicht auch weinen konnten, nur sie stand alleine da. Geert fiel ihr ein. Der auch. Aber das machte es nicht besser.

Sie sah noch mal zum Himmel und schloss dann ihren wasserdichten Rucksack, bevor sie ihn in den Fahrradkorb legte. Den hatte ihr Lilly zum letzten Geburtstag geschenkt. »Ein Rolltop«, hatte sie stolz verkündet. »Aus Plastik aus den Ozeanen.«

Maike strich kurz mit der Hand darüber. Was wird nur werden?

Sie fühlte sich auch vergessen, wie altes Plastik, weggeworfen, um dann irgendwann wieder zu neuem Leben erweckt zu werden – wenn man Glück hatte. Ach, Lilly, dachte sie. Wenn alles den Bach runtergeht, was ist dann mit dir?

Maike schwang sich aufs Fahrrad. Wie oft ist sie glücklich diesen Weg entlanggefahren? Vor Kurzem noch hatte sie im Frühlingswind fröhlich vor sich hin gesungen, so lebendig, so frei hatte sie sich gefühlt. Und nun? Nur Mut, dachte sie trotzig. Zögerliesen kommen nicht weit. Also sei stark, geh's an!

Maike hatte gerade ihr Fahrrad in den Fahrradständer gestellt und wollte am Schaufenster vorbei zur Ladentür gehen, als ihr Blick ins Innere fiel und sie wie angewurzelt stehen blieb. Was machte Sandra bei Anja? Maike zog sich etwas zurück, um die beiden zu beobachten. Offensichtlich führten sie ein intensives Gespräch, wie sie aus ihren Gesten schloss. Sollte sie hineingehen und sich dazustellen? Aber Sandra? Sie war noch nie bei Anja gewesen, das hätte sie ihr erzählt. Wieso also jetzt?

Maike war hin- und hergerissen. Erst Fabian, der minutenlang zu ihrem Haus hinübergestarrt hatte, jetzt Sandra bei Anja, was hatte das zu bedeuten? Maike beschloss, erst einmal abzuwarten. Sie könnte heute Nachmittag ja ganz einfach mal nach den Kindern fragen, und dann würde Sandra, wenn es etwas zu erzählen gäbe, sicherlich mit der Sprache rausrücken. Und dann könnte sie ja immer noch zu Anja fahren, der Tag war noch lang. Und abends, kurz vor Ladenschluss, war vielleicht sogar die bessere Gelegenheit für ein Gespräch. Sie könnte Anja einladen, zusammen was zu trinken! Das war überhaupt der beste Plan!

***

Rolf Petersen saß in seinem Büro und drehte den Kerzenleuchter in der Hand. Seine Gedanken waren beim gestrigen Nachmittag und wie nun der zweite Schritt aussehen könnte. Die Lunte hatte er gelegt, aber nun musste die Explosion kommen. Als Carolin klopfte und gleich darauf eintrat, sah er unwillig auf. Und seine Mitarbeiterin blieb erstaunt in der Tür stehen.

»Sind Sie jetzt auf den Keramik-Geschmack gekommen?« Sie wies auf die Schüssel und die beiden Kerzenleuchter auf Rolfs Schreibtisch. Dann verstand sie. »Ah! Sie waren im Laden? Haben eingekauft?« Und ließ ein Kichern folgen. »Beweisstücke, sozusagen?«

Rolf reagierte nicht.

»Was gibt's?«, sagte er dann.

»Sie könnten mich schon einweihen, schließlich habe ich die Dame ausfindig gemacht!«, erklärte sie leicht ungehalten.

»Ich muss gar nichts«, erwiderte Rolf barsch. So weit kam

es noch, dass er sich von seiner Mitarbeiterin Vorhaltungen machen lassen musste. Das konnte er schon bei seinen Frauen nicht leiden, und die hatten allemal einen anderen Status als die Kleine da.

»Wir sind doch ein Team«, nahm sich Carolin zurück und schenkte ihm ein Lächeln.

Da hatte sie recht. Vielleicht hatte sie ja eine Idee?

»Setzen Sie sich«, sagte er und zeigte auf den kleinen Sessel gegenüber seinem Schreibtisch. Den Kerzenhalter schob er zur Seite.

***

Maike hatte sparsam eingekauft und war wieder nach Hause gefahren. Als sie in den Butenweg einbog, begegnete ihr Gunni, ebenfalls auf dem Fahrrad. »Moin«, grüßte sie, »vergisst du nicht, dass Jupp morgen Geburtstag hat und wir in seinem Garten feiern?«

»Stimmt«, entgegnete Maike schnell, »hätte ich beinah wirklich vergessen!«

»Das Wetter soll halten.« Gunni zeigte auf ihren Fuß. »Das sagt jedenfalls mein Hühnerauge.«

Maike musste lachen. Das sagte Gunni immer. »Ich bin auf dem Weg zum Friseur. Hoffentlich erkennt mich Per nachher noch.«

»Wird er es überhaupt merken?«, fragte Maike lächelnd.

»Da sagst du was!« Gunni strich sich eine graue Haarsträhne aus dem Gesicht. »Eine Veränderung bemerkt er schon. Dann wird er eben auf ein neues Kleid tippen.«

Sie lachten beide.

»Beglückst du uns mit deinem Brot?«

Maike nickte. »Und habt ihr euch schon ein Geschenk ausgedacht?«

Gunni schüttelte den Kopf. »Es ist sein 66ster, Regine schenkt ihm einen Abend in der Elbphilharmonie. Und wir singen dazu Udo Jürgens' Lied vom Leben, das mit 66 anfängt.«

»Gut, dann zaubere ich irgendwie eine 66 aufs Brot«, meinte Maike.

»Gute Idee.« Gunni lachte. »Aber jetzt muss ich in die Pedale treten!«

»Tu das!« Maike winkte ihr zu und dachte, während sie den Butenweg entlang zu ihrem Häuschen fuhr, über die Zutaten nach, die sie brauchte.

Bei ihrem Gartentürchen angekommen, sah sie, dass der rote Pfeil ihres Briefkastens nach oben wies, also hatte sie Post bekommen. Bis auf ganz wenige Ausnahmen waren es Rechnungen, und diese Briefe würde sie im Moment alle am liebsten ungeöffnet entsorgen. Sie stellte ihr Fahrrad ab und nahm einen Brief heraus. Sie drehte ihn hin und her. Von ihrer Bank. Was konnten die wollen? Auf dem Weg zur Haustüre riss sie den Falz mit dem Finger auf, zog den Brief heraus und faltete ihn im Gehen auseinander. Dann blieb sie stehen. »Mahnung«, las sie. Und eine Frist, bis wann sie ihr Konto wieder in Ordnung zu bringen hätte. Ihr Herzschlag beschleunigte sich. Gut, dachte sie, ich habe ordentlich überzogen. Der Dispokredit war total ausgereizt, was angesichts der Zinsen ungeschickt war – aber im Moment nicht zu ändern. Sie ließ den Brief sinken. Wie um alles in der Welt sollte sie ihr Minus ausgleichen? Ohne Anja, ohne Einnahmen? Nun war guter Rat teuer.

***

Carolin Schmidt hauchte ein »Ach, schlau!«, und der bewundernde Augenaufschlag, mit dem sie ihn jetzt ansah, tat Rolf gut, ob er wollte oder nicht. Er hatte seiner Mitarbeiterin von seinem gestrigen Besuch bei Maike erzählt, wie raffiniert er das eingefädelt und wie subtil er sein Interesse an ihrem Haus rübergebracht hatte. Und wie er diese eine Million so einfach mal in den Raum gestellt hatte, als ob es nicht weiter wichtig sei … einfach so.

»Das hat sicherlich Wirkung gezeigt?«, fragte Carolin nach.

»Sie liebt das Haus, hat sie mir erklärt«, antwortete Rolf und zuckte mit den Schultern. »Aber was bedeutet das schon, wenn man am Schluss verkaufen muss?«

»Muss sie denn?«

Rolf drehte sich etwas auf seinem Bürosessel und sah kurz zum Fenster hinaus. »Tja«, sagte er, »das herauszufinden wäre jetzt die Kunst. Und wenn sie wirklich muss, könnte man den Preis sogar noch drücken.«

Als er sich wieder zurückdrehte, bemerkte er einen seltsamen Ausdruck in Carolins Augen, den er nicht deuten konnte. Der ihm aber nicht gefiel.

***

Maike war ins Haus gegangen, hatte sich im Wohnzimmer einen Kräuterschnaps aus dem alten Bestand ihres Vaters eingeschenkt, das Schnapsglas in einem Zug leer getrunken und war dann mit dem Handy in der Hand auf ihre Terrasse getreten. Jetzt musste es sein. Bisher hatte sie sich gescheut, aber nun musste sie ihre Mutter anrufen. Das tat sie zwar regelmäßig, aber es ging nie um ernsthafte Dinge, schon auch deshalb nicht, weil sie ihre Mutter mit nichts belasten wollte. Die war mit ihren 78 Jahren noch fit und jung genug, um ihr Leben mit allen alten Freunden zu genießen, die sie aus ihrer Zeit in Köln noch kannte. Und wer wusste es schon, vielleicht fand sie als Kölner Frohnatur, die sie war, auch noch einmal einen neuen Partner? Jedenfalls hatte Maike bisher ihre eigenen Probleme von ihr ferngehalten. Und auch ihre Mutter belastete sie nicht mit schweren Themen, obwohl sie als ehemalige Hausfrau und nun Witwe streng haushalten musste.

Maike blieb stehen, das Smartphone in der Hand, und ließ

den Blick über den Garten schweifen. Wie sie hier herumgetollt hatte, mit den Nachbarskindern oder auch mit ihren Schulkameraden. Ihre Eltern hatten immer ein offenes Haus geführt, nie war es zu viel – und ihre Mutter hatte, völlig ungewöhnlich für diese Gegend, sogar stets eine große Karnevalsparty für die Kinder auf die Beine gestellt. Es war immer lustig gewesen, ihre Eltern hatten alles Negative von ihr ferngehalten. Eigentlich war es bis zum Tod ihres Vaters und der Scheidung von Christian ein glücklicher Ort gewesen. Maike seufzte und war fast versucht, sich noch einen Schnaps einzuschenken. Vielleicht tat ein bisschen Betäubung ja gut. Aber nein, sie entschied sich dagegen. Sie vertrug nicht viel und wollte einen klaren Kopf bewahren.

Sie ging auf ihre Favoritenliste im Smartphone und drückte auf »Mama«. Jetzt war es passiert, jetzt gab es kein Zurück mehr.

»Töchterchen«, meldete sich ihre Mutter mit ihrer hellen, fröhlichen Stimme. »Gerade habe ich von dir geredet, was für ein Zufall, dass du jetzt anrufst.«

»Ja, hallo, Mama. Geredet? Mit wem?«

»Stell dir vor, wer mich zum Brunch ausgeführt hat, Claudia. Sie ist nach dem Tod ihres Mannes auch gerade wieder in die Gegend gezogen.« Maike hörte eine zweite Stimme im Hintergrund. »Ich soll dich unbekannterweise grüßen.«

»Dann bitte Gruß zurück«, antwortete Maike mechanisch.

»Wir reden gerade über die vielen Jahre, die wir uns nicht gesehen haben. Und über unsere Kinder.«

»Wie schön …«

»Und wie du alles so toll im Griff hast – trotz deiner Scheidung. Du als Künstlerin«, sie lachte, »ich hätte das nie geglaubt. Papa auch nicht …« Ihre Stimme wurde leiser, und Maike konnte sich vorstellen, dass sie ihrer Freundin über den Tisch hinweg zunickte.

»›Brotlose Kunst‹, hat er immer gesagt.« Sie lachte wieder.

»Tja«, entgegnete Maike und spürte Schwere in sich aufsteigen. »Weißt du, Mama, macht euch einen schönen Tag, und ich rufe vielleicht heute Abend noch mal an?«

»Ja, Töchterchen, mach das. Lieb, dass du angerufen hast.« Damit war das Gespräch beendet, und Maike ließ sich auf die Bank an der Hauswand sinken.

Alles toll im Griff. Super. Sie brauchte Hilfe! Christian?

Sollte sie sich diese Blöße geben? Da fiel ihr Blick auf den Zeitungsschnipsel, der, vom Wind verweht, neben dem Tischbein auf dem Boden lag. Sie hob ihn auf.

Die Handynummer von diesem … wie hatte er noch mal geheißen?

Eine Million hatte er gesagt. Wäre das die Lösung? Sie legte ihre Handfläche hinter sich an die Hauswand. Großvater hatte es gebaut. Ihr Vater war darin aufgewachsen. Sie selbst hatte ihre Kindheit und Jugend darin verlebt, Lilly auch sehr viele Jahre. Drei Generationen.

Maike holte tief Luft. Sie hatte bis zum Ende ihrer Tage hier leben wollen. Und dann hätte es Lilly gehört. Konnte sie dieses Haus einfach in fremde Hände geben?

Das wäre, als würde sie ein geliebtes Tier einfach weitergeben, ins Ungewisse entlassen. Das tat auch niemand, der ein Herz hatte. Und dieses Haus hier lebte, es hatte vom ersten Tag seines Entstehens an das Leben der Familie eingeatmet. Es war stets eine Trutzburg gewesen, egal, was passiert war, in seinen Mauern hatte man sich geborgen gefühlt. Immer war die Welt draußen geblieben, mit all ihren Problemen. Der Riss kam erst mit Vaters unerwartetem Tod vor zehn Jahren. Und selbst dann war das Glück wieder eingezogen. Und mit dem Glück auch das Unglück.

Maike stand auf, ging hinein ins Wohnzimmer und schenkte sich einen zweiten Schnaps ein. »Auf dich, Opa, und sag mir, was ich tun soll. Ich lege mich jetzt ins Bett, und du flüsterst mir bitte einen Rat zu. Egal, wie du das machst, aber ich brauch dich jetzt!«

Damit trank sie das Glas leer und ging die Treppe hinauf in ihr Schlafzimmer.

***

Arnulf Schmidt saß in seinem Schlafzimmer auf dem Bett. Eigentlich nutzte er die halbe Stunde nach dem Mittagessen stets zu einem Powernap, wie er es nannte, aber heute gingen ihm zu viele Gedanken durch den Kopf. Vor allem, weil er die »Zeit danach«, wie er seine bevorstehende Rente bezeichnete, plante und sie mit einem Paukenschlag eröffnen wollte. Und dieser Paukenschlag hieß »Villa Kunterbunt«, das Häuschen von Maike Hinrichs. Wenn sie nun zeitnah auf seine Mahnung reagieren würde, könnte er ihr mit Vollzug drohen, sollte sie ihr Konto nicht bald in den Griff bekommen. Gleichzeitig könnte er ihr zur Peitsche aber auch ein Zuckerbrot anbieten: den Kauf. Und damit würde er sein Immobilienbüro eröffnen, das er von langer Hand heimlich geplant hatte. Die Vorfreude hatte ihn schon gepackt, und er sonnte sich in dem Gefühl, in Timmendorfer Strand bald nicht nur der Bankdirektor a. D. zu sein, sondern auch der erfolgreiche Immobilienmakler Arnulf Schmidt, der es allen zeigen würde. Vor allem und ganz besonders Rolf Petersen, dieser Schnarchkappe.

Aber zumindest zwanzig Minuten sollte er sich vielleicht noch gönnen. Vorsichtshalber wollte er den Wecker stellen und nahm sein Smartphone zur Hand. Ein verpasster Anruf von Carolin.

Er rief kurz zurück.

»Psst, nicht jetzt«, hörte er sie flüstern, »gleich …« Damit legte sie auf.

Arnulf war sofort hellwach. Was konnte das bedeuten? Er wartete unruhig, mit dem Handy in der Hand. Endlich klingelte es erneut.

»Ich musste mich erst mal kurz abseilen«, hörte er seine Tochter sagen, und an ihrem nervösen Ton erkannte er, dass es irgendeinen Störfaktor gab.

»Was ist?«, fragte er knapp, um Tempo zu machen.

»Rolf war gestern in deiner Villa Kunterbunt und hat Frau Hinrichs eine Million geboten.«

»Was hat er?« Arnulfs Stimme überschlug sich. »Und wieso sagst du mir das erst jetzt?«

»Weil er es mir gerade erst erzählt hat. Er hat sich unter einem Vorwand eingeschlichen, Keramikgeschenke für die Frau eines Freundes. Er war ganz begeistert von seiner eigenen Idee ...«

»Na ja«, entgegnete Arnulf, während er das Gehörte verarbeitete, »war auch eine geniale Idee!«

»Genauso wie meine Idee, als ich ihren Namen herausbekommen habe.«

»Zugegeben«, sagte Arnulf langsam. »Das hat ihn vielleicht inspiriert.«

»Und jetzt?«, wollte Carolin wissen.

Arnulf überlegte. »Und jetzt habe ich trotzdem einen Vorsprung. Ich kenne Hinrichs' finanzielle Situation – Rolf kann nur mutmaßen. Außerdem trete ich als Repräsentant unserer Bank auf und er nur als Privatperson.« Er stockte. »Oder hat er sein Immobilienkärtchen dort gelassen?«

»Nein. Sie hat keine Ahnung, hat er mir gesagt.«

»Na fein. Und er wird auch keine Eile haben, weil er sich sicher wähnt.« Schmidt lachte verhalten. »Er glaubt, er hätte einen dicken Fisch an der Angel, dabei hat er die Rechnung ohne den Hecht gemacht, der darunter lauert!«

Dann verabschiedeten sie sich, und Arnulf Schmidt legte wieder auf.

Er rieb sich kurz den Bauch, bevor er sich auf seinem Bett lang ausstreckte. Der erste Schreck war verflogen und machte einem Vergnügen Platz. Es machte doch auch viel mehr Spaß, wenn man einen Konkurrenten hatte, den man so ganz nebenbei besiegen konnte.

***

Maike lag im abgedunkelten Zimmer und wartete auf eine Eingebung. Aber welchen Rat konnte ihr der Großvater schon geben? In seiner Zeit wurden Nachrichten noch telegrafisch übermittelt – alles hatte sich doch verändert. *Such dir Märkte im Internet*, davon wusste er damals noch gar nichts. Sie hatte einen riesigen Fehler gemacht, indem sie sich auf Anja als ihre Hauptanlaufstelle verlassen hatte. Jeder Betrieb wusste, dass man sich nicht nur auf einen Abnehmer verlassen durfte, man musste breiter aufgestellt sein. Warum hatte sie sich nicht besser gekümmert? Lilly hatte es immer wieder gesagt: Schau dich um, geh zu Märkten, stell deine Produkte überall vor, in Möbelgeschäften, auf Flohmärkten, egal, Hauptsache, sie werden bekannt und du findest Abnehmer! Und was hatte sie gemacht? War zu Anja gefahren und hatte ihre Nachmittage mit Ella und Jule am Strand verbracht. Das hatte sie nun davon. Selbst schuld! Sie richtete sich auf.

»Okay, Opa«, sagte sie laut. »Du hast recht! Jammern hilft nichts. Also nehme ich morgen früh diesen Wisch und fahre zur Bank. Mal sehen, ob es da nicht eine Lösung gibt, zumindest eine Stundung oder wie auch immer man das heute nennt!«

Das leise Raunen des Windes ums Haus herum interpretierte sie als wohlwollende Antwort der Hausgeister. Und bei einem Blick auf das Porträt ihrer Großeltern an der Wand fand sie, dass ihr Großvater ihr zulächelte. Das war das Zeichen, auf das sie gewartet hatte. Alles würde gut werden. Sie würde morgen einen Tee trinken und dann losfahren. Und sie würde die Kräfte aller Hinrichs' in sich bündeln, Großeltern und Eltern, und dann wollte sie doch mal sehen, ob sie da nicht als Siegerin aus dieser ganzen Sache hervorging.

Nicht umsonst hatte sie vor dem Standesbeamten betont, dass sie eine Hinrichs sei und deshalb ihren Mädchennamen behalte. Und insgeheim hatte sie Christians Nachname schon immer bescheuert gefunden: Litzen. Wer hieß schon Litzen!

Donnerstag, 23. Mai

Arnulf Schmidt hatte in seinem Büro genüsslich seinen Morgenkaffee getrunken und war auf dem Weg zur Toilette, als er im Schalterraum der Bank seinen Namen hörte. Normalerweise interessierte ihn das nicht, aber jetzt sah er doch schnell hin. »Nein, Herr Schmidt hat heute keinen Termin mehr frei, aber warten Sie mal«, die Bankangestellte griff nach dem Brief, den die Kundin in der Hand hatte, »ja, Frau Hinrichs, da brauchen Sie unseren Filialleiter nicht zu bemühen, das macht der Sachbearbeiter. Mal sehen, da käme ja Herr Richter infrage … Augenblick bitte!« Sie griff nach dem Telefonhörer.

Maike Hinrichs! Das fehlt mir noch, dachte Schmidt, dass die zu einem anderen geschickt wird.

»Nein, nein«, rief er und wedelte mit der Hand, während er zum Schalter eilte. Die verwunderten Blicke seiner Mitarbeiter ignorierte er, hier ging es sozusagen um Leben und Tod. Die Angestellte ließ den Hörer sinken. »Herr Schmidt?«, fragte sie ungläubig.

»Jaja«, sagte er hastig, »die Dame kann zu mir. Ich habe gerade eine … Lücke.«

Maike drehte sich zu ihm um. »Das ist aber nett«, sagte sie und schenkte ihm ein Lächeln.

»Keine Ursache«, erklärte Schmidt, »wir sind immer für unsere Kunden da.« Und mit einem kurzen Seitenblick zu seiner Mitarbeiterin. »Und für unsere Kundinnen auch, selbstverständlich.«

Arnulf Schmidt vergewisserte sich, dass Maike Hinrichs ihm folgte und ging den Weg, den er gerade erst gekommen war, zurück zu seinem Büro. Die Blase drückte, und das ärgerte ihn. Er hätte früher gehen sollen. Aber nein, dann hätte er die Hinrichs verpasst. Einen Tod musste man halt sterben.

Er hörte, dass Maike Hinrichs hinter ihm forsch auftrat. Die Steinfliesen, die bei der Renovierung vor drei Jahren den Teppichboden ersetzten, verrieten ihm die Stimmungslage seiner Kunden immer recht gut. Manche schlichen geradezu den Gang entlang, die hörte man erst, wenn sie an seiner Tür anklopften. Andere kamen wie eine Herde Trampeltiere daher, getreu dem Motto: auf in den Kampf. Die, die bestimmt auftraten, so wie die Frau hinter ihm, gleichmäßig und kraftvoll, die waren die Selbstbeherrschten. Ob die sich ins Bockshorn jagen ließ?

Manchmal half es ja auch schon, wenn sie hinter ihm herlaufen mussten, denn, wie sagte seine Frau immer so schön: Er war ein stattlicher Mann. Das war er wohl auch mit seinen Einszweiundneunzig und den 120 Kilo. Tochter Carolin meinte dagegen, er könne ruhig mal abnehmen.

An seiner Bürotür angekommen, räusperte er sich, öffnete sie und ließ Maike Hinrichs an sich vorbei eintreten. Eine aparte Frau, dachte er, während er sie musterte. Kleine Nase, elegant geschwungener Mund, volle Lippen, hohe Wangenknochen. Hübscher als auf dem Video, das er sich sehr genau angesehen hatte. Wie nützlich solche Homepages doch waren, man konnte sich ein recht gutes Bild von einer Person machen.

Maike trat ein und blieb abwartend mitten im Raum stehen. Sie hätte sich so ein Bankdirektorenbüro feudaler vorgestellt. Aber es war ja nur eine kleine Bank. Und Schmidt auch nur ein kleiner Direktor. *»Stell dir Männer, die sich wichtig vorkommen und sich dir gegenüber auch so benehmen, immer in ihren Unterhosen vor, Feinripp mit Eingriff«, hatte ihr Vater ihr geraten, wenn sie Angst vor einer sogenannten Respektsperson hatte.* Also sah sie Arnulf Schmidt nun als übergewichtigen Mann in weiter Feinrippunterhose vor sich. Sie lächelte ihn an. »Sie wollten mich sprechen?«, sagte sie.

Schmidt war es gewöhnt, das Gespräch zu eröffnen. Dass sie es tat, irritierte ihn.

»Ja, bitte, nehmen Sie doch Platz.«

Er musste sich sammeln. Fast hätte er sie gefragt, ob sie einen Kaffee wünsche, aber das unterließ er dann doch. Kaffee bekamen nur lukrative Geschäftskunden. Das war sie definitiv nicht. Er setzte sich hinter seinen Schreibtisch, und das gab ihm seine Selbstsicherheit zurück. Hier war er der König und die Person vor ihm die Bittstellerin.

»Also«, sagte er und tat so, als suche er in den Weiten seines überarbeiteten Gehirns nach ihrem Namen.

»Hinrichs«, half Maike. »Maike Hinrichs.«

»Frau Hinrichs.« Er gab ihren Namen in seinen Computer ein und bedauerte, dass er nicht, wie früher, auf einen Knopf drücken und: »Bringen Sie mir doch mal die Unterlagen von Frau Hinrichs«, sagen konnte. Das war stets ein eindrucksvoller Moment gewesen. Aber das war leider Vergangenheit. Mit seiner Vorzimmerdame war diese Machtdemonstration gegangen, und mit seinem Computer war die Selbstbedienung eingezogen. Es war ihm schon klar, dass für seinen jungen Nachfolger, wer auch immer es werden würde, all dies, was ihn Mühe kostete, ein Klacks sein würde.

»Maike Hinrichs, da habe ich Sie ja.«

Er vertiefte sich, während Maike die Vorhänge hinter ihm studierte und den Himmel hinter dem Fenster. Es wurde immer düsterer. Auch im Zimmer. Aber sie durfte sich nicht ablenken lassen. Was der Himmel machte, war seine Sache, jetzt ging es um sie. Also: Kopf hoch, Brust raus, gerader Rücken.

»Tja«, sagte Schmidt und blickte auf. »Ihr Dispokredit wurde mehrfach erweitert …«

»Was an sich schon ein Fehler war«, ging Maike dazwischen,

»mit guter Beratung hätte ich besser mein Darlehen erhöhen lassen.«

Schmidt sah unwillig auf. »Sie haben schon ein sehr hohes Darlehen …«

»Die 63 000? Die haben mein Mann und ich damals beim Umbau meines Hauses aufgenommen.«

»Mag sein, aber diese Baufinanzierung läuft aktuell ausschließlich auf Sie. Ihr Mann hat nicht unterschrieben.«

»Aber er war bei der Beratung dabei. Der Umbau war seine Idee.«

Schmidt zuckte mit den Schultern, und fast wäre ihm *c'est la vie* herausgerutscht, aber er konnte es sich gerade noch verkneifen.

»Das ist sehr bedauerlich«, sagte er stattdessen.

»Sie sagen es!«

»Es ändert aber nichts an den Tatsachen, dass Sie das Darlehen unterschrieben haben und somit für die Rückzahlung verantwortlich sind. Im Moment sehe ich aber, dass Sie überhaupt nichts zurückzahlen können, selbst die Raten für die beiden Darlehen mit monatlich 220 Euro nicht, weil Sie das Limit Ihres Dispokredits ausgeschöpft haben und, wie ich sehe, auch kaum Einnahmen vorweisen können.«

Er setzte seinen schärfsten Blick auf.

»Wovon leben Sie eigentlich?«, fügte er hinzu.

»Von meiner Töpferei, außerdem brauche ich nicht viel.«

»Na ja. Aber Sie haben trotz allem Nebenkosten. Müllabfuhr, Strom, Wasser, Heizung … womit heizen Sie denn?«

»Öl und Holz.«

»Sehen Sie. Und gerade Öl …«

»Ich kann auch komplett auf Holz umstellen.«

»Holzfeuerung? Klimaschadstoffe. CO_2, Ruß und Methan. Von den feinen Rußpartikeln ganz abgesehen. Die sind mitverantwortlich dafür, dass das Eis in der Arktis schneller schmilzt.«

Schmidt klopfte mit dem Kopf seines Kugelschreibers auf die Tischplatte. »Wussten Sie das?«

Maike runzelte die Stirn. »Ich dachte, es geht um mein Konto? Wollten Sie mir nicht eigentlich einen Vorschlag machen?« Sie wedelte mit seinem Brief.

»Vorschlag?« Schmidt richtete sich auf. »Es geht um die Frage, wie Sie Ihr Konto in Ordnung bringen können, wir haben Ihnen eine Frist gesetzt, darum geht es. Innerhalb dieser Frist müssen Sie Ihr Konto ausgleichen, sollten Sie diese Frist nicht einhalten können, kommt nach der zweiten Mahnung der Vollzug. Dem könnten Sie aber bequem entgehen …« Er senkte den Kopf und tat, mit der Maus in der Hand herumfahrend, als lese er konzentriert in Maikes Unterlagen, »also, dem könnten Sie bequem entgehen, wenn Sie an einen Verkauf dächten … Ihre Adresse, ich sehe, Butenweg 12. Ein Haus im Butenweg, na, da haben Sie ja Glück und sind direkt all Ihre Sorgen los.« Er blickte auf und schlug einen heiteren Ton an. »Na, das ist doch schon was. Ich könnte Ihre Immobilie schätzen lassen, dann wüssten Sie zumindest, was Sie sich ohne eine solche Belastung leisten könnten.«

»Mein Haus ist keine Belastung«, machte Maike sofort klar. »Ich liebe mein Elternhaus!«

»Jaja«, Schmidt hob abwiegelnd die Hände, »sicher wollten Ihre Eltern auch, dass es Ihnen gut geht. Und dieses Haus könnte dafür sorgen, dass es Ihnen gut geht!«

»Sie wollen, dass ich verkaufe?«

»Bevor Sie zahlungsunfähig sind und es zu einer Zwangsversteigerung kommt …« Schmidt ließ diesen Satz in der Luft hängen. Keine Drohung, einfach nur ein Denkanstoß, der ihr in den kommenden Nächten den Schlaf rauben sollte. Er schob ihr sein Visitenkärtchen zu.

»Eine Schätzung kostet nichts. Ich käme auch gern persönlich vorbei, dann würde es niemand erfahren.«

»Sie persönlich?« Maike starrte ihn an.

»Ja, Diskretion ist mein zweiter Vorname.« Schmidt lächelte gewinnend.

***

Helmut Lohmann stand hinter dem Stuhl seiner Frau und legte drei dicht bedruckte Seiten auf den Tisch, die er vor ihrer Nase langsam auffächerte. Lea schob ihren halb leeren Teller von sich weg und drehte sich nach Helmut um.

»So dringend?«

»Ja, schau!« Er tippte über sie hinweg auf das oberste Blatt. »Entschuldige, dass ich zu spät komme, aber das ist wirklich dringend. Habe ich mir eben angesehen!«

»Hast du dir eben angesehen?«

»Ein einmaliges Angebot! Da müssen wir zuschlagen!«

Sie spürte seinen heißen Atem an ihrem Nacken, was ihr nicht behagte. »Worum geht es überhaupt?«

»Penthouse an der Außenalster mit Blick aufs Wasser. Ein kleines Stadtnest, für die Zeit in Timmendorfer Strand, klein, aber fein. Tiefgarage mit Lift direkt in unsere Wohnung. Etwa 100 Quadratmeter. Nur, das Angebot könnte schnell weg sein!«

»Von wie viel sprichst du?«

»Ein Geschäftsfreund, er verändert sich nach USA, Aufstieg innerhalb der Firma, muss schnell gehen, ohne Makler, er will runde zwei Millionen. Das ist für die Lage ein Schnäppchen!«

Lea zog die Blätter auseinander. Auf dem letzten waren die Fotos. Viele Fenster, modern eingerichtet, auf den ersten Blick eine schicke Wohnung, aber zwei Millionen?

»Zwei Millionen für kurze Besuche in Hamburg, wäre da ein Hotel nicht günstiger?«

»Günstiger schon.« Helmut ging um den Tisch herum auf seinen Platz und setzte sich vor seinen leeren Teller. »Aber sieh es mal als Investition. Wenn wir hier das Haus verkaufen, haben wir dafür die Stadtwohnung und ein Haus in Timmendorfer Strand. Na«, er zog ein Weinglas und die Rotweinflasche zu sich heran und goss sich ein, »na«, wiederholte er, »vielleicht nicht ganz. Aber fünf ist unsere Hütte hier mit dem riesigen Garten und der Lage allemal wert.«

»Aber auch da musst du erst mal jemanden finden«, versuchte Lea seine Euphorie zu bremsen.

Er hob das Glas. »Zum Wohl, mein Mäuschen, das ist keine Kunst. Reiche Leute gibt es zuhauf, und sie werden immer reicher!« Er grinste vor sich hin. »Wie wir.«

»Tja, dann ...« Lea stand auf. »Es gibt Braten und Kartoffelgratin, ich mache es dir noch mal warm.«

Helmut stand ebenfalls auf und folgte ihr in die Küche. »Also, der Plan ist, dass wir beide morgen dorthin fahren, dann müssen wir uns entscheiden. Das heißt, ich habe mich schon entschieden.«

Lea richtete einen Teller für ihren Mann und schob ihn in die Mikrowelle.

»Bevor da ein anderer kommt, sind wir schon beim Notar! Einziehen können wir allerdings erst, wenn Kurt seine neue Arbeitsstelle in Boston antritt, das ist der 1. August.«

»Aha.«

»Das passt mit unseren eigenen Plänen wunderbar. Von hier aus organisieren wir den Bau in Timmendorfer Strand, verkaufen dann unser Haus hier und ziehen um an die Ostsee.« Er tätschelte ihren Hintern. »Was sagst du, Mäuschen?«

»Ja, doch«, erklärte Lea und drehte sich von ihm weg, »ich bin gespannt.«

Er nickte, und sein Gesicht bekam den selbstgefälligen Ausdruck, den sie schon kannte und hasste. »Dein Kater ist eben gut!«, sagte er, bevor er das Gesicht ärgerlich verzog. »Nun muss nur noch dieser Mensch da in seinem Maklerbüro in die Puschen kommen, sonst mache ich ihm Beine!«

»Und einen anderen Makler?«, fragte Lea und griff nach ihren Backofenhandschuhen.

Helmut winkte ab. »Sind alle schon verständigt. Gibt aber keine guten Angebote. Reihenendhaus und so ein Kram. Nein, nein, wir wollen das Ding da am Butenweg und damit juck und basta!«

***

Maike stand in ihrer Küche und schob drei Teiglaibe in den Backofen. Dann sah sie auf die Uhr. 17 Uhr, das war perfekt, so könnte sie die drei Brote frisch und knusprig um sechs mit aufs Fest nehmen.

66, dachte sie, jetzt wird Jupp also auch schon 66 Jahre alt. So lange sie zurückdenken konnte, war er ihr Nachbar gewesen. Natürlich kein Spielkamerad, denn er war neunzehn gewesen, als sie überhaupt auf die Welt gekommen war, aber doch ein ständiger Nachbar, einer, der immer da gewesen war und in ihrer Wahrnehmung nie alterte. Es machte sie ein bisschen wehmütig, an all ihre Nachbarn zu denken. Aber heute war kein Platz für Wehmut. Heute würde sie alles vergessen und feiern. Sie ging an ihren Kleiderschrank, überlegte, was für den Anlass passend wäre, nicht zu chic, aber ein bisschen schon, und legte sich eine helle Hose mit einem schwarzen Blazer heraus. Und außerdem würde sie eine warme Jacke mitnehmen, abends wurde es auch Ende Mai noch ordentlich frisch, vor allem, wenn der Wind dazukam. Dann ging sie ins Bad, duschte, schminkte sich, zog sich an, verzierte alle drei Brote mit einer hellen 66 aus einem klebrigen Mehlgemisch, was nicht perfekt wurde, aber man konnte die Zahlen erkennen.

Es gelang ihr, sich auf diese Weise abzulenken, bis sie bei Jupp und Regine das Gartentor aufstieß und unter den Geburtstagsgästen Fabian und Sandra sah. Sofort hatte sie wieder Sandra vor Augen, wie sie bei Anja stand. Und Fabian, wie er minutenlang zu ihrem Haus herübergestarrt hatte. Fabian und Schmidt? Ja, wieso sollte Schmidt auch sonst auf ihr Haus kommen? Hatte Fabian womöglich selbst Interesse an ihrem Grundstück? Sie versuchte, den Gedanken abzuschütteln, während sie Jupp umarmte, ihm herzlich gratulierte und, nachdem Jupp die improvisierte 66 gebührend bewundert hatte, ihre Brote zu den vollen Schüsseln und Platten aufs Buffet legte.

Maike ging durch die Grüppchen, die sich überall an Stehtischen gebildet hatten, begrüßte die, die sie kannte, und wurde anderen vorgestellt. Es waren nicht viele, die neu dazugekommen waren, aber Jupp hatte auch einige eingeladen, mit denen er beruflich immer wieder zu tun hatte. Noch bevor sie bei Sandra und Fabian angekommen war, die mit Geert und Frauke zusammenstanden, kam Ella mit wehenden Haaren auf sie zugerannt.

»Maike«, rief sie, »die sind alle ganz neidisch auf mein Hufeisen!«

Aus den Augenwinkeln sah sie, wie Sandra aufmerksam wurde und zu ihnen hinsah, während sie sich zu der Achtjährigen hinunterbeugte. »Ja?«, fragte sie, »das ist ja toll! Wer denn?«

»Na, oben, alle im Gestüt. Alle in meiner Reitgruppe wollen auch so ein Hufeisen!« Sie senkte verschwörerisch die Stimme, »aber die kriegen keins, stimmt's? Die sollen ruhig neidisch sein!«

»Aber Ella«, flüsterte Maike, »das sind doch deine Freundinnen. Gönnst du ihnen keine Freude?«

Ella holte tief Luft und sah kurz hinauf in den Himmel. »Wenn die was Neues haben, reiben sie es mir auch immer unter die Nase. Neue Reitstiefel. Mit Glitzersteinchen, stell dir vor! Oder ein superhübsches Halfter für ihr Pony, das sie immer reiten dürfen. Und jetzt«, ihre Stimme wurde wieder laut und sie sah zu ihren Eltern, während sie sprach, »bekommt eine sogar ein eigenes Pony! Ein eigenes Pony!! Aber Papa sagt, dafür hätten wir kein Geld. Er hätte andere Pläne!« Sie schnaubte, und Maike hätte am liebsten mitgeschnaubt. Andere Pläne! Was sollte sie nun davon halten?

Es nützt ja nichts, dachte sie, richtete sich auf und ging auf den Stehtisch mit Geert, Frauke, Sandra und Fabian zu.

»Moin«, sagte sie wortkarg.

»Schön, dass du da bist«, entgegnete Geert, und die übrigen drei nickten ihr zu. »Ist doch immer wieder schön, so ein Fest in der Nachbarschaft!«

»Und ob«, meinte Frauke. »Ich habe von meinem Onkel aus Vorarlberg Schnaps geschickt bekommen. Eigene Brennerei. Sechs Flaschen! Davon müssen wir nachher auf alle Fälle probieren.«

»Da bin ik dor bi!«, sagte Geert sofort und blickte kurz in die Runde.

»Wir natürlich auch«, sagte Fabian schnell, was ihm einen kurzen Blick seiner Frau eintrug. Maike wusste genau, warum: Sie entschied lieber für sich selbst.

»Ich kann jetzt schon einen brauchen«, sagte Maike und sah Fabian herausfordernd an.

Fabian senkte kurz den Blick, dann blickte er sie an. »Ich glaube, wir sollten nachher mal miteinander reden.«

Während Maike nickte, wechselten Geert und Frauke erstaunte Blicke. »Seit wann gibt es im Butenweg Geheimnisse?«, fragte Geert.

»Fabians Chef hat plötzlich Interesse an mir!«, brach es aus Maike heraus.

»Schmidt?«, fragte Sandra verwundert, »ich dachte Petersen?«

»Petersen?« Frauke runzelte die Stirn, »dieser schleimige Makler mit den beiden Gesichtern? Betrügen bis aufs Blut und die falsche Herzlichkeit in Person?«

»Ja, ein Petersen war bei mir«, erklärte Maike, »hat aber einfach nur Geburtstagsgeschenke gekauft.«

Sandra nickte nur.

»Aber warum Schmidt?«, wollte Geert wissen.

»Weil der sich seltsam häufig nach Maike erkundigt«, erklärte Fabian verhalten.

»Ist er Witwer?«, wollte Geert wissen, was Fabian zum Lachen brachte. »Nein, verheiratet. Zudem scheidender Filialleiter. Demnächst geht er in Pension.«

»Und was kann der wollen?«

Fabian warf Maike einen Blick zu und zuckte mit den Schultern. »Alte Konten aufarbeiten. Vielleicht hat er bei Maike eine Goldmine entdeckt, die bisher übersehen wurde.«

Maike horchte auf, während Geert loslachte. »Dann soll er mal schön buddeln, der Herr Bankdirektor. Am besten direkt auf dem Butenweg, der hat im Moment so viele Schlaglöcher, dass das bestimmt kein Fehler wäre …«

Maike und Fabians Blicke trafen sich, verhakten sich kurz, und dann wusste Maike, dass Fabian keine eigenen Absichten hegte, sondern irgendwie von diesem Schmidt überrollt worden war, so wie sie auch.

»Ja, soll er mal«, sagte sie, und damit war das Thema für sie erledigt. Vor allem hatten sich ihre Zweifel an Fabian und Sandra in Luft aufgelöst, das tat besonders gut. Sie würde also Sandra später einfach nach ihrem Besuch bei Anja fragen, alles würde sich aufklären.

Befreit scherzte und unterhielt sie sich mit allen, die ihr über den Weg liefen. Irgendwann lud sie sich einen Teller am Büffet voll und setzte sich auf eine der Bierbänke, neben eine Frau, die sie anfangs nur kurz begrüßt hatte, aber nicht kannte. Sie unterhielten sich über alles Mögliche, bis sich Jupp dazusetzte. »Kennt ihr euch eigentlich?«

Maike schüttelte den Kopf.

»Gerade kennengelernt«, sagte ihre Nachbarin.

»Also, das ist Maike Hinrichs, alte Butenweg-Generation, und das ist Verena Ludwig, Möbelhaus Ludwig, sie hat vor einigen

Jahren das Möbelhaus von ihren Eltern übernommen und ist nun auch im Gemeinderat.«

»Das ist ja toll!«, sagte Maike, »dann stammt meine Küche von Ihnen.«

»Von mir oder von meinen Eltern?«

Maike musste lachen. »Eher von Ihren Großeltern …«

Sie lachten alle am Tisch. »Ja«, sagte Verena Ludwig, »Haben kommt von Halten. Den Spruch kennt ja wohl jeder.«

Maike schwieg, nur Per, der eben dazukam, entgegnete: »Man kann es mit dem Halten aber auch übertreiben, das nennt man dann Geiz.«

»Kennt ihr den Karsten?«, warf Regine ein, »der nie gleichzeitig mit seinen Freunden ins Restaurant geht, sondern so spät dazukommt, dass er die Teller seiner Freunde leer essen kann? Wozu er sich auch kein Getränk bestellt, versteht sich. Aber er hat es zu was gebracht. Zumindest hat er drei Eigentumswohnungen!«

»Das ist doch eine bedauernswerte Kreatur«, entgegnete Jupp und schüttelte den Kopf. »Da feiern wir doch lieber und geben unser Geld aus.«

»Bis auf die stille Reserve«, warf Verena ein, »die solltet ihr dann schon noch haben, wenn hier das späte Feststellungsverfahren in Kraft tritt und eure Straße geteert wird. Dann ist nämlich jeder Anlieger beteiligungspflichtig.«

»Was soll denn *das* heißen?« Gunni rutschte in die Bank. »Was wollen die mit unserem Butenweg machen?«

»Er soll ins ordentliche Stadtbild passen und zum Wohl der Anlieger eine Teerhaube bekommen«, erklärte Verena.

»Woher willst du das denn wissen?«, fragte Per.

»Aus der letzten Gemeinderatssitzung. Die war übrigens öffentlich.«

»Und was heißt das jetzt auf Deutsch?«, fragte Jupp.

»Das heißt auf Deutsch, dass die Anlieger die Erneuerung der Straße zu neunzig Prozent mitfinanzieren müssen.«

»Aber wir wollen doch gar keine Erneuerung!«, entrüstete sich Per. »Wir sind doch zufrieden mit unserem Sandweg.«

»Bissele löchrig halt«, witzelte Gunni. »Nein, im Ernst. Ist das schon durch?«

Alle sahen Verena an. Die zuckte mit den Schultern. »Ich glaube, bis so ein Beschluss rechtskräftig ist, kann man noch Einspruch erheben.« Sie kratzte sich im Nacken. »Dafür bin ich noch zu kurz im Gemeinderat, ich muss euch sagen, ich bin überfragt.«

»Wenn das kommen sollte, dann streiken wir!«, erklärte Gunni. »Ho Chi Minh!«

Keiner lachte. »Und was würde das für jeden Einzelnen kosten? Wurde das schon gesagt?«, wollte Per wissen.

»Zumindest wurde die Gesamtsumme veranschlagt. Runde 700 000 Euro.«

»Was?«, dröhnte Jupp so laut, dass auch die anderen Gäste aufhorchten. »Wir sind hier ja gar nicht so viele. Dazu sind ja auch die Grundstücke zu groß. Geteilt durch ...«, er rechnete kurz nach, »Wahnsinn! Das wären für jeden Einzelnen von uns rund 77 000 Euro? Für eine popelige Straße, die wir gar nicht brauchen? Und nicht wollen?«

»Es wird auch zum Anlass genommen, die Straße aufzubaggern, eine neue Kanalisation und sonst noch was zu legen. Ach ja, Glasfaserkabel.«

»Ich pfeife auf Glasfaserkabel!« Jupp schlug mit der Faust auf den Tisch. »Glasfaserkabel?« Er sah sich im Kreis um. »Ein Leben lang bin ich ohne Glasfaserkabel ausgekommen. Dafür lege ich keinen roten Heller auf den Tisch!«

Maike hörte nur noch halb zu, obwohl es das Thema des Abends wurde. Verena schilderte immer wieder, was sie wusste, und schließlich sagte sie: »Die Sitzung war gestern. Spätestens morgen müsste es in der Zeitung stehen. Vielleicht sind wir dann schlauer?«

Schlauer?, fragte sich Maike, als sie an diesem Abend die wenigen Schritte über den Butenweg nach Hause ging. Schlauer? Auf alle Fälle war sie dann ärmer. Ärmer, wo sie doch sowieso nichts hatte? Wenn das wirklich kam, dann hatte sie insgesamt 160 000 Euro Schulden und kein Einkommen. Sie musste morgen die Zeitung kaufen, ihre Tochter informieren und diesen Schmidt anrufen. Schätzen sollte er mal, das konnte nicht schaden.

Freitag, 24. Mai

Maike sah durch das Küchenfenster, wie Sandra ihr Gartentürchen energisch aufstieß und auf ihr Haus zusteuerte. Sie zog den Teekessel von der Gasflamme, bevor er pfeifen konnte, und ging zur Haustüre, um sie für Sandra zu öffnen.

»Huch«, sagte Sandra, lachte aber. »Eine automatische Tür, wie praktisch.«

Maike lachte auch, sah dann aber die Zeitung in Sandras Hand. »Ach, du warst also schneller als ich?«

»Wir haben noch immer ein Abo«, erklärte Sandra. »Und ich mag zum Frühstückskaffee lieber Papier als digital.«

»Kann ich verstehen«, Maike nickte. »Magst du reinkommen? Ich setze gerade Tee auf.«

Sandra schüttelte den Kopf. »Leider nein, ich bin auf dem Sprung. Fabian hat die Mädchen mit zur Schule genommen, und ich muss auch los.«

»Schade«, bedauerte Maike ehrlich. Sie hätte sie gern noch zu Anja befragt, gestern waren sie vor lauter Erschließungsdiskussionen nicht mehr dazu gekommen.

Sandra drückte Maike die zusammengerollte Zeitung in die Hand. »Wir müssen uns zusammensetzen, sieht nicht gut aus. Weil all die Häuser hier im Butenweg schon vor Urzeiten gebaut wurden, gab es damals wohl keine Erschließungskosten. Das heißt, wenn sie hier wirklich baggern und neue Kanäle, Glasfasernetz und sonst noch alles legen wollen, sind wir als Anlieger beteiligt. Ob wir wollen oder nicht …«

»Wir wollen nicht!«, sagte Maike spontan.

»Wir müssen uns schlaumachen«, sagte Sandra, schon halb

im Gehen, »ob da überhaupt noch ein Einspruch möglich ist. Zumindest steht es da so.«

»Klingt nicht so gut.«

»Ich fürchte nicht. Aber jetzt wünsch ich dir trotzdem erst mal einen schönen Tag«, damit winkte ihr Sandra im Gehen noch einmal zu, und Maike sah auf die Zeitung in ihrer Hand hinunter. »Ich dir auch.«

Sie ging zurück in die Küche, stellte das Gas für den Tee wieder an, richtete sich ein Marmeladenbrot und stellte fest, dass sie das alles völlig mechanisch tat, denn eigentlich ging es nur darum, was sie las, und nicht darum, was sie trank oder aß. Schließlich saß sie an ihrem Küchentisch und blätterte die Zeitung durch. Am liebsten hätte sie alles gelesen, nur um nicht auf diesen einen Artikel zu stoßen, diesen einen Artikel, der ihr Leben verändern konnte. Schließlich lag er vor ihr. Die letzte Gemeinderatssitzung und die entsprechenden Anfragen, Neuerungen und Entscheidungen. Nachdem sie sich zum Lesen gezwungen hatte, musste sie Sandra recht geben, denn hier stand es schwarz auf weiß: Da es bisher keine Erschließungskosten gegeben hatte, würden die Ersterschließungskosten von den jetzigen Eigentümern mitgetragen werden müssen. Summa summarum käme die Erschließung auf 700 000 Euro, heutiger Stand, wie genau es dann zwischen Kommune und Eigentümern aufgeteilt werden würde, hinge von der Größe des jeweiligen Grundstückes ab.

Maike atmete mehrmals tief durch, stand auf, ging ans Fenster und sah zu ihrer Werkstatt hinüber. Und genau in diesem Moment fing es an zu regnen, und die starken Böen des einsetzenden Windes peitschten die Regentropfen durch den Garten, sodass sich die hohen Grashalme bogen. Maike stand und schaute und sah nichts. Alles verschwamm vor ihren Augen. Schließlich drehte sie sich um und griff nach dem Handy. Sie hatte es kaum in der Hand, da klingelte es. Ihre Mutter. War sie jetzt überhaupt in der Verfassung, mit ihr zu sprechen?

Sie nahm den Ruf an.

»Hallo, Mama«, versuchte sie einigermaßen normal zu klingen.

»Guten Morgen, Maike, du wolltest mich doch gestern Abend anrufen … Gibt es denn etwas Besonderes?«

»Nein …«, sagte Maike zurückhaltend, »ich wollte hören, wie es dir geht …«

»Gut. Ich habe meine Finanzen so geordnet, dass ich hundert werden kann und keine Unterstützung brauche. Das ist ein gutes Gefühl«, sie lachte, »und dann kommen auch immer mehr meiner alten Freundinnen zurück, das Leben scheint es, nach dem traurigen Ende mit Papa, wieder gut mit mir zu meinen.«

»Das freut mich«, sagte Maike zögernd. »Mama, magst du denn überhaupt nicht mehr nach Timmendorfer Strand kommen? Du warst seit Papas Tod nicht mehr da. Und das ist schon zehn Jahre her. Nicht mal zu Besuch? Oder zu Lillys Geburtstag vielleicht? Oder wenigstens mal wieder zu Weihnachten?«

Es entstand eine kurze Pause.

»Sei mir nicht böse, aber ich habe es ja schon oft erklärt, Maike, Timmendorfer Strand war die Heimat deines Vaters. Meine war immer hier. Es war schön, all die Jahre, mit ihm und mit dir, mit der Nachbarschaft und mit allem, aber, weißt du, das ist eben ein vergangenes Bild, das ich so bewahren möchte. In meinen Erinnerungen, in meinem Herzen. Papa, du und ich. Unsere kleine Gemeinschaft, der Butenweg, und alles, was dazugehörte.«

Maike sagte nichts darauf.

»Kannst du das verstehen?«, fragte ihre Mutter.

Maike nickte, dann sagte sie, mit Blick hinauf zu den schwarzen Regenwolken: »Ja, Mama, das verstehe ich.«

»Lilly wird zwanzig. Wer weiß, wo sie feiern will. Und Weihnachten ist noch lang hin. Und wenn es so weit ist, können wir es wieder bei mir feiern. Wie letztes Jahr. Und all die anderen Jahre seit Papas Tod.«

»Ja, Mama, das können wir.«

»War doch jedes Mal schön, oder nicht?«

»Ja, doch! Es war jedes Mal schön.«

»Na, siehst du.« Ihre Mutter klang erleichtert. »Du verstehst mich nicht falsch? Ich habe das alles geliebt – damals. Aber ich mag einfach nicht mehr kommen, es würde mir nur wehtun.« Sie überlegte kurz. »Und siehst du, Lilly ist ja inzwischen eine erwachsene Frau. Zwanzig, meine Güte! Wenn sie Sehnsucht nach ihrer alten Omi hat, dann bezahle ich ihr ein Bahnticket, und schwupps, ist sie da und wir stoßen auf ihren Geburtstag an.«

Wie oft das wohl in den letzten Jahren war, fragte sich Maike, aber ihr lag etwas anderes auf dem Herzen. »Und wenn ich das hier je verkaufen würde?«

»Wenn du es verkaufen würdest, hättest du sicher deine Gründe. Wenn du das verkaufst, musst du das mit deinem Großvater und deinem Vater ausmachen. Ihr Blut fließt in deinen Adern. Das …«, sie hörte ihre Mutter tief Luft holen, »… das dürfte nicht leicht sein mit Lilly, einer Hinrichs.«

»Da hast du recht. Keine Sorge, nur eine Frage.«

Maike wünschte ihrer Mutter noch einen schönen Tag und legte auf.

»Opa, Papa«, sagte sie zu den Wänden. »Das wird nicht leicht. Leider habe ich versagt. Ich hätte besser einen Brotberuf erlernt, so wie ihr das immer gesagt habt. Aber jetzt ist es passiert! Zu spät! Sorry!«

Sie sah auf die Uhr. Kurz nach neun. Wen sollte sie anrufen? Den Schmidt? Oder diesen Petersen, der ihr eine Million auf die Hand zahlen wollte? Und wenn das Haus mehr als eine Million wert war? Eine Wertermittlung war sicher sinnvoll. Also Schmidt.

Sie suchte seine Visitenkarte und rief ihn an.

Minuten später stand Schmidt mitten in seinem Büro und rieb sich die Hände.

»*Andiamo*«, sagte er laut zu seinem Schreibtisch, und dann ging er an seinen Computer, um die nächsten Termine zu canceln.

***

Arnulf Schmidt hatte sich beeilt, um möglichst schnell in den Butenweg zu kommen, und eine halbe Stunde später stand er vor Maikes Haustüre. Es lag ihm ein »Gnädige Frau« auf der Zunge, als sie öffnete. Aber sie war eine Frau in finanzieller Bedrängnis, die sich Hilfe von ihm erwartete.

»Gut, dass Sie so schnell kommen konnten«, begrüßte ihn Maike. »Sie haben mir mit Ihrer Version einer Zwangsversteigerung einen ganz ordentlichen Schrecken eingejagt … Und nun bitte ich Sie, mir einen angemessenen Wert für mein Haus zu nennen.«

»Ja«, sagte er, »deshalb bin ich da.«

Sie standen noch immer in der Haustüre, und Maike machte keine Anstalten, ihn hereinzubitten, wie er bemerkte.

»Was müssen Sie für so eine Schätzung sehen … oder wissen?«, fragte sie stattdessen.

»Alles, was zu Ihrem Haus gehört. Grundstücksfläche, Wohnfläche, Keller, Dachgeschoss, die Ausstattung, die Heizung … Wie alt ist das Gebäude, ist es renovierungsbedürftig, gibt es eine Garage oder sonstige Nebengebäude.« Er zog den Kragen seines feinen Wollmantels etwas höher, weil ihm der Wind kühl in den Rücken blies.

Maike nickte.

»Dann erstelle ich eine Vergleichsanalyse und kann Ihnen einen marktorientierten Preis nennen.«

Maike nickte erneut.

»Wollen wir dann zuerst mal ums Haus herumgehen?«, fragte sie und wies zu dem kleinen Steinplattenweg, der zu ihrer Terrasse und der Werkstatt führte.

»Ja, gern. Bitte nach Ihnen.« Schmidt zog sein Smartphone aus der Manteltasche. »Zur Dokumentation«, meinte er. »Es soll ja alles seine Richtigkeit haben.«

Als sie endlich hineingingen, fror er wirklich. Er war kein »Draußenmensch«, das war er sein ganzes Leben lang nicht gewesen. Eher ein Stubenhocker, wie sein Vater ihn immer genannt hatte. Aber wenn er seinen neuen Beruf ausüben wollte, musste er sich daran gewöhnen. Oder sich eine andere Kleidung anschaffen. Er blieb abwartend neben Maike stehen, die die Terrassentüre hinter ihnen schloss. »Das ist die Küche«, sagte sie unnötigerweise. »Wir heizen mit Öl. Und außerdem mit dem Kachelofen im Wohnzimmer, der vom Gang aus befeuert wird. Den hat mein Großvater damals selbst gebaut. Die Ölheizung kam erst später.« Sie ging ihm voraus ins Wohnzimmer, und er betrachtete ihren schmalen Rücken in der leichten Bluse. Offensichtlich hatte sie überhaupt kein Kälteempfinden. Sogar in der kalten Werkstatt schien es ihr warm gewesen zu sein. »Wie alt ist die Heizung denn?«, fragte er, »entspricht sie den aktuellen Standards?«

»Zumindest hat der Schornsteinfeger keine Einwände«, entgegnete Maike. »Konnten Sie sich ein gutes Bild von allem machen?«

»Vielleicht noch der Keller und die oberen Räume?«

Es war ihr anzumerken, dass ihr das alles widerstrebte. Ein fremder Mann in ihrer Wohnung, der die Schlafzimmer und das Bad begutachtete, schließlich auch noch auf den Dachboden stieg, fotografierte und selbst die Kellerräume und den Zustand der Heizungsanlage unter die Lupe nahm. Als er ging, war sie sichtlich erleichtert. Er auch.

Was Arnulf Schmidt zu schaffen machte, war die Zeit. Er

wollte dieses Objekt als Auftakt seiner Firmengründung und als Aushängeschild für sein neues Büro. So hatte er sich das gedacht, und so wollte er es auch durchziehen. Das bedeutete noch rund fünf Wochen. Durch den Urlaub, der ihm noch zustand, war der 28. Juni sein letzter Arbeitstag. Das würde nun verdammt schnell gehen, für das Geschäft mit Maike Hinrichs aber möglicherweise nicht schnell genug. Es bestand die Gefahr, dass sie sich nach einem anderen Immobilienmakler umsah. Und der konnte ihm das Geschäft direkt vor der Nase wegschnappen. Ein Albtraum.

Er musste sich etwas einfallen lassen.

Dienstag, 28. Mai

Einige Tage später entschied Rolf Petersen, dass er nicht mehr warten konnte. Offensichtlich hatte die Million, die er der Hinrichs gesteckt hatte, nicht gefruchtet. Zumindest hatte sie bisher nichts von sich hören lassen. Er musste da noch mal angreifen. Noch ein Keramikgeschenk für die Frau eines Freundes? Warum nicht. Er griff zum Telefon.

»Ja, ich habe noch was«, hörte er Maike sagen. »Ich war allerdings nicht mehr in der Werkstatt, es gibt also nichts Neues.«

Nicht mehr in der Werkstatt? Was konnte das bedeuten?

»Haben Sie keine Lust mehr?«, fragte er nach. »Das wäre aber schade.« Er warf einen Blick zu den beiden Leuchtern und der Salatschüssel, die er auf seinen hohen Schrank verbannt hatte.

»Keine Kundschaft mehr«, antwortete sie lakonisch.

Er horchte auf.

»Haben Sie über mein Angebot nachgedacht?«, fragte er.

»Es liegt ein höheres Angebot vor.«

»Ein höheres?« Das elektrisierte ihn, sein Puls beschleunigte sich. Wer mischte da mit? »Von wem?«

»Ich habe es schätzen lassen.«

»Ich sollte vielleicht noch mal sagen, dass ich mir dieses Haus wünschen würde? Es hätte es gut bei mir. Wenn Sie also wirklich einen Verkauf in Betracht …«

Sie schnitt ihm das Wort ab. »1,3 Millionen.«

Rolf atmete aus. Das war ein Betrüger. Das Haus war in dieser Lage viel mehr wert, zumal es weit und breit kein Grundstück in Strandnähe zu kaufen gab. Und die Nachfrage bestimmte bekanntlich den Preis.

»Tjaaaa«, er zog das Wort so lang, als müsse er ernsthaft nachdenken. »Wenn es da ernsthaft Konkurrenz gibt und Sie wirklich verkaufen wollen, dann gehe ich da mit … und lege sogar noch 100 000 Euro drauf, damit Sie meinen guten Willen sehen«, er stöhnte und fügte hinzu: »Obwohl mir das nicht leichtfallen würde.«

»Ich nehme mal an«, sagte sie kalt, »dass Sie als Immobilienmakler genau wissen, was Sie tun.«

Ihm stockte der Atem. Woher konnte sie das wissen? Er hatte sich nicht als Immobilienmakler vorgestellt – oder waren es die berühmten Buschtrommeln?

»In diesem Fall habe ich ein spezielles, privates Anliegen«, erklärte er schnell, um zu retten, was zu retten war.

»Sie haben es sich ja nicht einmal richtig angeschaut.«

»Ich habe genug gesehen, es ist entzückend.«

»Ja, das ist es«, hörte er noch, bevor Maike Hinrichs auflegte.

***

Maike kannte sich selbst nicht mehr. Seitdem sie ihre Situation klar vor sich sah, entdeckte sie plötzlich eine völlig neue Seite an sich: Sie wollte den Hausverkauf so schnell wie möglich hinter sich bringen. Die Umstände drängten sie aus ihrem Haus heraus, und jeder Schmerz wurde stärker, je länger er dauerte. Es war wie beim Pflasterabreißen. Mit einem schnellen Ruck ging das am besten.

Sie hatte eine alte Schulkameradin angerufen, die in Strandnähe ein kleines Hotel besaß. Ja, im Moment sei ein Zimmer kein Problem, weil sie sowieso geschlossen habe. Wenn sie Handwerkerlärm nicht störe? Ihr Dach müsse erneuert werden, was sich aber schon seit Wochen verzögere, weil stets neue Probleme aufträten. Und weil die Handwerker alle überlastet seien und immer mal wieder auf sich warten ließen. Dann stutzte sie. Aber warum Maike überhaupt ein Zimmer brauche? Ob etwas passiert sei? Das erzähle sie ihr, wenn alles in trockenen Tüchern sei, versprach Maike.. Dann suchte sie im Internet für ihre Möbel einen Lagerraum. Eine Anzeige für »Self-Storage« fand sie interessant, »Möbel einzulagern ist unkompliziert, dafür sorgen Lastenaufzüge, breite, hell beleuchtete Gänge und bequeme Transportwägelchen«. Während sie noch die Preisliste auf der Homepage studierte, rief sie Arnulf Schmidt an und erklärte ihm, der Preis sei auf 1,5 Millionen gestiegen, Rolf Petersen habe ebenfalls Interesse gezeigt. An der Art, wie er heftig ausatmete, erkannte sie, dass sie gut gepokert hatte.

Am Ende des Tages fragte sie sich, warum sie mit ihrer Keramik nie so aktiv geworden war. Wo kam denn plötzlich die Energie her, die Dinge voranzutreiben?

Die einzige Unbekannte in ihrer Rechnung war nur noch Lilly. Doch Lilly, sagte sie sich, würde irgendwann mit ihrem Studium fertig sein, dann wäre sie Rechtsanwältin. Und ganz sicherlich würde sie in Hamburg bleiben, in einer guten Kanzlei arbeiten, einen netten Mann finden, heiraten, und dann würde das ganze Spiel wieder von vorn losgehen. Maike war bei diesem Gedanken vom Tisch aufgestanden und hatte sich in der Küche ein Glas Weißwein eingeschenkt. Dann war sie vor dem Fenster stehen geblieben und hatte zu ihrer Werkstatt hinübergeschaut. Die Werkstatt aufzugeben tat wirklich weh. Auf der anderen Seite hatte sie mit Geld ganz andere Möglichkeiten. Vielleicht würde sie irgendwo eine größere Werkstatt bauen und alles anders machen? Anja. Sie hatte sie bis heute nicht gefragt, was hinter ihrer Handlung stand. Tief in ihrem Inneren wollte sie es nicht wissen. Vielleicht später einmal … Außerdem, eine Anja alleine hätte bei der großen Summe auch nichts genutzt. Sie musste das Haus verkaufen, das war nun einfach nicht zu ändern.

Montag, 3. Juni

Wütend stürmte Uwe in Rolfs Immobilienbüro. An Carolin Schmidt vorbei, die kurz von ihrem Schreibtisch aufsah, lief er durch den Raum und riss die Türe von Rolfs Büro auf.

»Was spielst du für ein Spielchen?«, schrie er ihn an, und bevor Rolf reagieren konnte, donnerte er die Faust auf den Schreibtisch.

»Spinnst du?« Rolf starrte ihn an.

»Ich?«, schrie Uwe. »Du spinnst doch wohl!«

Rolf stand auf und zog dabei seinen blauen Pullover glatt. »Erklärst du mir, was das soll?«

»Was das soll? Du kaufst hinter meinem Rücken und fragst mich, was das soll?«

»Mal langsam!«, wehrte Rolf ab, gleichzeitig beschlich ihn aber eine böse Vorahnung, und sein Hals wurde eng. »Was habe ich gekauft? Außer einem alten Reihenendhaus vor vierzehn Tagen gar nichts!«

»Aha! Altes Reihenendhaus! Und was ist mit dem Butenweg?«

Rolf legte die Hand auf seine Brust und spürte seinen Herzschlag.

»Was willst du damit sagen?«

»Stellst du dich so blöd oder bist du blöd?« Uwe schrie noch immer, sein Gesicht war hochrot.

Rolf schrie nun ebenfalls. »Sag mir endlich, was ist!«

»Verkauft!« Uwe funkelte Rolf an. »Für 1,5 Millionen! Also will ich meinen Anteil haben!«

Rolf starrte ihn an. 1,5, dachte er. 1,3 hatte sie ihm gesagt.

Heute wollte er nachhaken und eventuell erhöhen. Es gab noch immer viel Spielraum. Aber … verkauft?

»Wieso?«, fragte er langsam, »wieso verkauft? Bei meinem letzten Telefonat sagte sie mir, jemand habe ihr 1,3 geboten. Also habe ich noch 100 000 draufgelegt. Heute wollte ich erhöhen, falls sie noch zögert. Verkauft? Bist du sicher?«

»Und ob ich das bin! Meine Quelle ist todsicher!«

»Weißt du auch an wen?«

Uwe schüttelte den Kopf. »An wen? Du hast das Geschäft doch eingefädelt, niemand wusste davon!«

Rolf ließ sich in seinen Sessel sinken. »Uwe, das war nicht ich. Das ist eine Katastrophe!«

»Sag bloß, du hast dich verzockt!« Uwe stützte beide Hände auf dem Schreibtisch ab. »Es war unser Geschäft! Meine Information! Du musstest nur noch einsammeln!«

»Da ist uns jemand dazwischengekommen. Irgendjemand hat Wind davon bekommen.«

»Hätte ich es gleich mal selbst gemacht! Ich dachte, du bist ein Profi. Dabei bist du nur eine Lusche! Eine elende Lusche!«

Rolf entgegnete nichts.

»Wer?«, sagte er stattdessen, »wer ist uns da zuvorgekommen?«

»Ist ja nicht schwer«, schnaubte Uwe. »Sie musste ja nur irgendeinen Makler anrufen und von deinem kümmerlichen Angebot erzählen, was meinst du, wie hellwach der dann wird?« Er dachte an Schröder und seine Vermieter-Spielchen mit Anja. Alles umsonst. Er fühlte sich auf einen Schlag um Jahre gealtert. Bei diesem Projekt hätte jede Bank mitgespielt.

»Vielleicht ist es noch nicht zu spät? Vielleicht können wir doch noch was ausrichten«, schob Rolf jetzt nach.

Die Hoffnung stirbt zuletzt, dachte Uwe und meinte: »Verkauft ist verkauft! Irgendein Fuchs war schneller! Was soll da noch auszurichten sein?«

»Kann ich den Herren einen Kaffee bringen?« Beide drehten sich zur offenen Bürotür um.

Carolin Schmidt stand im Türrahmen und lächelte.

Montag, 17. Juni

Lea legte ihr Smartphone weg und sah sorgenvoll zu ihrer Freundin Jacqueline. »Es überstürzt sich alles«, meinte sie, nachdem ihr Mann sie gerade angerufen hatte.

»Gute Nachricht, Schatz«, hatte Helmut ihr ins Ohr trompetet, »gerade kam ein Angebot für unser Haus herein, dem kein Mensch widerstehen kann.« Und dann lachend angefügt: »Zumindest ich nicht.«

»Was heißt das?«, hatte Lea wissen wollen, die sich gerade an der Vitaminbar einen Fitnessdrink bestellt hatte und sich mit einem Handtuch den Schweiß von der Stirn wischte.

»Das heißt, dass unser Plan voll aufgeht.«

Unser Plan, dachte Lea. Ihr war das alles zu viel. Warum mussten sie unbedingt nach Timmendorfer Strand umziehen? Sie hätten sich doch in Timmendorfer Strand eine kleine Ferienwohnung nehmen können und in Hamburg dieses Appartement kaufen, wenn er es so unbedingt wollte. Wozu braucht man dann noch ein Haus?

»Und was heißt das konkret?«

»Das heißt, dass wir unser zu großes Haus, wie du immer sagst, räumen und an die Ostsee umziehen. Wie geplant. Nur etwas früher. Macht aber nichts.«

»Ja … und dann in dieses Häuschen da? Das ist dann aber doch noch gar nicht umgebaut?«

»Wir können so lange in ein Hotel ziehen. Ich frage mich nur, ob wir so viel Geld zum Fenster rausschmeißen wollen?«

Den nächsten Spruch kannte sie auswendig: »Haben kommt von Halten«, sagte Helmut tatsächlich in diesem Moment.

»Und wenn wir dieses Appartement früher bekommen? Hier in Hamburg?«

»Das haut zeitlich nicht hin, Vertrag ist Vertrag.« Er hatte gestutzt. »Freust du dich nicht?«

»Doch, doch!« Sie hatte ihrer Freundin, die eben zwei Drinks in Empfang genommen und einen davon vor Lea gestellt hatte, einen Blick zugeworfen. »Doch«, hatte sie wiederholt, »du machst das schon!«

»*Wir* machen das, Schatz, *wir* …«

Nachdem Helmut das Gespräch beendet und Lea ihr Smartphone auf den Tresen gelegt hatte, schob sie den Becher mit dem Energydrink beiseite. »Es geht mir alles zu schnell. Eigentlich will ich das nicht«, sagte sie zu Jacqueline. »Es ist ja nicht nur ein Umzug, es sind meine Freundinnen, mein Leben … Es ist das alles hier … unsere gemeinsamen Fitnessstunden, wieso soll ich das alles aufgeben?«

»Ja, wieso? Wieso machst du da mit?«

Lea verschränkte die Arme und strich sich über die Oberarme, dann seufzte sie. »Es war schon immer so. Er macht einfach!«

»Ja, aber er *kann* nur machen, weil du es zulässt!«

Lea schüttelte den Kopf. »Er tut immer so, als wäre alles unsere Entscheidung, unsere gemeinsame. Mäuschen hier und Mäuschen da. In Wahrheit interessiert ihn meine Meinung gar nicht.«

Jacky legte ihre Hand auf Leas. »Aber hast du es je versucht?«

»Da nimmt er keine Rücksicht drauf …«

»Und warum bist du noch bei ihm?«

Lea sah ihrer Freundin in die Augen. »Du kennst die Antwort: Du hast dein Leben schon immer selbst bestimmt. Du verdienst dein eigenes Geld. Du bist mutig! Das bin ich nicht. Ich bin nicht mutig, ich kann nicht alleine sein. Ich habe ja schon im Haus alleine Angst. Ich brauche einen starken Mann an meiner Seite, einen Beschützer!« Sie presste kurz die Lippen zusammen. »Ich befürchte, dass ich alleine nicht lebensfähig bin.«

Jacky schüttelte den Kopf. »Das glaube ich nicht. Wir sind nun beide 73 Jahre alt und trainieren in diesem Fitnessstudio seit … wie vielen Jahren?«

Lea überlegte. »Rund zehn.«

»Und du bist immer ehrgeizig und stark.« Jacky nahm ihr Stirnband ab, sodass ihr die blonden Locken in die Stirn fielen. »Und wer im Sport stark ist, ist es auch im Leben.«

Lea musste lachen. »Nur weil wir unsere Gymnastik machen, unsere Geräte im Griff haben und ordentlich ins Schwitzen kommen, schön wär's.«

Jacky nahm einen Schluck aus ihrem Becher. »Und was hat es jetzt mit dieser ganzen Sache auf sich? Was ist mit diesem Häuschen an der Ostsee, von dem du die ganze Zeit erzählst?«

»Ich kenne es noch nicht, aber Helmut sieht es als eine Art Platzhalter für sein Traumhaus. 1,5 Millionen hat er dafür offiziell hingeblättert und 500 000 Euro noch unter der Hand. Mir hat er erklärt, das sei für die Grundstücksgröße und vor allem für die Lage immer noch ein Schnäppchen.«

»Da hat sich der Makler jedenfalls über einen satten Gewinn gefreut.«

»Das war ja das nächste Ding«, Lea nahm auch einen Schluck, »der Makler, der es uns angeboten hat, war es zum Schluss gar nicht, sondern seine junge Mitarbeiterin hat die ganze Sache mit ihrem Vater abgewickelt. Der hat von der Besitzerin den Zuschlag bekommen.«

Jacky kletterte auf den Barhocker. »Und wie ist die ehemalige Besitzerin? Was für ein Typ?«

Lea zuckte die Schultern. »Ich habe sie nur kurz gesehen. Beim Notar. Sie hat eine Werkstatt beim Haus, sie ist Töpferin. Alleinstehend. Das Haus wurde von ihrem Großvater gebaut, hat sie gesagt. Und sie liebt es. Aber offensichtlich ist ihr das Geld ausgegangen.«

»Hat da jemand nachgeholfen?«

»Wie meinst du das?«

Jacky zuckte mit den Schultern. »Ein Objekt, das viel Geld einbringt – da lässt sich der eine oder andere gerissene Makler schon was einfallen. Eine alleinstehende Frau? Dazu Künstlerin? Für viele ein gefundenes Fressen!«

»Das wäre aber fies!«

»Tja«, Jacky musste lachen. »Aber wie geht es jetzt weiter?«

»Helmut sagte eben, dass er ein unschlagbares Angebot für unser Hamburger Haus hat, also müssen wir raus. Die Penthouse Wohnung, die er anvisiert, wird erst im Sommer frei. Also müssen wir so lange in dieses Häuschen ziehen. Und wenn wir dann in der Penthouse-Wohnung sind, wird das Häuschen in Timmendorfer Strand abgerissen, und er baut sein Traumhaus. So ist sein Plan.«

»Ziemlich überstürzt«, kommentierte Jacky.

»Sag ich doch!«

Freitag, 5. Juli

Maike zog die Schultern hoch, sie fror. Der Wind pfiff, und sie hielt die Kapuze ihres Regenmantels fest. Seit heute Morgen strichen heftige Regenfälle unwetterartig über die Küste und ließen alles hinter einem Vorhang aus Bindfäden verschwinden. Das vorhergesagte Wetter, die kühle Polarluft aus Nordeuropa, passte zu dem Tag.

Sie stand mit zwei großen Koffern am Straßenrand und sah zu dem kleinen Hotel hinüber, in dem sie nun die nächste Zeit wohnen würde. Der gestrige Abschied von ihren Nachbarn saß ihr noch in den Knochen, deren Unglauben über diesen Schritt, aber auch die Sorge, wie die neuen Besitzer sein würden. »Ich habe sie nur kurz beim Notar gesehen«, hatte Maike erklärt, »ich kenne sie nicht, und ich will sie auch nicht kennenlernen.«

»Du hättest mit uns darüber reden sollen«, hatte ihr Geert vorgeworfen, und Jule hatte sich an ihr Bein geklammert. »Wer geht denn nun mit uns an den Strand?«

»Das werde ich immer tun«, hatte Maike die Kleine getröstet. »Ich wohne ja noch in Timmendorfer Strand. Gar nicht weit weg von hier.«

»Das ist aber nicht dasselbe.«

Ja, es war nicht dasselbe. Fabian hatte nur den Kopf geschüttelt. »Der Schmidt hat seit Neuestem ein Maklerbüro, übrigens mit seiner Tochter zusammen. Da wird mir im Nachhinein so einiges klar!«

Maike reagierte mit einem gelassenen Schulterzucken. »Ob Schmidt oder Petersen oder sonst einer, was macht es am Schluss für einen Unterschied?«

»Und was machst du jetzt?«, wollte Regine wissen.

»Jetzt mache ich mir Gedanken über meine Zukunft.«

»Der alte Hinrichs ...«, begann Jupp seinen Satz.

»Jaja«, Maike wusste, was Jupp sagen wollte. Der alte Hinrichs dreht sich gerade im Grab um, aber auch das konnte nichts mehr ändern.

»Es hätte doch sicher noch eine andere Lösung gegeben«, hatte Sandra eingeworfen. »Diese Erschließungsmaßnahmen sind doch noch gar nicht durch.«

Maike hatte ihr die Hand auf den Arm gelegt. »Lass gut sein, Sandra, es waren nicht nur die Erschließungsmaßnahmen, die ganze finanzielle Situation hat mich erdrückt, ständig finanzielle Sorgen, da vergeht dir jede Lebensfreude.«

»Hättest doch mal was gesagt.«

»Und dann? Wenn ich es gesagt hätte, hättet ihr mich dann ständig unterstützen können? Das macht doch auch keinen Sinn.«

Gunni hatte sich im Kreis ihrer Freunde umgesehen. »Wer weiß, wer da jetzt kommt? Wir sind doch die Butenwegler, eine starke Gemeinschaft!«

»Gunni, aber schau, Fabian und Sandra sind auch erst vor ein paar Jahren eingezogen und voll integriert. Das wird mit den Neuen auch so sein.«

»Wirst du uns denn mal besuchen kommen?«, fragte Frauke.

»Vorerst nicht«, hatte Maike geantwortet. »Das wird mir zu sehr wehtun. Aber sicher später irgendwann.«

Und dann hatte sie sich für ihre Abreise ein Taxi bestellt, denn sie wollte sich von keinem der Nachbarn fahren lassen. Sie wollte nicht an der Schulter von Geert oder Per in Tränen ausbrechen.

Und nun stand sie hier, vor diesem schönen alten Holzhaus, das früher sicher eine hochherrschaftliche Villa gewesen war. Nun war es eingerüstet und ein Teil des Daches war mit grünen

Planen abgedeckt, die sich nun im Sturm an verschiedenen Stellen hoben und senkten. Es sah aus, als atme das Haus. Maike ließ ihren Blick an der Fassade entlanggleiten. Dort oben, hinter dem kleinen, runden Eisenbalkon, würde sie ab jetzt ihr Zimmer haben. Es war geräumig und hell, mit Blick aufs Meer, hatte ihre Freundin erklärt, ein Zimmer, in dem man sich absolut wohlfühlen konnte. Man muss nur wollen, sagte Maike sich und rollte ihre beiden Koffer über die Straße. Die große Eingangstür des Hotels ging auf, und Renate, ihre zukünftige Wirtin und ehemalige Schulkameradin, kam mit einem Regenschirm die drei halbrunden Freitreppenstufen herunter auf sie zu. »Brrr, was für ein Wetter«, rief sie und nahm Maike in die Arme. »Willkommen, meine liebe Maike. Wir trinken jetzt erst mal einen Tee, und dann trägt Falk deine Koffer rauf. Wir werden es schön miteinander haben, du wirst schon sehen.«

***

Lilly hatte sich vergraben. Seit Tagen schon. Ihr kleines Zimmer in der Vierer-WG war ihr normalerweise zu eng, aber jetzt war es wie eine schützende Höhle, die sie vor der Außenwelt abschirmte. Sie mochte nicht darüber nachdenken, und trotzdem führten ihre Gedanken immer wieder zu dem einen Punkt zurück: Ihre Mutter hatte das Haus verkauft, ihr kleines Kindheitsparadies. Und fast noch schlimmer war der Kommentar ihres Vaters gewesen: Dann hat sie jetzt wenigstens Geld. Geld! Was war Geld gegen ein Zuhause? Sie hatte ihr Zuhause verloren, so kam es ihr jetzt jedenfalls vor, und da gab es keinen Trost. Um 160 000 Euro war es gegangen, hatte ihre Mutter am Telefon erklärt. 160 000 Euro Schulden, inklusive der Erschließungskosten, die noch kommen würden, hätten sie erdrückt. Lillys Leben und sicher auch ihre Zukunft spiele sich ja in Hamburg ab. Ja, dachte Lilly, vielleicht. Vielleicht aber auch nicht. Und dann hatte sie ihren Vater angerufen. Dieses Geld musste doch irgendwie aufzutreiben sein! Und überhaupt – noch war die Sache mit der teuren Erschließung des Butenwegs gar nicht durch! Ihre Mutter hatte die Flinte zu früh ins Korn geworfen. Ihr Vater fand, dass es über kurz oder lang sowieso so gekommen wäre. »Mit ihrem Einkommen kann sie das Haus ja gar nicht unterhalten.«

»Aber ich als zukünftige Rechtsanwältin vielleicht!«

»Du studierst noch einige Jahre – und das kostet auch Geld. Klar bezahle ich – aber deine Mutter muss das ja auch. Nur woher soll sie das alles nehmen?« Dass er der Anstifter für diesen teuren Umbau gewesen war, erwähnte er nicht. Und auch nicht, dass er sich aus der Finanzierung herausgezogen hatte, wie sie erst kürzlich von ihrer Mutter erfahren hatte. Sein Kommentar lautete nur: Es war ja ihr Haus.

Ihre Eltern waren jedenfalls für sie gestorben. Nie im Leben würde sie heiraten, das brachte alles nur Unglück. Liebe brachte Unglück. Sie fühlte sich so hilflos. Sie konnte nichts tun. Irgendwann rief sie ihre Omi an, aber als sie merkte, dass die keine Ahnung vom Verkauf hatte, lenkte sie das Gespräch in eine andere Richtung. »Magst du nicht mal wieder zu mir kommen?«, hatte ihre Großmutter gefragt, aber Lilly hätte die Geheimnistuerei nicht durchgehalten. Schließlich hatte Lilly das Handy wieder weggelegt und sich unter die Bettdecke verkrochen.

***

Maike streifte sich die Nässe von den Schultern ihres Regenmantels und folgte Renate, die ihr einen Koffer abgenommen hatte, die schöne Freitreppe hinauf nach oben. Sie mochte den verspielten Stil dieses alten Hauses, den blauen Anstrich mit den weiß umrandeten Fenstern, die vielen Verzierungen und Türmchen.

Im geräumigen Flur hängte Renate ihren nassen Mantel auf und stellte den Koffer ab. »Stell deinen einfach daneben«, schlug sie Maike vor und ging durch eine Tür voraus in ein gemütliches Wohnzimmer, Maike sah sich um. »Ich hätte es schlimmer erwischen können.«

Renate musste lachen. »Ja, hier hast du jetzt ein bisschen Zeit, um deine Gedanken und Ziele zu sortieren.«

Maike nickte. »Es ist alles so schnell gegangen. Manchmal denke ich, zu schnell. Aber ein Cut ist ein Cut. Das ist halt so.«

»Setz dich erst mal!« Renate deutete auf die gemütliche Ledercouch. Maike nickte. Die Couch erinnerte sie an den Sessel ihres Vaters, der nun in einem kahlen Aufbewahrungslager mit all den anderen Möbeln stand.

»Wie magst du deinen Tee? Ostfriesisch oder einfach mit einem Schuss Rum?«

»Rum?« Maike zog kurz die Augenbraue hoch. »Würde zum Wetter und zu der Situation passen, ist mir aber noch zu früh. Und außerdem liebe ich die ostfriesische Teezubereitung«, sie zögerte, »auch, wenn ich immer nur ein profanes Tee-Ei verwende.«

Renate lachte. »Gut, dann machen wir das so.« Während sich Maike setzte, ging Renate an einen großen, schweren Büfettschrank, der fast die ganze Wand neben der Tür einnahm, holte zwei Porzellantassen heraus, danach ein Sahnekännchen, einen Sahnelöffel, eine Zuckerdose mit Zange, ein Stövchen, Streichhölzer und eine Teekanne, stellte alles auf ein silbernes Tablett und brachte es zu dem flachen Tisch vor der Couch, auf dem sie es abstellte. »Ich gehe nur kurz in die Küche, bin gleich zurück.«

Maike nickte und nahm eine der hauchdünnen Tassen in die Hand. Was für ein tolles Muster, eine wunderschön gemalte rote Rose, umrankt von hauchzarten grünen Blättern. Sie drehte die Tasse um. Handgemalt. So etwas Schönes hatte sie in ihrem Geschirrschrank nicht, das musste sie zugeben. Bei ihr war alles auf rustikal eingestellt, musste Kinderhände und eigene Unachtsamkeit aushalten. Meist hatte sie ihren Teebecher mit hinüber in die Werkstatt genommen. Ob Renate das nur ihr zuliebe tat? Denn so eine Zeremonie kostete ja Zeit, und Maike bezweifelte, dass sie die im Normalfall bei vollem Haus hatte.

In diesem Moment kam sie mit der heißen Teekanne zurück und einer kleinen Schale Buttergebäck. Maike zündete das Teelicht in dem Stövchen an. Und während Renate mit der zierlichen Zange weißen Kandiszucker aus der Zuckerdose herausangelte und behutsam in die beiden Tassen legte, spürte Maike, wie sie sich zu entspannen begann. Die angespannten Schultern sanken herab, sie lehnte sich zurück und sah zu, wie Renate den heißen Tee in die Tassen goss, der Kandis knisterte, und schließlich gab sie mit dem Sahnelöffel einen Schuss Sahne an den Rand der Tasse – entgegen dem Uhrzeigersinn.

Renate warf ihr einen lächelnden Blick zu. »Und nun der Dreiklang aus milder, kühler Sahne, kräftigem, herbem Tee und süßem Zucker.«

»Und bloß nicht verrühren«, sagte Maike, eine Anspielung auf all die Gäste, die einfach keine Ahnung von ostfriesischer Teekultur hatten.

Renate nickte, und als beide zu ihren Tassen griffen und den ersten Schluck genossen, empfand Maike dies wie ein Harmonietuch, das sich über sie und Renate legte und ihren Seelen Frieden schenkte.

»Ach, tut das gut.« Sie setzte die Tasse vorsichtig auf den Unterteller zurück. »Es ist aber auch eine ganz besonders gute Mischung, finde ich.«

»Meine Lieblingsmischung aus Assam, Ceylon, Java und Sumatra.«

»Die Ostfriesen verstehen ihr Handwerk!«

»Und was ist mit deinem Handwerk?«, fragte Renate. »Du hattest doch so schöne Sachen.«

Maike sah sie verwundert an.

Renate lächelte. »Wenn du nachher hoch in dein Zimmer gehst, dann siehst du rechts auf der Vitrine eine schöne Schüssel von dir, mit etwas Süßem. Und in einigen Zimmern stehen Leuchter von dir.«

»Oh! Das ist ja toll. Wusste ich gar nicht!«

»Wahrscheinlich schreiben sie in den Geschäften keine Liste, wer was kauft«, spöttelte sie. »Aber töpferst du jetzt denn nicht mehr?«

»Seit ein paar Wochen nicht«, gab Maike zu und griff nach einem Buttergebäck. »Meine Werkstatt war mir einfach heilig. Und mein Entschluss, das Haus zu verkaufen, fühlte sich an wie ein Verrat, deshalb konnte ich nicht mehr hineingehen.«

Renate nickte und nahm sich auch einen Keks. »Und wo sind die ganzen Stücke jetzt?«

»Da, wo auch meine Möbel und Bilder sind, und überhaupt alles. In einem angemieteten Cave, einem Mietlager. Nennt sich heute Cave ....«

Renate sah sie mit schräg gelegtem Kopf an. »Das erscheint mir nicht richtig. Ich habe auf dem Flur ja diese Glasvitrinen. Da steht so Sommer-Krimskrams für die Gäste drin, das brauchen wir im Moment nicht. Magst du deine Sachen da nicht reinstellen? Immerhin sind es doch Kunstwerke.«

»Meinst du das im Ernst?«

»Was, dass es Kunst ist? Ja, klar!«

»Nein, dass ich sie da reinstellen darf?«

»Und ob!«

Maike steckte sich den Rest Keks in den Mund und sprang auf. »Ich muss dich jetzt einfach umarmen!«

Renate stand lachend auf. »Da siehst du mal«, sagte sie, während sie sich in den Armen lagen, »was eine alte Schulfreundschaft wert ist.«

»Und wir haben uns so selten gesehen in den letzten Jahren!«

»Ja, aber wenn es gilt, dann gilt's. Das ist doch das Wichtigste an einer Freundschaft!«

***

Lea Lohmann sah dem letzten Möbelwagen nach, der vollbepackt in Richtung Timmendorfer Strand losfuhr. Alle anderen Möbel waren bereits in ein großes Lager verfrachtet worden, bis ihr Hamburger Appartement frei werden würde.

Lea war weh ums Herz. Sie hatten viele Jahre in ihrem Haus gelebt. Mal glücklich, mal weniger glücklich, aber das war ja normal. Nun war es ausgeräumt, und wenn sie durch die Räume ging, hallten ihre Schritte, und sie hatte das Gefühl, dass die Wände sie anklagend anschauten. Vor allem die kahlen Stellen, wo vorher noch ihre Bilder gehangen hatten.

Sie musste Abschied nehmen. Auch von dem großen Garten, dem Teich mit den Fischen, der Trauerweide, die in all den Jahren groß geworden war, von der Pergola aus grauem Stahl, die von Rosen umrankt wurde und in der sie oft am Nachmittag Kaffee getrunken hatte, mit Helmut und manchmal mit Besuch, oft auch alleine. Sie hoffte, dass sich der Käufer um all das gut kümmern würde, auch um ihre Fische, die alle kamen, wenn sie ans Ufer trat. Sie waren immer ihr Ersatz für Haustiere gewesen, die Helmut nicht haben mochte. »Zu viel Verpflichtung«, hatte er erklärt, dabei waren sie selten verreist. Und wenn, dann hätte sich schon eine Lösung gefunden. Sie hatte aber immer gewusst, was eigentlich dahintersteckte: Helmut hatte Angst vor Tieren. Seinen Respekt vor Hunden konnte er schlecht verbergen, selbst wenn es kleine Hunde waren. Katzen waren ihm unheimlich. Nach einem Besuch bei einem Freund, dessen Katze auf dem Sofa gelegen hatte, hatte er sie anschließend gefragt: *»Hast du diese Katze gesehen, wie sie mich mit ihren Augen verfolgt hat? Katzen sind übernatürliche Wesen, wer weiß, was sie sehen, das wir nicht sehen können.«* Lea hatte damals nicht gefragt, aber im Nachhinein hätte sie es schon interessiert, was diese Katze in Helmut wohl gesehen haben könnte. Seinen Charakter? Seine Gier? Seine Ellenbogenmentalität? Als sie Tage später nachfragte, wollte er sich an seine Äußerung nicht mehr erinnern. »Zu viele Haare, die dann überall herumliegen«, sagte er. »Katzen sind falsch und Hunde stinken!«

Sie ging hinaus zum Teich und griff ein letztes Mal zum Fischfutter. Ab morgen würden sich andere Menschen um die Tiere kümmern. Fische, dachte sie, während sie von allen Seiten auf sie zuschwammen, warum denkt man eigentlich immer, Fische seien seelenlose Wesen ohne Schmerzempfinden? Sie war sich sicher, dass ihre Fische genau wussten, wer sie war. Und sie war sich auch sicher, dass ein geangelter Fisch oder ein Fisch im Netz Angst und Schmerz empfand. Warum Vegetarier zwar kein Fleisch, dafür aber Fisch aßen, hatte sie nie verstehen können. Aber sie verstand so manches nicht. Am wenigsten sich selbst, warum sie beispielsweise so widerspruchslos tat, was Helmut sagte? Jacky hatte schon recht. Sie war ein hoffnungsloser Fall. Einer ohne Durchsetzungskraft. Ob sie das noch ändern konnte? Mit über siebzig?

***

Als Maike eine Stunde später die Treppe nach oben nahm, blieb sie an den Vitrinen und an ihrer Schale stehen. Da war also Renate ihre Förderin gewesen, ohne dass sie es gewusst hatte. Es freute sie. Und noch mehr freute sie, dass sie ihre kleinen Kunstwerke hier ausstellen durfte. Es würde zwar niemand zu sehen bekommen, denn während der Renovierung blieb das kleine Hotel so gut wie leer, aber trotzdem. Es war ein gutes Gefühl, dass sie »ihre Kinder« bei sich hatte.

Vor ihrer Zimmertür blieb sie stehen und holte tief Luft, bevor sie die Klinke herunterdrückte und die Tür langsam öffnete. Falk hatte ihre Koffer schon nach oben getragen, sie standen nebeneinander in dem kleinen Flur, der zu ihrem neuen Zuhause führte. Maike ging an ihnen vorbei zu dem großen, bodentiefen Fenster, das auf den halbrunden Balkon führte. Dort blieb sie stehen und schob die Gardinen beiseite. Die würde sie nicht brauchen. Gardinen engten ein, ihr ganzes Leben schon hatte sie Gardinen nicht leiden können. Sie brauchte freie Sicht, das Gefühl, jederzeit wegfliegen zu können. Vielleicht hatte das mit ihrem Sternzeichen zu tun, Wassermännern sagte man ja nach, dass sie offene Fenster brauchten.

Nachdenklich sah sie auf das graue Band der Ostsee, das sich hinter der Straße und dem verlassenen Strand auftat. Grau in grau, dachte sie und hörte dem Trommeln der Regentropfen zu, die gegen ihr Fenster klatschten. Und dann dachte sie an Lilly. Sie war sich sicher gewesen, dass Lilly stark genug sein würde, ihre Entscheidung zu verstehen. Aber wenn sie ganz ehrlich zu sich selbst war, war sie zu schwach gewesen. Zu schwach, selbst zu Lilly zu fahren und sich ihren Fragen zu stellen. Sie wollte nicht ins Wanken kommen, sie wollte an ihrer Entscheidung festhalten und den eingeschlagenen Weg weitergehen. Und sie hatte geahnt, dass sie wankelmütig werden könnte. Also hatte sie Lilly einfach informiert. War das Feigheit? Ja, vielleicht schon.

Sie nahm ihr Smartphone aus ihrer Handtasche, die Falk auf einen der Koffer gestellt hatte, und ging zum Fenster zurück. Dann drückte sie Lillys Nummer. Es klingelte, bis die Ansage kam. Maike drückte die Mailbox weg, versuchte es dann aber noch einmal. Diesmal ging Lilly dran.

»Mama?«

»Bist du mir böse?«

Es kam keine Antwort. Maike schluckte.

»Sag, bist du mir böse?«

»Ich bin traurig, Mama.«

»Ja, das bin ich auch.«

Wieder war es kurz still.

»Ich habe keinen andern Weg gesehen, Lilly. Ich kann einfach nicht so viel Geld verdienen, wie ich für alles brauche. Für das Haus, für dich, für mich …«

»Ja, das sagt Papa auch.«

Was hatte Christian … aber Maike riss sich zusammen. »Da hat er wohl ausnahmsweise mal recht.«

»Aber Geld ist nicht alles«, sagte Lilly langsam.

»Aber ohne Geld geht eben gar nichts. Und so kann ich dir nun von den 1,5 Millionen etwas abgeben, und du kannst studieren, vielleicht sogar mit einem Auslandsaufenthalt, Lilly, es geht auch um dein Leben. Und du hast doch auch gerade keine Einnahmequelle.«

»Ich hätte schon was gefunden …«

»Es hätte trotzdem vorn und hinten nicht gereicht.«

Wieder war es still.

»Bist du noch dran?«, wollte Maike nach einer Weile wissen.

»Ja. Ich denke, wir hätten einen Plan machen können. Wie du mehr Geld verdienst, wie du bekannt wirst.«

»Du hast es mit der Homepage versucht …«

»Mama, das war viel zu kurzfristig, das hat doch noch gar nichts bewirken können.« Sie überlegte. »Nein, Mama, da braucht man einen längeren Atem, und natürlich hätten wir größer denken müssen.«

Maike wusste nicht, wie sie hätte größer denken können, sie hatte nie einen Ansatz dafür gesehen. Und wenn sie ehrlich war, hatte sie schon vor dem Gedanken kapituliert, über Timmendorfer Strand hinaus in Geschäften oder bei Ausstellern akquirieren zu müssen und vielleicht abgewiesen zu werden.

»Ich bin nicht der Typ, der sich selbst verkaufen kann, Lilly, das weißt du doch. Du kennst mich. Das hätte jemand für mich machen müssen! Ach, ich weiß auch nicht.«

»Na ja, Mama, jetzt ist das Kind in den Brunnen gefallen. Wie sagte Peer Steinbrück so schön: ›Hätte, hätte, Fahrradkette‹.«

»Sehen wir nach vorn.«
»Ich hab dich lieb, Mama!«
»Ich dich auch, Tochter.«

Sonntag, 7. Juli

Per hatte eingeladen. Zu einem informativen Abend mit reichlich für Gaumen und Schlund, wie er angekündigt hatte. Aber vor allem trieben ihn, wie alle anderen Butenwegler auch, viele Fragen um. Was war passiert? Warum hatte sich Maike mit ihren Sorgen den Butenweglern nicht anvertraut? Wer würde nun bei ihr einziehen?

In der geräumigen Eingangshalle seines großen reetgedeckten Hauses hatte er ein Büfett aufgebaut und Bierbänke und Tische aufgestellt. »Einfach und praktisch«, hatte er zur Begrüßung gesagt. Bis auf Fabian und Sandra waren alle da. Als die beiden schließlich erschienen, blickten alle Augen auf sie. Fabian wusste, warum, und er hatte sich für diesen Abend vorgenommen, das Thema von sich aus anzusprechen. Weil er sich mitschuldig fühlte. Er hatte zwar Maikes desolate Kontosituation gesehen, aber von Schmidts Aktionen nichts mitbekommen. Es war ihm buchstäblich erst bei der Eröffnung des Immobilienbüros klar geworden. Hätte er, Fabian, melden müssen, dass Schmidt sein Wissen versilbert hatte? Dass er seine Position missbraucht hatte zu privaten Zwecken? Wäre Fabian ein Nestbeschmutzer, wenn er es meldete? Er war sich nicht sicher.

Fabian sah diesem Abend etwas skeptisch entgegen. Sandra hatte ihm den Rücken gestärkt. »Es ist nicht deine Schuld. Hätte sich Maike uns anvertraut, dann hätten wir alle zusammen vielleicht eine Lösung gefunden.«

Nach etwas Small Talk über alles Mögliche ging es recht schnell um Maike. Sie hatten sich nach dem Essen zu acht an einen Tisch gesetzt, die Getränke vor sich, und Per lieferte das

Stichwort: »Nu man Butter bei die Fische, Fabian, was war da los?«

Fabian richtete sich auf und legte beide Hände um sein Bierglas. Und dann erzählte er, wie er auf Maikes überzogenes Konto aufmerksam geworden war, wie Sandra Maike Geld fürs Kinderhüten angeboten hatte, wie Sandra plötzlich den Petersen bei Maike sah und die freundliche Verabschiedung am Gartentor, wie Sandra bei Anja nachfragte, was mit Maikes Keramik sei – und wie sie sich langsam Sorgen machten, dass da etwas schieflaufen könne – und trotzdem nie im Leben an eine solche Möglichkeit gedacht hätten.

Geert wiegte den Kopf. »Ich sah sie auf der alten Bank sitzen und habe mich dazugesetzt. Und gefragt, weil sie, der ausgemachte Sonnenschein, sehr still und offensichtlich traurig war. Aber sie sagte nur, sie sei traurig, weil es ist, wie es ist. Melancholie.«

Jupp sprach aus, was Fabian auch schon gedacht hatte. »Sie wollte es nicht erzählen, weil sie sich dann wie eine Bittstellerin vorgekommen wäre. Sie hat sich geschämt, denn immerhin war es das Erbe ihres Großvaters, das sie verkaufen musste.«

»Trotzdem! So sang- und klanglos zu verschwinden«, sagte Frauke. »Wir sind doch ihre Freunde. Und Freunde helfen sich gegenseitig.«

»Aber, wenn es ums Geld geht …!« Gunni zuckte mit den Achseln. »Und wir wissen ja gar nicht, um wie viel.«

Alle sahen wieder Fabian an. Der zuckte die Achseln. »Ich denke, man hätte einen Weg finden können. Aber ich glaube, diese Erschließungskosten, die im Raum stehen, haben ihr den Rest gegeben. Den psychologischen Todesstoß sozusagen.«

»Vielleicht hat sie auch einfach gedacht, dass beim Geld die Freundschaft aufhört«, sagte Geert langsam. »Hat sie doch auch selbst gesagt, bei unserem letzten Gespräch, erinnert ihr euch? Sie sagte: *Und wenn ich es euch gesagt hätte, hättet ihr mich dann ständig unterstützen können? Das macht doch auch keinen Sinn …*«

Alle sahen sich an. »Aber wenn wir doch noch nicht mal wissen, um wie viel es sich gehandelt hat?«

»Na ja«, sagte Fabian, »vom Umbau noch eine Baufinanzierung über 63 000, ein weiteres Darlehen über 17 000 und der Dispokredit mit 5000 voll ausgereizt. Und sie empfand wohl diese Erschließung wie ein Damoklesschwert über sich. Und das alles ohne große Einnahmen. Aber das wisst ihr nicht von mir.«

Alle nickten und dachten nach.

»Und das ist ja genau das, was ich nicht verstehe. Keine Einnahmen«, brachte sich Sandra ein. »Diese Anja, bei der sie doch ihre Sachen verkaufte, ganz gut sogar, wie Maike immer sagte, hatte kein einziges Stück mehr da. Und als ich nachgefragt habe, wurde sie komisch.«

»Vielleicht hätte man da noch mal nachhaken sollen?«, meinte Regine.

»Aber jetzt ist es doch zu spät!«, Geert zuckte die Schultern, »es ist verkauft. Wie können wir das noch rückgängig machen?«

Per stand auf. »Ich hole einen Schnaps. Jemand dagegen?«

»Und die Neuen … heute kam schon der Möbelwagen.« Gunni verteilte Schnapsgläser.

»Hast du sie schon gesehen?«, wollte Frauke wissen.

»Nur Möbelpacker und so ein schwarz gekleideter Typ, ich glaube, die lassen einrichten.«

»Ich mag mir das nicht vorstellen, Hinrichs' Haus mit anderen Möbeln. Womöglich noch modern.« Jupp schüttelte sich.

»Hoffentlich kommt nicht auch gleich noch ein Gärtner, der alle Sträucher rausreißt. Steine statt Blumen. Womöglich noch eine Betonmauer rund ums Grundstück«, sagte Sandra pessimistisch.

Sie sahen sich an. »Dann werden die Neuen ihres Lebens nicht mehr froh«, prophezeite Per.

»Oder wir«, erwiderte Fabian düster.

Dienstag, 9. Juli

Lea hielt die Luft an. »Langsam«, mahnte sie Helmut, der mit unvermindertem Tempo in den Butenweg einbog. »Der Weg ist doch unbefestigt!«

»Da muss eine richtige Straße hin«, sagte er nur. »Ist doch kein Zustand, so ein Hottentotten-Camp!«

Lea sagte nichts weiter, sie sah die Häuser an. Alte, zum Teil reetgedeckte Häuser hinter hohen Hecken in großen Gärten. Alles wirkte sehr ursprünglich. Nichts Gekünsteltes. Sie hatte »das Haus«, wie sie es nannte, noch nicht gesehen, Helmut fand, es sollte eine Überraschung werden. Vor der Nummer 12 blieb er stehen. »Und nun stell dir dieses großartige Grundstück mal mit unserem neuen Haus vor. Das wird ein Traum! Ein Traumhaus, auf das sogar einer wie der alte Trump neidisch werden könnte«, er lachte, »jedenfalls wetteifern gerade die besten Architekten, die ich kriegen konnte, um uns das Nonplusultra zu bauen. Wir werden alle in Timmendorfer Strand schlagen.«

Lea sah indes auf das schiefe Gartentürchen, auf die vielen Rosenbüsche, die wunderschön blühten, und schließlich auf das anheimelnde Haus, das im Abendlicht seinen ganz besonderen Charme versprühte.

»Die Möbel der … Vorbesitzerin sind aber nicht mehr drin?«, fragte sie und fürchtete sich vorm Aussteigen.

»Wo denkst du hin, natürlich nicht. Die hat ihren alten Plunder mitgenommen, wer weiß wohin.« Helmut tätschelte ihr Knie. »Nein, unser Hansen ist extra von Hamburg hergekommen, hat sich ein Bild von den Innenräumen gemacht und einen Teil unserer Möbel platziert.« Er lachte. »Wird nicht ganz stimmig sein, in der alten Hütte, aber fürs Erste muss es nun halt so gehen.«

Lea nickte.

»Dann, komm, altes Mädchen, schauen wir unser zukünftiges Paradies an!«

»Das *alte Mädchen* möchte ich nicht gehört haben …«

»Was soll's, ich bin ja auch ein alter Knabe.«

Als er ausstieg, fluchte er. »Schlamm und Dreck! Da werden wir als Erstes mal ein Loch in den Zaun reißen und für den Übergang eine Fertiggarage hinstellen lassen!«

Auch Lea war mit ihren schwarzen, halbhohen Pumps auf einen Gartenweg aus unebenen Steinplatten nicht vorbereitet gewesen. Man musste bei jedem Schritt aufpassen, dass man die Trittsteine traf, sonst landete man im nassen Gras. Aber es war nicht wichtig. Das seltsame Gefühl, in ein Haus einzutreten, das für die nächste Zeit, bis das Hamburger Appartement frei sein würde, ihre Heimat sein sollte, überwog alles andere.

Helmut schritt voraus, den großen, schmiedeeisernen Haustürschlüssel in der Hand.

»Schau dir das mal an«, er drehte sich lachend zu Lea um und hielt ihn hoch. »Wer kommt denn auf so eine Idee?«

Lea sagte nichts, sondern schaute zum Nachbarhaus hinüber. Sie hatte das sichere Gefühl, beobachtet zu werden – und tatsächlich trat dort schnell jemand vom Fenster weg.

Helmut hatte ihren Blick bemerkt und folgte ihm. »Na also. Das da drüben ist ja auch keine so alte Hütte. Scheint mächtig umgebaut worden zu sein, wir sind also nicht die Einzigen, denen dieses Altertumgedöns nicht gefällt.«

Dann schloss er die Tür auf. Lea hielt den Atem an.

»Bitte du zuerst«, forderte Helmut sie auf, »oder soll ich dich über die Schwelle tragen? Wie beim ersten Mal?«

Lea konnte sich an so ein erstes Mal nicht erinnern, aber sie ging darauf ein. »Ja, bitte doch!«

»Das ist jetzt nicht dein Ernst?« Helmut stand auf der Türschwelle und sah sie von oben herab an.

»Du hast es selbst angeboten!«

»Aber damals warst du ein zartes Reh und ich ein kräftiger Bulle!«

»Massig bist du immer noch!«

»Das will nun *ich* überhört haben.«

Er streckte ihr die Hand entgegen. »Na ja, vielleicht geht es auch so …«

Lea ergriff seine Hand, und dann stand sie in dem geräumigen Hausflur auf einem dunkelroten Natursteinboden. Ein eigentümlicher Geruch empfing sie. Sie konnte es nicht genau einordnen, es war kein Putzmittel, kein Modergeruch, es war etwas anderes. Das Haus strahlte etwas Eigentümliches aus. »Es lebt«, sagte sie zu Helmut, der vor ihrem Hochglanzgarderobenschrank stand.

»Passt nicht ganz hierher«, sagte er, »aber na ja. In Hamburg hat er irgendwie anders ausgesehen.« Helmut warf Lea einen schelmischen Blick zu. »Unsere Möbel fühlen sich hier etwas deplatziert. Kein Wunder!« Er fuhr mit der Hand kurz über den Schrank. »Aber, wart's ab, es kommen wieder bessere Zeiten, dann strahlst du wieder in voller Schönheit!« Lea stand noch immer wie angewurzelt da. »Kommst du? Nun schauen wir uns das Ganze mal gemeinsam an. Die Küche hat er stehen gelassen, hat Hansen gesagt, so ein Umbau wäre für die kurze Zeit unsinnig und viel zu kostspielig gewesen. Recht hat er!« Helmut ging durch den Flur in den nächsten Raum. »Kachelofen und Herd hat sie sicher von der Großmutter geerbt, macht nichts, wir müssen hier ja nicht kochen«, rief er.

Lea stand noch immer im Eingang. Ein unbestimmtes Gefühl hatte sie erfasst, etwas, das ihr Angst machte. »Es atmet!«, sagte sie zu Helmut, der bereits einen Raum weiter war.

»Ein halbherziger Modernisierungsversuch«, mokierte er

sich. »Ein einziger Mischmasch! Nichts Halbes und nichts Ganzes!«

Lea sammelte sich. »Ich dachte, du hättest es dir schon angesehen?«

»I wo!«, gab er zurück, »mich interessierte der Bauplatz, das Haus doch nicht!« Lea strich mit der flachen Hand über die Wand. Sie bemerkte die Umrisse der Bilder, die dort gehangen hatten, und bedauerte, das Haus nicht vorher gesehen zu haben. Es hätte sie interessiert.

Aber es war, wie es war. Mit dem Abriss würde auch die Vergangenheit des Hauses verschwinden. Alles verschwand irgendwann. Asche zu Asche, Staub zu Staub.

Dann folgte sie ihrem Mann in die Küche.

***

Maike fand, dass sie sich schon ganz gut eingelebt hatte. Sie hatte mit Renates Hilfe ihre Keramik aus dem Möbeldepot geholt und in den vier Glasvitrinen in Renates Hotelflur dekorativ platziert. Einige Male hatte sie alles umgestellt, von vorn nach hinten geräumt, wieder alles neu geordnet, aber schließlich war sie mit ihrem Werk zufrieden.

Am Abend standen sie und Renate vor dem Ergebnis, jede ein Glas Rotwein in der Hand, und prosteten sich zu.

»Sieht gut aus«, befand Renate. »Auf die Idee hätten wir früher schon mal kommen können!«

»Und jetzt haben wir diese tollen Vitrinen, es sieht gut aus … und niemand sieht es.«

Sie mussten beide lachen. »Ja, es ist wirklich zu blöd. Nichts kommt zur rechten Zeit«, sagte Renate, »nicht mal die Handwerker.«

Maike zeigte mit dem Finger nach oben. »Was ist denn damit? Ich habe das Gefühl, da tut sich gar nichts?«

Renate zuckte die Schultern. »Zuerst sollte es nur ein neues

Dach sein. Vor der Saison fertig, versteht sich. Dabei wurde entdeckt, dass einige der tragenden Balken morsch sind. Das Haus ist ja alt. Also sind die Dachdecker gegangen. Bloß, so schnell habe ich keine Zimmerleute gefunden. Nun waren die Zimmerleute da, haben erneuert und restauriert – aber nun haben meine Dachdecker volle Auftragsbücher und keine Zeit mehr. Das zieht sich jetzt seit … ach«, sie verzog das Gesicht, »reden wir nicht drüber. Es verdirbt mir den Abend.«

»Aber trotzdem«, Maike runzelte die Stirn. »Es ist doch deine Saison. Was ist denn mit deinen Gästen?«

»Du siehst es ja. Das Haus ist leer. Ich kann niemandem zumuten, hier Urlaub zu machen. Es gibt natürlich ein paar Ausnahmen, aber das sind entweder hartgesottene langjährige Stammgäste oder Geschäftsleute.«

»Und deine Einnahmen?«

»Rücklagen. Ein Versicherungsfall ist es bei einem hundert Jahre alten Haus jedenfalls nicht.«

»Das tut mir leid …«

»Nun gut. Dafür hält es dann die nächsten hundert Jahre«, Renate zwinkerte ihr zu. »Und was die Geschäftsleute angeht, heute haben wir einen Hausgast, wir essen zu viert.«

»Und wer ist der Vierte im Bunde?«

»Ein junger Ingenieur, Mitte zwanzig. Er arbeitet für eine große Baufirma, und seitdem hier immer mehr alte Seebrücken abgerissen werden, ist er immer öfter da.«

»Ist ja interessant.«

»Ja, und ein guter Gast. Und vor allem in dieser Situation ist es schön, einen angenehmen Dauergast zu haben.« Sie lächelte Maike zu: »Wie dich, meine Liebe.«

Für die Bauzeit ohne nennenswerte Zimmerbelegung hatte Renate einen Esstisch aus dem Frühstücksraum in ihr Kaminzimmer stellen lassen. Und gerade heute sah es besonders gemütlich aus, mit dem brennenden Kaminfeuer, den zahlreichen Kerzen und dem schönen Geschirr, gedeckt für vier Personen.

Maike blieb vor dem Tisch stehen. »Sogar Stoffservietten gibt es heute, das muss ja ein besonderer Gast sein«, bemerkte sie augenzwinkernd.

»Und Falk hat sich in der Küche sogar etwas Besonderes ausgedacht. Ich glaube, er ist ein bisschen verliebt in ihn.«

»Ach, ist dein Ingenieur schwul?«

Renate musste lachen. »Nein, aber Falk!«

»Er ein richtiger Tausendsassa, dein Falk, das habe ich auch schon bemerkt!«

Renate nickte. »Ja, ich bin wirklich froh. Er kann einfach alles. Und er ist sich für nichts zu schade, das ist das Allerbeste daran.« Auf dem Flur waren Stimmen zu hören und dann ein fröhliches Männerlachen. »Das dürften sie sein.«

»Jetzt bin ich aber wirklich gespannt.« Maike schaute erwartungsvoll zur Tür, die in diesem Moment aufging, aber nur einen Spaltbreit. Hereinspaziert kam ein kleiner Hund, der mit erhobenem Kopf stolz irgendwas im Maul trug, aber sofort auf Renate zusprang, als er sie entdeckte.

»Ja, wen haben wir denn da?«, rief Renate und ging in die Hocke. »Mein kleiner Anton. Und ein Begrüßungsleckerli hast du auch schon bekommen, das war bestimmt Falk, stimmt's?«

Der Hund tanzte so freudig wedelnd um sie herum, dass sein ganzer Körper mitwedelte.

»Na, und ich?«, hörte Maike und blickte hin.

Er sah nicht nach einem Ingenieur aus, fand sie, eher nach einem Holzfäller. Oder Zimmermann. Oder sonst einem Beruf mit schwerer körperlicher Arbeit. In einem karierten Flanellhemd stand er vor ihnen, die Ärmel über den muskulösen Oberarmen hochgekrempelt, die verwaschene Jeans spannte leicht an seinen Oberschenkeln. Mitte zwanzig also. Maike hätte ihn auch so geschätzt, weil ihn die vollen dunkelbraunen leicht gelockten Haare, die ihm in die Stirn fielen, die blauen Augen und der Tagesbart sehr jung aussehen ließen. Vor allem aber war es seine Mimik, fand sie, als er sie so jungenhaft anlachte. »Gleich zwei Frauen, da wird sich Anton aber freuen!«

»Da freust du dich wohl erst mal«, sagte Renate und nahm ihn zur Begrüßung in die Arme. »Und das ist meine liebe Freundin, ehemalige Schulkameradin, Maike.«

Und an Maike gerichtet: »Maike, das ist Fynn.«

Falk & Fynn, dachte Maike, das hat Falk sicher schon in seine Bettlade geritzt. Fynn löste sich aus der Umarmung und gab Maike die Hand. »Freut mich«, sagte er, und seine Augen drückten genau das aus.

»Mich auch«, sagte Maike und fühlte sich unter seinem Blick plötzlich unsicher. Ein 25-Jähriger, sagte sie sich und deutete zu dem Hund, der sich mit seinem Leckerli in eine Ecke verzogen hatte, »und das ist also Anton?«

Anton horchte bei seinem Namen auf, blieb aber liegen. »Ja, mein kleiner Racker!« Fynn schnupperte in Richtung Tür. »Wisst ihr schon, dass Falk heute mein Lieblingsessen kocht?«

»Welch Wunder«, sagte Renate schelmisch und zog ihren Stuhl vom Tisch zurück. »Setzt euch doch!«

»Und was kocht er?«, wollte Maike wissen.

»Gebratene Knödel mit Speck und Zwiebeln!«

»Und da bin ich auch schon!« Falk kam mit einer großen, üppig belegten Platte herein und stieß die Tür hinter sich mit dem Fuß zu. »Platz für das 5-Sterne-Essen«, sagte er und schüttelte missbilligend den Kopf, während er das Essen in der Mitte des Tisches absetzte. »Vor lauter Reden hat wohl niemand an den Wein gedacht?«

»Auweia«, Renate warf Maike einen Blick zu, »wo haben wir unsere Flasche denn abgestellt?«

»Dürfte egal sein.« Fynn stand auf. »Eine reicht sowieso nicht. Die nächste geht auf mich – ich hol eine.«

Renate warf Maike einen lächelnden Blick zu, und Maike spürte eine lang vermisste Wärme durch ihren Körper ziehen. Sie fühlte sich wohl.

Mittwoch, 10. Juli

Lea wachte völlig verspannt auf. Der ganze Körper tat ihr weh. Zuerst wusste sie in der Dunkelheit nicht, wo sie war. Es war ihr eigenes Bett, aber der Geruch war anders. Bett und Geruch passten irgendwie nicht zusammen. Sie hörte Helmuts Atem neben sich und versuchte sich zu sammeln. Dann fiel es ihr ein. Sie waren in diesem fremden Haus in Timmendorfer Strand. Es war die erste Nacht in ihrem neuen Leben. Sie horchte in sich hinein. Da war kein freudiger Aufbruch, eher ein lähmendes Gefühl. Sie sah zu Helmut hinüber, konnte ihn aber in der tiefschwarzen Nacht nicht sehen. Immerhin war beruhigend, dass er da war, wenn sie sein lautes Atmen auch schon oft gestört hatte. Heute beruhigte es sie.

Was er wohl träumte? Wie er diese neue Situation empfand? Ob er es zugeben würde, wenn auch er sich unwohl fühlte? Ob er überhaupt so weit dachte, oder konzentrierte er sich eher aufs Tun, aufs Anpacken dessen, was so sperrig vor ihm lag, wie all die Jahre ihres Zusammenlebens?

Sie wusste es nicht. Genau genommen, dachte sie, kennen wir einander überhaupt nicht. Sie wusste, wie er tickte, was ihm gefiel und was ihn aufregte. Aber das waren ja alles äußerliche Dinge. Was er wirklich fühlte? Als sie ihn einmal gebeten hatte, er möge doch seine Gedanken mit ihr teilen, hatte er nur gesagt: »Dann würdest du davonlaufen.« Sie hatte sofort widersprochen, aber für ihn war das Thema mit diesem einen Satz abgehakt.

Sie legte sich auf den Rücken und starrte zur dunklen Zimmerdecke. Wie spät es wohl sein mochte? Sie traute sich nicht, nach ihrem Smartphone zu greifen, denn dann hätte sie Helmut womöglich geweckt. Also lag sie nur da und lauschte dem Wind, der ums Haus strich, dem Käuzchen, das von irgendwoher rief, und interpretierte sämtliche Geräusche im Haus. Mal hörte sie Schritte, dann Stimmen, dann ein seltsames Ächzen. Alles Einbildung, beruhigte sie sich, es ist ein altes Haus, Holz lebt, die Balken leben. Es gibt Spannungen in den Holzbalken, und das Reetdach zieht Tiere an.

Hier lebt eben alles.

Aber weil der Gedanke sie gruselte, drehte sie sich schnell zu Helmut um. Jetzt hätte sie sich gern an ihn gekuschelt, aber er hasste solche Überfälle, wie er es nannte, also ließ sie es. Aber da war es wieder. Ein Geräusch, das sie nicht einordnen konnte. Klagend. Gespenstisch. Wäre sie alleine gewesen, dann hätte sie nun Licht angemacht – am besten in jedem Raum. So aber rutschte sie in ihrem Bett nur noch tiefer unter die Decke, die sie bis zur Nasenspitze hochzog.

Wie lang sie so lag, wusste sie nicht. Es gingen ihr Tausende Gedanken durch den Kopf, die sie am Einschlafen hinderten.

Als die ersten Lichtstrahlen durch den dicken Vorhang drangen, atmete sie auf. Dann musste es jetzt etwa fünf Uhr sein. Noch etwa eine Stunde, und Helmut würde aufwachen, sein Schlafrhythmus war zuverlässig wie eine Uhr. Sechs Uhr war seine Zeit. Sie beobachtete ihn. Mit zunehmender Helligkeit wurden seine Konturen schärfer. Und tatsächlich, plötzlich holte er tief Luft, schnarchte zweimal laut, ruckte zweimal und schlug die Augen auf. »Schon wach?«, fragte er, als er ihre offenen Augen sah.

»Ja«, sagte sie nur.

»Sonst schläfst du länger. Aber vielleicht ist es die würzige Seeluft, die tut gut!« Er streckte und dehnte sich. Dann langte er unter der Bettdecke zu ihr hinüber und legte seine Hand auf ihre Scham. »So ein bisschen Sex wäre auch mal wieder schön. Sonst rosten wir ja noch ein. Du wirst sehen, die Seeluft stimuliert auch das … Reizklima. Sagt man ja!« Dann lachte er über seinen eigenen Witz.

»Kümmerst du dich um einen Kaffee? Ich hoffe, unser Hansen hat die Kaffeemaschine nicht vergessen.«

»Und Kaffeebohnen wären auch nicht schlecht«, murmelte Lea, während sie sich unter der Decke hervorschälte und auf die Bettkante setzte. Sie spürte Helmuts Blick auf ihrem Rücken und drehte sich nach ihm um. »Apropos Reizklima«, sagte er und zeigte auf ihr Nachthemd. »So ein paar Reize mehr könnten auch nicht schaden.«

Lea griff nach ihrem Morgenmantel und verbot sich zu sagen, was ihr gerade durch den Kopf schoss. Stattdessen flüchtete sie sich in Ironie: »Schwarz mit Spitze oder Spitze mit schwarz? Wie hätte der Herr es denn gern?«

Sie sah an seiner Mimik, dass er an ein ganz anderes Abenteuer dachte als mit ihr. »Aufregend muss es sein!« Er lächelte vor sich hin, und Lea verzog das Gesicht. Mit genug Geld bekommt auch der älteste Sack noch eine Geliebte, dachte sie, aber auch das sagte sie nicht.

Die knarrende Holztreppe ins Erdgeschoss erinnerte sie an ihr Elternhaus. Das hatte damals auch aus wenigen Räumen bestanden. Sie und ihre beiden Schwestern hatten sich ein kleines Zimmer im ersten Stock geteilt, und keine von ihnen hatte sich etwas dabei gedacht … es war eben so, wie es war. Nur das hier, das war die totale Entfremdung. Ihre Möbel standen herum, als seien sie von einem anderen Stern gefallen. Sicher hatte sich Hansen in seinem Gestaltungsanspruch ordentlich verbiegen müssen, um das Gesamtbild einigermaßen stimmig zu machen. Aber es war ihm nicht gelungen. Es konnte nicht gelingen, dachte Lea, während sie über den kalten Steinboden in die Küche tappte.

Dann blieb sie vor der Terrassentür stehen. Der Regen hatte aufgehört, und das Morgenlicht zauberte im Garten ein Bild von unendlich vielen silbernen Fäden, die die hohen Grashalme miteinander verbanden und an denen Regentropfen glitzerten. Lea griff nach ihrem Smartphone. Vor allem dieses große Spinnennetz, das sich zwischen zwei Sonnenblumen zeigte, war so fein gewoben, dass es Lea wie ein wahres Kunstwerk erschien. Man müsste es bewahren können. Irgendwo ausstellen, wie all die anderen kleinen Kunstwerke auch, die die Natur an diesem frühen Morgen gezaubert hatte. Die ersten wärmenden Sonnenstrahlen würden diese flüchtige Schönheit vernichten, deshalb öffnete Lea die Terrassentür und fotografierte alles, was sie entdecken konnte, und schrak erst auf, als sie Helmut in die Küche kommen sah. Sie streckte sich und horchte in sich hinein. Und behielt das Lächeln auf ihrem Gesicht, denn diese Minuten, die sie völlig verzaubert hatten, versöhnten sie mit allem. Mit Helmuts zotigen Sprüchen und mit der ganzen leidigen Situation.

Helmut trat an die Terrassentür. »Was machst du denn da draußen?«, wollte er wissen und runzelte die Stirn. »Im Nachthemd in der Kälte, ist das ein neuer Frühsport?«

»Es ist ganz einfach ein wunderschöner Morgen«, Lea machte eine allumfassende Handbewegung zum Garten hin.

»Noch schöner wäre er mit einem Kaffee. Und einem Frühstück. Funktioniert die Kaffeemaschine nicht?«

Lea ging wortlos an ihm vorbei zur Küchenzeile. Es war alles da. Ihre Kaffeemaschine aus Hamburg, eine frische Packung Kaffee daneben und der Hinweis auf einem gelben Zettel, dass alles Weitere im Kühlschrank zu finden sei. Zudem Brötchen zum Aufbacken im Tiefkühlfach. Geschirr im Hängeschrank.

»Fünf Minuten«, sagte sie über die Schulter hinweg in Helmuts Richtung.

»Sieht mir eher nach zehn aus«, sagte er, setzte sich an den Küchentisch und trommelte mit den Fingerkuppen, während Lea den Tisch deckte und nebenher das Frühstück richtete.

»Was ist denn dein heutiger Plan?«, wollte sie wissen, als endlich alles auf dem Tisch stand und sie sich zu ihm setzte.

»Vor allem gleich mal abklopfen, wie ich hier Dampf machen kann. Die ersten Verbesserungen habe ich ja schon angeleiert, du kennst ja deinen Kater. Davon dürfte heute schon mal was passieren. Dann hat zumindest mein Auto schon mal ein vernünftiges Dach überm Dach.«

Lea nickte, hatte aber keine Lust zum Nachfragen. Sie trieb eher eine andere Sorge. »Aber du kommst doch vor dem Abend wieder?«, wollte sie wissen.

»Hast du jetzt schon Sehnsucht nach mir?«, er grinste kauend.

»Es ist ein fremdes Haus …«, sagte sie vage.

»Es wird dir nichts tun. Es ist altersschwach und kämpft ums Überleben.« Er prostete ihr mit der Kaffeetasse zu. »Ein Kampf, den es nicht gewinnen wird.«

»Nein, sag …«, bohrte Lea und spürte Gänsehaut ihre Arme hochkriegen. Der mystische Morgenzauber war verflogen, jetzt kam die Angst vor dem Alleinsein.

»Keine Sorge«, Helmut stellte die Kaffeetasse ab. »Wenn du mir jetzt noch ein paar Spiegeleier mit Speck brätst, dann bleibe ich noch eine halbe Stunde länger. Für die Ämter ist es ohnehin noch zu früh, Schnarchnasen samt und sonders.« Er streckte sich. »Und nachher marschiere ich dann los und stelle in der Bauverwaltung mal die Welt von Timmendorfer Strand auf den Kopf!«

***

Der Schmalspurbagger, der ein paar Stunden später an der Straßeneinfahrt von einem Tieflader abgeladen wurde und langsam mit quietschenden Raupen in den Butenweg einfuhr, brachte die Nachbarschaft auf den Plan. Geert war der Erste, der ihn gesehen hatte. Eigentlich wollte er sich einen Kuchen zum Nachmittagstee holen, kehrte dann aber schnell um und klingelte bei jedem einzelnen der Nachbarhäuser.

»Aufgepasst!«, alarmierte er. »Da passiert was! Ein Bagger im Butenweg? Das sind bestimmt die Neuen!«

Per und Gunni sahen sich nur kurz an und gingen los. Jupp folgte. Frauke saß im Homeoffice, klappte ihren Laptop zu und ging ebenfalls auf die Straße.

Der Baggerfahrer sah sie wie eine Front auf sich zukommen. Auf seinem Auftrag stand die Hausnummer 12, so weit war er noch nicht.

Jupp, der noch die Statur eines durchtrainierten Zimmermanns hatte, ging an die offene Seitentür des Baggers und sprach den Mann im Fahren an: »Sind Sie von der Gemeinde?«

»Nein, privat«, war die mürrische Antwort.

»Von uns hat sie keiner bestellt«, erklärte Gunni, die neben Jupp herging.

Der Mann sah auf seinen Auftrag. »Lohmann.«

»Und was machen Sie dort?«, wollte Per wissen.

»Geht Sie das was an?«, fragte der Baggerfahrer zurück.

»Un op!«, raunzte Geert ihn an und stellte sich vor den fahrenden Bagger, sodass der Mann stoppen musste.

»Wir sind eine Straßengemeinschaft. Da passiert nichts ohne gemeinsame Zustimmung«, erklärte Frauke.

»Straßengemeinschaft?«, schnaubte der Baggerfahrer. »Was soll das sein?«

»Das, was es sagt. Eine Gemeinschaft!«, antwortete Frauke.

»Kommunistisches Pack!«, fauchte der Mann und spuckte seinen Kautabak haarscharf an Jupp vorbei ins Freie.

»Das hat nichts mit Kommunismus zu tun«, versuchte Frauke zu erklären, »das ist …«

»Mir völlig egal, ich habe einen Auftrag, also weg da!«

Jupp griff nach dem weißen Papier, das neben dem Fahrer auf dem Sitz lag.

»Halt!« Der Baggerfahrer streckte die Hand aus. »Geben Sie das zurück!«

»Aha!«, Jupp las ungerührt und fasste dann zusammen. »Lohmann will den Gartenzaun und die Rosenbüsche dahinter rausreißen lassen, um eine Fertiggarage hinzustellen. Übergangsweise, steht hier gekritzelt, bis er die Baugenehmigung hat!«

»Baugenehmigung für was?«, fragte Regine, die in der Zwischenzeit auch dazugekommen war.

»Leute, der will abreißen!« Geert sah düster in die Runde, »er will Hinrichs' Haus abreißen!«

»Verena ist doch im Gemeinderat – da muss doch erst ein Bauantrag kommen?«, wandte sich Regine an Geert. Der zuckte mit den Schultern.

»Das geht mich nichts an«, erklärte der Baggerfahrer. »Ich mache nur meine Arbeit, und die heißt: Gartenzaun weg, Bank weg, Büsche raus, aufbaggern für das Fundament. Und das mach ich jetzt!«

»Aber ganz bestimmt nicht!«

Sie stellten sich alle zu Geert, der noch immer vor dem Bagger stand. »Und zudem braucht man auch für so etwas eine Genehmigung. Es ist eine Baumaßnahme!«, erklärte Regine und zog ihr Smartphone aus der Manteltasche. »Ich ruf jetzt Verena an, das werden wir doch mal sehen!«

Auch der Baggerfahrer zog das Handy aus seiner Weste.

»Die wollen hier eine Baugenehmigung sehen. Lassen mich nicht aufs Grundstück.« Er hörte kurz zu, dann richtete er sich auf. »Die Baugenehmigung gibt's, also lassen Sie mich durch. Ich muss anfangen.«

»Bevor wir die nicht gesehen haben, machen wir gar nichts!« Per stemmte seine kräftigen Arme in seine Seiten.

»Dann ruf ich die Polizei!«

»Die werden wohl auch eine Genehmigung sehen wollen. Da könnte ja jeder kommen, Zäune einreißen, Bäume und Büsche rausreißen … wo sind wir denn?«

Der Mann wurde unsicher, das war gut zu sehen. Schließlich

zuckte er die Achseln, stieg aus und ließ seinen Bagger mitten im Weg stehen. »Chef, hast du gehört?«, fragte er ins Handy. »Hier geht nichts. Ich geh jetzt vor zur Straße, ihr könnt mich abholen.«

***

Helmut Lohmann tobte.

Lea hatte vom zweiten Stock aus zugesehen. Es hatte sie erschreckt. All diese Menschen, wie schnell sie plötzlich da waren. Und wie resolut sie sich vor den Bagger gestellt hatten, keiner hatte gezögert. Von hier oben sah es richtig gefährlich aus. Es erinnerte sie an die Bauernaufstände von 1525, über die sie gelesen hatte. Die Messer und Mistgabeln in den Händen hatten.

Als sie Helmut anrief, waren alle verschwunden, der Baggerfahrer auch. Das Fahrzeug stand verlassen da.

»Wieso hast du mich nicht gleich angerufen?«, schrie er, »das Pack soll mich kennenlernen. Allesamt Provinzeier und sich dann so aufspielen.«

»Ja, ich weiß auch nicht«, sagte Lea, noch viel zu beeindruckt von diesem bedingungslosen Zusammenhalt, den sie mitangesehen hatte. »Sie wollten den Gartenzaun schützen oder so …«

»Den Gartenzaun?« Lea hielt das Smartphone vom Ohr weg. »Ich werde rechts und links zu den Nachbarn Betonmauern hochziehen lassen, das haben sie dann davon!«

»Aber der Bagger steht noch da«, versuchte Lea ihn zu beruhigen. »Das heißt doch, dass der Mann wiederkommt?«

»Aber zuerst komme ich!«, schrie Helmut. »Und zwar auf der Stelle. Die sollen mich kennenlernen! Und diese dusselige Baufirma …!« Den Rest hörte Lea nicht mehr, weil sie plötzlich in der spiegelnden Fensterscheibe eine Bewegung sah. Erschrocken drehte sie sich um. Aber da war nichts. Trotzdem war es ihr nicht mehr wohl. Den Tapeten nach war dies wohl das Zimmer der Tochter gewesen. Jetzt war es leer, nur die gedunkelten Umrisse an der Wand zeigten noch, wo das Bett, wo die Schränke gestanden und die Bilder gehangen hatten. Trotzdem spürte sie eine ungute Atmosphäre, und ohne zu wissen, warum, bekam sie es mit der Angst und ging schnell nach unten in die Küche.

Montag, 15. Juli

Maike hatte sich in den vergangenen Tagen zwar in ihrem neuen Heim eingelebt, aber sie wusste nicht so richtig, was sie mit sich und der Zeit anfangen sollte. Nun hatte sie zwar Geld auf dem Konto, aber ihr Leben war weg. Alles, was sie ausgemacht hatte, war im Butenweg geblieben.

Ohne ihre täglichen finanziellen Sorgen könnte sie sich besser entfalten, hatte sie immer gedacht. Aus dem ständigen Hamsterrad, dem ewigen Kampf ums Geld ausbrechen, nach vorne sehen, Ideen entwickeln, neue Horizonte ausmachen. Aber nun waren die finanziellen Sorgen weg, und Maike stellte fest, dass sie trotzdem keine Idee entwickelte, kein Ziel sah und damit auch keinen Weg zum Ziel. Was sollte sie tun? Hier in Timmendorfer Strand bleiben? Sich eine Wohnung mieten? Oder irgendwo im Hinterland nach einer Wohnung mit Werkstatt suchen, einem richtigen Atelier? Und dann? Auch dort bräuchte sie für ihre Produkte Abnehmer. Zu arbeiten und zu produzieren war zwar schön und machte ihr Spaß – aber dann? In ihrer aktuellen Situation hätte sie die Zeit, den Markt zu erforschen. Herumfahren und Abnehmer auftun. Keramikmärkte besuchen, schauen, was die anderen so anboten. Daraus Schlüsse ziehen. Sich verändern, sich entwickeln.

Aber Maike fühlte sich wie abgestellt. Jede Bewegung über einen Strandspaziergang hinaus bedeutete Anstrengung für sie. Sie wusste zwar, dass sie eine Strategie entwickeln musste, aber im Moment fiel ihr nichts ein, und genau genommen war es viel angenehmer, die Gedanken einfach fließen zu lassen. Oder nichts zu denken. Ihr Gehirn kam ihr wie ein großer Wattebausch vor, in den alles versickerte und nicht mehr aufzufinden war.

Sie brauchte Zeit, hatte ihr Renate gesagt. *Jeder Rekonvaleszent braucht Zeit und Ruhe. Nimm dir die, und dann greifst du wieder an.*

Ja, dachte Maike, das mag schon sein. Aber die Ruhe war ihr zu viel. Nachdem Fynn schon gleich am nächsten Morgen nach dem Essen mit seinem Hund abgereist war, war das Haus sehr still geworden. Die Dachdecker kamen wegen des schlechten Wetters nicht, Renate nutzte die Zeit für alle möglichen Besorgungen, Falk war mal da und mal nicht, und sie, Maike, wollte niemandem zur Last fallen.

***

Regine war wutentbrannt in ihr Haus zurückgestürmt und hatte nach ihrem Smartphone gegriffen, das sie in der Eile auf dem Küchentisch hatte liegen lassen. Das konnte doch nicht sein, dass so ein dahergelaufener Typ in ihrem Butenweg schaltete und waltete, wie er gerade wollte. Sie hatte Glück, Verena war im Möbelhaus, und nachdem sie zweimal weiterverbunden wurde, hatte sie sie an der Strippe.

»Regine«, sagte sie, »was gibt's so Wichtiges, dass du mich auf der Arbeit anrufst?«

Regine fiel sofort mit der Tür ins Haus. »Sag mal, braucht man in Timmendorfer Strand keine Baugenehmigung mehr, wenn man sich eine Fertiggarage irgendwo hinstellen lassen will? Da kann man doch nicht einfach mit dem Bagger kommen und alles niederreißen – oder sind hier neue Zeiten angebrochen?«

»Sachte, sachte«, versuchte Verena sie zu beruhigen. »Mal langsam. Und der Reihe nach. Was ist denn passiert?«

Nachdem Regine alles der Reihe nach erzählt und vor Entrüstung noch immer außer Atem war, bestätigte ihr Verena, dass das nicht so einfach ging. Jedenfalls nicht im Hauruckverfahren, wie es hier den Anschein hatte. »Warte mal, ich ruf den Claus an. Er ist, was Bauanträge angeht, in der Gemeinde der Sachverständige. Wir waren schon zusammen in der Schule, der wird mir alles erzählen können.«

Während Regine wartete, ging sie ans Fenster. Allerdings versperrten ihr die Bäume und auch die hohe Hecke die Sicht auf die Straße. Hoffentlich fand Verena etwas heraus, damit sie wussten, was Sache ist. Es dauerte länger als gedacht, aber dann war Verena wieder dran.

»Das ist ein ganz eifriger Genosse«, sagte sie. »Claus meint, er wird geradezu von Bauanträgen und Beziehungsgeklüngel – eilt, eilt, eilt, weil man den und den im Ministerium kennt … – überhäuft.«

»Und alles dieser …«, Regine fiel der Name so schnell nicht ein.

»Lohmann«, half ihr Verena aus. »Ganz genau. Er selbst, sein Architekt, sein Anwalt. Ein loderndes Lohmann-Feuer auf seinem Schreibtisch, sagt Claus.«

»Lohmann will also abreißen und ganz neu bauen?«

»Und zwar so schnell wie möglich. In dem Stil der weißen Prunkvillen an der Hartmannstraße. Das soll schon bis ins letzte Detail geplant sein. Du wirst es kaum glauben!«

Regine schluckte. »So ein … Koloss … hier herein?«

»Ja, bis ziemlich an die Grundstücksgrenzen ausgereizt.«

Regine hörte ihr Blut in den Ohren rauschen. »Kann der das so einfach?«

»Wenn er alle Bauauflagen erfüllt …«

»Aber das geht doch nicht! Hier … das ist ein gewachsenes Viertel. Seit Hunderten von Jahren … da besteht doch bestimmt irgendein Schutz?«

»Das Haus steht nicht unter Denkmalschutz. Wurde ja nicht wie die beiden Grisebach-Villen Ende des 18. Jahrhunderts von dem berühmten Berliner Architekten selbst erbaut, sondern von

Opa Hinrichs. Sonst hätte es vielleicht noch eine Chance. Von da gibt es wahrscheinlich keine Schützenhilfe!«

»Das ist doch einfach unfassbar!«

»Und er drängt auch auf eine baldige Erschließung. Wegen der Teerstraße. Aber nicht nur …«

»Woher weiß er denn das mit der Erschließung?«

»Ja, offensichtlich hat er ein gutes Netzwerk. Und sein Architekt schlägt in dieselbe Kerbe: Ein modernes Haus muss eine moderne Infrastruktur haben. Und daran schließt sich eine Reihe an Forderungen an.«

»Quatsch! Damit kommt er nie durch!«, ereiferte sich Regine. »Der hat hier doch gar nichts zu sagen! Der spinnt wohl!«

»Und außerdem hat Lohmann verkünden lassen, dass er an den Nachbargrundstücken Interesse habe.«

»Das schlägt dem Fass den Boden aus!« Regine stampfte auf. »Jetzt reichts aber!«

»Tut mir leid«, erklärte Verena, »dass ich keine besseren Nachrichten habe. Aber offensichtlich ist das ein Typ ohne jeden Skrupel.«

***

Uwe Feddersen und Rolf Petersen saßen sich an ihrem Stammplatz im Café Wichtig gegenüber. Beide hatten sich einen Kaffee bestellt und brüteten über ihren Getränken, jeder in seinen eigenen Gedanken versunken.

»Wie kann man sich so verarschen lassen!« Uwe schüttelte den Kopf, ohne aufzublicken.

»Woher sollte ich das wissen?«, meinte Rolf müde.

»So ein Luder, spioniert dich aus und arbeitet ihrem Vater zu.«

»Sie hat das abgestritten. Die Pläne ihres Vaters hätte sie gar nicht gekannt. Er habe eine fähige Kraft gebraucht – und sie erst vor Kurzem gefragt.«

»Fähige Kraft!«, giftete Uwe. »Du hast doch immer gesagt, sie taugt nichts!«

Rolf zuckte mit den Schultern und verzog das Gesicht.

»Und dieser Typ besitzt noch die Chuzpe, mich auf meinen Kontostand hinzuweisen«, wetterte Uwe weiter. »Kurz bevor er abgetreten ist! Das musst du dir mal vorstellen. Nimmt mir meinen dicken Fisch vom Teller …«

»… *unseren* dicken Fisch …«

»Dann gut, von mir aus, *unseren* dicken Fisch, kriegt die Infos brühwarm von seiner Tochter, macht seinen eigenen Laden auf und verdient mit unserer Arbeit richtig Asche!«

»Aufs Maul hauen müsste man dem!«

»Ja, das müsste man.«

Keiner von beiden hatte bisher den Blick gehoben. Doch jetzt sahen sie sich an.

»Warum lassen wir uns das eigentlich gefallen?«

Rolf zuckte die Achseln. »Der Auftrag ist weg. Das Ding ist verkauft. Was soll da jetzt noch gehen?«

»Du hättest von Anfang an mehr bieten sollen. Eine Million war einfach lächerlich wenig für die Lage!«

»Und woher sollte ich wissen, dass mir der Schmidt da dazwischenfunkt? Der war Banker. In seiner Bank werden keine Immobilien angeboten. Das ist nicht wie bei Sparkassen-Immobilien oder so – da hätte ich die Ohren gespitzt.«

»Der hat einen guten Reibach gemacht. 1,5 Millionen.«

Uwe hob beide Hände. »Und du glaubst, die Summe hat er dem Lohmann auch genannt? Interessant wäre wirklich zu wissen, was der Lohmann schlussendlich gelöhnt hat. Dann haben wir eine Ahnung, was der Schmidt eingesteckt hat.«

Rolf sah auf. »Ich schätze mal, dass er den Markt genau kennt. Zwei Millionen wird er aufgerufen haben. Und der Lohmann hat wahrscheinlich die 1,5 offiziell bezahlt, vor dem Notar, und den Rest hintenrum.«

»Also zwei Millionen für die alte Hütte. Stell dir vor! Und dann abreißen und neu bauen. Noch mal zwei! Hat der keine Tochter, die man entführen könnte? Offensichtlich hat er zu viel Geld!«

Rolf stieß einen verächtlichen Seufzer aus. »Also statt Schmidt aufs Maul hauen Lohmanns Tochter entführen?«

»Wie wäre es mit beidem? Zuerst hauen wir Schmidt aufs Maul, dann entführen wir seine Tochter.«

***

Lilly saß mit ihren Kommilitonen am Küchentisch ihrer Hamburger WG und schob ihr Rotweinglas zur Seite. »Ist es denn statthaft, dass der Filialleiter einer Bank nebenher Immobiliengeschäfte macht?«

»Bei der Frage bin ich als Mathematiker raus«, erklärte Timm und lehnte sich zurück.

»Okay«, Lilly nickte ihm zu. »Aber was ist mit dir, Leon? Du bist doch ein paar Semester weiter als ich.«

»Na ja«, er fasste sich ans Kinn, wo eine längliche rote Stelle von seinem letzten Fechtkampf zeugte, »sorry, aber wenn du in einer Burschenschaft bist, hast du wenig Zeit zum Studieren.«

»Quatsch!« Merle winkte ab. »Du bist zu faul und machst deinem Vater was vor, das ist alles.«

»Aber solange er zahlt, ist doch alles gut.« Timm griff nach dem letzten Stück Pizza im Karton. »Oder wollte noch jemand?«

»Jetzt nicht mehr!« Leon langte nach seiner Bierflasche.

»Dann erzähl doch mal genau, worum es geht.« Merle lehnte sich vor.

Lilly winkte ab. »Es treibt mich einfach um. Meine Mutter verkauft ihr und mein Elternhaus ausgerechnet an den Banker, der sie finanziell unter Druck gesetzt hat. Da frage ich mich doch, ob der das überhaupt darf!«

»Ja, darf er das?« Leon sah in die Runde.

»Da müsste man vielleicht die Verträge dieses Bankers sehen?«, meinte Timm. »Ich meine, die Verträge, die er mit seinen Vorgesetzten in der Bank hat?« Er zuckte die Schultern. »Dann weiß man, ob er das darf oder nicht. Oder darf er dieses Insiderwissen grundsätzlich nicht zu seinem Vorteil nutzen?«

»Keine Ahnung«, gab Lilly zu. »Aber würde uns sein Arbeitsvertrag helfen? Wie kommt man denn an den ran?«

»Indem du ihn anzeigst?«, schlug Merle vor.

»Ist das nicht ein bisschen starker Tobak, so aus der Hüfte geschossen?«, gab Timm zu bedenken. »Was meinst du, Leon, Fachanwalt?«

»Familienrecht. Das ist mein Ziel. Immer schöne lukrative Scheidungen. Was ihr da besprecht, fällt unter Arbeits- oder sogar Strafrecht.«

»Oder unter logischer Menschenverstand«, fauchte Merle.

»Könnt ihr euren Ehestreit nicht woanders austragen?«, fragte Timm.

»Es gibt keinen Ehestreit. Wir sind schon geschieden!« Leon griff zu seiner Bierflasche.

»Das will ich meinen!« Merle nickte. »Man kann sich im Leben ja auch mal täuschen!«

»Stattgegeben!«

Lilly holte tief Luft. »Leute, konzentrieren wir uns. So kommen wir doch nicht weiter.«

Timm stimmte ihr zu. »Frag doch ganz einfach mal deinen Prof. Der muss dir das ja sagen können.«

Lilly überlegte. »So eine Anzeige, wie Merle meint, wirbelt viel Staub auf und wird sicher auch richtig teuer. Wenn die das gleich an ihren eigenen Anwalt geben … Ich meine, dagegen komme ich nicht an. Aber ich könnte ja vielleicht mal eine einfache, schriftliche Anfrage an die Bank richten. Immerhin tun sie doch immer alle so, als seien sie ultimativ transparent.«

»Na, da bin ich aber gespannt!« Leon stellte seine leere Bierflasche ab. »War schön bei euch«, sagte er mit einem Blick zu Merle, »aber ich gehe jetzt mal wieder.«

»Lass es dir gut gehen in deiner Luxusherberge!« Merle griff nach der Weinflasche.

»Wenn du mich brauchst, du weißt ja, wo du mich findest.« Leon stand auf und ging zur Küchentür. »Und, ach ja, danke für die Einladung. Sollte mich zu Lillys Fall was anwehen, melde ich mich. Wenn nicht, auch. Moin.«

Timm und Lilly warfen sich einen Blick zu.

»Na ja«, sagte Merle, nachdem sie hörten, wie die Haustüre ins Schloss fiel. »War ein Versuch. Egal. Das Leben geht weiter.«

Sonntag, 21. Juli

Maike spürte, wie sie sich mehr und mehr in ein Schneckenhaus zurückzog. Sich in Timmendorfer Strand blicken zu lassen war ein Spießrutenlauf. Oder bildete sie sich das ein? Wie auch immer, wenn sich Menschen nach ihr umdrehten, hörte sie sie insgeheim flüstern: Das ist die, die den Butenweg verraten hat. Zu ihren Freunden traute sie sich überhaupt nicht hin. Zum Strand auch nicht. Bei dem schönen Wetter waren nicht nur Touristen unterwegs, sondern man begegnete überall Bekannten. Das wollte sie vermeiden. Also erfand sie ständig Ausreden.

Aber natürlich glaubte ihr Renate nicht. Trotzdem nickte sie ihr verständnisvoll zu. Und Falk brachte ihr einen Tee mit Gebäck aufs Zimmer. Langsam kam sie sich wirklich wie eine Kranke vor.

Sonntag. Was hat sie früher am Sonntag gemacht? Sie wusste es nicht mehr. Außer dass die Läden geschlossen waren, hatte es für sie keinen Sonntag gegeben. Sie war in der Werkstatt, erledigte den Haushalt oder war in der Natur. Es gab damals keine Wochentage für sie. Damals.

Damals. Dieser Gedanke wog schwer. Damals – das war erst drei Wochen her.

Maike saß in ihrem Lehnstuhl am Fenster und beobachtete die weißen Wolken am blauen Himmel. Da bildete sich ein Bär. Und dort, ganz klar, ein Engel. Was wollten sie ihr sagen? Der Bär verflog, wurde immer länger, streckte sich zum Engel hin, aber auch der veränderte seine Form, verlor seine Flügel und war zum Schluss nur noch ein Klumpen. Ein Klumpen aus Wolken.

Wie gern hätte sie wieder einen Klumpen Ton in den Händen, würde die Festigkeit, die Masse spüren, dann mit Wasser die sämige Substanz, dieses Urprodukt, das schon so viele Generationen vor ihr bearbeitet hatten.

Sie stieß einen Seufzer aus.

Ihr wurde ihr Leben genommen.

Nein, sie hatte es sich selbst genommen.

In diesem Moment klopfte es. Erst glaubte Maike an eine Sinnestäuschung. Sonntag um zwei Uhr, wer klopfte da? Renate war unterwegs, Falk war … keine Ahnung.

Maike reagierte nicht, sah weiter zum Fenster hinaus, doch es klopfte wieder. Diesmal etwas lauter. Nun drehte sie sich um.

»Ja, bitte?«

Die Tür öffnete sich nur einen Spaltbreit. Dann wurde etwas hereingeschoben. Etwas Weißes, Krummes. Danach schloss sich die Tür wieder. Leise, wie von Geisterhand.

Maike starrte darauf, bevor sie sich langsam erhob und darauf zuging. Was lag da Seltsames auf dem Fußboden? Dann erkannte sie es, war mit drei Sätzen dort und riss die Tür auf.

Kichernd knieten Ella und Jule vor ihr, Jule über Ella gebeugt, die das »Bella«-Hufeisen durch den Türspalt hineingeschoben hatte.

»Ella, Jule«, rief Maike und zog die beiden in ihre Arme. »Das ist ja toll! Wo kommt ihr denn her?«

Ella lachte lauthals über ihren Streich, und Jule rief nur: »Du sollst mit uns wieder an den Strand! Es ist so langweilig ohne dich!«

Maike lachte laut, völlig überdreht, das merkte sie selbst, aber sie konnte nicht anders. Eine spontane Glückswelle war über sie hinweggeschwappt, hatte sie mitgerissen. Sie brauchte einen Moment, bis sie sich wieder beruhigt hatte.

»Ja, und wo ist eure Mutter?«

»Hier«, sagte eine Stimme vom Ende des Flurs.

»Sandra?« Maike richtete sich mit suchendem Blick auf. Sandra trat aus dem Schatten einer Topfpalme hervor und kam langsam auf sie zu. »Die Kleinen hatten Sehnsucht.« Ein paar Sekunden vergingen, bis sie vor Maike stand. »Und ich auch.« Sie lächelte ein bitteres Lächeln. »Wir alle!« Und dann lagen sich die beiden Frauen in den Armen.

»Ich vermisse euch auch«, flüsterte Maike. Und während sie es noch aussprach, wurde ihr bewusst, wie wahr es war. »Ich bin aus meinem Leben herausgefallen«, sagte sie. »Einfach so.«

»Wie kann man aus einem Leben herausfallen?«, wollte Ella wissen, die Hand in Hand mit ihrer Schwester abwartend neben ihnen stand.

»Ja.« Maike löste sich aus der Umarmung und sah zu den beiden Mädchen hinunter, zur strohblonden Jule, die gebannt zu ihr hinaufsah, und zu Ella, der Dunkelhaarigen mit den hellwachen grün-braunen Augen, die sie jetzt neugierig musterten.

»Wenn sich plötzlich etwas ganz doll ändert«, versuchte Maike eine Erklärung.

»Dann komm einfach wieder zurück«, schlug Ella mit ernster Stimme vor, »dann ändert sich das Leben wieder zurück.«

Ja, wenn es so einfach wäre, dachte Maike.

»Perfekte Idee, Ella!« Sandra legte ihrer Tochter die Hand auf die Schulter. »Lass uns an den Strand gehen. Das Wetter ist perfekt, ihr könnt spielen, und wir können reden!«

Maike sah Sandra in die Augen, dann nickte sie. »Gut, kommt herein. Ich zieh mich nur schnell an.«

Sandra winkte ab. »Wir warten unten. Da gibt es einen netten jungen Mann, der hat den Mädchen vorhin schon Limonade angeboten. Aber das vertagen wir auf später … glaube ich.«

»Gute Idee«, Maike fühlte unversehens Lebensgeister aufsteigen, die sie lange vermisst hatte.

Kurze Zeit später gingen sie zum Strand. Die Wolken zeichneten eine traumhafte Sommerkulisse, manche leicht, andere gebauscht zogen sie langsam über den Himmel, der Sand war angenehm warm, und kleine Wellen rollten träge heran und liefen leicht schäumend auf dem Strand aus.

Sie hatten die Schuhe ausgezogen, und die beiden Mädchen machten sich sofort einen Spaß daraus, den züngelnden Ausläufern barfüßig auszuweichen. Sie hüpften und planschten, lachten und kreischten. Auch das hatte Maike vermisst, stellte sie fest, diese Kinderstimmen, das Lachen, die unbändige Lust am Leben.

Sie griff nach Sandras Hand. »Das war wirklich eine ganz tolle Idee von dir. Vielen Dank!«

Die Strandkörbe waren für die Sommersaison in Reih und Glied aufgestellt worden, und die meisten waren besetzt. Sandra zeigte zu einem, auf dem weder Handtuch noch Badetasche lag. Sie wischte die Sitzfläche mit der flachen Hand sauber und strich ihre sandige Hand anschließend an ihrer kurzen Jeans ab. »Bitte sehr, es ist angerichtet«, scherzte sie. »Für Einheimische gratis.« Sie zwinkerte Maike zu.

»Perfekt!« Maike grinste und setzte sich tief in das hellbraune Geflecht hinein. »Nicht zu fassen, ich spüre gerade, wie ich das vermisst habe!«

»Das glaube ich dir sofort«, gab ihr Sandra recht, während sie sich so hineinsetzte, dass sie die Kinder im Auge behielt. »Mir geht es ja auch so. Wir leben hier und schaffen es doch viel zu selten an den Strand. Eine Schande ist das!« Sie legte eine Hand auf Maikes Bein. »Ich hätte ein gekühltes Piccolo mitbringen sollen! Wie blöd! Daran habe ich in der Hektik des Aufbruchs aber nicht gedacht.«

Auf Maikes fragenden Blick musste sie lachen. »Jules Sandalen waren verschwunden. Der normale Wahnsinn eines normalen Tages.«

Maike lachte mit. »Und wo waren sie dann?«

»Sie hat sie mit ihren Socken ausgepolstert und in unser Gerätehäuschen gelegt, damit die Mäuschen ein kuscheliges Quartier haben.«

»Und das wollte sie natürlich nicht verraten.«

»Nein. Ihre Schwester hat's verraten. Du kannst dir ja vorstellen, was das für ein Gezeter war. Nun, schlussendlich bekommen die Mäuse jetzt eine kleine Mäuseburg aus Holz. Das hat den Frieden wiederhergestellt.«

Maike lachte immer noch. »Aber die Aktion spricht ja für sie ...«

Sandra nickte. »Apropos Frieden. Du kannst dir nicht vorstellen, was diese Lohmanns bei uns veranstalten. Zuerst schickt er einen Bagger für eine Fertiggarage, und jetzt bombardiert er die Gemeinde mit seinen Bauanträgen. Er will abreißen und eine Prachtvilla bauen lassen.«

»Abreißen?« Maike fuhr der Schreck in die Glieder. »Wieso denn abreißen? Ich dachte, die Käufer ziehen nur ein?«

»Nein, leider nicht. Die Villa, die er plant, reizt das Grundstück bis zum letzten Zentimeter aus. Das macht aber nichts, hat sein Architekt bei einer Anhörung wohl gesagt, denn Lohmann habe durchaus Interesse an den Nachbargrundstücken, dann würde seine Villa auch niemanden stören.«

»Was für ein«, Maike suchte nach den passenden Worten, »selbstgefälliger Mensch. Und der sitzt nun in meinem Wohnzimmer?«

Sandra sagte zunächst nichts darauf, dann holte sie tief Luft. »Ja. Und nicht nur in deinem Wohnzimmer ... Maike, wir alle verstehen nicht so ganz, was da abgelaufen ist. Mit dir, mit deiner Töpferei, dem Geschäft, das plötzlich nichts mehr von dir verkauft, mit dem Makler, dem Petersen, und diesem Schmidt, der doch eigentlich Filialleiter der Bank war. Fabian sagt, Schmidt hatte plötzlich ein unglaubliches Interesse an deinem Konto. Und«, sie griff nach Maikes Hand, »glaub mir bitte, dass Fabian von alldem genauso überrascht war wie wir alle.«

Maike kniff die Lippen zusammen, dann holte sie tief Luft. »Lilly sagt auch, ich hätte überstürzt gehandelt. Aber ich sah keinen anderen Ausweg. Und was euch beide angeht, war mir schon bei Jupps Geburtstag klar, dass ihr damit nichts zu tun habt ... entschuldige, Sandra, man kommt halt auf komische Gedanken.«

Sandra sah sie fragend an.

»Als ich dich bei Anja im Laden stehen sah«, holte Maike aus, »wusste ich nicht mehr, auf welcher Seite ihr seid, wo ja Schmidt auch Fabians Chef war.«

»Du hast mich bei Anja gesehen? Weshalb bist du nicht hereingekommen? Dann hätten wir beide nachfragen können.«

»Was hat sie dir denn gesagt?«

»Nichts. Ich habe so ein bisschen vorsichtig versucht, der Sache auf die Spur zu kommen, aber sie hat mich ... na ja, nicht direkt ... aber doch indirekt hinausgeworfen.«

»Wirklich?« Maike rieb sich die Arme. »Ich habe Anja immer gemocht und dachte eigentlich, mit ihr hätte ich eine feste Partnerin, eine verlässliche Kundin. Ich habe es auch nicht verstanden.«

»Da muss doch irgendwas passiert sein ...«

»Ja, bloß was?«

Noch bevor sie weiter darüber nachdenken konnten, riss sie Jules Geschrei aus dem Strandkorb. Sandra sprang auf. Jule war hinter dem nächsten Strandkorb nicht mehr zu sehen. Aber da hörten sie schon Ella: »Nichts passiert, sie übertreibt!« Ganz die große Schwester.

»Doch, da ist er wieder!« Jule kreischte. »Da ist er wieder!«

Maike folgte Sandra, die um den nächsten Strandkorb herum zu Jule lief. Sie blieb bei Ella stehen, die mit dem Finger lässig auf Jule zeigte, die in einiger Entfernung bäuchlings im Sand lag.

»Was ist denn los?«, wollte Maike von Ella wissen. »Hat sie sich wehgetan?«

Sandra war schon bei Jule und kniete sich zu ihr hin.

»Nein, das ist dieser kleine Hund vom Strand, weißt du? Der ohne Herrchen.«

»Uff!«, sagte Maike und sah in Jules Richtung. »Ich habe mich wirklich erschrocken.«

»Du kennst sie doch«, sagte Ella beschwichtigend, als sei sie die Erwachsene und Maike das Kind, »sie macht ständig viel Geschrei um nichts.«

Und da kam hinter Jule auch schon etwas Braunes hervorgeschossen und auf sie zu. Nicht auf Ella, die sich in den Sand hockte und lockend »Komm, komm« rief, sondern auf sie, Maike. Und als er um sie herumtanzte, erkannte sie ihn.

»Das ist ja Anton!«

Als er seinen Namen hörte, sprang sie der Dackel freudig an.

»Anton?« Ella warf ihr einen überraschten Blick zu. »Wieso Anton?«

Jetzt war auch Jule da und warf sich zu Anton in den Sand. »Schau, Mama, so einen Hund hätte ich auch gern.«

»Wieso heißt der Anton?« Ella ließ nicht locker.

»Du kennst ihn?«, fragte nun auch Sandra, die ihrer kleinen Tochter gefolgt war.

Maike spürte ihr Herz schneller schlagen, und es wurde ihr warm. Fynn war wieder da.

»Ja, er gehört einem Gast in meinem Hotel.«

»Also ist er nicht herrenlos?« Jule klang enttäuscht.

»Nein, ist er nicht«, sagte Maike. »Er macht nur seinen Spaziergang. Ganz, wie die Joggerin es das letzte Mal gesagt hat.«

»Und siehst du?« Ella zeigte auf seine Augen. »Er hat unterschiedliche Augenfarben. Ich hab ihn sofort wiedererkannt.«

Ich nicht, dachte Maike. Eigentlich hätte ihr das schon im Hotel auffallen müssen. Ella hatte eine bessere Beobachtungsgabe als sie.

An ein ernsthaftes Gespräch war nun nicht mehr zu denken.

Anton umtanzte sie, also entschieden sie sich dazu, mit ihm einen Strandspaziergang zu machen.

***

Anja Hoffmann kämpfte schon eine ganze Weile mit sich. Und immer, wenn sich unangenehme Gedanken aufdrängten, ging sie joggen. In letzter Zeit lief sie so viel, dass ihr Mann bereits einen Liebhaber vermutete. »Lauf halt mit«, forderte sie ihn auf, aber er winkte ab. Der Golfplatz war ihm lieber. So zog sie alleine ihre Runden, selbst bei schlechtem Wetter und meist den gleichen Weg.

Heute, am Sonntag, war es besonders schlimm, weil sie einfach nichts ablenkte. Während der Woche hatte sie in ihrem Laden genug zu tun, am Sonntag machte sie die Buchhaltung und die Bestellungen, aber das hatte sie stets am Nachmittag erledigt, dann kamen die Gedanken.

Reinhard sah ihr im Flur zu, wie sie ihre Laufschuhe schnürte. »Es ist ziemlich heiß draußen«, erklärte er.

»Das macht mir nichts.«

Er sah ihr stumm zu, beobachtete, wie sie ihre Gürteltasche umband und ein geeignetes Haarband heraussuchte. Erst als sie mit allem fertig war und schon die Hand auf der Klinke hatte, sagte er: »Wovor läufst du weg?«

Völlig überrascht drehte sich Anja zu ihm um.

»Wie kommst du auf so eine Idee?«

»Na ja, wer übermäßig Sport treibt, kompensiert etwas. Und du gehst seit einiger Zeit übermäßig joggen. Was ist es also?«

»Wo hast du diese Binsenweisheit her?«

»Von einem Psychologen.«

Für einen kurzen Moment verschlug es Anja die Sprache. Reinhard verschränkte die Arme und sah sie abwartend an.

»Und was ist mit Männern, die jeden Tag golfen?«, konterte sie.

»Denen fehlt auch was. Mir zum Beispiel fehlst du. Aber da du deinen Laden meiner Gegenwart vorziehst, gehe ich in der Zeit eben golfen.«

Anja wurde es heiß. Sie zog das Haarband vom Kopf.

»Du würdest auch golfen gehen, wenn ich da wäre. Weil es deine Leidenschaft ist!« Reinhard antwortete nicht gleich, und Anja schob nach. »Du bist schlicht besessen davon.«

»Vielleicht würdest du ja mitgehen?«

»So, wie du mit mir laufen gehst?«

Reinhard kam zwei Schritte auf sie zu und griff sanft nach ihren Oberarmen. »Anja, ich möchte dich nicht angehen. Ich liebe dich. Ich möchte dich nur bitten, mir zu vertrauen und deine Probleme mit mir zu teilen.« Er küsste sie auf die Stirn, wartete kurz ab, und nachdem sie nichts sagte, drehte er sich um und verschwand in der Küche. Anja stand wie gelähmt. Dann schossen ihr die Tränen in die Augen. So eine Liebeserklärung hatte er ihr schon lange nicht mehr gemacht. Kurz entschlossen schnürte sie ihre Schuhe wieder auf, zog sie aus und ging hinter ihm her.

Er saß am Küchentisch und hatte zwei Teetassen vor sich stehen. Der Wasserkocher arbeitete, die Teekanne stand bereit, auf dem Tisch eine Schale mit Käsegebäck.

»Bitte«, sagte er. »Ich denke, es ist gut, wenn wir uns mal wieder Zeit füreinander nehmen.«

Anja nickte, öffnete ihre Gürteltasche und hängte sie über die Stuhllehne.

»Hat es mit mir zu tun?«, wollte Reinhard wissen, und während Anja den Kopf schüttelte, dachte sie, welch Glück sie doch mit diesem Mann hatte. Nicht nur, dass er noch immer gut aussah, mit den grauen Haaren und dem leicht gebräunten Gesicht und seiner sportlichen Figur, sondern, was noch viel wichtiger war, dass er sich nach wie vor für sie interessierte. Und sie liebte. Anja atmete kurz durch.

»Ich habe ein schlechtes Gewissen«, begann sie, »das treibt mich um.«

»Ein schlechtes Gewissen? Wem gegenüber?« Reinhard beugte sich etwas vor.

»Ich habe eine Frau verraten, nur, um selbst einen Vorteil zu haben.«

»Eine Frau? Eine Kundin? Eine Freundin?«

»Maike Hinrichs. Eine Töpferin. Sie hat mir ihre Ware gebracht, ich habe sie verkauft, das war eine reibungslose Sache. Und ich weiß auch, dass sie das Geld dringend brauchen kann. Aber dann … ist etwas Seltsames passiert.«

»Was denn?« Reinhard warf ihr einen fragenden Blick zu, bevor er aufstand, den Wasserkocher ausschaltete und das heiße Wasser langsam in die Teekanne goss. »Eine neue Mischung«, sagte er. »Das wird dir guttun. Und das auch …« Damit deutete er zu einer Schale mit feinem Buttergebäck, die auf der Anrichte stand. Nachdem er alles auf dem Tisch arrangiert hatte, setzte er sich wieder, griff über die Tischplatte nach Anjas Hand und hielt sie fest. »Und jetzt schieß los. Es gibt nichts, was wir nicht gemeinsam lösen könnten.«

***

Lea Lohmann fand eines ganz schrecklich: den Sonntag! Nun wohnten sie schon seit zwölf Tagen in diesem Haus, das sie wie eine kalte Burg umgab. Nichts wollte heimelig werden. Sie fror sogar noch, wenn sie diesen Kachelofen einheizte, bis die Funken sprühten. Hinaus auf die Straße traute sie sich auch nicht, denn dass die Nachbarn feindlich gesonnen waren, zeigte sich ihr jeden Tag. Sie verfluchte die Stunde, da Helmut dieses Haus gekauft hatte. Und seine beschönigenden Reden konnte sie auch schon nicht mehr hören. Zumal er sie ständig alleine ließ. »Sorry, mein Mäuschen, Geschäfte in Hamburg, du weißt schon. Der Laden muss weiterlaufen, wo kämen sonst die schönen Euros für deinen nächsten Schmuck her?« Sie konnte diese Parolen nicht mehr hören. Die Firma war verkauft, welcher Laden eigentlich? Offensichtlich war nur, dass sie hier ausbaden musste, was er ihnen eingebrockt hatte.

»Ich würde hier nicht mal leben wollen, wenn es die tollste Villa weit und breit würde«, hatte sie ihn mal angefahren, »siehst du nicht, dass dein Projekt hier einfach nicht reinpasst?«

»Wir machen uns das passend«, hatte er nur geantwortet.

»Aber das Haus will uns nicht. Da ruht kein Segen drauf!«

»Papperlapapp. Esoterisches Geschwafel, Häuser sind aus Stein oder Beton. Häuser haben keine Seele.« Er lachte schräg. »Nicht mal jeder Mensch hat eine Seele.«

»Du zumindest nicht!«

»Ich brauch auch keine.« Er hatte die Stirn gerunzelt. »Was ist denn mit meinem zahmen Mäuschen los? Wollen wir heute Abend schön essen gehen? Ein paar Sterne vernaschen?«

Sie kapitulierte. Sie kam einfach nicht gegen ihn an. Also willigte sie ein. Hauptsache, nicht alleine hier herumsitzen, die seltsamen Geräusche im Haus deuten, das Knarren und Wispern, die Gerüche, die plötzlich von irgendwoher kamen, mal Veilchenduft, mal Pfeifenrauch, dann wieder ein eiskalter Luftzug, der an ihr vorbeiströmte, ohne dass ein Fenster offen gewesen wäre.

Dieses ganze Haus verursachte ihr Albträume. Vor allem, wenn sie alleine war. Dann ließ sie überall im Haus Licht brennen, weil sie keiner einzigen dunklen Ecke traute. Bewegte sich dort etwas, kroch etwas hervor? Vor allem vor dem alten offenen Kamin fühlte sie sich unwohl. So, als grenze sie etwas aus, als gehöre sie hier nicht hin.

Sie kannte dieses Gefühl gut aus ihrer Schulzeit. Damals wollte sie unbedingt in diese Clique, die sich um die schöne Susanne gebildet hatte. Aber wenn Lea kam, drehten sie ihr den Rücken zu. Sie sagten nichts, aber das genügte schon. War sie nicht hübsch genug? Nicht schlau genug? Was war an ihr falsch, dass die anderen sie nicht mochten oder sogar ablehnten?

Auch heute noch erinnerte sie sich gut an diese unsichtbare Mauer, hinter der gelacht und gescherzt wurde, an dieses Gefühl, nicht dazuzugehören, ausgegrenzt zu sein. Und genau dieses Gefühl befiel sie, sobald sie das Wohnzimmer mit ihren lächerlichen stylishen Möbeln betrat und zu dem offenen Kamin wollte, vor dem, den Abdrücken nach, zwei schwere Sessel gestanden hatten. Dort war sie nicht willkommen. Das spürte sie genau. Und das erzählte sie ihrer Freundin Jacky in einem langen Telefonat.

»Lass doch den Spinner, und komm zurück nach Hamburg«, schlug Jacky vor.

»Ich habe in Hamburg kein Zuhause mehr«, klagte Lea. »Unser Haus ist weg, und dieses Appartement kommt erst noch.«

»Ich habe genug Platz. Du wohnst bei mir.«

»Das kann ich doch nicht machen!«

»Zur Not könntest du dir sogar ein Hotel leisten.« Jacky klang ein bisschen spöttisch.

»Das würde Helmut als hinausgeworfenes Geld bezeichnen.«

»Stell dich mal auf deine Hinterbeine, du hast in dieser Ehe schließlich auch was zu sagen.«

Lea sagte nichts.

Es entstand eine Pause, bis Jacky einlenkte. »Dann kommst du eben doch für ein paar Tage zu mir. Ein Wiedersehen unter besten Freundinnen, dagegen kann selbst ein gottgeweihter Helmut nichts haben.«

»Sag das nicht, das ist Blasphemie.«

»Gut, dann ist er halt teufelsgeweiht. Passt sowieso besser zu ihm.«

Lea mochte ihre Freundin. Aber Jacky konnte als Single eben nicht nachfühlen, wie es mit einem Mann wie Helmut war. Wie eine Ehe war.

»Oder soll ich zu dir kommen?« Jackys Stimme klang warm.

»Hierher?« Lea hatte sich unwillkürlich kurz umgesehen. »Also, ich glaube … das ist nichts für dich.«

»Gespenstergeschichten sind sehr wohl was für mich.«

»Hör auf, du machst mir Angst. Ich träume sowieso schon ständig komische Sachen. Und schau bis morgens um vier Uhr fern, weil ich immer befürchte, dass plötzlich jemand neben meinem Bett stehen könnte. Irgendeine Gestalt. Also bleibe ich lieber wach.«

»Und wieso lässt dich Helmut dann so oft alleine, wenn du solche Angst hast?«

»Für ihn ist das esoterischer Quatsch. Er kennt so was halt nicht.«

»Oje, Lea, beste Freundin, weißt du was?«

»Was?«

»Warum buchen wir beide nicht vier Wochen Südsee?«

***

Maike und Sandra gingen noch immer dicht nebeneinander am Strand entlang, so fiel der Spaziergang länger aus als gedacht. Die Kinder liefen mit Anton voraus, warfen kleine Hölzchen oder spielten einfach Fangen mit dem Dackel, der fröhlich mitspielte, während die beiden Frauen Erinnerungen austauschten und immer wieder auf den Kern der Sache zurückkamen. Wie hatte das passieren können – und was konnten sie jetzt tun?

»Bekommt er die Baugenehmigung denn einfach so?«, wollte Maike wissen. »Dieser Klotz, wie du das beschreibst, passt doch gar nicht in den Butenweg.«

»Wenn er alle Baubestimmungen einhält …« Sandra runzelte die Stirn. »Jedenfalls hält uns Verena auf dem Laufenden. Aber dieser Lohmann ist ein gerissener Fuchs, der arbeitet mit allen Mitteln. Der reicht keine Baupläne ein, wenn die nicht schon vorher auf Fehler geprüft und mit der Bauverordnung abgeglichen wurden. Der Typ ist brandgefährlich!«

»Aber überall gibt es doch Initiativen, wenn etwas gebaut werden soll … und das verzögert sich dann jahrelang.«

»Klar, Bürgerinitiativen, wenn es um Windmühlen, Straßen, Autobahnen, Bahngleise, Trassen oder sonst was geht.« Sandra malte entsprechende Bilder in die Luft. »Da gehen dann Gutachten hin und her. Das können wir als Nachbarn vielleicht versuchen, aber bringt uns das dich zurück?«

Sie sahen sich im Gehen in die Augen, und Maike griff nach Sandras Hand. »Jedenfalls sehr lieb, dass du dich so kümmerst!«

»Wir kümmern uns alle«, entgegnete Sandra. »Vor allem, weil wir alle sehr bekümmert sind.«

Maike nickte und drückte Sandras Hand noch einmal, bevor sie sie losließ. »Darf ich dich zu einem Glas Sekt einladen? Die Kinder zu einer Limonade?«

»Zumindest für die Kinder war es so ausgemacht«, lächelte Sandra.

Sie drehten sich nach den Kindern um, die mit Anton hinter ihnen hertollten. »Nur denen wird es nie zu viel«, stellte Sandra fest und schüttelte den Kopf.

Eine gute halbe Stunde später näherten sie sich dem Hotel. Maike spürte, wie ihre schweren Gedanken mit jedem weiteren Schritt zurückkamen. Dieses Gefühl, ihr Elternhaus verraten zu haben, schnürte ihr die Brust ab. Ein Riesenbunker, wo einst ihr Großvater Stein auf Stein gelegt hatte. Sie musste den Gedanken wegspülen. Da kam das Glas Sekt mit Sandra genau richtig. Überhaupt Sandra, es tat gut, eine Freundin wie sie zu haben.

»Schau«, sagte sie und deutete nach hinten, »nun haben auch Ella und Jule genug.«

Und tatsächlich, die Kinder gingen artig nebeneinanderher, auch sie waren müde. Nur Anton lief schwanzwedelnd voraus, vor allem, weil er sich beim Nachhausekommen eine Leckerei erwartete. Er stand schon oben an der Hoteltür und drehte sich wartend nach seinen Begleitern um, während die den schmalen Fußweg zum Hotel entlanggingen. Doch bevor sie die Treppe erreicht hatten, wurde die Tür aufgerissen, und Falk sah ihnen entgegen.

»Na, da kommen die Kämpfer ja. Und allen voran unser Anton, der Racker!« Er bückte sich zur Begrüßung zu Anton hinunter, der ihn höflich anwedelte, dann aber sofort hinter der offenen Tür im Haus verschwand. »Nicht in die Küche!«, rief Falk ihm hinterher, was Maike mit einem herzhaften Lachen quittierte.

»Selbst wenn er es verstehen würde, würde er sich ganz sicher nicht daran halten.«

Falk antwortete mit einer *Was-will-man-schon-tun*-Geste. »Na, Fynn steht am Herd. Der wird schon aufpassen.«

Bei dem Namen durchzuckte es Maike, und sie spürte, wie sehr sie sich freute. »Essen wir denn heute gemeinsam zu Abend?«

»Zumindest kocht er gerade das ganz große Menü!« Falk wandte sich an die Kinder. »Aber ihr bekommt jetzt erst mal die versprochene Limonade.« Er drehte sich um. »Folgt mir bitte ins Schlaraffenland!« Ella und Jule liefen ihm sofort kreischend hinterher, während Sandra sie erfolglos zurückrief. »Halt! Tragt nicht den ganzen Sand ins Haus!«

Aber sie waren schon weg, und Sandra schüttelte nur den Kopf. »Die sind auch nicht besser als der Hund.«

Maike musste lachen und wies Sandra auf einen kleinen Handbesen am Eingang hin. Abwechselnd wischten sie ihre Schuhe sauber und liefen dann den Flur entlang in Richtung Kaminzimmer. An der offenen Küchentür blieb Maike stehen. Und auch Sandra schnupperte hinein.

»Kommt ruhig rein.« Fynn streckte seinen Kopf hinter einer

offenen Schranktür hervor. »Ich suche nur noch die feuerfeste Form.«

»Was gibt es denn?«, wollte Sandra neugierig wissen, während sie den Hals reckte.

»Gnocchi-Käse-Auflauf nach dem Rezept meiner italienischen Großmutter.«

»Ist das wahr?«, fragte nun auch Maike neugierig.

»Was?«, lachte Fynn. »Der Auflauf oder die Großmutter?« Er klappte die Schranktür zu und ging auf die beiden Frauen zu. »Schön, dich zu sehen, Maike.« Er nahm sie in die Arme, bevor er Sandra die Hand reichte. »Fynn«, stellte er sich vor. »Sporadischer Hausgast mit Kochambitionen.«

»Und ich bin Sandra, Maikes ehemalige Nachbarin.«

»Fein! Ach so, leckere Limonade für die Kids, richtig? Falk hat mir das zugerufen.«

»Ja, und danach müssen wir gehen.«

»Wirklich?« Fynn schenkte ihr ein Lächeln.

»Ja, leider.« Sandra machte eine kurze Handbewegung zum Herd hin. »Das wäre mir wirklich lieber.«

»Dann bleibt doch, und ich lege noch ein bisschen nach.« Er lächelte Maike zu. »Für Freundinnen haben wir immer Platz, stimmt's?«

Maike wurde es warm ums Herz. Dieses *Wir* tat ihr gut.

»Das ist lieb. Aber leider … wir sind sowieso schon zu lange weg.«

»Dann das nächste Mal. Und nehmt diesen Racker mit, er weiß, dass im Kühlschrank Würste sind, darum hypnotisiert er ihn gerade, damit er endlich aufspringt …«

Und tatsächlich, auf dem schwarz-weiß gefliesten Küchenboden saß Anton direkt vor dem großen Kühlschrank mit stoischem Blick nach oben. »Er betet ihn an«, sagte Maike. »Und wenn man sich lange genug etwas ersehnt, dann bekommt man es auch.«

»Was ersehnst denn du dir?«, fragte Fynn, und Maike befürchtete, dass ihr die Röte ins Gesicht schießen würde. Fynn in seinem kurzärmeligen T-Shirt, dem kräftigen Brustkorb, der sich darunter abzeichnete, und dem männlichen Gesicht … War er wirklich erst 25?

»Eine Fee mit drei Wünschen«, sagte sie schnell.

Fynn grinste. »Ein bisschen gemogelt, dann hättest du ja drei Wünsche offen.«

»Mami«, kam es vom Flur, »wo bist du denn?«

»Audienz beendet!« Sandra zog die Stirn kraus. »Schade. Hat mich gefreut«, sagte sie zu Fynn. »Aber eine Wurst bekommt Anton trotzdem noch? Er war mit den Kindern heute wirklich so lieb.«

»Wie heißen denn Ihre Kinder?«

»Ella und Jule.«

»Okay, dann sollen sie ihm die Wurst holen. Und alle haben ihren Spaß.«

***

Sandra kam spät los. Es war schon dunkel, als sie mit ihren Kindern im Butenweg eintrudelte. Beide waren, kaum dass sie im Wagen saßen, in ihren Kindersitzen eingeschlafen. Sandra kannte das, das Motorengeräusch wirkte einschläfernd, selbst auf sie, wenn sie Beifahrerin war. Fabian kam ihr an der Garage entgegen, als sie gerade ausstieg.

»Wollten wir heute nicht …«, begann er, aber Sandra legte ihren Zeigefinger auf den Mund. »Ja, stimmt«, flüsterte sie, »aber aus dem kurzen Treffen mit Maike ist ein langes geworden, ich denke, es war es wert.«

Fabian sah ihr kurz ins Gesicht, dann nickte er. »Na, wenn's geholfen hat … Unseren Ausflug können wir ja auf den nächsten Sonntag verlegen. Was war denn?«

Sandra deutete auf die Kinder. »Wecken oder hochtragen?«

Fabian wiegte den Kopf. »Wach werden sie so oder so. Schlafi, Zähne putzen …«

Sandra blieb vor dem Garagenfenster stehen und deutete aufs Nachbarhaus, in dem, ganz wie früher zu Maikes Zeiten, nur wenige Fenster erhellt waren. »Heute ausnahmsweise keine Festbeleuchtung?«

»Ich weiß nicht.« Fabian zuckte mit den Schultern. »Vorhin sind sie jedenfalls in ihrer Staatskarosse losgefahren. Der Aufmachung nach zum Abendessen ins Maritim. Orangerie. Oder sonst einen Sterneschuppen.«

»Oje!« Sandra umarmte ihren Mann. »Können wir froh sein, dass wir sind, wie wir sind, und all die Probleme nicht am Hals haben.«

Fabian schloss seine Arme um Sandra und flüsterte in ihre Halsbeuge: »Ja. Trotzdem, denn was ich heute eigentlich mit dir feiern wollte … und den Tisch habe ich erst vorhin abgesagt … Ich hab den Job!«

»Du hast was?«, rief Sandra und drückte ihn von sich weg, um ihm ins Gesicht sehen zu können, »Stimmt das? Nachfolge Schmidt? Filialleiter?«

»Ja, die Entscheidung hat wohl ein bisschen länger gedauert. Ich nehme mal an, dass da ein anderer hochkarätiger Bewerber im Spiel war … Wie auch immer, ob der abgesagt hat oder ich vorgezogen wurde, ich bin es jetzt geworden!«

»Ach, wie toll!« Sandra umarmte Fabian so stürmisch, dass er das Gleichgewicht verlor. »Sachte, sachte«, lachte er und stützte sich am Wagen ab.

»Das ist ja irre! Wieso hast du mir das nicht früher gesagt?«

»Es sollte eine Überraschung für heute Abend beim Candle-Light-Dinner werden. Wie damals mein Heiratsantrag.«

Sandra lachte. Und ärgerte sich sofort. »Wie dumm, dass ich dir das verdorben habe!«

»Du konntest es nicht wissen. Alles gut! Die Flasche Champagner ist kalt gestellt. Und jetzt bringen wir erst mal die Kinder ins Bett.«

***

Anja Hoffmann hatte, während sie ihrem Mann alles erzählte und er ihr versprach, bei allem hinter ihr zu stehen, einen Entschluss gefasst. Sie musste sich bei Maike Hinrichs entschuldigen und herausfinden, wie sie ihren Fehler wiedergutmachen konnte. Sie wollte, genau wie gegenüber ihrem Mann, absolut offen sein. Und ihr auch nicht verschweigen, wie sehr sie das alles beschäftigt hatte. Und dass sie natürlich Maikes Töpferware wieder verkaufen würde, und als Wiedergutmachung sogar ein besonderes Regal einrichten würde, für alles, was Maike über diese Touristenbecher hinaus zu bieten hatte. Und weil sie das alles quälte, durfte es auch keinen Aufschub geben. So entschloss sie sich nach einem langen Gespräch am Küchentisch, ihr Vorhaben in die Tat umzusetzen.

Anja kannte Maikes Adresse, Butenweg 12, irgendwo an der Grenze zwischen Timmendorfer Strand und Niendorf. Sie würde es schon finden. Also setzte sie sich in ihren Wagen und sagte ihrem Mann, dass sie diesen Weg alleine gehen müsse. Schließlich sei es ihre Schuld, und sicher gebe es ein Gespräch unter Frauen. Wenn alles gutging, bei einem Glas Wein in einer gemütlichen Wohnküche. So stellte sie sich das vor, ließ sich von ihrem Navi zum Butenweg leiten, parkte an der Einmündung der Straße, um nicht unverschämt zu erscheinen, und stieg aus. Sie hatte eine besondere Flasche Wein dabei, die Reinhard ihr aus seinem Liebhaber-Sortiment als Gastgeschenk mitgegeben hatte, und so ging sie mit gutem Gefühl die sandige Straße entlang, ihrem Ziel entgegen. Was konnte schon passieren, redete sie im Stillen mit sich selbst, Maike Hinrichs konnte ihr die Tür vor der Nase zuschlagen. Oder sie auf die sehr späte Uhrzeit hinweisen. An einem Sonntag. Ja, gut. Aber eine Mission war eine Mission.

Der Butenweg war eine idyllische Enklave, stellte sie fest. Wegen der mangelnden Straßenbeleuchtung erkannte sie erst mal kaum etwas. Nur die Umrisse von Büschen, Bäumen und hohen Hecken. Dahinter blinzelten spärlich beleuchtete Häuser, was es gar nicht so einfach machte, die Hausnummer 12 zu finden. Am Ende der Sackgasse stellte sie fest, dass sie daran vorbeigelaufen war. Inzwischen aber hatten sich ihre Augen an die Dunkelheit gewöhnt. Langsam lief sie zurück und zählte von einer der sichtbaren, höheren Hausnummer rückwärts. Bei der Hausnummer 12 angekommen, musste sie zugeben, dass dieses Haus genau zu der Töpferin passte. Vom niedrigen Gartenzaun aus wirkte es wie ein verwunschenes Hexenhäuschen. Hänsel und Gretel, dachte Anja, wohingegen das Haus daneben eher modern wirkte. Aber auch da war nur das obere Stockwerk beleuchtet.

Gingen die Leute im Butenweg so früh ins Bett? Oder waren alle unterwegs? Vielleicht war es ja wirklich schon zu spät für einen Überraschungsbesuch. Wie auch immer, Anja hatte sich etwas geschworen, und das würde sie heute Abend durchziehen.

Das schiefe Holztürchen klemmte etwas, ließ sich aber, wenn man es anhob, leicht öffnen. Über Steinplatten und Gras lief Anja den Weg entlang auf die Haustür zu. Da sie weder Klingel noch Außenlicht sah, stellte sie den Wein neben dem Schuhabstreifer ab und entschied sich, ums Haus herumzugehen, denn ganz offensichtlich brannte in einem Zimmer Licht. Ein bisschen fühlte sich Anja, wie sie so durch den fremden Garten schlich, wie ein Einbrecher, aber sie wollte es jetzt auch zu Ende bringen, und das weckte die Vorfreude in ihr. Sie würde gutmachen, was sie verbockt hatte. Und der Zweck heiligte die Mittel.

Das Licht, das aus den tiefen Fenstern fiel, schien auf der anderen Seite des Rasens auf einen Schuppen. Eine Werkstatt? Maikes Töpferwerkstatt? Anja blieb kurz stehen und betrachtete versunken das Gebäude, in dem sich so viel Kreativität entfaltete. Sie selbst hatte immer mal wieder versucht, Bilder zu malen oder Pullover zu stricken, aber es lag ihr einfach nicht. Sie hatte in keiner der Künste eine Begabung. Aber gut, so war es eben.

Sie wandte sich dem Wohnraum zu. Was sie dort sah, passte vorn und hinten nicht zusammen. Glänzende Lackmöbel, eine orangefarbene Ledercouch, ein alter Kamin, eine alte Küche, chromglänzende Stühle um einen Tisch, teure Freischwinger, wie man sie nur in Designerläden bekam, ein wildes Durcheinander ohne Charme und Konzept. Und kein Mensch weit und breit.

Anja verstand die Welt nicht mehr.

Eine Weile stand sie wie angewurzelt, dann riss sie sich zusammen und ging um die Hausecke herum, um noch einmal nach einer Klingel zu suchen. Oder laut an die Tür zu klopfen. Es brannte Licht, also musste Maike Hinrichs ja da sein. Und vielleicht war die Haustüre nicht abgeschlossen. Sollte sie die Tür öffnen und hineinrufen?

Was konnte schon passieren?

In dem Moment, als sie die Klinke herunterdrückte, wurde ihr von hinten ein Sack über Kopf und Körper gestülpt, und während sie vor lauter Schreck noch mit ihrem Gleichgewicht kämpfte, sagte eine Männerstimme leise: »Ganz ruhig, dann passiert Ihnen nichts.« Dann wurde sie wie eine Teppichrolle davongetragen.

***

Falk hatte den Tisch feierlich gedeckt, mit weißem Geschirr und Besteck für mehrere Gänge, weißen Stoffservietten und einem silbernen Kerzenleuchter am Tischende, auf dem sechs weiße Kerzen brannten. Weißweinglas, Rotweinglas, Wasserglas – alles perfekt arrangiert. Und dazu trug Falk einen dunklen Anzug mit weißer Fliege. Maike fühlte sich wie in einem Sternerestaurant.

Sie hatte sich fürs Abendessen umgezogen, aber auf so viel Feierlichkeit war sie nicht gefasst.

»Unwahrscheinlich, was die Jungs aus meiner bescheidenen Herberge machen.« Renate lächelte Maike zu. Sie trug dezentes Make-up, hatte ihre Haare hochgesteckt, und das schwarze Spitzenkleid zeigte Maike, dass sie sich offensichtlich auf diesen Abend vorbereitet hatte. Maike beschlich das ungute Gefühl, dass sie hier die einzige Unwissende war. Wurde etwas gefeiert?

»Meine Damen«, Fynns Stimme in ihrem Rücken brachte beide Frauen dazu, die Türe mit einigen Schritten in den Raum hinein frei zu machen. Für Maike sah er völlig fremd aus. Bisher hatte sie ihn nur wie einen hemdsärmeligen Handwerker gesehen, jetzt trug er, genau wie Falk, einen dunklen Anzug, ein blütenweißes Hemd und eine akkurat gebundene Krawatte. Seine dunkelbraunen Haare hatte er streng nach hinten gekämmt, der Dreitagebart war verschwunden. Nur seine blauen Augen waren noch der Fynn, den sie kannte. Er sah gut aus. Es erschlug sie fast.

»Herzlichen Glückwunsch zum Geburtstag, meine liebe Renate, Großfürstin dieses wunderbaren Reiches.« Er lächelte und zauberte hinter seinem Rücken ein in rotes Seidenpapier eingeschlagenes Päckchen hervor. »Eine kleine Aufmerksamkeit von Falk und mir.«

Renate schüttelte ungläubig den Kopf, dann ging ein freudiges Strahlen über ihr Gesicht, während sie das Geschenk in beide Hände nahm. »Wie lieb von euch, darf ich es nachher auspacken?«

»Aber klar!« Falk stand schon mit dem Tablett da. »Kleiner Aperitif zur Feier des Tages.« Damit reichte er jedem ein Glas Champagner.

Maike starrte Renate an.

»Jetzt versinke ich gleich in Grund und Boden«, raunte sie.

»Wieso weiß ich denn von nichts? Du hast heute Geburtstag! Oh, mein Gott!«

Renate prostete ihr zu. »Nichts Besonderes. Keinen runden, keine Schnapszahl, einfach nur Geburtstag.«

»Dann herzlichen Glückwunsch, liebe Freundin!«, fasste Maike sich und umarmte Renate mit ihrem Champagnerglas in der Hand. »Und ich lass mir noch etwas einfallen, da kannst du sicher sein.«

»Ach, lass doch. Genießen wir den schönen Abend, den die beiden Männer für uns vorbereitet haben. Das ist doch Freude genug.«

Trotzdem, dachte Maike, zu einer Geburtstagseinladung gehörte ein Geschenk. Etwas Besonderes. Etwas, das zeigte, dass man sich über den Menschen Gedanken gemacht hatte.

Rolf Petersen fiel ihr ein, der sich unter falschen Voraussetzungen bei ihr eingeschlichen hatte. Angeblich hatte er ein passendes Geschenk für die Frau eines Freundes gesucht, dabei war er Makler und wollte nur ihr Haus abgreifen. Es erschien ihr so fern, so weit weg, als seien seitdem Lichtjahre vergangen. Warte mal, dachte sie, und während sich Renate noch mit Falk und Fynn unterhielt, stellte sie ihr Glas schnell ab und ging hinaus an die Vitrinen im Flur, in denen sie ihre Töpferware ausgestellt hatte. Diese eine türkisfarbene, ovale Platte mit dem dunkelblauen Rand, die ihr damals so gut gelungen war, dass sie sie nie hergeben wollte, und die auch Renate so gut gefiel … Das wäre das Geschenk, um sich für alles zu bedanken. Auch für die heutige Einladung zum Geburtstag.

Damit es nicht ganz so improvisiert aussah, musste sie sich aber schnell etwas dazu überlegen. Sie hob die Platte vorsichtig zwischen ihren anderen Exponaten heraus und lief damit in die Küche. Wenn sie Glück hatte, fand sie in dem Haushaltsschrank dort auch Teelichter. Und das musste nun schnell gehen. In der Küche war schon alles vorbereitet, eine Suppenterrine und vier

Suppenteller standen auf der Warmhalteplatte bereit, und aus dem Ofen duftete es verführerisch.

Bloß jetzt keinen Fehler machen, dachte Maike, während sie ihre Platte auf der Anrichte abstellte. Nicht, dass sie vor lauter Hektik noch zu Bruch ging. Während sie den Schrank öffnete und einige Schubladen herauszog, rechnete sie nach. Sie waren gemeinsam zur Schule gegangen, Renate musste also 47 geworden sein, sie brauchte 47 Teelichter. In der untersten Schublade stieß sie auf einen großen Vorratspacken und atmete erleichtert aus. Nun noch sortieren, arrangieren und anzünden.

Fünf Minuten später kam sie singend zur Tür herein, und während Falk und Fynn stutzten, ihr »Zum Geburtstag viel Glück« dann aber spontan mitsangen, klatschte Renate in die Hände.

»Nicht zu fassen«, rief sie, »ein Lichtermeer. Musst du mir mein Alter so strahlend vor Augen führen?«

Alle lachten, und Renate blieb mit der Platte und den brennenden Teelichtern vor ihr stehen. »Es geht nicht nur um das Darauf, sondern auch um das Darunter!«

»Du willst mir aber nicht sagen, dass du … deine Lieblingsplatte?«

Als Maike nickte, trafen sich ihre Augen. Renates Blick sprach Bände. »Danke«, sagte sie einfach nur.

Fynn nahm Maike die Platte ab und stellte sie in die Mitte des Tisches. »Was für eine schöne Idee. Aber jetzt: zu Tisch. Sonst wird mein Hauptgang im Ofen hart und meine enttäuschte Großmutter erscheint mir heute Nacht im Traum.«

Nach der Vorspeise, einer Minestrone mit klein gehackten Gemüsestücken, packte Renate ihr Geschenk aus. Ein silberner, wunderschön ziselierter Serviettenring mit ihrem Vornamen und dem heutigen Datum darauf kam zum Vorschein. Sie legte ihn auf das rote Seidenpapier und betrachtete ihn eine Weile. »Wunderschön«, sagte sie schließlich und sah auf. »Darüber freue ich mich sehr.« Und dann griff sie nach ihrem Glas. »Zwei Geschenke, die von Herzen kommen, das berührt mich wirklich. Fynn und Falk, ihr habt gewusst, dass ich kurz davor war, bei einem Antiquariat einen silbernen Serviettenring zu kaufen – aber eurer ist sehr viel schöner und dazu noch … mit meinem Namen. Und Datum!« Sie hob das Glas. »So viel Mühe, herzlichen Dank!« Nachdem sie alle getrunken hatten, wandte sie sich an Maike. »Und dir, liebe Freundin, ich weiß genau, dass es dein Lieblingsstück, dein Meisterwerk ist, dass du es nie hergeben wolltest. Sei sicher, dass es bei mir in den besten Händen ist und ich es stets wertschätzen werde.«

»Wie, die Platte ist von dir? Selbst getöpfert? Die ganzen Sachen draußen im Flur?«, fragte Fynn erstaunt.

Maike nickte.

»Die sind mir schon aufgefallen. Richtig gut. Wo stellst du normalerweise aus?«

Maike zuckte mit den Schultern. »Ich habe nur verkauft. Nie ausgestellt.«

»Verkauft? Und wo? Ich meine, in einem Kunstladen? Oder Galerie? Hamburg? Oder wo?«

»In Anjas Gemischtwarenladen an der Kurpromenade«, antwortete Renate an Maikes Stelle. »Und da auch nur die klassischen Touristentassen, weil die Inhaberin das so wollte.«

Fynn furchte die Stirn und sah Maike fragend an. »Das ist jetzt nicht wahr, oder? Und der Rest stand bei dir zu Hause?«

»In meiner Werkstatt«, antwortete Maike und kam sich plötzlich klein und dumm vor.

»Und warum hast du das alles versteckt? Die Stücke in den Flurvitrinen sind mir schon aufgefallen, weil sie so harmonisch sind. Das Material, die Farben, die Formen – alles passt. Das hat großes Potenzial.«

»Keiner wollte es haben«, erklärte Maike kleinlaut.

»Hast du es denn versucht?«

Maike dachte an Lilly und die Homepage.

»Ich wusste nicht wie«, sagte sie wahrheitsgemäß. »Und Klinkenputzen wollte ich nicht, dafür bin ich nicht der Typ.«

»Und da produzierst du einfach für die Schublade. Nicht zu fassen.«

»Als ich noch verheiratet war, war es ja auch nur ein schönes Hobby. Dass ich davon leben musste, kam erst nach der Scheidung von meinem Mann.«

»Und wie lange ist das her?«

»Vier Jahre.«

»Vier Jahre«, wiederholte Fynn nachdenklich. Dann legte er das Messer, mit dem er gespielt hatte, auf seinen Platz zurück und stand auf. »Na dann«, sagte er in die Runde, »dann hole ich nun den Hauptgang. Falk, kümmerst du dich um den Rotwein? Die Karaffe steht auf der Kommode.«

***

Anja fand sich auf der Ladefläche eines Lieferwagens wieder. Es rumpelte unter ihr, und sie überlegte, was eigentlich passiert war. Wieso steckte sie verschnürt in einem Sack, der kratzte und sie zum Niesen reizte? Neben dem Motorengeräusch hörte sie Sprachfetzen zweier Männer, die offensichtlich im Führerhaus saßen. Dem Dialekt nach Einheimische. Aber, was wollten sie mit ihr, was hatten sie vor?

Rolf Petersen und Uwe Feddersen hatten alles genau ausgetüftelt. Der Frau durfte nichts passieren, das war klar. Und Rolf sollte nicht reden, denn diese Stimme kannte die Lohmann sicher von ihren Makler-Treffen. Uwes Stimme dagegen konnte sie nicht kennen. Also war er das Sprachrohr. Und er hatte auch die Idee mit der alten Hütte, die er noch von seinem Vater in der Nähe des Nachbarorts Brodten hatte. Die war über die Landstraße schnell zu erreichen und doch, da sie auf einer der alten, nicht mehr bewirtschafteten Weiden stand, von Büschen und Hecken vollständig zugewachsen und von nirgendwo einzusehen.

Sie hatten alles genau vorbereitet, ein warmes Lager, genügend zu essen und zu trinken, einen Eimer mit Deckel für die Notdurft. Die Fensterläden hatten sie geschlossen und von außen extra gesichert, die Eingangstür war stabil aus altem Holz gezimmert, die war von innen nicht aufzubrechen. Eine Taschenlampe hatten sie neben drei Modehefte gelegt, sie wollten ja keine Unmenschen sein.

Rolf und Uwe wollten nur zurück, was ihnen zustand. Schließlich hatten sie das Häuschen im Butenweg entdeckt. Und schließlich waren sie am Zug gewesen, bevor sich der alte Lohmann mit diesem unsäglichen Schmidt verbündet hatte. Die einzige Frage, die offen war: Wie viel war Lea Lohmann ihrem Mann wohl wert?

Diese Frage hatten sie sich ein paarmal gestellt, während sie bei Dunkelheit das Grundstück Nummer 12 im Butenweg beobachtet hatten. Lea Lohmann war oft alleine, stellten sie fest. Der Alte blieb häufig über Nacht weg, das kam ihren Plänen entgegen.

Und dann hatten sie heute Abend seine Limousine in Richtung Innenstadt fahren sehen und wussten, dass sie nun freie Fahrt hatten. Schon einige Male hatte sein Wagen stundenlang am Maritim gestanden, während seine Frau alleine im Haus war. Sprach er dort an der Bar dem Alkohol zu oder eher einer Geliebten? Letzteres wäre möglicherweise schlecht für ihr Geschäft, denn was, wenn er seine Frau gar nicht mehr zurückwollte? Sie konnten es nicht überprüfen, denn sie wollten nicht auffallen. Schließlich einigten sie sich auf ein Lösegeld von einer Million. 500 000 Euro für jeden von ihnen, das war ein Polster, auf dem sie die nächsten Jahre gut ruhen konnten. Und dem alten Lohmann tat eine Million bestimmt nicht weh.

Und nun war der erste Schritt getan.

Das Opfer lag im Lieferwagen und rührte sich nicht. Uwe warf Rolf einen Blick zu. »Seltsam still für eine Frau«, bemerkte er flüsternd. »Normalerweise kreischen Frauen doch? Sieht man jedenfalls immer im Fernsehen.«

Rolf wollte antworten, verstummte aber gleich, weil Uwe bedeutungsvoll auf die Frau im Sack wies. Die Schnüre um den Sack wollten sie erst in der Hütte lösen, daraus hervorkrabbeln würde die Lohmann dann wohl selbst können, sobald sie die Holztür von außen fest geschlossen hatten.

Anja dachte über ihre Situation nach. Sie hatte Maike Hinrichs ja nur aufsuchen wollen. Konnte es möglich sein, dass sie mit ihr verwechselt worden war? Weil sie offensichtlich die Haustüre öffnen wollte, dachten die Angreifer, sie sei Maike? Aber warum? War das auch so eine Schröder-Aktion? So, wie ihr Vermieter bei ihr aufgetaucht war und ihr gedroht hatte, hatte er auch hier seine Hände im Spiel?

Bei dem Gedanken wurde es ihr ganz anders. Nun lag ja sie hier und nicht Maike. Was würde passieren, wenn sie den Irrtum feststellten? Und wohin fuhren sie überhaupt?

Welche Optionen hatte sie jetzt in ihrer Lage? Sie hatte keine Handtasche dabeigehabt, also lag auch keine vor Hinrichs' Tür. Also nichts, was auf sie und die Entführung hinweisen könnte. Nur die Flasche Wein an der Haustüre. Die hätte jeder dorthin stellen können. Alles Wichtige hatte sie nur schnell in ihre Jacke gesteckt, Autoschlüssel und Smartphone. Das Smartphone!

Sie versuchte, mit ihrer rechten Hand irgendwie an die Jackentasche zu kommen, musste aber einsehen, dass es nicht gelingen konnte. Sie hatten den Sack so verschnürt, dass sich ihre Arme lang gestreckt an ihren Körper pressten. Musste sie Angst um ihr Leben haben? Irgendwie konnte sie sich das nicht vorstellen.

Maike Hinrichs entführt – das Ganze mutete eher wie ein Witz an. Wozu sollte man sie entführen? Sie kämpfte mit jedem Euro um ihre Existenz, Geld war da jedenfalls nicht zu holen.

Das Holpern wurde schlimmer, fuhren sie nun über einen Feldweg, oder was? Anja spannte ihre Nackenmuskeln an, damit ihr Kopf nicht pausenlos auf dem harten Metall des Bodens aufschlug. Und dann hörte sie laut und deutlich eine Männerstimme: »Pass auf, fahr nicht direkt in der Rille, sonst bleiben wir noch stecken. Besser neben der Fahrspur, die ist zu tief!«

Eine Antwort hörte sie nicht, dafür schlingerte der Wagen kurz und wieder die Stimme, diesmal hörbar aufgebrachter: »Hab ich's nicht gesagt? Sonst fahr ich!«

Diese Stimme! Irgendetwas klickte in ihrem Kopf. Sie kannte sie. Aber woher? Anjas Gedanken wirbelten durcheinander, sie konnte sich nicht konzentrieren. Und sie konnte die Stimme auch nicht mehr hervorholen aus ihrem Gedächtnis, sie war irgendwo in ihren Gehirnwindungen verschwunden. Wenn er noch einmal etwas sagen würde … Ein Kunde? Jemand aus ihrem Bekanntenkreis? Hemmelsdorf? Reinhards Golffreunde? Aber nein. Wenn, dann musste es ja mit Maike Hinrichs' Bekanntenkreis zu tun haben. Wo war die Schnittmenge?

Es gab einen kurzen Ruck, dann hielt der Wagen an, und der Motor erstarb. Was hieß das? Anja wurde es heiß. Vorn öffneten sich die Türen, offensichtlich stiegen beide aus. Kurz danach knarrte die Hecktüre hinter ihr. Zwei Männer stiegen ein, allerdings nicht dynamisch oder federnd, sondern eher mühsam, wie Anja den Geräuschen entnehmen konnte, die sie machten. Also ältere Semester. Dann griffen vier Arme nach ihr und hoben sie auf.

»Du zuerst«, hörte sie den einen sagen, offensichtlich hatten sie keinen Plan, wie sie mit ihrem Gewicht von der hohen Plattform des Wagens herunterkommen sollten.

Die Stimme …

»Was wollen Sie eigentlich von mir?«, fragte sie laut durch den Jutesack hindurch. Einen Versuch war es wert.

»Lösegeld von Ihrem Mann!«

Wie er das »Mann« aussprach … ein bisschen gequetscht, wie …

»Weil mein Mann damals die Uhr nicht gekauft hat?«

Jede Bewegung erstarb, Anja blieb zwischen Tür und Angel schwebend in der Luft. Sie konnte sich vorstellen, wie die beiden sich über ihren Körper hinweg ansahen. War das jetzt dumm gewesen? Es hieß doch, dass Verbrecher, wenn sie erkannt wurden, sowohl Opfer als auch Spuren beseitigen mussten.

Sie wurde ziemlich unsanft abgelegt, Schritte, dann hörte sie nichts mehr.

»Zufall?«, fragte Rolf mit einigem Abstand zum Wagen leise. »Was hat der Lohmann mit dieser Uhr zu tun?«

»Der war noch überhaupt nie bei mir im Laden!«

»Was redet sie denn dann?«

»Keine Ahnung«, meinte Uwe dumpf.

»Sie kann dich doch nicht kennen?«, vergewisserte sich Rolf. »Deine Stimme?«

»Woher denn. Wenn die bei mir im Laden ordentlich Schmuck gekauft hätten, müsste ich jetzt nicht dastehen. Das Cartier-Collier hängt immer noch im Fenster.«

»Dann verwechselt sie dich!«

»Kann nicht anders sein.«

»Los, schaffen wir sie erst mal rein!«

***

Reinhard Hoffmann war ein Stein vom Herzen gefallen. Nicht, dass er es zugegeben hätte, aber die Sorge, etwas zu hören zu bekommen, das er partout nicht hören wollte, hatte ihn von Tag zu Tag eine Aussprache verschieben lassen. Dass nun Anja mit dieser Töpferin und dieser Vermietergeschichte kam, hatte ihn unglaublich beflügelt.

Er liebte seine Frau. Das war ihm noch nie so klar geworden wie in den letzten Wochen, in denen sie sich so komisch verhalten hatte, dass er auf alles gefasst war. Diese ständige Flucht vor ihm, diese ewige Joggerei, bei Wind und Wetter. Ja, er hatte tatsächlich Konkurrenz vermutet. Er war zwanzig Jahre älter als Anja, wer hätte es ihr verdenken können, wenn sie einen jüngeren Mann gefunden hätte und nur den Mut nicht aufbrachte, ihm davon zu erzählen? In seinen düstersten Fantasien hatte er schon das Szenario einer Trennung vor sich gesehen. Und das Schlimmste war, dass er bei all seinen verqueren Gedanken niemanden hatte, mit dem er hätte darüber sprechen können. Kurzzeitig hatte er sogar an einen Psychologen gedacht, doch der konnte ihm auch keine Gewissheit bringen, also hatte er den Gedanken wieder verworfen. Wenn schon, dann war ein Privatdetektiv effektiver.

Schließlich hatte er im Internet nach Lösungen gesucht. Und war an einem Psychotherapeuten hängen geblieben, der genau bestätigte, was er selbst befürchtete: *Exzessiver Sport eines Partners ist ein Ausweichverfahren. Dahinter steckt mehr als der bloße Wunsch nach absoluter Fitness.*

Das *Mehr* konnte sich Reinhard während all der bangen, vergangenen Tage lebhaft vorstellen.

Nun war er unsagbar erleichtert. Er hatte sich Anjas Geschichte angehört und gespürt, wie sich seine Gesichtsmuskeln entspannten. Am Schluss musste er sogar aufpassen, nicht zu lachen, so glücklich war er über die Wendung. Aber das wäre natürlich das total falsche Signal gewesen. So versuchte er zuzuhören, was ihm aber nicht richtig gelang, denn immer wieder mischten sich seine eigenen Gedanken ein, hurra, es gab keinen Nebenbuhler, hurra, es blieb alles beim Alten. Zum Schluss unterstützte er ihre Idee, sich heute noch bei Maike Hinrichs zu melden, um ihr reinen Wein einzuschenken. Und was danach mit dem Vermieter geschehe – Reinhard hatte sich etwas aufgerichtet – da stünde er voll und ganz hinter ihr.

Als Anja spätabends ihre Jacke anzog und nach den Autoschlüsseln griff, hatte er ihr noch eine gute Flasche Wein mitgegeben und war dann summend in die Küche gegangen. Und seither schnippelte und kochte er, hatte den Lieblingswein seiner Frau dekantiert, den Tisch gedeckt, eine CD mit Klaviermusik herausgesucht und Anjas unzählige Kerzenhalter mit frischen Kerzen bestückt. Er rechnete mit etwa zwei Stunden, dann würde er sie mit vielen kleinen Leckereien begrüßen, und alles wäre wieder gut.

***

Anja wunderte sich selbst, seltsamerweise spürte sie keine Angst. Es war, als würde dies einer völlig anderen Person passieren und nicht ihr. Das hier war ein großer Irrtum. Den Geräuschen nach standen die beiden Männer wieder neben ihr. Dann spürte sie, wie der eine seine Arme unter ihren Rücken schob, der andere unter ihre Beine griff. Doch das gemeinsame Hochheben misslang.

»Autsch!«

Offensichtlich war es einem von beiden ins Knie gefahren.

»Falls Sie Maike Hinrichs entführen wollten, haben Sie sich getäuscht«, nuschelte Anja durch das Sackgewebe hindurch. »Ich bin Anja Hoffmann!«

Kurz war es still, dann eine ungläubige Männerstimme: »Du bist Maike Hinrichs?«

»Nein, eben nicht, ich bin Anja Hoffmann!«

Die Arme unter ihr wurden weggezogen, kurz danach schlug die Lieferwagentür zu.

»Wir müssen sie uns anschauen«, flüsterte Rolf in einigen Schritten Entfernung. »Die erzählt uns sonst was!«

»Spinnst du?« Uwe schüttelte den Kopf. »Wenn wir sie anschauen, sieht sie uns. Das heißt, sie erkennt uns. Das können wir nicht riskieren!«

»Und wenn es stimmt?« Uwe nestelte an seiner schwarzen Jacke, ihm war warm geworden.

»Was will die Anja bei der Lohmann?«, überlegte Rolf.

»Und wieso glaubt sie, wir hätten es auf die Hinrichs abgesehen?«

Sie standen sich eine Weile stumm gegenüber.

»Und jetzt?«, fragte Uwe schließlich.

»Jetzt brauchen wir eine Entscheidung«, sagte Rolf.

Wieder schwiegen sie.

»Wir fahren sie zurück«, entschied Rolf.

»Was? Wieder vor die Tür?«

»Nein, wir lassen sie am Ortseingang raus. In einer Nebenstraße. Wir lösen die Schnüre, dann kann sie sich den Sack selbst über den Kopf ziehen, wenn wir weg sind.«

»So ein verfluchter Dreck!« Uwe stampfte vor Wut auf. »Unser genialer Plan. Geniale Vorbereitung! Und jetzt das!«

»Wir setzen sie ab und probieren es noch einmal. Aber dann die Richtige!«

»Bist du irr?« Uwe schüttelte den Kopf. »Die rennt zur Polizei, und dann ist klar, wer entführt werden sollte! Jedenfalls keine arme Kirchenmaus wie diese Hinrichs. So ein Irrsinn!«

»Wart's ab«, sagte Rolf leise, »unsere Chance kommt schon noch!«

»Träum weiter!« Uwe zeigte zu der Hütte hinter ihnen. »Der perfekte Plan! Und dann die falsche Frau! Ich werd' nicht mehr!«

Er stieg auf der Beifahrerseite in den Transporter.

»Und bleib jetzt bloß nirgends im Matsch hängen, sonst ist der Ofen ganz aus!«

Inzwischen war sich Anja sicher, dass der eine der Männer Uwe Feddersen war. »Ihr könnt mich auch am Butenweg rauslassen. Dort steht mein Auto«, rief sie nach vorn. »Und außerdem hat Maike Hinrichs keinem Menschen was getan. Lasst sie einfach in Ruhe!«

»Wir wollten auch nicht Maike Hinrichs, sondern die Lohmann!«, gab Uwe zurück und ignorierte den heftigen Rippenstoß von Rolf.

»Was für eine Lohmann?«, fragte Anja.

»Die Lohmanns wohnen jetzt im Haus von der Hinrichs! Das sind echte Betrüger! So sieht's aus!«

Also ist Maike Hinrichs tatsächlich das Geld ausgegangen, dachte Anja betroffen.

»Ihr könnt mich hier losmachen«, schlug sie vor. »Ich weiß sowieso, wer ihr seid. Ich werde nichts sagen!«

Kurz hörte sie nichts mehr, dann machte sich jemand an den Schnüren zu schaffen. »Ist jetzt ja auch schon egal!« Uwe zog ihr den Sack über den Kopf. »Sie haben bei dem Spiel doch auch mitgespielt«, sagte er. »Nichts mehr von der Hinrichs verkauft und so!«

»Weil mein Vermieter mich gezwungen hat!«

Das war ursprünglich ja auch eine gute Idee von mir, dachte Uwe. Er hatte mit Schröder das Fundament gelegt, vermasselt hatte es nur Rolf mit seinem kümmerlichen Angebot, der Depp! Sonst wären sie jetzt gemachte Männer.

»Und wo wohnt die Maike jetzt?« Anja stand auf und klopfte sich ihre Kleidung ab.

»Was weiß ich!« Rolf blieb neben ihr stehen und sah sie misstrauisch an. »Und diese Sache hier bleibt zwischen uns?«

»Wenn ihr die Lohmann entführen wolltet, damit Maike wieder einziehen kann, also quasi eine Erpressung als gute Tat, dann kann ich das ziemlich schnell wieder vergessen.«

Altruistisch waren ihre Absichten zwar nicht gewesen, aber beide nickten. »Klar!«, erklärte Rolf. »Genau das war unsere Idee! Man kann die Hinrichs doch nicht so einfach aus ihrem

Haus stoßen, sie ist schließlich eine Einheimische! Also eine von uns!«

»Ja, dann müssen wir ihr wirklich helfen«, nickte Anja. »Ich denk mal drüber nach. Mir fällt bestimmt was ein!«

***

Maike drückte mehrfach auf den Lichtschalter in ihrem Zimmer, aber das Deckenlicht ging trotzdem nicht an. Es war spät, und sie wollte ins Bett, also tapste sie im Dunkeln zu der kleinen Lampe auf ihrem Nachtkästchen. Doch dann fiel ihr Blick aus dem Fenster. Der Vollmond stand über dem Meer und warf einen langen Schein über das Wasser, bis zu ihr hinein, in ihr Zimmer. Sie blieb eine Weile so stehen und nahm das Bild in sich auf. Es war mystisch schön, wie dieser große, volle Mond sie magisch in seinen Bann zog. Kurz entschlossen zog sie sich um, schlüpfte in ihre Sneakers und griff nach ihrer Jacke. Wenig später zog sie die Haustüre hinter sich zu und lief an den Strand. Es war Mitternacht vorbei, und trotzdem fühlte sie sich nicht müde, sondern seltsam erregt. Das leise Plätschern der Wellen, der Schein des Mondes, der sich im bewegten Meer brach, all das verursachte ihr ein Kribbeln im ganzen Körper. Sie ging am Strand entlang, und plötzlich wurde ihr bewusst, in welche Richtung sie intuitiv steuerte – in Richtung Niendorf, zum Butenweg.

Maike blieb stehen. Nach den ersten Glücksmomenten, die ihren Körper durchströmt hatten, setzte nun ein Frösteln ein. Diese Sehnsucht in ihr war übermächtig, gegen alle eigenen Täuschungsmanöver strebte sie nach Hause. Zu ihrem Haus, in ihre Werkstatt. Dorthin zurück, wo sie so lange glücklich gewesen war. Maike fasste sich an den Hals. Eine tiefe Trauer erschütterte sie, und sie spürte, wie sich ihre Augen mit Tränen füllten.

Nein! Sollte sie hier in der Dunkelheit heulend mitten am Strand stehen? Nein! Sie selbst hatte es so entschieden, sie selbst hatte verkauft. Nein, sie würde jetzt nicht heulend bis zu ihrem Häuschen laufen und wie ein Hund sehnsüchtig vor dem Gartentürchen stehen bleiben. Da wohnten jetzt andere Leute. Und die wollten es abreißen.

Bei dem Gedanken drehte sie sich zum Meer und starrte den Vollmond an. Er schien immer größer und heller zu werden, je länger sie hinsah. Und es wäre leicht, seiner hellen Spur zu folgen und einfach ins Wasser zu laufen. Aber sie riss sich zusammen. Sie war keine Selbstmörderin. Sie hatte ein Leben. Sie musste sich jetzt endlich selbst aus ihrer Lethargie reißen.

Ihr Glück hatte nichts mit Geld zu tun. Ihr Glück hatte mit ihren Händen zu tun, was sie erschaffen konnten. Ihr Glück hatte zu tun mit einem Klumpen Ton, mit Wasser, mit ihrer Drehscheibe, damit, wie unter ihren Fingern etwas Form annahm und zu einem Kunstwerk wurde. Zu einem Hufeisen, zu einem Teller, zu einer Platte, egal was. Das war sie. Das war, was in ihr steckte und herauswollte.

Sie drehte um und ging eilig zum Hotel zurück. Im Flur blieb sie vor den Vitrinen mit ihren Keramikarbeiten stehen. Je länger sie dort stand, umso stärker wurde das Ziehen in ihrem Bauch. Hatte nicht auch Fynn ihre Arbeiten gelobt? War sie vielleicht wirklich besser, als sie selbst dachte? Aber welcher Weg lag jetzt vor ihr? Sie brauchte eine Werkstatt, und sie brauchte Menschen, die ihre Werke verkauften. Sie musste, ob sie wollte oder nicht, auf die Ochsentour gehen – ganz wie es jeder Vertreter machte, in die Läden hinein, sich vorstellen, die Produkte anbieten. Kunstmärkte, Galerien … weg von dem Touristen-Kleinklein, weg von den Souvenirbechern mit fröhlichen Grüßen und Seesternen.

Eine gute halbe Stunde später legte sich Maike endlich ins Bett. Ihr Blick fiel auf die kleine, beleuchtete Uhr auf ihrem Nachttisch, es war zwei Uhr morgens. Sie kuschelte sich tief in ihre warme Decke hinein und schlief schnell und zuversichtlich ein.

Montag, 22. Juli

Lilly wollte sich schlaumachen. Sie hatte ihre Juraprofessorin um ein Gespräch gebeten und erzählte ohne Umschweife von dem elterlichen Haus und von dem Bankfilialleiter, der dank seiner Einsicht in das Konto ihrer Mutter offensichtlich eine Chance für eigene Geschäfte genutzt hatte.

Juliane Schiele sah Lilly durch ihre große Brille skeptisch an.

»Dann geht es gar nicht um Sie und Ihre Arbeit hier an der Uni, sondern um eine Rechtsberatung?«

»Nein. Ja. Na ja …«, wand sich Lilly. Sie saß ihrer Professorin in deren kleinem Büroraum gegenüber, zwischen ihnen nur ein dreibeiniger Nierentisch aus den Fünfzigerjahren, über und über mit Fachtexten bedeckt.

»Nicht nur«, sagte Lilly schnell und schob ihre nach vorne gefallenen langen Haare auf den Rücken zurück. »Es könnte ja auch ein Fall für meine Bachelorarbeit sein, habe ich mir gedacht. Das ist doch vielleicht ein Thema, das es noch nicht gab. Und ich habe gelesen, dass man sich für ein Thema entscheiden soll, das zum einen für das Fach relevant, zum anderen aber auch für einen selbst interessant ist. Und das wäre doch so ein Thema …«

»Sie studieren Jura aber doch mit dem Ziel als Volljuristin mit zweitem Staatsexamen. Oder täusche ich mich?«

Lilly nickte und spürte, dass sie rot wurde.

»Eine Bachelor- oder Masterarbeit wäre nur dann angesagt, wenn Sie Jura im Nebenfach studieren würden. Das tun Sie aber doch nicht?«

»Nein.« Lilly rutschte auf dem harten Stuhl herum. »Sie haben recht. Mein Ziel ist tatsächlich Volljuristin.«

Schiele warf einen Blick auf ihr iPad. »Da haben Sie noch ein paar Jahre, wie ich sehe, Sie haben ja erst angefangen.«

Lilly nickte. »Aber sich früh um ein Thema zu kümmern, einen Fall anzugehen, kann ja nicht schaden, oder?«

Schiele legte das iPad auf die oberste Zeitschrift zwischen ihnen und nahm ihre Brille ab. Sie rieb sich kurz vorsichtig über die Augen und setzte sie wieder auf.

»Na gut«, sagte sie. »Wenn Sie ein persönliches Interesse an dem Fall haben, kann das nicht schaden. Zunächst einmal kommt es natürlich auf den Vertrag der betreffenden Person an. Sind Nebengeschäfte erlaubt oder nicht? War dieser Handel, von dem Sie sprechen, ein gegen die Bank getätigtes Geschäft? Oder vielleicht sogar geduldet? Das könnte Ihnen nur der Vorstandsvorsitzende der betreffenden Bank verraten. Falls er das überhaupt will.«

»Hmm«, Lilly überlegte, »das habe ich mir auch schon gedacht. Aber gibt es keine Instanz, über die man eine Vertragseinsicht erzwingen könnte?«

Nun glitt ein kurzes Lächeln über Schieles Gesicht. Lilly registrierte es als positives Zeichen. Bisher hatte sie ihre Mimik eher als streng und abweisend empfunden. Dabei war sie noch nicht alt, Lilly schätzte sie jünger als ihre eigene Mutter.

»Sie können ihn natürlich anzeigen. Ein Rechtsanwalt könnte Akteneinsicht erzwingen. Da Sie bisher aber nur einen Verdacht haben, würde ich mir das genau überlegen. Und wie wir wissen«, sie lächelte kurz, »sind Juristen teuer.«

»Was würden Sie raten?«, fragte Lilly und hielt die Luft an.

»Sie melden sich bei dem betreffenden Vorstandsvorsitzenden an, bitten ihn, Sie als Studentin bei einer juristischen Frage im Hinblick auf das Bankwesen zu beraten, weil es um eine wichtige Uni-Arbeit geht. Sicher fühlt er sich gebauchpinselt und spendet Ihnen zwanzig Minuten seiner kostbaren Zeit.«

Schiele nahm wieder ihre Brille ab, legte sie auf das iPad und sah Lilly eindringlich an.

»Und je nachdem, was es für ein Typ ist, können Sie spontan entscheiden, ob Sie ihm reinen Wein einschenken. Vielleicht interessiert ihn das Thema ja auch ...«

Lilly schenkte ihr ein strahlendes Lächeln. »Das ist eine sehr gute Idee, danke sehr.«

»Und danach hätte ich gern gelesen, was diese Unterredung ergeben hat ...«

Lilly nickte, stand auf und streckte ihrer Professorin zur Verabschiedung die Hand entgegen. »Ganz klar! Ich kann es kaum erwarten!«

***

Anja Hoffmann stand in ihrem Geschäft und überlegte, was zu tun war. Ihrem Mann hatte sie von der seltsamen Geschichte letzte Nacht lieber nichts erzählt. Bei Männern wusste man nie so richtig, wie sie reagierten. Nicht, dass er losstürmte und alles kaputt machte. Also hatte sie nur das Drumherum geschildert, dass Maike Hinrichs aus ihrem Haus im Butenweg ausgezogen war, dass sie zufällig ihren Laden-Nachbarn Uwe Feddersen und dessen Kumpel Rolf Petersen getroffen hätte, die ihr das alles erzählt hatten. Und dass sie nun herausfinden würde, wohin Maike Hinrichs gezogen sei.

»Und die Flasche Wein?«, wollte Reinhard wissen.

Die habe sie vor die Haustüre gestellt, bevor sie wusste, dass Maike Hinrichs dort gar nicht mehr wohnte. Shit happens, hat sie Reinhard mit Schulterzucken erklärt.

Nur gut, dass es keine aus den ganz edlen Beständen seines Weinkellers gewesen sei, hatte er geantwortet, ein Pauillac hätte ihn in diesem Fall sehr gereut.

Damit war das Thema für ihn zunächst durch.

Aber für sie nicht, denn nun galt es, Maike Hinrichs' neue Adresse herauszufinden. Und vielleicht hatten ja auch Rolf und Uwe eine gute Idee, die schienen gestern, trotz aller widrigen Begleitumstände, doch sehr auf Maikes Seite gewesen zu sein.

Und während sie neue Ware in ihre Regale sortierte, wurde ihr klar, dass es doch die Nachbarn im Butenweg wissen mussten. Die mussten wissen, wo sie abgeblieben war.

Also musste Anja dort einfach noch einmal hin.

***

Lea Lohmann hätte die Flasche Wein in der Dunkelheit glatt übersehen, wenn sie nicht gestern Nacht, bei ihrer Rückkehr aus der Orangerie, mit dem Fuß daran gestoßen wäre. So hatte sie sie mit hineingenommen und auf den Küchentisch gestellt.

Dort stand sie nun, während sie sich und ihrem Mann ein zweites Frühstück zubereitete. Helmut hing seit dem Morgen an seinem Smartphone und telefonierte unablässig, was seine Laune sichtlich nicht besserte. »Wenn dieser Klüngel in der Gemeinde nicht aufhört, werden wir rechtliche Schritte einleiten und es an die große Glocke hängen. Ein Bauantrag ist ein Bauantrag, und wenn er allen Vorgaben des Baurechts entspricht, kann es keine Einwände dagegen geben!«, schnaubte er, als er raumgreifend in die Küche kam.

»Spiegelei mit Speck, habe ich gesagt«, raunzte er Lea an, steckte das Smartphone in die Hosentasche und deutete auf die Flasche Wein, die zwischen den Tellern und Kaffeetassen mitten auf dem Küchentisch stand.

»Und was ist das? Zum Frühstück?«

»Das stand heute Nacht vor der Türe, als wir vom Essen zurückkamen.«

»Aha?«, Helmut nahm die Flasche in die Hand, »ein Friedensangebot?« Er zog seine Brille aus der Brusttasche seines gestreiften Hemdes und las das Etikett. »Für ein Friedensangebot zu billig. Ein gewöhnlicher Amarone, keine 50 Euro!« Er streckte Lea die Flasche hin. »Keine Notiz dabei? Von wem und warum?«

Lea schüttelte den Kopf. Helmut steckte seine Brille wieder ein.

»Na gut. Kann man trotzdem trinken. Heute Abend, vielleicht.«

Lea zögerte, dann nahm sie die Flasche entgegen.

»Was ist?«, wollte Helmut wissen und schnupperte zur Pfanne hin. »Pass auf, dass es nicht anbrennt!«

»Ich würde das nicht trinken«, erklärte Lea und stellte die Flasche in das Spülbecken.

»Und warum nicht? Nicht exklusiv genug?«

Lea ging nicht auf ihn ein. Sie nahm die Teller und belud einen nach dem anderen mit einem Spiegelei und dem in der Pfanne brutzelnden Speck. »Er könnte vergiftet sein«, sagte sie leichthin.

Helmut hatte sich bereits gesetzt. »Er könnte waaaas?«, dröhnte er.

Lea stellte ihm den Teller hin und ließ an der Maschine einen frischen Kaffee für ihn heraus. »Wie ich sagte. Er könnte vergiftet sein.« Während sie sich selbst einen Kaffee machte, drehte sie ihm den Rücken zu. Doch als sie sich mit ihrem eigenen Teller und dem Kaffeebecher zu ihm setzte, starrte er sie noch immer an. Er ist alt geworden, dachte Lea plötzlich. Diese wirren weißen Haare! Und die einst vollen Wangen waren zu Hängebäckchen geworden. Die Barthaare sprießten nach der Nacht unregelmäßig hervor, und seine Lider hingen schlaff über den Augen. Nahm ihn die Sache stärker mit, als er wahrhaben wollte? Wo war seine ganze Kraft hin?

Er bemerkte ihren Blick und straffte sich. »Also, was soll das?«, blaffte er. »Was willst du damit sagen?«

»Siehst du nicht, dass die ganze Nachbarschaft gegen uns ist?

Meinst du wirklich, da stellt jemand eine Flasche Wein aus reiner Freundschaft hin?«

Helmut stand auf, holte sich die Flasche, setzte sich wieder hin und setzte seine Brille auf. Dann untersuchte er den Verschluss akribisch. »Nichts zu sehen. Keine Manipulation.«

Lea schüttelte nur den Kopf. »Mit einer Spritze kann man leicht durch den Korken hindurchstechen. Das kannst du so nicht sehen. Aber merken wirst du es, wenn du ihn trinkst.«

Helmut stellte die Flasche geräuschvoll wieder hin. »Wenn *du* es trinkst … also ich?« Er sah sie stirnrunzelnd an. »Willst du mich loswerden?«

Lea schüttelte den Kopf. »Wenn du meinst, dass es ein Freundschaftsbeweis ist, musst du den Wein probieren. Ich glaube nicht daran. Wer auch immer uns das hingestellt hat, hatte keine milde Gabe im Sinn.«

»Gut jetzt!« Helmut winkte ab, stellte die Flasche auf den Fußboden und griff nach seinem Besteck. »Ein Ei ist ja nun etwas dürftig«, sagte er mit Blick auf seinen Teller, »ich nehme mal stark an, du hast ein zweites vorgesehen?«

Lea nickte. »Du wirst nicht zu kurz kommen. Ich habe gestern in Travemünde ordentlich auf Vorrat eingekauft. Ich kann dir auch noch zehn Eier machen, wenn du willst.«

»Travemünde? Gibt es dort was Besonderes, das den Zeitaufwand und die Benzinkosten rechtfertigen könnte?«

Lea lächelte ihn müde an. »Dort kennt mich keiner. Ich will nicht Spießruten laufen. Das Gefühl habe ich aber, wenn ich hier einkaufe. Aha, das ist die, die die arme Frau aus ihrem Haus vertrieben hat!«

»Du redest Unsinn!« Helmut langte nach einem der Brötchen im Korb. »Diese arme Frau hat 1,5 Millionen bekommen. Davon konnte sie vorher nur träumen. Und das mit Recht, denn diese Bruchbude hier ist noch nicht mal einen Tausender wert!« Mit dem Griffende seines Messers pochte er heftig auf die Tischplatte. »Und jetzt Schluss mit dem Stuss! Die Meinungen werden sich ändern, wenn hier erst mal unser Palast steht. Dann sind sie alle neidisch!« Er warf ihr einen finsteren Blick zu. »So sieht's nämlich aus!«

***

Maike hatte gut geschlafen. Sie blieb noch eine Weile liegen, um über alles nachzudenken, was gestern geschehen war. Vor allem über ihre Pläne. Aber dann trieb sie doch der Frühstückshunger aus dem Bett, sie zog Jeans und Sweatshirt über und ging gegen zehn Uhr in Richtung Küche, um sich ein Frühstück zuzubereiten. Dass um diese späte Uhrzeit noch jemand von ihren Freunden da sein würde, dachte sie eher nicht, aber sie wusste ja, wo sie alles finden konnte. Eine Tasse Kaffee und ein Honigbrötchen, das würde genügen.

Wider Erwarten traf sie in der Küche auf Falk und Fynn, die am Küchentisch über einem Blatt Papier saßen und offensichtlich ein ernstes Thema besprachen. Beide sahen auf und begrüßten sie freundlich, aber Maike wollte nicht stören. »Wo ist denn Anton?«, fragte sie, während sie sich einen Kaffee machte.

»Er dreht seine Runde«, erwiderte Fynn freundlich. »Zeitung lesen, nenne ich das. Die nächtlichen News.«

Maike lächelte. »Ja, klar, der kleine Stromer«, sagte sie. »Ich will euch nicht stören. Ich frühstücke bei mir oben. Falk, wenn du mir nur kurz eine Glühbirne mitgeben kannst, mein Deckenlicht funktioniert nicht mehr.«

Falk nickte ihr zu. »Ich suche dir gleich eine passende heraus und bring sie dir hoch, ist das okay?«

»Sowieso, es ist ja taghell. Hat also Zeit bis heute Abend.« Sie richtete ein Tablett und ging damit zur Treppe. Vor ihren Vitrinen im Flur blieb sie stehen. Ja, dachte sie, da habe ich heute Nacht einen heiligen Schwur geleistet, jetzt muss ich ihn halten. Ich muss mich kümmern.

Mit diesem erneuerten Vorsatz stieg sie die Treppen hoch.

In ihrem Zimmer rückte sie den kleinen Beistelltisch neben den Sessel an ihr Fenster und sah hinaus, während sie frühstückte. Das Meer war heute grüngrau, eine Farbe, die sie kaum bestimmen konnte. Je nach Wellenschlag und Strömung veränderte sie sich, und wenn die Sonne kurz zwischen den Wolken hervorkam, bekam das Meer durch einen einzigen Lichtstrahl eine andere Färbung. Es ist unglaublich, was einem die Natur da bietet, dachte sie, man muss einfach nur hinsehen und es auf sich wirken lassen. Kein Bild an der Wand konnte einem das bieten, was sich da unten, vor ihren Augen, abspielte. Und auch die Vögel, wie sie ihr Überleben sicherten, ständig Nahrung suchten und doch Zeit und Spaß hatten, mit dem Wind zu spielen, sich von den Auftrieben hoch hinauf tragen zu lassen, um dann blitzschnell an ihrem Fenster vorbeizuschießen. Eine der großen Seemöwen hatte es ihr besonders angetan, sie hatte einen schwarzen, kreisrunden Fleck auf dem Kopf, und sie hatte sie Jolanda getauft, weil sie auffällig oft auf dem Geländer ihres kleinen Balkons saß, so als interessiere es sie, was Maike in dem Zimmer so trieb. Tiere nicht vermenschlichen, ermahnte sich Maike immer wieder, aber bei dieser Möwe hatte sie das Gefühl, dass sie ihre Nähe suchte. Manchmal legte sie vom Abendessen ein Stückchen Fleisch oder Fisch auf den kleinen Balkontisch, und stets war der kleine Teller morgens leer.

Maike suchte mit den Augen den Himmel ab. Nein, heute war zwischen den treibenden Wolken kein Vogel zu sehen. Kein einziger. Und bis auf eine Familie war auch der Strand noch leer, soweit sie aus ihrem Fenster jedenfalls sehen konnte. Maike hörte sich selbst wohlig seufzen. Sie liebte es, am Fenster zu frühstücken und dabei ihren Tag zu planen. Und für heute hatte sie sich ernsthafte Arbeit vorgenommen. Sie würde sich Adressen heraussuchen. Zehn hatte sie sich vorgenommen, zehn richtig gute Anlaufstellen, zu denen sie als Besucherin fahren würde, um sich ein Bild zu machen. Und erst dann würde sie mit den Inhabern ein Gespräch suchen.

Sie war voller Tatendrang, nahm den letzten Schluck Kaffee aus ihrem Becher und hätte fast das Klopfen überhört.

»Maike?«

Die Zimmertür hatte sich hinter ihr einen Spaltbreit geöffnet.

»Ja?« Maike drehte sich um.

Fynn stand in der Tür. »Entschuldige, ich habe geklopft. Du hast es vielleicht nicht gehört.«

»Ja, ich war in Gedanken.« Maike stellte ihre Tasse auf den Tisch zurück und stand auf.

Fynn zeigte zur Decke. »Es geht um die da? Falk hat mir das mitgegeben. Er muss was erledigen, ich habe ihm das abgenommen.« Er warf ihr einen Blick zu, »wenn dir das recht ist?«

»Na klar! Was für eine Frage.« Maike ging auf ihn zu und streckte die Hand nach der Packung aus, in der die Glühbirne steckte. »Nett von dir, dann probiere ich das gleich mal.«

»Nein, lass mich das machen.« Er sah zu der Lampe hoch, die wie ein kleines Wagenrad aus Milchglas und Metall an der Decke klebte. »Da muss man ja überhaupt erst mal hochkommen, und dann braucht man wahrscheinlich eine Betriebsanleitung, wie man an die Birne rankommt.« Er grinste, packte die Glühbirne aus und drehte sie in seiner Hand. »Falk meinte, die sollte passen.«

»Das werden wir sehen.« Maike griff nach einem der Stühle des kleinen Esstisches und schob ihn unter die Lampe. »Hochkommen ist nicht so schwierig, aber pass auf, die meisten Unfälle passieren im Haushalt.«

»Aye, aye.« Er drückte ihr die Glühbirne in die Hand, »wenn du das mal so lange hältst«, und stieg hoch. Die Wärme, die von ihm ausging, meinte Maike direkt zu spüren. Sie sah ihm zu, wie er die Glashaube mit beiden Händen nach links, dann nach rechts drehte. »Na, irgendwie muss sie ja aufgehen«, sagte er nach unten zu ihr.

»So alte Lampen haben manchmal innen eine Nut und einen Klickverschluss, den man reindrücken muss«, half Maike. »Aber dann muss man aufpassen, dass einem die Lampe nicht plötzlich auf den Boden fällt.«

»Bist du Lampenmeisterin?«, erkundigte er sich ernsthaft. Maike musste lachen. »Nein, aber ich habe auch so alte Lampen zu Hause …«

»Tatsächlich!« Fynn hatte eine der Metallklemmen ertastet und suchte nach der zweiten. »Perfekt!«, sagte er, als er die Glashaube in den Händen hielt. »Und ordentlich staubig!«

»Nicht pusten!«, warnte Maike. »Gib sie lieber runter. Und hier die Birne.«

Während Fynn die Glühbirne einschraubte, wusch Maike die Glashaube im Badezimmer ab. Der Schmutz der Jahrhunderte, dachte sie, aber wer sollte das Ding auch reinigen, solange die Lampe brannte?

»Sieht gleich ganz anders aus«, fand Fynn, als er sie in Empfang nahm. »Aber drück mal auf den Schalter, bevor ich sie einsetze.«

Die Birne brannte, Fynn drückte die Lampe wieder an ihr Gestänge, rüttelte kurz daran, ob sie auch hielt, und stieg dann zufrieden vom Stuhl herunter. »Das nenne ich mal Teamarbeit«, sagte er. »Dich könnte ich auf dem Bau auch gebrauchen.«

»So weit kommt's noch!« Maike stellte den Stuhl an den Tisch zurück und blieb kurz stehen, denn ohne sich umzudrehen, spürte sie ihn hinter sich. War es die Wärme, die er verströmte, oder nur ein Gefühl? Zögernd warf sie einen Blick über ihre Schulter. Er stand da, noch genau so, wie er vom Stuhl herabgestiegen war, breitbeinig und mit hängenden Armen. Ihre Augen trafen sich, sogen sich aneinander fest. Mit zwei Schritten war er bei ihr, nahm sie bei den Schultern und drehte sie zu sich um.

Maike spürte seine festen Hände an ihren Schläfen, die Finger in ihren Haaren, während sein Mund ihren fand und sie ihre Lippen öffnete. Der Kuss warf sie fast um, sie hatte schon lang nicht mehr so geküsst, so fordernd, so wild, auch so brutal. Und genauso landeten sie auf dem Bett, zogen sich hektisch gegenseitig aus, strampelten die Jeans weg, die an den Beinen klebten, und schließlich saß Maike auf ihm. Ein kurzer Schrei entfuhr ihr, es war zu lange her, zu ungewohnt, doch die eigene Heftigkeit riss sie fort, mal oben, mal unten, bis sie kam und er kurz innehielt. »Du zerfließt«, sagte er nur.

»Oh ja!« Sie sahen sich kurz an, dann schloss Maike die Augen. Dieses Gefühl, fast vergessen, da war es wieder. Durch den ganzen Körper, es war … fantastisch. »Jetzt du«, sagte sie und öffnete die Augen. Er lächelte. Dieses frische Lächeln in diesem jungen Gesicht und doch so männlich. Sie spürte ihn in sich, noch immer hart, wie er nun langsam seinen Rhythmus steigerte. »Gleich«, sagte er, und als er kam, bäumte er sich kurz über ihr auf, beide Hände auf die Matratze gestemmt, und ließ sich dann auf sie fallen.

»Autsch!«

Er grinste und küsste sie auf den Mund. »Das nennt man eine Explosion!«

Sie stemmte seinen Brustkorb etwas nach oben. »Einen Erdrutsch«, sagte sie. Ohne sie aus den Augen zu lassen, glitt er von ihr herunter und blieb, den Kopf aufgestützt, dicht neben ihr auf der Seite liegen. Mit seinem linken Zeigefinger zeichnete er das kleine Schweißrinnsal zwischen ihren Brüsten nach. Immer wieder aufs Neue. Und sie griff hinüber und streichelte seinen Penis, der langsam kleiner wurde.

»Willst du noch mal?«, fragte er, was sie zum Lachen brachte. So etwas konnte nur ein 25-Jähriger fragen. »Nein, ich wollte ihn nur kennenlernen.«

»Er dich auch!«

Eine Weile sprachen sie nicht, sondern waren nur in den Anblick ihrer Körper vertieft, dann beugte sich Fynn zu ihr hinüber. Sein Gesicht schwebte über ihrem, und sie wischte ihm die braunen Locken aus den Augen. »Vielen Dank«, sagte er. »Es war schön. Befreiend.«

»Befreiend?«, fragte sie.

»Ja, wenn man eine Anziehung spürt, ist es befreiend, wenn man ihr nachgeben kann. Das meine ich damit.«

»Dann war es für mich auch befreiend.«

Fynn nickte und setzte sich auf. »Ich muss los. Bin sowieso schon viel zu spät dran.«

»Sag deinem Chef, du hast eine Glühbirne eindrehen müssen.«

Er schenkte ihr ein schräges Lächeln. »So nennt man das jetzt ...?«

Nachdem er gegangen war, blieb Maike noch eine Weile liegen und spürte dem Gefühl nach. Es war wie ein Rausch über sie gekommen. War sie je so außer Rand und Band gewesen? Christian? Sie konnte sich nicht erinnern. Aber sie konnte sich sehr wohl erinnern, was ihre Tochter gesagt hatte – gemütliches Couchleben statt aufregender Sex. Das gemütliche Couchleben war Christian zu wenig, also hatte er sich den aufregenden Sex woanders gesucht. So, wie sie jetzt bei Fynn. Das war ja wohl nichts anderes. Ob junge Kapitänin oder junger Ingenieur, am Schluss war es der Reiz, diese Anziehungskraft, die einen verrückte Sachen machen ließ.

Aber trotzdem. Maike versuchte sich zu erinnern. Auch in den Anfängen mit Christian. Waren sie jemals so aufeinander abgefahren, so hart, so kompromisslos, so gierig, wie sie gerade mit Fynn? Nein. Christian und sie, das war eine ganz andere Liebe gewesen. Ein Zusammenkommen, ein Zusammenbleiben, eher eine Lebensgemeinschaft als eine verrückte Liebe. Immerhin wusste sie jetzt, was eine Amour fou bedeutete, eine Liebesraserei. Das konnte gut ausgehen – oder auch nicht.

Maike beschloss, darüber nicht weiter nachzudenken. Sie würde es einfach auf sich zukommen lassen.

***

Regine ging am späten Nachmittag in ihrem Garten die Reihen ihrer Blumen ab, begutachtete ihre Pfingstrosen, die verschiedenen Hortensien und die vielen Sonnenblumen, die an der Hauswand blühten, und freute sich an deren Farben und Üppigkeit. Die Bienen summten und saßen vor allem an den blauen Blüten des Gurkenkrauts, das sich enorm vermehrt hatte und nun den ganzen Weg am Haus entlang säumte. Sie genoss diese Blütenpracht und hätte ihr Smartphone glatt überhört, wenn es in der Hosentasche nicht vibriert hätte. So zog sie es heraus, war aber schon zu spät dran. Verena Ludwig, las sie auf dem Display und drückte auf Rückruf.

»Gut, dass du dich gleich meldest«, hörte sie Verena sagen.

»Ja«, sagte Regine, »ich habe dich zu spät gehört … bin im Garten.«

»Pass auf«, sagte Verena, ohne auf Regines Worte einzugehen, »heute war der Lohmann im Bauamt und hat einen Riesenterz gemacht. Von *behördlicher Vereitelung* war wohl die Rede und *Mauschelei, Vetternwirtschaft* und *Begünstigung*. Jedenfalls hat er, hat mir Claus gesteckt, das ganz große Instrument ausgepackt. Seine Baupläne seien streng nach Baurechtsordnung, und damit könne es weder Einsprüche noch Verzögerungstaktiken irgendwelcher Art geben.«

Regine hielt die Luft an.

»Aber damit kommt er doch nicht durch?«

»So, wie der sich angehört hat, rückt seine Baufirma demnächst mit der Abrissbirne und den Baggern an. Und zwar mit Baggern der großen Art!«

»Aber es gibt doch Gesetze!«, wandte Regine ein.

»Ja, und welche? Wenn du innerhalb der Vorschriften bleibst! Keiner kann dir schlechten Geschmack vorwerfen!«

»Aber ein Glaspalast passt nicht zwischen die Häuser hier.«

»Und wer sagt das? Wo steht das geschrieben?«

Regine schwieg.

»Wenn er sich an die Auflagen hält, Dachneigung oder Ziegelfarbe, von mir aus, kann er sich in jede andere Richtung austoben. Schau dir doch die langweiligen Klötze an, die gebaut werden? Uncharmante Kasernen sind das, da ist jedes englische Reihenhaus origineller.«

»Das heißt?«

»Das heißt, er will es jetzt wissen. Mit Brachialgewalt. *Man hält ihn hier keine drei Jahre hin für etwas, das heute schon klar ist,* hat er getobt. Solch provinzielles Vorgehen sei nicht vertretbar, und wenn hier alle weiterschlafen wollten, dann gern, aber ohne ihn. Sie könnten ihn ja dann mal in seinem neuen Haus besuchen, damit ist er türenknallend hinausgestürmt.«

»Aber der kann doch nicht einfach ... ich meine, es gibt doch Bestimmungen. Uns ist ja nicht einmal etwas vorgelegt worden!« Regine suchte nach Argumenten.

»Dem Gemeinderat lag es in der letzten Sitzung vor. Unter Hochdruck geliefert, offensichtlich.«

»Ja und? Einsprüche?«

»Kein Verstoß gegen die Bauordnung.«

»Aber so schnell? Andere brauchen für den Bau einer Gartenhütte Monate, um ein Okay zu bekommen.«

»Frag mich nicht ...«

»Das heißt also?«

»Das heißt also, macht euch im Butenweg auf alles gefasst!«

Regine ließ das Smartphone in ihre Hosentasche zurückgleiten und stürmte ins Haus. »Jupp!«, schrie sie schon im Flur. Vorhin war er noch in seinem Büro gewesen, wo war er jetzt hin?

Sie lief zur Garage. Der Wagen war weg. Also rüber zu Per

und Gunni. Während sie wieder nach ihrem Smartphone griff und im Laufen Jupp anrief, kam Frauke auf ihrem Fahrrad den Weg entlanggefahren. Bei Regines Anblick rief sie schon von Weitem: »Ist was passiert?«

»Und ob«, gestikulierte Regine und schimpfte gleich darauf, weil sie ihren Mann nicht erreichte: »Nie geht er ans Handy!«

»Warte doch mal«, rief Frauke und trat in die Pedale, bis sie neben ihr zum Stehen kam. »Was ist denn?«

»Ich kann das jetzt nicht jedem einzeln erklären, wir müssen uns gleich zusammensetzen.«

Frauke runzelte die Stirn.

»Nein, ehrlich, Frauke. Der Lohmann setzt seinen Willen mit Brachialgewalt durch. Gegen alle Widerstände. Der kommt morgen mit der Abrissbirne, selbst wenn die Polizei vor dem Haus steht, das ist dem piepegal!«

Frauke stieg ab. »Von wem weißt du das?«

»Verena hat angerufen.«

Frauke überlegte kurz. »Dann müssen wir uns wirklich alle schleunigst zusammensetzen, damit du uns informieren kannst.«

»Ich schau mal bei Per und Gunni. Informierst du Geert, Fabian und Sandra? Die dürften noch auf der Arbeit sein.«

»Und wo treffen wir uns?«

»Das sehen wir dann …«

»Und Maike?«

Sie sahen sich an.

»Kämpfen wir für Maike oder für uns?«, stellte Frauke sich und Regine die Frage.

»Jedenfalls müssen wir Hinrichs' Haus schützen«, erklärte Regine inbrünstig. »Für wen oder was ist zweitrangig. Ob Maike je zu uns zurückkann … wer weiß.«

»Ob sie noch will?«, fragte Frauke mit schräg gelegtem Kopf.

»Da bin ich mir sicher!« Regine bekräftigte es mit mehrmaligem Kopfnicken. »Es war ein Fehler. Ein riesiger Fehler. Von uns allen! Aber jetzt … wir stehen zusammen. Das hätten wir vorher schon tun sollen.«

»Wir haben ja von nichts gewusst«, gab Frauke zu Bedenken.

»Aber geahnt!«, sagte Regine. »Und hätten wir mal richtig hingehört und hingesehen, hätten wir es auch gewusst. Sie war zu stolz, und wir waren zu sehr mit uns selbst beschäftigt.« Sie drehte sich zum Gartentor um. »Aber gut, nun sind die Butenwegler aufgewacht. Und von so einem dahergelaufenen Hamburger lassen wir uns nicht unterkriegen, das wäre ja noch schöner!«

***

Jupp war der Meinung, dass sie gesammelt zum Bürgermeister marschieren sollten. Schließlich war er das Stadtoberhaupt und somit auch verantwortlich.

Sie saßen alle etwas gedrängt um den Esstisch in Jupps gemütlichem Wohnzimmer, dessen Einrichtung er als Schreiner vor vielen Jahren eigenhändig gezimmert hatte, aber es war nicht für so viele Leute ausgelegt. Es war spät geworden. Bis alle Butenwegler verständigt waren und Zeit hatten, war es fast neun Uhr geworden. Jupp und Regine hatten Krüge mit Wasser und Wein auf den Tisch gestellt, dazu Brot, Käse und Speck. Bisher hatte kaum jemand zugegriffen, alle waren viel zu aufgeregt.

»Ja, das muss er klären, denn offensichtlich geht das doch nicht mit rechten Dingen zu«, stellte Geert in den Raum.

»Wir hätten zu dieser blöden Gemeinderatssitzung gehen sollen«, sagte Frauke. »Dann wären wir jetzt schlauer.«

»War die überhaupt öffentlich?« Regine reichte den Weinkrug herum.

Frauke zuckte mit den Achseln. »Keine Ahnung. Ich kenne mich da nicht aus, hat mich ja auch noch nie interessiert.«

»Genau das ist unser Problem!« Geert sah in die Runde. »Wir sind zu wenig informiert!«

»Wieso?« Gunni runzelte die Stirn. »Verena hat Regine doch alles erklärt. Lohmann hält mit seinem Haus die Bauvorschriften ein, er will nun einfach anfangen. Das ist der Punkt!«

»Steht auf seinem Grundstück nicht irgendein seltener Baum, den man keinesfalls abholzen darf?«, fragte Sandra. »Oder sogar mehrere Bäume? Dann könnten wir eine Bürgerinitiative gründen.«

»Gute Idee!« Jupp nickte ihr zu. »Ich denke, wir bräuchten keine Bürgerinitiative, die Grünen würden das für uns erledigen …« Er legte seinen Arm auf die Schulter seiner Frau. »Du kennst dich doch mit Pflanzen aus. Was steht denn dort rum, was schützenswert wäre?«

Regine zuckte mit den Schultern. »Ganz normale Bäume. Wie bei uns auch.«

»Dann schau noch mal genauer hin«, ermunterte Jupp.

»Oder ein schützenswertes Tier«, fuhr Sandra fort. »Eine vom Aussterben bedrohte Schmetterlingsart, die nur dort brütet. Am besten nur unter dem Dach der Werkstatt … oder so.«

»Jetzt werdet nicht albern!« Gunni winkte ab. »Wir haben ganz normale Bäume, völlig normales Gestrüpp überall und dazu auch noch völlig normale Tiere, von der Hausspinne bis zur Fledermaus.«

»Fledermaus!«, hakte Sandra ein. »Stimmt! Brutstellen von Fledermäusen sind geschützt!«

»Die nisten hier aber überall, wir haben genug alte Geräteschuppen herumstehen.«

»Aber wenn er abreißt, nimmt er ihnen wichtigen Lebensraum oder tötet die Tiere!«, warf Sandra ein.

»Und du meinst, das juckt den?«, wollte Jupp stirnrunzelnd wissen.

»Warte mal!« Sandra griff zu ihrem Smartphone. »Also, hier steht: Fledermaus fangen, verletzen oder töten. Bußgeldkatalog … Achtung, Schleswig-Holstein bis zu 50 000 Euro!«

Alle sahen sich an.

»Is dat wor?«, fragte Geert.

»Da steht es!« Sandra tippte auf ihr Smartphone. »Und ich möchte mal tausend zu eins wetten, dass in der Werkstatt unterm Dach Fledermäuse leben.«

»Und was nützt uns das jetzt?«

»Na, die Grünen sind hier auch in der Gemeindevertretung. Da sollte man mal nachfragen!«

»Na ja …«, sagte Jupp skeptisch.

»Besser als nichts!« Per kratzte sich hinterm Ohr. »Wenn wir diese Parasiten mit ein paar Fledermäusen wegkriegen, dann füttere ich die Viecher jeden Abend höchstpersönlich!«

Alle lachten und drehten sich nach der Stimme um, die von der Tür kam.

»Ihr scheint den Stein der Weisen schon gefunden zu haben?« Fabian, der sich noch um die Kinder gekümmert hatte, stand mit einer Flasche Schnaps da. »Sorry für die Verspätung, aber die Kinder wollten partout mit. Es war mühsam, sie vom Gegenteil zu überzeugen.«

»Und sind sie jetzt im Bett?«, erkundigte sich Sandra. Fabian zuckte mit den Achseln. »Gerade waren sie es noch.«

Regine deutete auf einen Stuhl in der Ecke. »Schnapp dir den, wir rücken noch ein bisschen zusammen!«

Fabian stellte den Schnaps auf den Tisch, behielt aber seinen Mantel an und blieb stehen.

»Ich weiß ja nicht, was ihr beschlossen habt, aber ich hatte gerade eine Idee. Die Lohmanns sind zu Hause, es brennt Licht, und beide Autos stehen da. Wie wäre es, wenn wir nun einfach rübermarschieren würden?«

»Un wat dann?«, fragte Geert, »Steine in die Fenster werfen?«

»Nein, wir reden ganz einfach mit ihnen, machen ihnen klar, dass wir hier mit allen Mitteln gegen einen Abriss und Neubau vorgehen werden.«

»Und was sind die Mittel?«, wollte Frauke wissen.

»Rechtliche Mittel. Einsprüche. Was weiß ich, seltene Tier- und Pflanzenarten, Grundwasserverordnung. Wir können endlos verzögern, wir müssen uns da eben schlaumachen.«

»Aber macht es Sinn, ein Gespräch zu suchen, solange wir uns noch nicht schlaugemacht haben?«, fragte Gunni.

»Wir können ihm aber jetzt schon mal klarmachen, dass wir hier eine geschlossene Gemeinschaft sind, die gegen den Bauherrn und den geplanten Abriss vorgehen werden.«

»Aber wenn er die Baugenehmigung schon hat?« Jupp blieb skeptisch.

»Wir haben schon den kleinen Bagger vertrieben«, sagte Geert. »Wir sollten uns unserer Stärke bewusst sein!«

»Wie so eine Rockerband aus den Fünfzigern«, lästerte Regine, nickte dann aber Fabian zu. »Warum eigentlich nicht? Alle geschlossen rüber. Jetzt gleich?« Sie sah von einem zum anderen.

»Sollen wir Mistgabeln und Fackeln mitnehmen?«, fragte Frauke, winkte aber sofort ab und stand auf. »Nein, nein. Schon klar. Kein Bauernaufstand, aber ein Butenweg-Aufstand. Das ist doch auch schon was!«

***

Lea Lohmann stand in der Küche und räumte gerade die Geschirrspülmaschine aus, als sie sie durch das Fenster kommen sah. Es sah bedrohlich aus, denn inzwischen war es dunkel geworden, und im Butenweg gab es nur eine Straßenlaterne, und die brannte nicht. Dafür wurde die Szenerie vom Mond beschienen, ein wilder Haufen schwarz gekleideter Menschen, die gerade ihr niedriges Gartentürchen geöffnet hatten und nun langsam über das Grundstück kamen, zielstrebig auf die Haustür zu.

»Helmut!« Lea lief ins Wohnzimmer. »Helmut!«, rief sie noch einmal, konnte ihn aber nicht entdecken. »Helmut!«, schrie sie jetzt aus Leibeskräften und lief von dort zum Flur, um an der Treppe zum ersten Stock hinaufzurufen.

Da klopfte es dumpf an die Tür.

Dieser vermaledeite Türklopfer, dachte sie, er hatte ihr von Anfang an Angst gemacht. »Helmut!«, rief sie noch einmal, diesmal schon verzweifelter, dann hörte sie die Toilettenspülung. Sie blieb an der Treppe stehen. Es klopfte wieder, diesmal lauter und fordernder.

»Was schreist du denn so?« Helmut tauchte oben an der Treppe auf, schloss den Hosenladen seiner weiten grauen Hose und schob sich die Hosenträger über die Schultern.

»Da stehen Leute«, rief sie und deutete zur Tür.

»Was für Leute?« Langsam kam er die Treppe herunter, sich am hölzernen Handlauf des Geländers festhaltend.

»Keine Ahnung«, rief sie aufgeregt. »Es sind viele!«

»Viele Leute, soso«, brummte er, ging an ihr vorbei und öffnete die Haustür.

»Wir sind Ihre Nachbarn, und wir wollen mit Ihnen reden«, hörte Lea eine männliche Stimme.

»So!« Helmut stand breitbeinig in der Tür. »Was gibt es denn zu reden?«

»Über Ihre Bauabsichten. Über Ihre Absichten, hier in dieses Grundstück ein Haus hinzustellen, das überhaupt nicht hierher passt.«

»Was hierher passt, lassen Sie mal meine Sorge sein.«

»Wir sind Ihre Nachbarn. Warum setzen wir uns nicht zusammen und schauen, ob wir einen Kompromiss finden können?«

»Ich will mich aber nicht mit Ihnen zusammensetzen«, schnarrte Helmut. »Schon gar nicht um diese Uhrzeit. Und Kompromisse brauch ich auch nicht.«

»Dann werden Sie mit heftigem Widerstand zu rechnen haben.«

»Das bin ich gewöhnt«, erklärte Helmut, »das macht mir nichts!«

»Das werden wir sehen!«

»Und ob!« Damit schlug Helmut die Tür zu.

Dienstag, 23. Juli

Lilly hatte mehrfach zu ihrem Handy gegriffen und es dann wieder zur Seite gelegt. Die Nummer des Vorstandsvorsitzenden der Bank in Lübeck hatte sie schon herausgefunden. Nun brauchte sie nur noch den Mut, ihn anzurufen. Als sie es tat, blieb sie, wie befürchtet, an der Assistentin hängen.

Sie versuchte, ihr die Probleme einer Jurastudentin näherzubringen. Aus den anfänglich abweisenden Antworten hörte sie schließlich ein leichtes Schmunzeln heraus: »Wissen Sie, ich habe auch eine studierende Tochter«, vertraute sie Lilly mit gesenkter Stimme an und fuhr laut fort, »ich werde mal sehen, was ich machen kann. Herr Doktor Rösken ist ein viel beschäftigter Mann.«

»Das glaube ich.«

»Wenn Sie mir Ihre Telefonnummer hinterlassen, rufe ich Sie zurück, nachdem ich mit … ach, Augenblick, da kommt er gerade.« Leise sagte sie: »Ich nutze die Gunst der Stunde«, dann wurde der Hörer weggelegt, bis ihre Stimme wieder dran war. »Ein wirklich seltener Fall«, erklärte sie, »morgen eröffnet der Doktor eine Ausstellung bei uns in der Bank und hätte vorher etwa eine halbe Stunde Zeit. Wenn Sie das einrichten könnten?«

»Ja, natürlich«, sagte Lilly schnell und spürte ihr Herz schneller schlagen. »Wo denn genau? Und wann?« Nachdem sie sich alles notiert hatte, bedankte sie sich herzlich und legte auf. Dann sank sie ermattet in ihren Sessel zurück.

Morgen! Jetzt musste sie sich eine Strategie zurechtlegen, ganz wie die Professorin es gesagt hatte, sie musste in allem sattelfest sein und ihre Fragen so formulieren, dass sie die Antworten zu dem Fall bekam, von dem dieser Rösken nichts wusste.

»Mann!«, sagte sie laut und spielte mit ihrem Wasserglas. Wenn sie das hinbekam, wäre es grandios. Und was konnte schon passieren, außer dass sie völlig blöd dastand? Nichts.

Was zieht man zu so einem Gespräch denn an? Es war ja kein Bewerbungsgespräch – und trotzdem. Ausstellungseröffnung, das hörte sich festlich an. Sicher würde Rösken Anzug und Krawatte tragen. Also das blaue Leinenkleid, überlegte sie, und schwarze Pumps. Das passte, selbst wenn das Wetter morgen Kapriolen schlagen sollte.

Und ganz klar war der morgige Tag mit diesem Treffen gelaufen, an der Uni würde sie nichts mehr geschafft kriegen. Lilly griff noch einmal zu ihrem Smartphone. »Mama«, sagte sie, nachdem ihre Mutter abgenommen hatte, »ich habe morgen einen spontanen Termin in Lübeck. Was hältst du davon, wenn ich dich danach besuche? Morgen Abend?«

Es war kurz still, dann hörte sie ihre Mutter lachen. »Du wirst es nicht glauben, ich habe einige Adressen in Lübeck, Hamburg und Umgebung herausgesucht und wollte morgen eine Art Rundtour machen.«

»Adressen?«, fragte Lilly.

»Ja, ich möchte das tun, was ich schon längst hätte tun sollen: akquirieren. Oder besser, mich informieren.«

»Oh, hoppla, das ist toll. Hast du neue Ware?«

»Nein, ich habe ja keine Werkstatt.«

Kurz war es still.

»Stimmt … das …«, begann Lilly.

»Ja«, nahm ihr Maike das Wort aus dem Mund, »das war ein Fehler. Aber ich rapple mich gerade wieder auf.«

»Das freut mich. Und, Mama, gemeinsam sind wir stark!«

»Danke, dass du das sagst.« Maike überlegte kurz. »Sollen wir uns dann irgendwo treffen? Wenn ich sowieso unterwegs bin? Ich wollte mir morgen einen Wagen mieten.«

»Eigentlich, wenn ich ehrlich bin, hätte ich lieber einen schönen Abend mit dir in Timmendorfer Strand verbracht. Und dann wäre ich gern mit dir in den Butenweg. Zu den Nachbarn.«

»Ehrlich?«

»Wann warst du zuletzt dort?«, wollte Lilly wissen.

»Seit … gar nicht!«

»Und wie hältst du das aus?«, fragte Lilly.

»Schlecht!«

Lilly sah zum Fenster ihres kleinen Zimmers, hinter dem sich über hohen Häusern dicke Wolken zusammenzogen.

»Oma weiß es noch nicht, stimmt's?«

»Ich habe mit ihr telefoniert. Sie sagt, alles, was ich tue, muss ich mit Opa und Papa ausmachen. Sie hat damit abgeschlossen.«

»Dass sie das so einfach kann …«

»Ja«, sagte Maike, »dafür gibt es sogar Therapien. *Loslassen.* Menschen, die gehen, Häuser, die man verlassen muss, geliebte Haustiere, die sterben, alles hat mit *Loslassen* zu tun.«

»Kannst du das?«

»Nein.«

»Ich auch nicht!«

Es war still, Lilly stand auf und ging ans Fenster.

»Und, Mama, wie machen wir es nun morgen?«

»Ich verschiebe meine Rundreise, und du kommst einfach?«

»Ja, das ist gut.«

»Brauchst du Geld für die Reise?«

»Du hast mir schon genug überwiesen.«

»Dann hole ich dich vom Bahnhof ab.«

»Das wäre schön, danke, Mama«, sagte Lilly, beendete das Gespräch, legte das Handy auf den Fenstersims und sah auf die Straße hinunter, wo sich die Menschen auf dem Gehsteig drängten. Wie die Ameisen, dachte sie, von hier oben sieht es aus wie reines Chaos. Die einen in die eine Richtung, die anderen in die andere. Eigentlich hob sich das gegenseitig auf. Lilly schüttelte den Kopf. Morgen! Sie spürte leichtes Magendrücken wie vor einer Prüfung.

***

Maike stand ebenfalls am Fenster. Sie dachte nach. Sie hatte gestern Nachmittag ihre Route herausgesucht, die Adressen der Geschäfte, Galerien und Kunstmärkte aufgeschrieben und die jeweiligen Öffnungszeiten. Und sie wollte ein Auto mieten, um ihren Plan durchzuführen. Nun stellte sie fest, dass ihre geschäftlichen Ambitionen nicht der einzige Grund für ihre Rundreise waren, zumindest jetzt nicht mehr. Sie wollte weg, musste weg … Flucht vor ihren eigenen Gedanken. Dieses Intermezzo mit Fynn trieb sie stärker um, als sie wahrhaben mochte. Vor allem, nachdem er gestern Abend abgereist war. Er war noch einmal schnell zu ihr aufs Zimmer gekommen, hatte ihr mit dem Zeigefinger leicht über die Lippen gestreichelt, einen Kuss aufgedrückt und war gegangen. Maike war nachdenklich zurückgeblieben. Was war das jetzt? Ein Abschied, ein Versprechen? Sie war eine blöde Gans. Nimm es als das, was es ist, sagte sie sich, eine Wahnsinnserfahrung, und belass es dabei.

Und nun kam ihre Tochter dazwischen.

Alles wieder anders. Alles musste warten.

Aber das kurze Gespräch mit Lilly hatte ihr gutgetan. Und je mehr sie darüber nachdachte, desto stärker stellte sich ein ganz anderes Gefühl ein: Stolz! *Mama,* hatte sie gesagt, *Mama, gemeinsam sind wir stark!* Sie hatte eine Tochter, die mit ihr kämpfen wollte. Und vielleicht war es wirklich an der Zeit, in den Butenweg zu gehen. Gemeinsam in den Butenweg zu gehen. Der Gedanke, bei diesem Schritt ihre Tochter neben sich zu wissen, gab ihr Mut.

Lilly, dachte sie zärtlich, wie gut, dass ich dich habe! Also kam da doch etwas zurück, Mutterliebe war keine Einbahnstraße.

***

Anja Hoffmann hatte sich am Abend in den Butenweg aufgemacht. Nachdem sie das Geschäft geschlossen hatte, war sie noch bei Gosch zu einem Glas Sekt eingekehrt und hatte sich dort, mit etwas Alkohol im Blut, dazu entschieden, die Dinge voranzubringen. Vor allem das Wiedersehen mit Maike Hinrichs und der fälligen Entschuldigung. Im Gegensatz zu vor zwei Tagen war es nun noch hell, und sie stellte ihr Auto eine Straße weiter ab, weil sie sich die Häuser in Ruhe ansehen wollte. Vor allem hatte sie gehofft, vielleicht jemanden in einem der Gärten oder auf der Straße ansprechen zu können.

Der Butenweg war nicht sehr lang, so war sie auch diesmal schnell am Ende der Sackgasse angelangt und musste sich eingestehen, nicht viel gesehen zu haben. Die Häuser waren von hohen Hecken umgeben, außerdem gab es mächtige Bäume und große Sträucher. So ging sie unentschlossen langsam zurück, musterte noch einmal jedes Haus genau und schwor sich, bis zum Anfang des Butenwegs eine Entscheidung getroffen zu haben.

Dort wieder angelangt betrachtete sie das erste Haus, das in einem etwas freieren Garten stand. Es schien moderner und vor allem lichter zu sein als die anderen Häuser hier. Anja betrachtete den Vorgarten mit dem Swimmingpool und der gepflegten Rasenfläche. Aber alle Fenster und auch die Terrassentür waren zu, es schien niemand zu Hause zu sein. Sie warf einen Blick auf ihre Uhr. Sieben. War sie zu früh dran? Anja beschloss, noch einmal ganz von vorn anzufangen und ging das Stück zurück, bis der Butenweg in die breite Strandallee mündete. Da sah sie eine Frau die Straße überqueren und auf sie zukommen. Sie blieb stehen und wartete ab. Wenn es das Schicksal gut mit ihr meinte, spülte es ihr nun eine Butenweg-Bewohnerin direkt in die Arme. Um nicht so blöd dazustehen, ging sie ihr langsam entgegen. Die Frau hatte den Kopf gesenkt und erschrak sichtlich, als Anja so unvermittelt vor ihr auftauchte.

»Entschuldigen Sie«, sagte Anja, »ich wollte Sie nicht erschrecken. Wohnen Sie im Butenweg?«

»Ich … na ja, ja.«

»Vielleicht können Sie mir ja helfen?«, begann Anja.

»Was brauchen Sie denn?«

»Nur eine Auskunft bitte.«

»Sie sind nicht von hier, oder?« Ihr Gegenüber musterte sie.

»Nein, nicht direkt. Mein Name ist Anja Hoffmann, und ich wohne in Hemmelsdorf.« Als die Frau nicht reagierte, fügte sie hinzu: »Und ich habe ein kleines Geschäft mit Geschenkartikeln an der Kurpromenade.«

»Und was wollen Sie also?«

»Wenn Sie mir sagen könnten, wo ich die Frau finde, die früher in der Hausnummer 12 gewohnt hat? Maike Hinrichs?«

Es war kurz still. »Da sind Sie bei mir an der falschen Adresse!«

Der barsche Ton verwunderte Anja, und auch, dass die Frau sie einfach stehen ließ. Sie sah ihr ungläubig nach, und erst als sie die schmale Gestalt durch das Gartentor der Hausnummer 12 verschwinden sah, wurde es ihr schlagartig klar. Sie hatte tatsächlich die völlig Falsche erwischt.

Mittwoch, 24. Juli

Lea Lohmann hatte sich die halbe Nacht im Bett schlaflos hin und her gewälzt, war irgendwann aufgestanden und hatte den Rest der Nacht bei Licht im Wohnzimmer verbracht. Helmut war gestern wegen dringender Geschäfte nach Hamburg gefahren. Sie mutmaßte, dass mit dem Appartement doch nicht alles so reibungslos lief. Der 1. August war bald da, dann sollten sie in Hamburg einziehen können. Doch er sprach auffallend wenig davon. Sie kannte ihn. Wenn er ein Thema vermied, stimmte etwas nicht.

Sie wollte auch mal wieder nach Hamburg. Und vor allem wollte sie mal wieder mit Jacky reden, Telefonate oder kurze Mitteilungen konnten die Zeit, die sie durch ihr gemeinsames Training immer gehabt hatten, nicht ersetzen.

Sie saß mit einer leichten Decke vor dem kalten Kamin, hatte den Sessel in den Raum gedreht und versuchte, ihre Angst zu besiegen. Denk an was anderes, sagte sie sich die ganze Zeit, denn sie hatte Angst, mit ihren intensiven Gedanken Geister heraufbeschwören zu können. War es nicht so? Wer weiß, wer da plötzlich zur Tür hereinkam, oder noch schlimmer, durch die Wand? Sie hatte kein Foto von dem Erbauer gesehen, aber was sie gehört hatte, hatte ihr schon gereicht. Ein echter, knorriger Norddeutscher, Hinrichs eben. Und dass so einer einen starken Geist hatte, daran glaubte sie unbedingt.

Sie war müde, und die Haltung mit den heraufgezogenen Beinen war auf die Dauer unbequem. Sie hätte für ihre Beine einen Stuhl holen können, aber dazu hätte sie aufstehen müssen.

Und sie hatte das Gefühl, dass sie bei jeder Bewegung die Ruhe des Hauses störte.

Vielleicht war es ganz gut, wenn es abgerissen wurde, dann waren mit den alten Mauern und Balken auch die Geister weg. Aber kaum hatte sie das gedacht, hörte sie wieder diese Geräusche, die sie jedes Mal aus dem Schlafzimmer vertrieben, sobald sie alleine im Haus war, dieses Ächzen und Stöhnen, das Trappeln und Knirschen. *Siebenschläfer oder sonstiges Viehzeug*, hatte Helmut sie ausgelacht. *Ich kann sie ausräuchern, wenn du willst.*

Lea wusste es besser. Kein Tier konnte Gedanken lesen. Aber dieses Haus schon. Denn immer, wenn sie etwas gegen dieses Haus dachte, wurde es lebendig. Es war wie eine Krake, die ihre Tentakel um sie legte. Als würden die Mauern zudrücken und ihr die Luft zum Atmen nehmen. Lea kauerte sich noch tiefer in ihren Sessel.

Ängste, hat ihre Freundin Jacky gesagt, seien weitverbreitet. Und heilbar. »Red nicht«, hatte Lea daraufhin hitzig gesagt, »komm ein einziges Mal hierher und bleib über Nacht. Dann weißt du, wovon ich rede.«

»Und was sagt Helmut dazu?«

»Was wird er schon sagen …«

»Er merkt nichts«, vermutete Jacky.

»Natürlich nicht.«

»Und du bist die überspannte Lea!«

»Ganz genau!«

Lea überdachte das damalige Gespräch und griff nach ihrem Smartphone, es war in diesen nächtlichen Stunden bis zur Morgendämmerung ihr einziger Freund. »Ich sitze schon wieder hier«, schrieb sie ihrer Freundin, »und ich wünsche mir sehnlich, dass du bald kommst!«

Da hörte sie: *Der Spuk hat bald ein Ende!*, und schoss hoch. Zitternd blieb sie stehen, die Decke an sich gepresst. Hatte sie sich das eingebildet? Eine Stimme? Sie lief in den Flur und griff nach dem Autoschlüssel. Lieber verbrachte sie die restlichen Stunden in ihrem Wagen als hier im Haus.

***

Regine schob Jupp mit zwei Fingern ein ausgedrucktes Blatt Papier zwischen seinen Teller und den Kaffeebecher. »Da lies«, forderte sie ihn auf, »die Wechselkröte ist vom Aussterben bedroht!«

Jupp senkte seine Zeitung auf den Frühstückstisch. »Was ist?«

»Wenn alle Stricke reißen, setzen wir den Lohmanns ein paar Wechselkröten in den Garten und machen entsprechende Aufnahmen.«

»Und wo willst du die herkriegen?« Er sah sich das Foto der Kröte an und ließ dann das Blatt wieder sinken. »Für mich sieht das aus wie eine ganz normale Kröte!«

»Ist sie aber nicht, die Gute. Sie kommt in Schleswig-Holstein nur noch ganz selten vor, hat mit bedrohtem Lebensbereich und zu vielen Straßen zu kämpfen. Schlicht, die Kröten werden ständig überfahren.«

»Aha.« Jupp sah seine Frau an und kratzte sich am Hinterkopf. »Und wie kommst du nun auf dieses … Tier?«

»Verena hat sich schlaugemacht. Sie hat einfach eine Kollegin, also aus dem Gemeinderat, eine grüne Gemeinderätin, angesprochen. Was passiert, wenn sich ausgerechnet eine Population vom Aussterben bedrohter Tiere in deinem Garten angesiedelt hat und du bauen willst. Da ist die natürlich hellhörig geworden und hat gleich mal nachgefragt. Und so kamen sie dann wohl auf diese Kröte!« Regine tippte mit dem Zeigefinger auf das Blatt. »Auf die Wechselkröte!«

»Kröte!« Jupp grinste. »Das würde zu dem Kerl gut passen! Der ist auch so eine Kröte!«

»Nicht beleidigen, das Tierchen.« Regine zog das Blatt wieder zurück.

»Aber wenn die Kröte da drüben im Garten leben würde,

würde sie bei uns in den Gärten ja auch vorkommen«, überlegte Jupp. »Ist ja eher unwahrscheinlich, dass sich so eine Kröte an Grundstücksgrenzen hält.«

»Ist mir egal. Wir wollen ja nicht bauen.«

»Nicht, dass wir dann unsere eigenen Gärten nicht mehr betreten dürfen!«

Regine verzog das Gesicht. »Quatsch. Wer will das kontrollieren? Aber ich habe schon eine Adresse, wo man sich so ein Tierchen ausleihen könnte.«

»Kröten ausleihen?«

»Na ja«, relativierte Regine. »Bei uns ist es ruhig, wir haben Platz, mit unserem kleinen Tümpel hinterm Haus sogar echte Überlebenschancen für so eine kleine Krötenfamilie. Und in Kiel gibt es ein … warte mal«, sie drehte das Blatt Papier um und griff nach ihrer Brille, »ein Unterstützungsaufzuchtbecken für Wechselkröten der Stiftung Naturschutz Schleswig-Holstein. Wenn wir mit denen ins Gespräch kämen und für ein paar Tierchen gute Bedingungen böten?«

»Du hörst dich an, als wolltest du einen Hund aus dem Tierheim holen … stellst du dir das nicht ein bisschen zu leicht vor?«

»Keine Ahnung. Aber reden kann man ja mal. Und dann zaubern wir sie in den Nachbargarten und rufen den Naturschutz auf den Plan!« Regine grinste.

Jupp warf ihr einen prüfenden Blick zu. »Du bist ein ganz teuflisches Wesen! Vor dir muss man sich ja in Acht nehmen.«

»Das will ich meinen!« Regine nickte ihm zu. »Und nun informiere ich unsere Nachbarn. Mal hören, was sie von meiner Idee halten.«

***

Lea Lohmann war, bevor der Butenweg erwachte, wieder zurück ins Haus gegangen. Um sieben Uhr war zumindest nebenan in dem etwas moderneren Haus schon Leben. Kinder, Mann,

Frau … alle hatten es eilig. Ihre anderen Nachbarn konnte sie wegen der Hecke nicht sehen, legte aber auch keinen Wert darauf. Sie war froh, wenn sie nicht gesehen wurde. Wenn sie nicht gesehen wurde, wurde sie auch nicht angesprochen, das war ihr das Allerliebste.

Lea stand im Badezimmer und schminkte sich die dunklen Augenringe weg. Zumindest versuchte sie es, war aber nicht sicher, ob sie nicht vielleicht zu dick auftrug, denn das alte Badezimmer war durch das kleine Fenster recht dunkel, und das konnte auch der Strahler, den sie am Spiegel hatte installieren lassen, nicht ändern. Der setzte nur punktuell Licht, und so hatte sie entweder grelle Lichtflecke oder Schatten auf ihrem Gesicht. Egal, dachte sie, der Tag hatte begonnen, sie würde sich einen Tee aufbrühen und einen Ausflug nach Hamburg planen, das musste jetzt einfach sein, sonst würde sie überschnappen.

»Keine Sorge«, sagte sie zu ihrem Spiegelbild, weil sie schon wieder das Gefühl hatte, dass jemand hinter ihr stand, »ich lasse euch heute alleine, da könnt ihr schalten und walten, wie ihr wollt!« Damit griff sie zu ihrem Kosmetikbeutel und ging schleunigst hinaus. Im Schlafzimmer legte sie Kosmetikbeutel, Nachthemd und Unterwäsche in eine Tasche, dazu einen Hausanzug und bequeme Sneakers, ging mit ihrer Tasche zur Schlafzimmertüre, drehte sich noch einmal um und schloss sie hinter sich.

»Was Helmut kann, kann ich auch«, sagte sie und machte sich damit Mut, denn sie war noch nie ohne Absprache irgendwohin gefahren.

In der Küche entschied sie sich dann doch, Helmut anzurufen, während sie den Wasserkocher einschaltete.

»Was gibt's?«

Kurz angebunden, wie immer, stellte Lea fest.

»Helmut, ich habe mir eben meinen Weekender gepackt, ich fahre heute nach Hamburg!«

Es war kurz still. »Haben diese Bauern wieder im Vorgarten gestanden?«

»Nein, aber ich habe Angst alleine und die ganze Nacht kein Auge zugemacht. Und da du heute auch nicht kommst, komm ich jetzt zu dir.«

Sie hörte ein raschelndes Geräusch.

»Und wo willst du schlafen?«

»Wo schläfst du denn?«

»Im Hotel natürlich!«

»Wo ist dann das Problem? Du wirst ja kein Einzelzimmer haben.«

»Wenn es denn unbedingt sein muss. Ich schicke dir nachher die Adresse.«

Lea starrte auf den Wasserkocher, in dem das Wasser zu brodeln begann. »Wie heißt denn dein Hotel?«

»Ich sage doch, ich schicke dir die Adresse!« Damit legte er auf.

Lea stand da und starrte noch auf den Kocher, als der sich längst ausgeschaltet hatte. Dann griff sie nach ihrer Tasche und ihrem Ledermantel, schlüpfte in ihre Schuhe, nahm die Autoschlüssel und zog mit einem Gefühl der Erlösung die Haustür hinter sich zu.

An der Einfahrt zur Strandallee dachte sie plötzlich an ihre gestrige Begegnung.

Diese Frau, die nach Maike Hinrichs fragte, was hatte sie gesagt? Sie hat ein Geschäft an der Kurpromenade? Die Promenade kannte sie, die war nicht lang. Das würde sie finden. Im sogenannten Café Wichtig hatte sie auch schon einen Irish Coffee getrunken, aber weil sie alleine dort war, hatte sie sich nicht so richtig wohlgefühlt. Sie war eben nicht der Typ, der leicht Anschluss fand oder sich selbstbewusst in die vordere Reihe setzte. Sie hatte ja schon Probleme, durch ein voll besetztes Lokal zur Toilette zu gehen, weil sie es nicht leiden konnte, wenn sie Blicke auf sich zog. Sobald sie sich beobachtet fühlte, wurde sie unsicher. Bei der Reha nach ihrer Schulter-OP vor Jahren hatte sie sich meist alleine in ihrem Zimmer im vierten Stock aufgehalten und war nur zu ihren Anwendungen und zu den Mahlzeiten schnell hinuntergehuscht. Alleine unterwegs zu sein empfand sie einfach als Qual.

Aber nun hatte sie plötzlich ein Anliegen. Sie fand kurz vor dem alten Rathaus einen Parkplatz, nahm ihre Handtasche und stieg aus dem Wagen. Das mit ihrer rüden Art gestern Abend wollte sie richtigstellen. Schließlich war sie ja kein schlechter Mensch.

Sie ging die Promenade entlang, begutachtete die Kunstwerke, die ihr wie auftauchende U-Boote erschienen, lief bis zum Ende der Promenade und drehte wieder um. Hatte sie etwas übersehen? Ja, neben dem Schmuckgeschäft gab es ein Souvenirgeschäft, mit Kartenständern draußen und allerlei Nippes im Schaufenster. Sie warf einen kurzen Blick auf die Auslagen des Juweliers, sah ein Collier zu einem stolzen Preis und im Laden dahinter einen einzigen Menschen. Wahrscheinlich der Ladeninhaber. Ihre Blicke trafen sich kurz, dann drehte er sich weg. Lea hatte das Gefühl, als hätte sie den Mann schon mal irgendwo gesehen, aber sie konnte ihn nicht zuordnen, also schob sie den Gedanken beiseite und sah sich die Auslagen des Souvenirgeschäftes genauer an. Reiseführer, Bücher über die Geschichte der Ostseeheilbäder, Plüsch-Seehunde mit niedlichen Gesichtern, die jedes Kinderherz höherschlagen ließen, Seesterne in jeder Größe und aus jedem Material, bestickte Geschirrtücher, Handtücher und Badetücher. Alles, was die Touristen zu Hause an die schönen Ferientage am Strand erinnern sollte. Lea griff wahllos drei Postkarten aus dem Ständer und betrat den Laden.

Aus einem Nebenraum tauchte eine Frau mit einer Teetasse in der Hand auf.

»Guten Morgen«, sagte sie und lächelte ihr zu. »Kann ich Ihnen helfen? Haben Sie einen bestimmten Wunsch?« Sie sah auf die Postkarten in Leas Hand.

»Ich habe einen bestimmten Wunsch.« Lea trat näher und legte die Karten auf den Tresen. »Sind Sie Anja Hoffmann?«

Anja bejahte und musterte ihr Gegenüber.

»Dann haben wir uns gestern Abend am Butenweg getroffen?«, fuhr Lea fort.

Anja hob erstaunt den Kopf. »Ja, ich war am Butenweg.«

»Ich wollte Ihnen nur sagen, dass es mir leidtut. Ich bin sonst nicht so unhöflich und lasse jemanden einfach stehen. Aber ich war … ich fühlte mich ein bisschen überfallen.«

»Ja, dieses Gefühl kenne ich.«

Die beiden Frauen sahen sich kurz in die Augen, dann drehte sich Lea zu den Regalen um. »Haben Sie denn auch Keramik von … von dieser Töpferin? Von Frau Hinrichs?«

»Nein«, Anja folgte Leas Blick, »das ist ja genau der Punkt, weshalb ich Maike Hinrichs suche. Ich habe … na ja, sagen wir mal, ich habe mich unfair verhalten. Und ich möchte das wiedergutmachen.«

Lea musste lächeln. »Da sind wir nun also schon zu zweit? Ich war unfair zu Ihnen und Sie unfair zu Frau Hinrichs?«

»Wenn man so will … ja.« Anja stellte ihre Teetasse auf dem Kassentresen ab. »Wissen Sie denn, wo sie abgeblieben ist?«

»Leider nein.«

»Aber Sie wohnen doch jetzt in ihrem Haus?«

»Jetzt ist es unser Haus.« Lea hob kurz eine Augenbraue.

Anja straffte sich. »Das stimmt. Da ist wohl … einiges zusammengekommen.«

»Wie meinen Sie das?«

Anja zuckte die Schultern. »Meiner Meinung nach ist sie das Opfer einer Treibjagd geworden. Ein Opfer männlicher Geldgier. Jeder Einzelne zog den Strick ein bisschen fester zu, bis sie keine Luft mehr zum Atmen hatte.«

Lea antwortete nicht.

»Aber was sage ich da, es geht im Grunde ja niemanden etwas an«, bemerkte Anja schließlich. »Entschuldigen Sie. Ich wollte einfach nur Maikes derzeitige Adresse herausfinden.«

»Tut mir leid«, sagte Lea und hob bedauernd die Schultern.

»Aber vielleicht ist sie ja auch weit weggezogen. Verstehen könnte ich es.«

»Manchmal ist wegziehen keine Lösung.« Lea zog ihren Geldbeutel aus der Tasche und deutete auf die drei Postkarten. »Was bin ich Ihnen schuldig?«

Anja machte eine kleine Handbewegung: »Geht aufs Haus.«

Kaum hatte sich die Türe hinter Lea Lohmann geschlossen, öffnete sie sich wieder, und Uwe Feddersen stand da.

»Das war doch die Lohmann?«, fragte er Anja, die nachdenklich an ihrem Tee nippte.

»Moin, Herr Nachbar«, sagte sie gelassen.

»Moin! Ja, Anja, sagen Sie doch, ich hab sie doch damals im Maritim gesehen. Das war sie doch … oder?«

Anja nickte. »Ja, das war sie. Euer Entführungsopfer.«

Uwe winkte ab. »Lassen wir das.« Er trat an den Tresen und beugte sich etwas vor. »Sie stand vorhin an meinem Schaufenster und hat sich das Cartier-Collier angesehen. Ich hab's genau gesehen. Vielleicht hat sie ja bald Geburtstag? Anja, Sie kennen sie ja offensichtlich …« Er machte eine kleine Pause. »Das Collier ist mit 47 700 Euro ausgezeichnet. Wenn Sie den Verkauf vermitteln, würde ich Ihnen«, er überlegte, »sagen wir mal fünf Prozent Provision anbieten, das wären«, er rechnete kurz, »immerhin knapp 3000 Euro, cash auf die Hand. Was sagen Sie?«

Anja zog die Augenbrauen zusammen. »Ihnen geht es wohl nur ums Geld … Wollten Sie mit der Entführung nicht Maike Hinrichs helfen? Soll ich Ihnen das tatsächlich glauben?«

Feddersen straffte sich. »Doch, ja, natürlich«, sagte er schnell. »Genau darum ist es uns gegangen.«

»Und was haben Sie im Fall Maike Hinrichs schon getan? Wissen Sie wenigstens, wo sie abgeblieben ist?«

Uwe zuckte mit den Schultern.

»Na also!« Anja funkelte ihn an. »Eine Erpressung, damit die Lohmanns ausziehen, aber nicht mal wissen, wo die Hinrichs steckt, damit sie wieder einziehen kann!«

»Das ... es ist halt schiefgelaufen!«

»Das scheint mir auch so!« Anja schnappte ihre Tasse und drehte sich um. »Moin, Herr Nachbar!«

»Aber trotzdem«, sagte Uwe im Hinausgehen, »das Angebot steht.«

***

Lilly hatte den Zugfahrplan genau studiert. Vierzig Minuten von Hamburg nach Lübeck. So ganz hatte sie der Sache allerdings nicht getraut und war deshalb eine volle Stunde eher losgefahren. Jetzt war sie viel zu früh dran und nutzte die Zeit, einfach mal durch Lübeck zu bummeln, vom Hauptbahnhof über den Stadtgraben und die Trave hinein in die Stadt, schlenderte eine halbe Stunde durch die Straßen und Gassen, bevor sie ihr Smartphone herausholte und schnurstracks der Wegbeschreibung bis zur Bank folgte. Vor einer geschlossenen Eingangstüre sah sie einen großen Plakataufsteller und einige Leute, die offensichtlich auf die Vernissage warteten. Geschlossen! Wie kam sie jetzt an Rösken ran? Sie ging um das Gebäude herum zum Haupteingang der Bank, durchquerte die Vorhalle mit den Bankautomaten und stand in einer großen Schalterhalle. Und da sie kein Informationsschild sah, ging sie zu einem der Schalter.

Die junge Frau hinter der Glasscheibe hörte sich ihr Anliegen an, griff zum Telefonhörer und meinte dann freundlich, sie werde gleich abgeholt.

Nun spürte Lilly doch, wie sie aufgeregt wurde, wie sie feuchte Hände bekam. Würde sie das so vorbringen können, dass es echt wirkte? Einfach nur eine Jura-Arbeit? Sie hoffte alle Gedanken beieinander halten zu können und sich nicht durch die hohe Position ihres Gegenübers aus dem Konzept bringen zu lassen.

Während sie wartete, griff sie nach einem der Flyer, die auf einem hohen Schreibpult lagen, und warf einen Blick darauf. Zunächst gedankenverloren und dann doch interessiert. »Ton im Laufe der Menschheitsgeschichte« stand dort, darunter einige Fotos: »Von den ersten Töpfereien vor rund 5000 Jahren bis zur heutigen Keramikkunst.« Sie blätterte den Flyer auf und hätte fast den jungen Mann übersehen, der direkt auf sie zusteuerte. Erst als er schon fast vor ihr stand, blickte sie auf. »Oh, Entschuldigung«, sagte sie und wedelte mit dem Flyer. »Interessant!«

»Ja, Doktor Rösken eröffnet die Ausstellung nachher, wollen wir?« Er warf einen demonstrativen Blick auf seine Armbanduhr. »Er hat nur wenig Zeit.«

»Natürlich!«

Lilly griff noch einmal zu dem Tisch und steckte einige Flyer ein, dann folgte sie dem jungen Mann zum Lift. Dort standen sie sich schweigend gegenüber. Wahrscheinlich ein Praktikant, dachte Lilly und hätte gern gefragt, unterließ es aber. Der Lift brachte sie in den zweiten Stock, wo sie nebeneinander einen langen Gang entlanggingen, große Gemälde schmückten die nackten Betonwände zwischen den Türen. »Doktor Rösken ist ein großer Kunstliebhaber«, erklärte ihr Begleiter. »Moderne Kunst«, fügte er hinzu, als ob Lilly das nicht selbst gesehen hätte.

Vor einer Tür am Ende des Korridors blieb er stehen, klopfte an, hielt Lilly die Tür auf und sagte: »Da ist sie!«

Lilly trat ein. Eine Frau mittleren Alters lächelte ihr von ihrem Schreibtisch entgegen und erhob sich. »Das freut mich. Guten Tag, Frau Hinrichs, wir haben gestern telefoniert.«

Also stand sie ihrer Gönnerin gegenüber.

»Freut mich auch«, sie schüttelten einander die Hände, »sogar ganz besonders! Vielen Dank!«

»Gern! Kommen Sie!« Die Frau wies auf die angelehnte Tür. »Herr Doktor Rösken erwartet Sie schon.«

Es war ein imposantes Büro, in das sie eintrat. Groß, hell und Respekt einflößend, so wie der groß gewachsene, schlanke Mann, der bei ihrem Eintreten kurz aufstand.

»Also«, sagte er nach einer knappen Begrüßung und setzte sich wieder hinter seinen Schreibtisch, während er Lilly mit einer einladenden Handbewegung den Stuhl davor anbot. »Also«, wiederholte er, als sie sich gesetzt hatte, »wenn ich mich recht erinnere, sind Sie keine Kunststudentin, die wegen der Ausstellung hier ist, sondern eine Jurastudentin.«

»Ja … nein«, antwortete Lilly. »Das heißt, Kunst interessiert mich auch, vor allem Keramik.«

»Ach ja?« Röskens stahlblaue Augen sahen sie forschend an. »Keramik? Ist das nicht ungewöhnlich für Ihr Alter?«

»Meine Mutter ist Keramikerin. Töpferin. Sie macht schöne … also, ich werde sie auf alle Fälle in die Ausstellung …« Lilly unterbrach sich. »Aber das steht auf einem anderen Blatt.«

»Ja, auf Ihrem Blatt steht jetzt Jura.« Rösken lehnte sich zurück. »Also, womit kann ich dienen?«

Lilly fing genau so an, wie sie es sich zurechtgelegt hatte. Die Arbeit, die Verträge, die Nebengeschäfte, erlaubt oder nicht? Und ob sie wohl mal einen Standardvertrag für Filialleiter einsehen dürfte? Das würde ihr bei ihrer Arbeit für die Uni sehr helfen.

»Seltsam!« Rösken hatte die Hände wie zum Gebet verschränkt und beugte sich etwas vor. »Wo kommen Sie her? Ich meine nicht die Uni, sondern wo Sie aufgewachsen sind?«

»Timmendorfer Strand«, sagte Lilly sofort. Was hatte das eine mit dem anderen zu tun?

»Timmendorfer Strand? Lebt dort auch Ihre Mutter?«

Lilly nickte.

Rösken legte seine Hände flach auf die Tischplatte. »Jetzt mal Klartext, Frau Hinrichs, geht es um eine Uni-Arbeit oder um ein persönliches Anliegen?«

Völlig überrumpelt schwieg Lilly. War sie so schlecht gewesen? »Wie meinen Sie das?«, fragte sie vorsichtig nach.

»Nun, seltsamerweise erreichte mich gestern eine Mail aus Timmendorfer Strand. Vom dortigen Filialleiter. Er fragte, sehr ähnlich wie Sie jetzt, nach den Verträgen seines Vorgängers.«

Lilly spürte, wie ihr die Röte ins Gesicht schoss.

»Ein Herr Fabian Richter. Wir haben ihn erst kürzlich als Filialleiter eingesetzt.« Er musterte Lilly. »Sagt Ihnen dieser Name etwas?«

Lilly nickte stumm. »Er ist unser Nachbar«, bestätigte sie leise. »Nein, er war. Wir haben unser Haus nicht mehr.«

Rösken rief an Lilly vorbei zur angelehnten Tür. »Frau Arnold, seien Sie so freundlich und bringen Sie unserer jungen Dame hier ein Glas Mineralwasser, ich glaube, sie braucht jetzt eines. Vielen Dank!«

»Aber gern. Und Ihnen einen Kaffee?«

»Nein danke. Ich habe alles!«

Rösken gab etwas in seinen Computer ein und sah anschließend auf. »Es geht ja wohl um den Filialleiter, der mit internen Informationen sein jetziges Geschäft, ein Immobilienbüro, aufgebaut hat.«

»Ja«, bestätigte Lilly. »Und aufgrund seines Wissens die Möglichkeit hatte, meine Mutter unter Druck zu setzen. Er hat ihr keine Unterstützung angeboten, sondern sie ausgenutzt.«

Rösken lächelte. »Für Unterstützung fühlen sich Bankleute nicht unbedingt zuständig …«

»Ein Kredit, eine Umschichtung, eine Schuldenberatung, irgendwas …«

»Ich weiß, was Sie meinen«, winkte Rösken ab.

Es klopfte kurz, und Annette Arnold kam mit einem Glas herein und stellte es vor Lilly auf den Schreibtisch. »Oh, oh, da wird für die Uni aber eifrig geschwitzt«, sagte sie, als sie die kleinen Schweißperlen auf Lillys Stirn sah.

»Das harte Leben der Studenten«, witzelte Rösken und nickte ihr zu. »Sie kennen sich dank Ihres Filius ja auch aus.«

»Meiner Tochter«, korrigierte Arnold.

»Bitte entschuldigen Sie, natürlich.« Er wartete ab, bis Lilly einen kräftigen Schluck aus dem Wasserglas genommen hatte. »Die Töchter!« Er schmunzelte. »Also sind schon zwei aus Timmendorfer Strand der Meinung, dass da möglicherweise eine Vertragsverletzung stattgefunden *haben könnte.*« Er betonte den Konjunktiv, fiel Lilly auf.

»Der ganze Butenweg glaubt das!«, schoss es aus ihr heraus.

»Der ganze Butenweg also. Das ist wohl der Weg, an dem das Haus gestanden hat?« Rösken sah auf die Uhr.

»Noch immer steht. Aber nicht mehr lang, denn die neuen Besitzer wollen es abreißen – aber mein Urgroßvater Hinrichs hat es erbaut. Das Haus hat Geschichte, da ist Leben drin, das kann man nicht …« Lilly redete sich in Rage und sah Röskens beschwichtigend gehobene Hände zu spät.

»Langsam, langsam. Ich habe alles vorliegen, und ich verspreche Ihnen, dass ich mir das ansehen werde. Und mich melden werde – vor allem bei Herrn Richter. Und ich bin sicher, alles Weitere werden Sie über ihn erfahren – aber nun muss ich zu meiner Veranstaltung.« Er stand auf und zog sich das Jackett zurecht. »Falls Sie mich, als Tochter einer Keramik-Künstlerin, begleiten möchten?«

Lilly nickte und erhob sich auch. »Das ist ja das Schlimme! Sie hat keine Werkstatt mehr.«

»Aber ausreichend Geld auf dem Konto?«, fragte Rösken, während er um den Schreibtisch herumkam.

»Ja«, sagte Lilly inbrünstig, »aber Geld … ist nicht alles.« Was Rösken ein Lächeln entlockte, das Lilly aber nicht sah.

***

Lea Lohmann war nach Hamburg hineingefahren und hatte einmal tief Luft geholt. Es war eine schlagartige Befreiung, so als hätten sich beim Anblick des bloßen Ortsschildes sämtliche Fesseln von ihrer Brust gelöst. Am Jungfernstieg ließ sie die Scheiben ihres Autos herunter, und wäre es ein Cabrio gewesen, hätte sie auch noch das Dach geöffnet, auch wenn es leicht nieselte. Hamburger Nieselregen, sie fand ihn zum Küssen schön. Vor lauter Wiedersehensfreude fuhr sie an der Außenalster entlang, und hätte sie irgendwo einen Parkplatz erspäht, wäre sie auch gleich ausgestiegen und zum See gelaufen. Ach, was war das Meer gegen die Außenalster. Nichts. Ein graues, weites Etwas, im Herbst und Winter purer Trübsinn fürs Auge, während hier die Bäume und Pflanzen die Jahreszeiten anzeigten und ein harmonisches Ganzes bildeten, selbst wenn das Eis im Winter alles in ein weißes Licht tauchte. Ach, die zugefrorene Alster, die Glühweinstände, im Sommer die Segelschiffe, die kühlen Drinks auf den Restaurantterrassen … jede Jahreszeit war hier ein Genuss. Und jetzt, im Juli, war alles doppelt so schön. Lea konnte sich kaum beruhigen.

An einer roten Ampel nahm sie das Smartphone vom Beifahrersitz. Ah, Jacky hatte endlich geantwortet.

»No, my dear, heute leider nicht. Bin geschäftlich in Frankfurt. Morgen Abend zurück. Morgen?«

So schade. Das gab Lea einen Dämpfer. Sie hatte sich wirklich auf ein paar Stunden mit Jacky gefreut. Deren kühler Blick auf alles tat ihr immer wieder gut. Und half ihr bei eigenen Überlegungen und Fragen. Aber wenn sie nicht da war …

Hinter ihr hupte es. Lea winkte kurz entschuldigend mit der rechten Hand und fuhr los. Ohne groß darüber nachzudenken, schlug sie den Weg zu ihrem Haus ein. Doch je näher sie kam, desto heftiger wurden die Zweifel. War das gut? Konnte ihr das guttun? Sie war sich nicht sicher. Fremde Leute in ihrem Haus, andere Vorhänge, der Garten vielleicht ungepflegt, ihre Fische tot … Sie mochte nicht darüber nachdenken, es tat jetzt schon weh, bevor sie überhaupt dort war.

Doch dann parkte sie ihren Wagen genau an der Stelle, von der man vom Straßenrand aus den besten Blick auf das Haus hatte – über die halbhohe Hecke hinweg über den langen, ansteigenden Garten hinauf bis zum Haus, zu der großen Terrasse mit der spiegelnden Fensterfront.

Sie hatte den Motor schon abgestellt, aber noch nicht hingesehen. Im Stillen zählte sie bis zehn. Bei zehn würde sie die Augen öffnen und den Tatsachen ins Auge sehen. Und dann würde sie zu Helmut ins Hotel fahren und diesen Teil ihres Lebens ein für alle Mal abhaken.

Bei »zehn« sah sie hin. Aber da sprangen keine Kinder durch den Garten, keine Menschen, gar nichts. Der Rasen war gewachsen, weiße Gänseblümchen sprenkelten das grüne Gras, die Terrasse einsam. Kein Stuhl, kein Tisch, nichts. Und die Fenster starrten sie aus leeren Höhlen an, kein Vorhang, keine Zierde, keine Blumen, nichts.

Das ganze Haus machte einen unbewohnten Eindruck. Lea stieg langsam aus dem Wagen und ging den Gehsteig an der Hecke entlang, bergauf bis zur Toreinfahrt. An der Klingel stand noch immer »Lohmann«, und der Briefkasten quoll über. Lea bückte sich und fing an, die feuchte Post um den Briefkasten herum aufzusammeln, sie waren alle an »Lohmann« adressiert. Sie hatten doch einen Nachsendeantrag gestellt? Und was war mit der Post des neuen Besitzers? Sie fand keinen anderen Namen. Schließlich zog sie alles, was sie erreichen konnte, aus dem Briefkastenschlitz, denn wer wusste schon, ob nicht auch wichtige Briefe dabei waren?

War es denn zu fassen? Sie musste sofort Helmut anrufen. Wusste er davon? Was war schiefgelaufen? Aber das Smartphone lag noch im Auto. Sie bündelte das viele Papier, klemmte es sich einigermaßen geordnet unter den Arm und drückte lang und ausdauernd auf den Klingelknopf. Drinnen, das konnte sie leise hören, erklang das vertraute Geräusch der Klingel, aber es rührte sich nichts. Und auch die Fenster um die Eingangstüre herum zeigten ihr, dass seit ihrem Umzug nicht geputzt worden war. Dass hier niemand wohnte.

Was hatte das zu bedeuten?

***

Maike holte Lilly vom Zug ab. Mit gemischten Gefühlen, denn dass Lilly in den Butenweg wollte, war ihr noch immer nicht ganz geheuer. Und trotzdem freute sie sich natürlich sehr auf ihre Tochter. Zum einen auf das Wiedersehen, und zum anderen konnte sie die Anlaufstellen, die sie für ihre Akquise herausgesucht hat, noch einmal mit ihr durchgehen. Renate hat Lilly das Gästezimmer neben ihrem richten lassen, ebenfalls mit Blick aufs Meer, und Falk fand, dass die Ankunft der Tochter ein besonderes Essen wert sei, und hatte nach Lillys Lieblingsessen gefragt. »Spaghetti aglio, olio e peperoncino?«, fragte er dreimal nach, echt? Ja, ganz wirklich, bestätigte Maike dreimal. Und sie warnte gleich, dass sie eher spät zum Essen kämen, ihre Tochter hätte noch etwas vor.

Egal wann, ich bin bereit, war Falks liebenswürdige Antwort, und er bekräftigte sie, indem er sein T-Shirt über der Brust militärisch stramm zog. Maike nahm ihn daraufhin spontan in den Arm. »Darf ich das?«, fragte sie, »es ist mir ein Bedürfnis. Du bist so ein klasse Mensch!«

»Wenn andere das nur auch mal merken würden«, war seine Antwort, und Maike hatte kurz überlegt, wen er wohl meinen könnte. Fynn etwa?

Jetzt stand sie am Bahnhof und wartete auf die Einfahrt des Zuges. Maike zog die Jacke enger um sich. Ein kurzer Wettereinbruch war vorausgesagt worden. Kurz? Zweifelnd sah sie zu den dicken Wolken empor, doch da brach die Sonne grell und strahlend hervor und warf ihre Strahlen wie einen Fächer auf die Welt. Maike verharrte in diesem Anblick. Wie in einem Heiligenbild, dachte sie, und interpretierte es als Zeichen. Es würde alles gut werden. Sie lächelte noch über ihren kindlichen Aberglauben, als sie den Zug hörte, der direkt danach einlief.

Pünktlich, dachte Maike. Das war ja toll.

Sie trat zurück, um die Menschenmenge, die aus den Waggons strömte, durchzulassen, und blickte sich nach ihrer Tochter um. Schließlich sah sie sie. Sie kam als Letzte, elegant in einen leichten hellgrauen Mantel gehüllt, der sich bei ihren schnellen Schritten öffnete und darunter ein blaues Kleid zeigte. Da hat sie sich aber fein gemacht, dachte Maike, für den Butenweg?

»Hallo, meine Tochter!« Sie schlossen sich in die Arme und blieben kurz so stehen. »So schön, dich zu sehen. Und zu drücken.«

»Ja, tut gut«, stimmte Lilly zu und trat einen Schritt zurück. »Und, Mama, wie ist dein Plan?«

»Ich dachte, zuerst fahren wir in den Butenweg, wie du es vorgeschlagen hast. Mit dir fällt mir das auch leichter.« Lilly nickte. »Und anschließend kocht Falk dein Lieblingsessen.«

»Scharfe Spaghetti? Hoffentlich kann er das so gut wie du!«

Maike musste lachen. »Und wenn nicht, dann ist der Rotwein ganz bestimmt besonders gut – das ist er nämlich immer.«

»Ich bin gespannt!« Lilly hakte sich bei ihrer Mutter unter. »Auf das Hotel, auf diesen Falk, auf deine ehemalige Schulkameradin … überhaupt auf alles.«

Sie gingen zur Straße, und Lilly sah sich suchend um. »Und jetzt? Fahrrad? Taxi? Geert ist auch nicht da …«

Maike wies zum Parkplatz.

»Dort, der blaue. Renate war so lieb und hat ihn mir geliehen.«

»Das ist ja nett von ihr.«

»Renate ist die Großzügigkeit in Person!« Maike zog den Autoschlüssel aus ihrer Manteltasche und klickte den Wagen im Näherkommen auf.

»Wenn du jetzt Akquise machst, wirst du ein Auto brauchen«, sagte Lilly, während Maike den Kofferraum für Lillys kleinen Rollkoffer öffnete.

»Keine unnötigen Ausgaben, habe ich mir geschworen. Erst mal leihe ich mir einen Wagen, dann sieht man weiter.«

»Was *sieht man weiter* angeht, habe ich auch eine Neuigkeit … sozusagen druckfrisch!«

Maike warf Lilly übers Autodach einen forschenden Blick zu, bevor sie beide einstiegen. Ging es um Christian?

»Dann lass mal hören.« Sie startete den Wagen, und Lilly gurtete sich an.

»Das ist eine so abgefahrene Sache, dass ich dir das nicht zwischen Tür und Angel erzählen …«

»Bist du schwanger?«

»Aber Mama!«

»Scheußlich kalt«, bemerkte Lilly und stellte die Sitzheizung an. »Und den ganzen Tag lang so ein düsteres Licht. Wie im November. Dabei ist Juli.«

»Es soll bald wieder besser werden«, tröstete Maike. »Vorhin ist die Sonne jedenfalls kurz durchgekommen.«

»Kurz«, wiederholte Lilly und deutete zu den Häusern am Straßenrand. »Licht! Um diese Uhrzeit. Überleg mal!«

Maike nickte. »Ja, Strandwetter ist es nicht gerade.«

»Strandwetter?« Lilly musste lachen. »Nur für ganz Hartgesottene. Ich jedenfalls hasse dieses feuchtnasse Wetter, das einem so unter alle Kleider kriecht … brrr!«

»Vielleicht kommt die Kälte aber auch von innen?« Maike

warf ihr einen Blick zu. »So geht es mir jedenfalls. Ich schlottere vor lauter Angst … Wiedersehensangst.«

Lilly antwortete nicht darauf, und Maike konnte ahnen, was sie dachte … *selbst schuld.*

Sie bogen in den Butenweg ein. Bei Richters brannte Licht in der oberen Etage. »Jule und Ella gehen zu Bett«, sagte Maike leise.

»Und bei uns ist alles dunkel!« Lilly beugte sich vor. »Stockdunkel! Entweder machen sie noch kein Licht, oder es ist kein Mensch da!«

»Schwer zu sagen!« Maike parkte den Wagen dicht am Gartenzaun ihres ehemaligen Hauses. Und ohne ein weiteres Wort stiegen sie aus und gingen auf das Gartentor zu.

»Es quietscht noch immer«, stellte Lilly belustigt fest, während sie es öffnete.

»Und wenn sie jetzt doch da sind?«, gab Maike zu bedenken.

»Dann wollten wir die neuen Besitzer einfach mal besuchen.«

Maike war es nicht wohl in ihrer Haut. Aber immerhin war es schön zu sehen, dass immer noch alles beim Alten war. Die unregelmäßig verlegten Steinplatten, die als Weg zum Haus führten und die man nur traf, wenn man sie kannte. Und auch alle Büsche und Bäume schienen noch da zu sein. Als sie näher zum Haus kamen, tauchten im dämmrigen Licht die Umrisse der Werkstatt auf. Maike durchfuhr ein Schmerz, der von den Zehenspitzen bis in ihren Kopf raste. Sie blieb stehen.

»Da kann ich nicht hin«, flüsterte sie.

Lilly blieb ebenfalls stehen. Sie sahen sich an.

»Mama!« Lilly griff kurz nach ihrer Hand. »Jetzt sind wir schon mal hier. Das schauen wir uns an!«

»Und wozu soll das gut sein?«, sperrte sich Maike.

»Warum bist du dann überhaupt hier hereingekommen?«, fragte Lilly ungeduldig.

»Tja, warum?«, wiederholte Maike und stand noch immer wie angewurzelt.

»Komm!« Lilly ging voraus, um die Hausecke herum, an der Terrasse vorbei über die Wiese zur Werkstatt. Dort drückte sie die Türklinke herunter, und erst, als Maike das altvertraute Quietschen der Angeln hörte, setzte sie sich in Bewegung.

Lilly wartete auf ihre Mutter.

»Muss das sein?«, fragte Maike, als sie neben ihr stand, und trotzdem ging sie als Erste hinein. Dann blieb sie stehen.

Alles war unverändert. Die Regale standen noch so da, wie sie sie abgeräumt hatte, nur jetzt seltsam leer und verloren. Und dann, sie traute sich kaum hinzusehen, ihre Drehscheibe. Die hatte sie hier stehen lassen. Warum, wusste sie selbst nicht. Es war nur das Gefühl, dass man niemandem die Heimat nahm – und diese Drehscheibe gehörte einfach hierher. In diese kleine Werkstatt, zum morgendlichen Vogelgezwitscher, zum ersten Tee, zu dem kleinen Wasserbecken daneben … zu ihr. Sie ging hin und strich mit den Fingerkuppen sachte über die Drehscheibe.

»O Lilly«, seufzte Maike, »warum sind wir nur hergekommen?«

»Vielleicht lohnt es sich, um etwas zu kämpfen?«

»Und wie soll das gehen?«

»Vielleicht muss man da eine Strategie entwickeln.«

Maike sah sie an. »Eine Strategie. Die müsste wohl eher Wunder heißen.« Sie drehte sich um. »Lass uns gehen!«

»Aber würdest du gern wieder zurück, oder hast du hier mit allem abgeschlossen?« Lilly rührte sich nicht vom Fleck.

»Zurück und alles wie vorher?« Maike schüttelte den Kopf. »Nein. Ich bin aus meinem Dornröschenschlaf erwacht, glaub mir.« Sie fasste ihre Tochter am Arm. »Ab sofort geht es in meinem Leben vorwärts. Schauen, was ist und was noch sein kann!«

Sie klang optimistischer, als sie sich fühlte. Was noch sein kann? Kurz schweiften ihre Gedanken zu Fynn ab. Was noch sein kann? Sie musste das streichen und sich auf sich selbst konzentrieren. Sie war 47 Jahre alt, da konnte noch viel sein. Und noch viel kommen.

Lilly nickte, stieß die Tür zum Garten auf und ging über die Wiese zum Haus. Maike folgte nur ein paar Schritte, blieb dann abwartend stehen, während Lilly wie selbstverständlich über die Terrasse ging und dicht ans Fenster trat, um etwas vom Innenraum erspähen zu können. Maike hielt die Luft an. Wenn jetzt jemand herauskam?

Ihr Adrenalin fuhr erst wieder runter, als sie gemeinsam um das Haus nach vorn gingen. »Nicht viel zu sehen«, berichtete Lilly, »aber was recht nah am Fenster stand, wirkte irgendwie kunterbunt. Ich glaube, die haben einfach nur alles Mögliche hineingestellt.«

»Klar, die wollen ja auch abreißen«, erwiderte Maike düster.

Lilly sagte nichts dazu, und so gingen sie wortlos hintereinanderher in Richtung Gartentor.

Dort empfing sie eine schweigende Mauer aus Menschen. Maike, die vorangegangen war, blieb schlagartig stehen. Sie hatten alle Butenwegler vor sich. Selbst Ella und Jule, rechts und links an Fabians Hand.

»Was macht ihr denn hier?«, sie musste sich erst mal fassen.

»Sandra hat zwei Gestalten gesehen, die sich auf deinem Grundstück in Richtung Werkstatt bewegten«, erklärte Regine, »und wer weiß schon, welche Aktionen die Lohmanns bei Nacht und Nebel vorhaben, also besser gleich mal Kante zeigen!«

»Wie toll!« Lilly ging an ihrer Mutter vorbei und umarmte einen nach dem anderen. »Wie toll, euch alle hier zu sehen!« Bei Fabian blieb sie stehen. »Und vor allem dich!«

Warum gerade Fabian, fragte sich Maike, wiederholte aber Lillys Worte: »Ja, es tut richtig gut, euch alle hier zu sehen.«

»Dann wechseln wir vielleicht die Örtlichkeit? Zu meinem Schnüüsch auf dem Herd?« Gunni sah sich forschend um.

»Din Intop is se best!«, erklärte Geert inbrünstig. »Ich freue mich schon den ganzen Tag drauf!«

Per nickte. »Eingelegte Heringe und Katenschinken sind auch da. Also los!«

»Also los?«, wiederholte Maike und sah jetzt doch von einem zum anderen. Und schließlich zu ihrer Tochter. »Hast du da was arrangiert?«

Lilly zuckte mit den Schultern. »Ich habe dir ja gesagt, dass es eine Überraschung gibt.« Sie musste lachen. »Aber mit euch habe ich wirklich nicht gerechnet, es konnte ja keiner wissen, dass die Lohmanns heute gar nicht zu Hause sind.« Sie warf Fabian einen Blick zu. »Aber dich wollte ich auf jeden Fall noch anrufen. Umso besser, wenn wir jetzt alle zusammen sind …«

Fabian legte Maike seinen Arm um die Schultern. »Und wieso wolltet ihr mich noch anrufen?«, fragte er sie.

»Du hast eine Mail an jemanden geschrieben, bei dem ich heute Nachmittag im Büro saß«, antwortete Lilly an Maikes Stelle.

»Im Ernst?« Fabians Stimme klang erstaunt. »Jetzt bin ich aber gespannt!«

»Und wir auch«, meinte Gunni. »Aber los jetzt, das können wir gleich drinnen alles besprechen, wenn wir was auf dem Teller haben!« Und während die Ersten losgingen, kam sie zu Maike und legte ihr die Hand auf den Oberarm. »Ich freue mich sehr, dich zu sehen. Wir alle freuen uns. Wir haben dich vermisst! Ohne dich ist der Butenweg nur halb so schön!«

***

Lea Lohmann kannte das Hotel, dessen Adresse ihr Helmut aufs Smartphone geschickt hatte. Es war gut, aber nicht erstklassig. Was war mit ihm los? Sie bedauerte, dass Jacky unterwegs war.

Sie hätte jetzt eine gute Freundin zum Reden gebraucht. So schlenderte sie einige Stunden ziellos durch Hamburg, trank hier einen Kaffee, dort einen Fruchtcocktail, flanierte durch die Alsterpromenade, ging überallhin, wo sie sich früher immer wohlgefühlt hatte, und versuchte, ihre unbeschwerte Laune wiederzufinden. Aber es gelang nicht, die ganze Zeit überschlugen sich ihre Gedanken. Schließlich fand sie es an der Zeit, um endlich zu diesem Hotel zu fahren. Noch während sie fuhr, erreichte sie Helmuts Anruf.

»Bist du schon unterwegs?«

»Ja, klar. Gleich da.«

»Wohin wollen wir essen gehen?«, fragte er.

»Wieso bist du in diesem Hotel? Da warst du doch noch nie.«

»Bisher habe ich ja auch in Hamburg gewohnt!«, kam seine schroffe Antwort. »Also, wohin? Ins Cuneo wirst du ja nicht wollen.«

»Cuneo?«

»Ach, vergiss es!«

»Was bist du denn so barsch?« Seine Erklärung ließ auf sich warten, und Lea stellte fest, dass sie gerade zu früh abgebogen war. Sie schlug mit der Hand aufs Lenkrad. »Mist, verdammter!«

»Ja, Mist verdammter!«, wiederholte Helmut genervt. »Wo willst du also hin?«

»Wollen wir uns nicht erst mal im Hotel treffen?«

»Nein, wollen wir nicht. Ich habe Hunger. Also in unser Stammrestaurant?«

»Ja, gut«, willigte Lea ein, der jeglicher Appetit vergangen war. Irgendwas war im Busch. Während sie die Fahrtrichtung änderte, beschlichen sie ganz seltsame Gedanken. In den letzten Wochen war alles anders geworden. Und sie bekam plötzlich Angst, dass sie die wahren Hintergründe nicht verstand. Wollte er ihr jetzt seine neue Freundin vorstellen, mit der er demnächst das neue Hamburger Appartement beziehen würde? Und sie würde in Timmendorfer Strand bleiben? Lea wurde es kalt. Was würde sie ohne Helmut tun? Ja, was schon, würde Jacky sagen, leben. Aber das war halt Jacky. Und nicht sie.

Schneller als gedacht fand sie einen Parkplatz direkt auf der gegenüberliegenden Straßenseite des Restaurants. Was für ein Zufall! Lea zog ihren Ledermantel an, weil ihr kalt war. Was war, wenn jetzt eine wegweisende Entscheidung auf sie zukam? Dass Helmut irgendwo eine Geliebte hatte, war ihr schon lange klar. Aber wenn diese Geliebte nun ernsthaft begann, sie aus ihrer Position zu drängen, was dann? Lea zog den Kragen ihres Mantels hoch, während sie schnell zum Eingang lief. Der schneidende Wind, der ihr vom Hafen her nasskalt unter den Mantel kroch, gab ihr den Rest. Sie war froh, als sie endlich in der Wärme des Restaurants stand. Einer der Kellner hatte sie erspäht und begrüßte sie freundlich. Sofort nahm er ihr den Mantel ab.

»Ist mein Mann schon da?«, wollte sie wissen, bekam aber eine abschlägige Antwort. Und leider sei ihr Lieblingstisch bereits besetzt, meinte er bedauernd. »Sind Sie mit dem Tisch daneben einverstanden?« Nachdem Lea zugestimmt hatte, führte er sie an einen Ecktisch am Fenster.

Da saß sie nun, bestellte anstelle eines Aperitifs einen heißen Tee, wärmte sich die Hände an der Tasse und fragte sich, wo Helmut so lange blieb. Schließlich griff sie zu ihrem Smartphone und rief ihn an. Die Mailbox meldete sich, und sie legte das Handy wieder weg. Der Kellner brachte ihr die Speisekarte, die sie sowieso schon auswendig kannte, aber noch einmal studierte, um etwas zu tun zu haben. Dann betrachtete sie die Leute um sich herum, die an Zweiertischen saßen, nur hinten in der Ecke gab es einen großen runden Tisch mit aufgekratzten jungen Leuten. Sie schienen die Einzigen zu sein, die fröhlich waren. Alle anderen aßen still und sahen aneinander vorbei.

Eine weitere halbe Stunde später schob Lea ihren Stuhl nach hinten und bat den Kellner um ihren Mantel. Sie legte zehn Euro für den Tee auf den Tisch und verließ das Lokal.

***

Maikes ursprüngliche Beklommenheit wich, nachdem sie sich an Gunnis großen Holztisch gesetzt hatte. Es war wie früher. Alle redeten durcheinander, luden sich immer wieder die Teller mit Gunnis deftigem Eintopf voll, und erst als Per die Schnapsflasche auf den Tisch stellte, endeten die Gespräche.

»Also, jetzt«, sagte er in die Runde, »was gibt es Neues? Wie kriegen wir diese Hamburger Brut wieder los?«

Lilly hob den Zeigefinger. »Ich könnte was dazu beitragen«, sagte sie, »und Fabian auch.«

Alle wandten sich ihr zu.

Per begann, die Schnapsgläser zu füllen. »Und was?«

Lilly erzählte von ihrem Gespräch mit Rösken, dem Vorstandsvorsitzenden der Bank, und auch davon, dass er bereits eine diesbezügliche Anfrage erhalten hatte.

Alle Blicke wanderten zu Fabian. Der nickte und lächelte Lilly zu. »Ich muss schon sagen, das hast du clever gemacht.«

»Und jetzt?«, wollte Regine wissen.

»Jetzt prüft er es. Aber dass sich zwei in einer Sache einig sind, das fand er schon bemerkenswert«, erklärte Lilly.

»Und was könnte passieren, wenn es klar ist, dass Schmidt sein Bankwissen zu seinem Vorteil verwendet hat?«, wandte sich Maike an Fabian.

Er zuckte die Schultern. »Das habe ich mich auch gefragt. Nachträglich kann man ihn ja nicht mehr rausschmeißen. Rückgängig machen kann man es auch nicht mehr, das ginge nur, wenn der Kaufvertrag durch sein Verhalten unwirksam wäre. Den Vertrag hat er aber abgeschlossen, als er schon Immobilienmakler war. Nicht während seiner Zeit als Filialleiter. Also«, Fabian warf einen Blick rundum in die Runde, »Nebengeschäfte durfte er laut Vertrag nicht tätigen – zumindest nicht an der Bank vorbei, das steht fest. Aber hilft uns das?«

»Uns?« Maike sah ihn an. »Bisher bin ich ja noch gar nicht gefragt worden, ob ich überhaupt zurückwill.«

»Ja, willst du denn nicht?« Geert sprach aus, was alle dachten. Maike fuhr sich durchs Haar. Die plötzliche Stille brachte sie aus dem Konzept.

»Mama!« Lilly legte ihre Hand auf Maikes Arm. »Vorhin, in der Werkstatt, wolltest du noch.«

»Ja, natürlich. Ich will auf der einen Seite mein Leben ändern, auf der anderen Seite in mein altes Leben zurück.« Maike sah von einem zum anderen.

»Aber das lässt sich doch miteinander vereinbaren!«, erklärte Regine. »Da bist du doch nicht die Erste. Viele haben sich in ihren Leben neu orientiert.«

»Ihr?« Maikes erstaunte Frage brachte einige am Tisch zum Lachen.

»Wir zum Beispiel«, sagte Sandra und deutete auf Ella und Jule, die zugedeckt hinter ihr auf der breiten Couch schlummerten.

»Ja, Kinder«, gestand Maike ihr zu. »Kinder werfen ein Leben immer aus der Bahn. Aber wenn du dich in der Bahn glaubst, und dann wird plötzlich alles anders, und du hast Zeit, über dich und alles nachzudenken, kann ja auch plötzlich etwas ganz anderes dabei herauskommen.«

»Aha«, sagte Geert, »u wat?«

»Ja, gerade du«, nahm Maike seinen Faden auf. »Frau und Sohn weg. Da nimmt ein Leben doch auch eine völlig neue Wendung.«

»Stimmt«, gab Geert zu, »aber ich habe mich bei euch immer aufgehoben gefühlt. Ihr seid meine Insel gewesen. Bis heute. Ich wohne immer noch hier im Butenweg.«

Sein Ton war so treuherzig, dass sich ihm alle zuwandten.

»Mensch, Geert, das hast du jetzt aber schön gesagt!«, sagte Per gerührt. Geert blieb ganz gefasst. »Ja, sind wir nun eine Gemeinschaft, oder nicht? Wir sind doch die Butenwegler! Das war unser Markenzeichen, unser Stolz. Das war die Kampfeinheit gegen den Rest der Welt! Und nun? Wollen wir uns mit solchen Nachbarn abfinden? Wollen wir zulassen, dass dem ollen Hinrichs sin Hus abgerissen wird? Eher kette ich mich an die Haustüre!«

Es war still. So ein langes Statement hatte noch nie jemand von Geert gehört. »Donnerwetter!«, sagte schließlich Jupp. »Das nenne ich jetzt mal einen emotionalen Ausbruch!«

»Und wo er recht hat, hat er recht!«, bestätigte Regine. »Und was ist denn nun mit diesem … Typen da in Lübeck? Was kann der erreichen?«

Fabian hob beide Hände. »Das kann ich nicht einschätzen. Aber nachdem er nun von zwei Seiten von den Missständen gehört hat, wird es ihn sicherlich interessieren. Und damit ist doch schon mal ein Anfang gemacht.«

»Und was machen wir, wenn demnächst die Bagger hier anrollen? Bevor dieser Rösken etwas Entscheidendes bewegt hat?«, wollte Frauke wissen.

»Dann besetzen wir das Gelände. Wie dormals '68!« Geert pochte auf den Holztisch.

Sandra musste lachen. »Da warst du doch gar nicht dabei!«

»Ist mir völlig egal! Aber bevor die da einen Glaspalast zwischen uns quetschen, besetzen wir das Haus! Das sind wir uns Butenwegler schuldig!«

***

Lea Lohmann setzte sich kurz entschlossen in ihren Wagen, aber nun wusste sie nicht so richtig, wo sie hinsollte. Zurück nach Timmendorfer Strand? Oder in das von Helmut gebuchte Hotel? Oder sich selbst ein Hotel nehmen, ein Zeichen setzen, dass er so nicht mit ihr umgehen konnte? Während sie noch darüber nachdachte, sah sie mit hoher Geschwindigkeit eine schwarze Limousine heranpreschen und genau vor dem Restauranteingang halten. Lea zögerte noch kurz, denn dass es Helmut war, war ihr klar, bevor er ausgestiegen war. Niemand sonst war so raumgreifend unterwegs wie Helmut. Zumindest kannte sie niemanden anderen. Sie wartete, bis er in der Eingangstüre verschwunden war, dann stieg sie aus und ging ebenfalls hinüber. Wie vermutet, kam er gleich darauf herausgestürmt und blieb ruckartig vor ihr stehen.

»Wieso bist du nicht da?«, fuhr er sie an.

»Ich bin da, und ich war da. Ich habe über eine Stunde gewartet«, sagte Lea und wunderte sich selbst über ihre Gleichmut. Normalerweise fühlte sie sich bei solchen Anschuldigungen sofort schuldig und schaltete in den Entschuldigungsmodus. Heute nicht.

»Wenn du jetzt da bist«, er warf ihr einen schwer zu deutenden Blick zu, machte kehrt und hielt ihr die Tür auf, »wenn wir jetzt noch was kriegen …«

»*Ich* war nicht zu spät.«

Der Kellner, der sie vorhin bereits bedient hatte, kam ihnen entgegen. »Ihr Lieblingstisch ist gerade frei geworden«, er wies zum Fenster, »ich decke nur kurz für Sie ein.«

»Danke!« Helmut half Lea aus dem Mantel und hängte ihn an die leere Garderobe. Lea überlegte, ob der Kellner das mit Bedacht gesagt hatte? Alle gehen, nur Sie kommen und halten jetzt den ganzen Betrieb auf?

»Und?«, fragte Helmut, während sie zusahen, wie der Kellner ihren Tisch richtete, »was treibt dich nach Hamburg?«

»Vielleicht die Sehnsucht?«, antwortete sie, und er verzog das Gesicht. »Nach wem, nach was?« Als Lea nicht gleich antwortete, setzte er: »Etwa nach deinem alten Kater?«, hinzu.

»Immerhin sind wir ja verheiratet«, gab Lea zurück.

»Stimmt!«

»Es war aber auch die Sehnsucht nach unserem alten Haus. Ich bin hingefahren …« Sie ließ den Satz in der Luft hängen. Er antwortete nicht, sondern legte ihr die Hand in den Rücken und schob sie leicht durch den Raum zu ihrem Tisch.

Der Kellner hatte abgewartet. »Darf es ein Aperitif sein?«, fragte er freundlich. »Ein Glas Champagner für die Dame? Und für Sie, Herr Lohmann?«

»Mir ist heute nicht nach feiern«, wehrte Helmut ab. »Ein Bier, ein leichter Fisch mit Salat. That's it!«

»Die Dame?« Die Stimme des Kellners war nachdrücklich, fand Lea. Vielleicht wollte er ihren Mann an seine guten Manieren erinnern.

»Vielen Dank«, antwortete sie. »Ich schließe mich meinem Mann an, einen Fisch mit Salat. Und ein Glas Weißwein, bitte.«

Nachdem sie am Tisch Platz genommen hatten, blickte Helmut durch das Fenster hinaus. Er schwieg. Irgendwann fragte Lea: »Und?«

»Und was?« Er wandte sich ihr zu.

»Was ist los? Ich dachte, du hättest unser Haus verkauft? Wieso steht es dann leer?«

»Hat das eine mit dem anderen zu tun?«

»Du hast es an jemanden verkauft, der es leer stehen lässt? Ich dachte, da zieht eine Familie ein?«

»Ich habe es an jemanden verkauft, der kein Geld hat.«

Lea lehnte sich zurück, auch weil der Kellner die Getränke brachte, aber vor allem, weil es ihr die Sprache verschlug.

»Das heißt …« Sie überlegte und griff nach ihrem Weinglas. »Aber wie kann das denn sein? Du warst dir doch so sicher … du hast doch alles überprüft, du hast doch …«

Helmut schnitt ihr das Wort ab. »Seine gerade noch florierende Firma hat neuerdings massive Probleme. Seine Lieferketten sind zusammengebrochen, er bekommt keinen Nachschub wichtiger Bauteile, kann somit nicht liefern, die vertraglichen festgelegten Zeiten nicht einhalten. Die Konkurrenz greift zu. Auf gut Deutsch: Es geht bei ihm gerade den Bach runter. Und zwar schneller, als du gucken kannst.«

»Und jetzt?«

»Und jetzt will er den Kaufvertrag rückgängig machen.«

»Dann verkaufst du eben an jemand anderen.«

»Das geht nicht so schnell. Außerdem sollte dieses Geld unser neues Hamburger Appartement finanzieren. Da steht demnächst eine weitere Zahlung an.«

»Und Timmendorfer Strand?«

»Das klopfen wir durch! Schon deshalb, weil mir diese Leute dort auf den Geist gehen.«

***

Maike sah auf ihre Armbanduhr, bevor sie die Hoteltür für sich und Lilly aufschloss. Es war bereits halb zehn vorbei. Falk kam ihnen direkt auf dem Flur entgegen. Maike entschuldigte sich sofort für die Verspätung, aber Falk winkte ab. »Alles gut, das ist genau die richtige Zeit für ein gemütliches Beisammensein!«

In diesem Moment kam Anton wedelnd aus der Küche, und während sich Lilly zu ihm hinunterkniete, spürte Maike ihr Herz schneller schlagen. »Ich sage ja, es passt! Fynn ist auch gerade eingetroffen! Und dieser Racker hat sich schon mal eine Vorspeise geholt!«

Lilly lachte und stand auf. »Ich bin Lilly«, stellte sie sich vor und gab Falk die Hand. »Mama hat schon viel von Ihnen erzählt.«

»Von dir, bitte duz mich. Wir sind eine Familie.« Er drückte Lilly einen Zimmerschlüssel in die Hand. »Also, in zwanzig Minuten gibt es die zweitbesten Spaghetti aglio, olio e peperoncino … Denn die besten macht deine Mutter, habe ich gehört.«

»Ach Quatsch!« Maike wehrte ab. »Können wir noch was tun? Tisch decken oder so?«

»Ihr könnt Renate aufmuntern, sie hat morgen einen Zahnarzttermin, vor dem sie sich fürchtet! Der Tisch ist schon gemacht!«

»Aber dann ist Knoblauch vielleicht …«, gab Maike zu bedenken, aber Falk winkte ab. »Sie bekommt eine Extrawurst, Spaghetti al pomodoro, schön langweilig, ohne Knoblauch.« Er deutete auf Lillys Koffer. »Wollt ihr erst noch rauf auf die Zimmer?«

Lilly nickte. »Zwanzig Minuten, das schaffen wir.«

»Hübsche Tochter«, flüsterte Falk Maike zu, während Lilly schon den Flur entlang zur Treppe lief.

»Hübsche Mütter, hübsche Töchter!« Maike grinste.

»Mein ich ja!«

Er sah den beiden zu, wie sie die Treppe hinaufliefen, und ging dann mit Anton zurück in die Küche. Lilly hatte ihr Zimmer bereits aufgeschlossen und stand abwartend in der Tür. Gemeinsam gingen sie hinein. Es hatte den gleichen Schnitt und die gleiche Einrichtung wie Maikes Zimmer, stellte Maike fest, nur spiegelverkehrt.

»Toll!« Lilly hob ihren kleinen Reisekoffer auf das Sofa. »Und mit Meeresblick!«

Maike nickte, ging zu ihrer Tochter und nahm sie in den Arm. »Herzlichen Dank, meine liebe Tochter. Ich bin überwältigt, dass du dich so einsetzt und sogar ins Büro des Vorstandsvorsitzenden marschierst. Ich hätte mich das wahrscheinlich nicht getraut!«

»Ach, Mama, stell dein Licht nicht immer so unter den Scheffel, irgendwo muss ich es ja wohl herhaben!«

Sie lachten. Maike deutete zur Zimmerwand. »Dort drüben residiere ich. Die Tür ist immer offen, abzuschließen brauchst du hier nicht.«

»Dachte ich mir.« Lilly legte den Schlüssel auf den Tisch. »Ich packe noch schnell aus, ziehe mich aber nicht mehr um.«

»Wozu auch, so hübsch, wie du bist!« Maike ging zur Tür. »Wir sehen uns gleich unten.«

Falk hatte den Tisch, wie immer, schön gerichtet, und die Kerzen brannten. Renate war schon da, als Maike hereinkam und vor dem Tisch stehen blieb.

»Das kann er einfach«, sagte sie.

»Ja, Dekorieren liegt ihm im Blut.« Renate legte den Korkenzieher, mit dem sie gerade eine Weinflasche entkorkt hatte, zur Seite. »Alles gut?«, fragte sie. »Tochter gut angekommen?«

»Ja«, bestätigte Maike. »Und nicht nur das. Es ist heute allerhand passiert. Erzähle ich dir gleich.«

Renate nickte und deutete auf ihre Wange. »Bei mir passiert morgen auch allerhand …«

»Ja, du Arme. Spaghetti pomodoro, ohne Knoblauch. Wir haben schon gehört.« Sie deutete auf die bauchigen Rotweingläser. »Soll ich schon mal einschenken?«

»Ja, nimm die!« Renate nahm eine gefüllte Weinkaraffe vom Teewagen und reichte sie ihr. »Dann schau ich nämlich gleich mal in die Küche!«

Wenig später standen sie mit einem Aperitif in der Hand da. Renate hatte Lilly herzlich willkommen geheißen, ihr schönes Kleid bewundert, wobei sie in einem schwarzen Georgettekleid selbst sehr elegant aussah, und schließlich, nachdem sich Fynn aus irgendwelchen Gründen verspätete, zu Tisch gebeten. Falk brachte zuerst eine große Schüssel für alle und gleich darauf noch eine kleine für Renate, bevor er sich neben Lilly setzte. »Scharf soll es sein, hat deine Mutter gesagt … also Vorsicht!«

Lilly lachte. »Ich freu mich total!«

»Ich hoffe, ihr seid recht hungrig?«, Falk hob fragend eine Augenbraue.

Maike und Lilly schenkten sich ein kurzes Lächeln. Bei Gunnis Schnüüsch hatten sie auch schon gut zugegriffen. »Und ob!«, bestätigte Lilly und tätschelte ihren flachen Bauch.

»Dann greif zu«, forderte Renate sie auf, während sie sich aus ihrer kleinen Schüssel bediente. »Ich bin wirklich neidisch!«

»Morgen wieder«, tröstete Falk.

Renate verzog das Gesicht. »Hoffentlich!«

Während sich alle nacheinander Spaghetti auf ihre Teller luden, betrachtete Maike den leeren Stuhl ihr gegenüber und fragte sich unruhig, wie Fynn sie wohl begrüßen würde. Gewohnt kameradschaftlich? Oder liebevoller? Und sie? Wie sollte sie selbst reagieren?

In diesem Moment hörte sie näher kommende Schritte auf dem Parkettboden und gleich darauf seine Stimme in ihrem Rücken. »Tschuldigung, ich hatte ein Telefonat, das ich nicht abwürgen konnte! Guten Abend alle zusammen!«

»Na, jetzt bist du ja da!« Renate stand auf und begrüßte ihn mit Wangenkuss. »Falk hat die Spaghetti gerade erst aufgetragen, du hast noch nichts verpasst!«

Maike drehte sich nach ihm um. »Schön, dass du da bist.«

Er beugte sich zu ihr hinunter und legte seine Hand in ihren Nacken.

»Und schön, euch alle zu sehen!« Seine Augen so dicht vor ihren, sein Duft, Maike elektrisierte es. Fynn richtete sich auf. »Und du bist Lilly?«

Lilly nickte.

»Na dann«, er setzte sich neben sie auf seinen freien Platz, »kann der Abend ja beginnen.«

Kaum waren alle Teller voll, verebbte die Unterhaltung. Dann und wann wurden mit einem »Oh, ist das lecker!« Falks Spaghetti gelobt, bis sich schließlich alle zufrieden zurücklehnten, die leeren Teller von sich schoben und sich wohlig zuprosteten.

Schließlich wandte sich Renate Maike zu: »Hast du vorhin nicht gesagt, es sei allerhand passiert? Was ist denn passiert?«

Unwillkürlich warf Maike Fynn einen schnellen Blick zu. Er stellte sein Glas ab, und um seine Mundwinkel zuckte ein Lächeln. Maike sammelte sich. »Lilly hat einfach mal den Vorstandsvorsitzenden der Bank aufgesucht und nachgefragt, ob der Verkauf unseres Hauses durch einen ehemaligen Filialleiter legal war.«

»Aber nicht nur ich«, warf Lilly ein, »der Nachfolger als Filialleiter, unser Nachbar im Butenweg, hat das auch getan. Per E-Mail. Also bekam Rösken es doppelt und obendrein fast gleichzeitig auf den Tisch.«

»Und?«, wollte Renate wissen, »was sagt dieser Rösken dazu?«

»Er prüft …«

»Immerhin etwas!« Falk klatschte kurz in die Hände.

»Aber dort war ich in einer Ausstellung, Mama, das habe ich dir noch gar nicht gezeigt. Aber jetzt, wo wir alle gemeinsam am Tisch sitzen …« Lilly bückte sich kurz zu ihrer Tasche und legte einige Flyer auf den Tisch.

Alle griffen danach.

»Eine Keramikausstellung?« Falk faltete den Flyer auseinander. »Ton im Laufe der Menschheitsgeschichte«, las er vor, »von den ersten Töpfereien vor rund 5000 Jahren bis zur heutigen Keramikkunst.« Er blickte auf. »Und was hat es damit auf sich?«

»Das zeigt, dass es doch noch unglaubliche Zufälle gibt«, sagte Fynn und wedelte mit dem Flyer. »Wenn ihr hier auf der Rückseite die Namen lest, die für die Ausstellung verantwortlich sind, stoßt ihr unweigerlich auf den Namen meiner Mutter!«

»Deine Mutter?« Maike runzelte die Stirn, warf ihm einen ungläubigen Blick zu, suchte und fand schließlich, klein gedruckt und unten am Rand, drei Namen. Zwei Männer, eine Frau. »Eva Brenndörfer«, las sie vor. »Das ist deine Mutter?«

»Tja, stimmt, das ist sie«, bestätigte Fynn. Nun lag nicht nur ein Lächeln auf seinem Mund, sondern auch in seinen Augen.

»Ja, klar«, Renate las den Namen ebenfalls, »Eva Brenndörfer. Aber was hat sie mit dieser Ausstellung zu tun?«

»Sie ist Sachverständige. Speziell für antike Keramik. Also Steinzeug, Fayencen, chinesisches Porzellan.«

»Ach? Respekt!« Renate schaute Maike an. »Das ist genau deine Abteilung!«

»Jaaaa«, Fynn zog das Wort in die Länge, bis sie ihn alle ansahen, »deshalb habe ich ihr einige Sachen von dir mitgebracht, liebe Maike. Unter anderem die Platte, die du Renate zum Geburtstag geschenkt hast.«

»Was?«, spielte Renate die Empörte, »die hast du mir geklaut, du Schlingel?«

Fynn grinste.

»Nun sag schon!«, drängte Falk, während Maike und Lilly ihn nur stumm ansahen.

»Also«, begann er, »sie fand die Sachen sehr schön. Handwerklich sehr gut, zeitgemäß gestaltet, schöne Farben.«

Es war kurz still.

»Und?«, fragte schließlich Renate.

»Und – sie hat mich vorhin angerufen, deshalb konnte ich nicht pünktlich sein.«

»Geht es noch spannender?«, stöhnte Falk.

»Ich soll dich fragen, ob du in kurzer Zeit ein ganzes Service brennen kannst, Speiseteller, Kuchenteller, Suppenteller, kleine Schüsseln, eine große Schüssel, eine Platte und Wasserkrüge. Die Wasserkrüge gern unterschiedlich geformt.«

Maike sagte gar nichts. Sie fand es nicht real, was hier gerade passierte. Erst als sie alle Blicke auf sich spürte, fragte sie nach: »Ich versteh nicht, Fynn. Was soll ich … warum sollte ich …?«

Fynn legte beide Hände flach neben seinen Teller und beugte sich etwas zu ihr vor.

»Weil das das Geschäft deines Lebens wird. Du musst dich nur ganz schnell an die Arbeit machen, dann hast du die Chance, einen Zwei-Michelin-Sterne-Schuppen, der gerade renoviert wird und deshalb auch sein altes Service raushaut, zum Kunden zu bekommen. Großkunden.«

Maike spürte, wie alles Blut in die Beine sackte. Es fing im Gesicht an und ging bis zu den Füßen, ein Kribbeln, das ihren ganzen Körper befiel, sie bekam Sorge, ihre Zähne könnten aufeinanderschlagen. »Das glaub ich nicht«, sagte sie schließlich.

»Das ist alles nicht wahr, oder?« Lilly, die neben Fynn saß, legte strahlend ihre Hand auf seinen Arm.

»So wahr ich hier sitze. Meine Mutter wird oft nach besonders guten Künstlern für dieses oder jenes gefragt. Und dieses Mal ist es eben das Restaurant *Gustav*, in dem sie auch bekannt ist.«

»Es ist wirklich wahr!« Lilly drückte Fynn einen spontanen Kuss auf die Wange, »super! Danke!« Dann sprang sie auf und stürmte um den Tisch herum zu ihrer Mutter. »Mama! Das ist die Chance deines Lebens!« Sie umarmte ihre Mutter so leidenschaftlich, dass die mitsamt dem Stuhl fast nach hinten weggekippt wäre.

»Sachte, sachte«, rief Falk. »Bring sie nicht gleich um! Wir brauchen sie alle lebend.«

Auch Renate war aufgesprungen. »Du bist wirklich fantastisch, Fynn, wirklich fantastisch!« Sie klatschte in die Hände. »Einfach genial!«

Die Einzige, die noch immer wie betäubt dasaß, war Maike.

»Was ist?«, fragte schließlich Fynn. »Magst du nicht?«

»Mögen?«, wiederholte Maike langsam. »Können! Können ist das Wort!«

»Klar kannst du das, Mama!« Lilly war neben ihrem Stuhl stehen geblieben. »Und ob du das kannst!«, rief sie leidenschaftlich. »Das hast du tausendmal bewiesen!«

Maike nickte. »Ja, aber wo? Wo soll ich arbeiten?«

Fynn sah von einem zum anderen. »Was ist?«

»Die Werkstatt ist ja weg. Verkauft«, erklärte Lilly leise. »Mitsamt dem Haus.« Sie holte tief Luft. »Und selbst wenn Rösken sofort handeln würde, bekommen wir das nicht zurück.«

»Wo steht denn das Haus?«, wollte Fynn wissen.

»Butenweg«, sagte Maike leise. »In Richtung Niendorf. Demnächst kommen wohl die Bagger. Dann ist alles Vergangenheit.«

»Die kommen nicht!«, ereiferte sich Lilly, die sich wieder hingesetzt hatte. »Sollte das der Fall sein, werden die Butenwegler das Haus besetzen. Das haben sie doch vorhin selbst gesagt. Da müsste mit den Baggern dann schon die Polizei kommen!«

»Starke Gemeinschaft!«, kommentierte Falk. »Wo gibt es denn so was noch?«

Renate fasste sich an die Wange. »Also, ich sag meinen Termin morgen ab, und wir fahren alle hin zu diesem Butenweg! Da muss es doch eine Lösung geben!«

»Der neue Besitzer ist ein starrköpfiger Typ, sagen alle. Geht über Leichen«, meinte Lilly.

»Und du sagst deinen Termin nicht ab!« Falk schüttelte den Kopf. »Dann hättest du auch Knoblauch essen können!«

»Wenn das der einzige Grund ist«, Renate zog die Augenbraue hoch, »dann esse ich gleich noch eine Knoblauchzehe – pur!«

Maike hatte nicht zugehört. Nun tauchte sie aus den Tiefen ihrer Gedanken auf und stieß einen tiefen Seufzer aus. »Schräger kann es wohl nicht sein. Nun kommt auf mich zu, was ich schon immer erträumt habe und dann …«, sie hob den Kopf, »jedenfalls ganz lieben Dank, Fynn, und sag das bitte auch deiner Mutter!«

»Sie meint, ihr solltet morgen mal telefonieren!«

Ach je, dachte Maike und bekam sofort ein schlechtes Gewissen. Mit Fynns Mutter. Die dürfte ungefähr in ihrem Alter sein …!

Donnerstag, 25. Juli

Anja hatte sich noch einmal alles durch den Kopf gehen lassen. Die halbe Nacht hatte sie deshalb nicht geschlafen, war aufgestanden, weil der Durst sie plagte, dann wieder, weil sie ihr Nachthemd durchgeschwitzt hatte. Schließlich war sie froh, als sich auch Reinhard neben ihr regte.

»Guten Morgen, Liebling«, sagte er und rollte sich in ihre Richtung. »Hast du gut geschlafen?«

»Mittelmäßig.« Sie schaltete die kleine Leselampe auf ihrem Nachttisch an.

»Ist noch früh?« Reinhard gähnte. »Zumindest ist es draußen noch dunkel.«

»Der längste Tag im Jahr ist vorbei«, gab Anja zur Antwort. »Also wird es ab jetzt jeden Tag ein bisschen später hell, und dafür ein bisschen früher dunkel.«

»Oh, danke!« Seine Stimme klang ironisch. »So genau wollte ich es gar nicht wissen.«

Anja schlug ihre Bettdecke zurück. »Ich hol uns einen Kaffee. Und es ist kurz vor fünf. Bis wir unseren Kaffee getrunken haben, ist es hell. Oder zumindest einigermaßen.«

»Fünf? Viel zu früh. Aber wenn du Kaffee holst, dann hört sich das gut an!«

Anja ging barfuß hinüber in die Küche. Sie war froh, etwas zu tun zu haben, denn ihre Gedanken drehten sich im Kreis, und sie fand keine Lösung. Diese dämliche Entführung musste doch zu irgendwas gut sein. Wo war Maike abgeblieben?

Die Kaffeemaschine verlangte nach Wasser, dann zeigte sie vollen Kaffeesatz an, und schließlich signalisierte sie, entkalkt werden zu wollen. »Nicht heute!«, schimpfte Anja, packte zwei Becher, Milch und vier Haferkekse auf ein Tablett und ging damit ins Schlafzimmer zurück.

»Wieso treffen die Dienstleistungen immer mich?«, fragte sie Reinhard, der sich aufgesetzt hatte.

»Die Kaffeemaschine?« Er lachte. »Sie will entkalkt werden. Ich dachte, ich warte, bis sie dir das sagt. Du bist in solchen Dingen geschickter.«

»Ach ja? Danke.« Anja reichte ihm das Tablett und schlüpfte wieder unter die Decke.

Reinhard warf ihr einen Blick zu. »Wenn du schlecht schläfst, solltest du mal mit mir auf den Golfplatz kommen. Da hast du frische Luft, viel Bewegung, nette Gespräche, ständig neue Informationen, meist schneller, als es in der Zeitung steht.«

»Ach ja?«, sagte Anja uninteressiert. »Wahrscheinlich lauter Altmännergeschwätz. Wer wo welche Geliebte hat und welche Aktien gerade steigen oder fallen.«

»Von wegen!« Reinhard biss in den Keks. »Blöd! Der krümelt!« Er wischte mit der Hand über die Decke.

»Auf dem Boden muss man es auch wegputzen«, bemerkte Anja lakonisch.

»Gut, aber dort piksen einen die Krümel wenigstens nicht in den Rücken.«

Anja unterdrückte den Seufzer, der aus ihrer Brust kam, und trank stattdessen einen Schluck.

»Und das Altmännergeschwätz«, kam Reinhard wieder auf das Thema zurück, »ist manchmal gar nicht so uninteressant, wie du meinst. Beispielsweise könnten wir im Neureichenviertel eine Villa kaufen. Da lässt sich nämlich gerade eine Ehefrau scheiden, und das Haus müsste in der Mitte durchgeschnitten werden. Geht aber nicht. Also Verkauf.«

»Wahrscheinlich ist sie ihm auf die Spur gekommen. Geliebte – und so.«

»In diesem Fall war es genau andersherum. Geliebter – und so.«

Anja trank ihre Tasse leer und stellte sie aufs Tablett zurück. »Meine News sind, dass ich jetzt noch eine Runde schlafe.«

»Vielleicht ein bisschen später?« Reinhard klopfte leicht auf seine Leistengegend. »Es kitzelt gerade so schön.«

Anja betrachtete die Bettdecke. »Die ist ja schon ordentlich gewölbt.«

»Hast du auch Lust?« Reinhard schob sich etwas näher an sie heran.

»Noch nicht«, Anja rutschte zu ihm unter die Bettdecke zurück, »aber ich kann ja mal nachfühlen.«

***

Rolf Petersen hatte keinen guten Morgen. Seit ihrer missglückten Entführung waren er und Uwe Feddersen sich aus dem Weg gegangen. Das Ganze war einfach zu peinlich abgelaufen. Und Rolf machte nicht nur um Uwes Schmuckgeschäft einen Bogen, sondern auch um das Nachbargeschäft, den Krämerladen, wie er ihn nannte. Auch weil er immer befürchtete, Uwes Vermieter-Spielchen könnte noch irgendwie auffliegen. Schröder war auf seinen Erfolg bei Anja ja so stolz gewesen. Wer wusste schon, wem der das alles erzählt hatte. Da hier jeder jeden kannte, war nicht auszuschließen, dass es der Hoffmann irgendwann zu Ohren kommen könnte. Und er hing mit drin. Erpressung und Entführung. Das alles förderte nicht gerade seine gute Laune. Und wie man hörte, machte dieser Schmidt wohl jetzt auch noch ganz gute Geschäfte, während bei ihm selbst momentan gar nichts lief. Es war einfach von Anfang bis Ende eine vertrackte Geschichte.

Rolf saß in seinem Büro und sehnte sich nach einem Kaffee und guter Gesellschaft. Eine Weile durchforstete er noch seine Mails, schob Papiere von einer Schreibtischkante zur anderen, blätterte wiederholt die Zeitung durch, fand keine wichtigen Namen unter den Todesanzeigen und auch keine interessanten Adressen, klappte das Blatt schließlich zu und sah auf die Uhr. Halb zehn, das war eine vertretbare Zeit für eine Pause. Er ging in sein verwaistes Vorzimmer und nahm seinen Trenchcoat vom Haken. Draußen versuchte sich gerade die Sonne durchzusetzen, und es war spürbar wärmer geworden, aber der Wind fuhr ihm in den Nacken. Rolf stellte den Kragen auf und vergrub die Hände tief in den Taschen. Ich muss neue Wege finden, dachte er, während er einen kleinen Umweg machte, um nicht an Uwes Geschäft vorbeizumüssen. Auf dem Timmendorfer Platz blickte er sich schnell um, aber es waren kaum Menschen unterwegs, und die wenigen, die dort waren, hatten es eilig. So wie er.

Kaum hatte er die Eingangstür des Café Wichtig hinter sich geschlossen, atmete er auf. Hier war es warm und heimelig, ein bisschen wie das schönere zweite Wohnzimmer. Und vor allem mit Menschen, die ihn mochten, und ihm jetzt, wie die Bedienung, freundlich zuwinkten. Er winkte zurück und ging durch die spärlich besetzten Tische in Richtung seines Stammplatzes in der hinteren Ecke des Cafés. Vor der Kuchenvitrine blieb er stehen. Vielleicht ein leckeres Törtchen zu seinem Kaffee? Süßigkeiten hoben die Stimmung, das war bekannt. Während er seinen Blick noch über die Kuchenauswahl gleiten ließ, fühlte er sich plötzlich beobachtet und schaute hoch. Zwei Augen trafen seine, und er brauchte eine Sekunde, bis sein Gehirn schaltete. Dann steuerte er mit Karacho los, geradewegs auf den Tisch mit den drei Personen zu, die ihm nun alle entgegenblickten.

»Du Verräterin«, brüllte er Carolin an, »und dann dein Vater! Mir eine Spionin ins Haus zu schicken!« Er schlug mit der Faust vor Schmidts Nase auf den Tisch, sodass seine Kaffeetasse im Unterteller klirrte. »Was sind das für Praktiken? Und Sie wollten ein ehrlicher Bänker sein? Ein Betrüger sind Sie! Die Pest soll Sie holen, Sie und Ihre Tochter!«

»Was fällt Ihnen ein?« Arnulf Schmidt stand auf, aber da packte Rolf ihn schon am Kragen und zog ihn zu sich.

»Was MIR einfällt?«, schrie er Schmidt ins Gesicht. »Was IHNEN einfällt, müsste es heißen!«

Jetzt stand auch der zweite Mann auf. »Mäßigen Sie sich bitte!«, redete er auf Rolf ein, während Carolin an Rolfs Trenchcoat zerrte. »Lass ihn los!«

»Und du bist sowieso das Letzte!«, tobte Rolf und stieß den 120-Kilo-Mann Schmidt mit solcher Wucht von sich, dass der über den Tisch fiel. Kaffeetassen gingen zu Boden, alle Gespräche im Raum verstummten, die Kellnerin sprang herbei. »Rolf!«, rief sie und zerrte ebenfalls an seinem Mantel. »Lass doch! Das bringt doch nichts!«

»Und ob das was bringt! Wenn er eine blutige Nase hat, dann habe ich wenigstens Genugtuung«, schrie Rolf, noch immer außer sich. »Oder am besten gleich noch einen Herzinfarkt!«

»Du Idiot!«, schrie Carolin jetzt. »Zu nichts fähig und dann hier so einen Krawall machen?«

»Zu nichts fähig? Dir gebe ich gleich *zu nichts fähig!*« Rolf packte sie am Oberarm und riss sie so schwungvoll von seinem Mantel weg, dass sie gegen den unbesetzten Nachbartisch prallte, der krachend umkippte. Während sich Schmidt wieder hochrappelte, eilte ein Koch aus der Küche herbei, und zwei Gäste näherten sich vorsichtig, um vermittelnd einzugreifen. »Hat er was getrunken?«, fragte der eine den anderen.

Rolf hatte es gehört und drehte sich erbost um. »Was für eine Frechheit! Nein, ich bin betrogen worden! Von diesem sauberen Herrn hier. Und seiner noch feineren Tochter. Bonnie and Clyde, Verbrecherpärchen, Vater und Tochter, es bleibt in der Familie!« Er drehte sich brüsk um, rempelte an, wer ihm zu nahe kam und hielt die Fäuste wie ein Boxer vor der Brust. »Lasst mich! Dass mir keiner zu nah kommt! Diese elende Betrügerbagage hier! Nicht auszuhalten!«

Damit stürmte er zum Ausgang und wäre an der Kuchentheke fast mit Maike zusammengestoßen, die einige Törtchen für den Nachmittag kaufen wollte.

»Und Sie sind an allem schuld!«, schrie er sie im Vorbeieilen an. »Sie und Ihr verdammtes Haus! Aber wenn man den Hals nicht vollkriegen kann, fällt man halt auf Betrüger rein!« Damit stürzte er an ihr vorbei hinaus.

Maike sah ihm hinterher und dann an der Kuchentheke vorbei zu dem Tisch, an dem noch immer Aufruhr herrschte. Der Schmidt, dachte sie. Der kommt mir gerade recht. Sie ging direkt auf ihn zu. Carolin sah sie kommen und machte ihren Vater, der am obersten Knopf seines Hemdkragens herumnestelte, auf sie aufmerksam.

»Ich möchte meinen Verkauf rückgängig machen!«, erklärte Maike, als sie vor ihm stand. »Rolf Petersen ist zwar auch ein Betrüger, aber der größere Betrüger sind wohl Sie!« Ihre Augen blitzten Schmidt an. »Sie haben Insiderwissen genutzt, das wird ein Nachspiel haben. Egal wie, Ihr Vorstandsvorsitzender ist informiert! Und ich will mein Haus zurück!«

Sie sah den dritten Mann an, der mit hängenden Armen am Tisch stand. »Und sollten Sie ein Kunde sein, dann viel Spaß!« Sie drehte sich zu der Kellnerin um, die inzwischen ein Tuch geholt hatte, um die Kaffeelachen auf dem Boden aufzuwischen. »Und wenn Sie dann frei sind, würde ich gern Kuchen mitnehmen.«

***

Rolf Petersen war wütend zu seinem Büro zurückgelaufen, diesmal ohne Umweg. Inzwischen war ihm alles egal. Vor dem Andenkenladen stieß er auf Anja, die gerade neue Karten in den Ständer einsortierte. Da war doch noch was, dachte er und steuerte auf sie zu.

»Falls du die Hinrichs noch suchst, die ist gerade im Café Wichtig!«

»Echt jetzt?«, fragte Anja überrascht.

»Nein, unecht!« Damit ließ er sie stehen. Anja sah ihm nach, wie er mit wehendem Mantel davonstürmte, schloss schnell ihre Ladentüre ab und lief ebenfalls los – allerdings in die andere Richtung. Von Weitem sah sie schon, wie Maike mit einem großen Kuchenpaket aus dem Café trat. Anja begann zu rennen und gerade, als Maike das Kuchenpaket vorsichtig auf den Beifahrersitz ihres Autos legte, war Anja fast bei ihr.

»Halt, halt, Maike«, rief sie außer Atem, »wie gut, dass ich dich hier treffe. Ich suche dich schon überall!«

Maike richtete sich auf und sah sie erstaunt an. »Mich? Warum?«

»Weil ich dringend mit dir reden muss!«

Maike sagte zunächst nichts. »Ich dachte, da gäbe es nichts mehr zu reden …« Sie ließ den Satz in der Luft hängen.

»Doch, doch!« Anja griff nach der offenen Autotür. »Da gibt es ganz viel. Da ist viel passiert! Und ich bin mit schuld.«

»Mit schuld? An was? Du hast meine Sachen nicht mehr gewollt, das ist dein gutes Recht.«

»Recht hin oder her. Es war … es war Erpressung! Ich muss dir das erzählen. Und ich war dumm genug … ach, es tut mir so leid!« Anja verzog das Gesicht. »Hast du Zeit? Zu mir in den Laden, ins Auto – oder ins Café Wichtig? Egal wohin, ich bin froh, dich endlich gefunden zu haben!«

»Erpresst?« Maike sah sie kopfschüttelnd an. »Es entwickeln sich gerade lauter seltsame Dinge. Und jetzt noch eine Erpressung?« Sie sah Anja in die Augen. »Bist du sicher?«

»Ja! Leider! Ganz sicher!«

***

Lilly saß mit einem Kaffeepott im Wohnzimmer und schrieb eine lange Mail an ihre Professorin, als sie die Hoteltüre zuklappen hörte. Ihr erster Gedanke galt Fynn, aber dann kam ihre

Mutter mit einem Kuchenpaket herein, gefolgt von Anja Hoffmann, die sie sofort als Besitzerin des kleinen Andenkengeschäfts erkannte. Sie klappte ihr Laptop zu und sah den beiden entgegen. »Das ist aber eine Überraschung.«

Anja nickte, ging um den Tisch herum und reichte Lilly die Hand. »Ja! Für mich auch.« Sie deutete zu Maike. »Ich bin so froh, deine Mutter gefunden zu haben. Ich hatte keine Ahnung, wo sie abgeblieben war.«

»Dabei war ich gar nicht weit weg!« Maike stellte den Kuchen vorsichtig auf dem leeren Teewagen ab und sagte zu Lilly: »Rolf Petersen, der Immobilienhändler, hat sie auf meine Spur gesetzt.« Sie rückte sich einen Stuhl zurecht. »Oder stören wir dich? Dann können wir uns auch auf die Couch setzen.«

»Nein, überhaupt nicht. Erzähl, wieso der Petersen?«

Während sich Anja hinsetzte, erzählte Maike von Rolfs wildem Auftritt im Café Wichtig. Und wie sie selbst auf Schmidt losgegangen war.

»Wow! Mama!« Lilly applaudierte. »Da geht ja richtig was ab! Rösken, Fabian und jetzt du, das wird ihm gar nicht schmecken!«

»Ja, da hat Rolf wohl die Nerven verloren«, kommentierte Anja. »Wo er doch sogar schon eine Entführung inszeniert hat, um das Haus für Maike freizupressen.«

»Was hat er getan?« Maike sah Anja über den Tisch an. »Das Haus für mich freipressen? Mich hat er im Hinausstürmen beschuldigt, für das ganze Desaster schuldig zu sein. Wenn man den Hals nicht vollkriegen kann, fällt man halt auf Betrüger rein, genau so hat er es gesagt!«

»Versteh ich nicht!« Anja stützte ihre Ellenbogen auf und gab Maikes Blick intensiv zurück. »Eigentlich wollte er dir doch helfen.«

»Das hat er gesagt?« Maike schüttelte den Kopf. »Mir helfen? Das wäre mir aber *ganz* neu.«

»Stimmt aber!« Anja schloss die Augen und dachte kurz nach. »Also«, entschied sie, »dir zu helfen war doch der Sinn der ganzen Entführung.«

Maike und Lilly wechselten einen Blick.

»Sei mir nicht böse, Anja, Erpressung, Entführung … wovon redest du überhaupt?« Maikes Ton wurde leicht unwillig.

»Das kann ich dir sagen. Rolf und Uwe wollten die Lohmann entführen, um ihren Mann zu erpressen, damit er den Kauf rückgängig macht. Also für dich.«

»Rolf und Uwe? Den Kauf rückgängig? Rolf wollte das Geschäft doch selbst machen. Nur zu einem viel günstigeren Kaufpreis. Er hat sich deshalb bei mir eingeschlichen. Und außerdem hatte er damals schon den Lohmann als Auftraggeber im Gepäck, was ich aber nicht wusste.«

Anja stützte ihr Kinn auf ihre Hände und sagte zunächst nichts.

»Jetzt geht alles durcheinander«, begann sie schließlich. »Also, der Reihe nach. Ich wusste nicht, dass du nicht mehr im Butenweg wohnst. Ich wollte mich entschuldigen. Und dir die ganze Geschichte erzählen. So bin ich abends mit einer Flasche Wein in den Butenweg und zu dir an die Haustüre.« Sie stockte. »Ist eigentlich niemand im Service da? Könnten wir nicht was zu trinken kriegen? Ich habe jetzt wirklich einen trockenen Mund.«

Lilly stand auf. »Außer uns ist keiner da. Renate ist beim Zahnarzt, Falk auch irgendwo. Fynn arbeitet. Also hole ich mal schnell Wasser. Und Gläser. Aber nicht weitererzählen, ich bin gleich zurück.«

Maike schüttelte nur den Kopf. »Erpressung. Entführung. Und das alles nur wegen mir?«

»Anfangs habe ich es auch nicht verstanden. Aber Teilchen um Teilchen fügt sich das Puzzle zusammen!«

»Ich verstehe noch immer nichts.«

Sie warteten auf Lilly, die bald darauf mit einem Wasserkrug und drei Gläsern hereinkam, einschenkte und sich setzte. »Jetzt können wir«, forderte sie Anja auf, »schieß los. Ich bin wirklich gespannt.«

Anja brauchte eine Weile, bis die Fäden so entwirrt waren, dass Maike und Lilly die Geschichte verstehen konnten.

»Also fing alles mit deinem Vermieter, diesem Schröder, an«, fasste Maike schließlich zusammen, »und Petersen und Feddersen haben die Falsche erwischt. Die wollten nicht dich, sondern die Lohmann. Aber sicher nicht, um mir zu helfen.«

»Du meinst, das haben sie mir nur erzählt?« Anja schob ihr leeres Glas von einer Hand in die andere und spreizte schließlich die Finger ab, weil sie Lillys Blick spürte. »Sorry, ich bin furchtbar nervös!«

»Kann ich verstehen.« Lilly nahm ihr das Glas weg und füllte es erneut. »Dann ist nicht nur der Schmidt fällig, sondern die beiden sind es auch!«

Maike sagte zunächst nichts. Sie fasste sich an die Stirn und fragte dann: »Wieso hast du sie nicht angezeigt?«

Anja zuckte mit den Schultern. »Sie haben sich zu erkennen gegeben, sie haben ihre Absicht preisgegeben. Uwe war mit seinem Schmuckgeschäft immer ein freundlicher Nachbar, Rolf kenne ich weniger, meinem Mann habe ich gar nichts davon erzählt – ich wollte es nicht an die große Glocke hängen. Vielleicht wollte ich es auch einfach glauben.«

Lilly zupfte an ihrem Ohrläppchen. Maike fiel die Geste auf, das hatte sie schon als Kind getan, wenn sie nachdachte. »Und dein Vermieter, was hatte der eigentlich davon?«

»Der Schröder? Von der Mieterhöhung hätte er etwas gehabt.«

»Unglaublich. Er wollte, dass Mama das Geld ausgeht!«, sagte Lilly. »Dann wollte er auch, dass du über kurz oder lang das Haus verkaufen musst!«

Maike überlegte. »Aber der Schröder zeigte doch gar kein Interesse an unserem Haus.«

»Er muss es für jemand anderen getan haben. Für einen Freund. Oder er ist seinerseits erpresst worden, es zu tun …« Lilly verzog das Gesicht. »Jedenfalls war er der Anfang allen Übels.«

»Und ich habe mitgespielt«, sagte Anja bedauernd.

»Aber du hattest keine andere Wahl, er hat dich dazu genötigt.«

Eine Weile hingen alle ihren Gedanken nach, dann sagte Lilly: »Irgendwie hängen die doch zusammen. Schröder, Petersen und Feddersen. Irgend so ein Männernetzwerk, Stammtisch, was auch immer – Alteingesessene eben. Waren schon miteinander in der Schule, sind Kameraden und haben einen genialen Plan ausgeheckt.«

»Und jetzt?«, wollte Anja wissen.

Lilly klopfte energisch auf den Tisch. »Jetzt fahren wir denen an den Karren!«

***

Lilly hatte sich Maikes Fahrrad geschnappt, stand eine Stunde später am eisernen Gartentor der alten Backsteinvilla und sah von dort aus den Kiesweg entlang bis zur Haustüre, deren Holz im Sonnenlicht dunkel schimmerte. Sie atmete kurz durch, drückte die Klinke hinunter und lief mit festem Schritt auf den Eingang zu. Dass Schröder zu Hause war, hatte Anja mit einem kurzen Anruf herausgefunden, bei dem sie sofort wieder aufgelegt hatte. Nun lag es an Lilly, den Stein ins Rollen zu bringen.

Sie klingelte und trat, um etwas Abstand zu wahren, zwei Steinstufen vom Eingang zurück. Wie von Anja vorhergesagt, öffnete eine ältere Dame mit gepflegten weißen Haaren, die sie zurückhaltend von oben herab musterte.

»Guten Tag«, sagte Lilly, »ich bin Lilly Hinrichs, und ich möchte zu Herrn Schröder.«

»Sind Sie angemeldet?« Die Stimme war genauso abweisend wie ihr Blick.

»Nein, bin ich nicht.« Lilly ging die beiden Treppenstufen hinauf, was die Frau dazu veranlasste, die Türe etwas zuzuziehen. »Ich will trotzdem zu ihm!«

»In welcher Angelegenheit?«

»Privat!« Lilly bemerkte, wie die Anspannung der Frau wuchs. Gleich würde sie die Tür zuschlagen.

»Mein Sohn ist nicht da!«

»Stimmt nicht, Frau Schröder, Ihr Sohn ist sehr wohl da!«

Lilly machte einen weiteren Schritt und stand der älteren Dame nun auf dem Steinpodest gegenüber. Und da Lilly um einiges größer war, war es nun sie, die auf die andere herabschaute.

»Was erlauben Sie sich!« Frau Schröder wurde stocksteif, trat zurück, um die Haustüre endgültig zu schließen, doch Lilly drückte dagegen und stellte einen Fuß in die Türe.

»Verschwinden Sie, aber sofort! Oder ich hole die Polizei!«

»Holen Sie lieber Ihren Sohn!«

»Das kommt gar nicht infrage!«

»Sagen Sie ihm, dass ich ein Kind von ihm erwarte!« Der Druck ließ so plötzlich nach, dass Lilly fast ins Haus gefallen wäre. Hager stand die alte Dame in ihrem dunkelblauen Kostüm vor ihr und starrte sie an.

»Was sagen Sie da?«

Lilly trat an ihr vorbei in die Diele. »Wo ist er?«

Ohne ein weiteres Wort zeigte Frau Schröder mit ihrem Zeigefinger zur breiten Holztreppe. Doch bevor Lilly an den Stufen war, hatte die Frau sich wieder gefasst.

»Hans-Günter!«, kreischte sie, während Lilly auf dem Weg nach oben war. Und noch einmal schrie sie aus Leibeskräften: »Hans-Günter!«

Am anderen Ende des langen, mit orientalischen Teppichen

ausgelegten Flurs wurde eine Tür aufgerissen. »Was ist denn?« Aber da war Lilly schon bei ihm.

»Ich bin!«, sagte sie und stand vor ihm, fast so groß wie er selbst.

Erschrocken machte er einen Schritt zurück. »Und wer sind Sie? Was wollen Sie?«

»Ich bin Lilly Hinrichs. Und ich weiche nicht eher, bis ich weiß, wer dieses Komplott gegen meine Mutter geschmiedet hat!«

Er sah sie an. Zunächst ratlos. »Hinrichs?«

»Der Name Anja Hoffmann sagt Ihnen doch wohl was?« Lilly drehte sich um und deutete auf Frau Schröder, die langsam die Treppe hochgestiegen kam, und, sich am Treppengeländer festhaltend, nachdrücklich: »Hans-Günter, was hat das zu bedeuten?«, rief.

»Soll sie mithören?« Lilly zeigte auf die Tür. »Oder sollen wir besser hineingehen?«

Schröder kratzte sich kurz am Kinn, dann rief er seiner Mutter zu: »Schon in Ordnung! Ich erkläre dir das nachher!«

Lilly trat an ihm vorbei in den großen Raum, sah den wuchtigen Schreibtisch mit dem alten Telefon, die Einbauschränke und Regale, die schweren Vorhänge an den Fenstern. Die Zeit war hier stehen geblieben. Auch Schröder selbst war wie aus der Zeit gefallen, mit der dünnen Strickjacke, die er bis zum Kragen seines Hemdes akkurat zugeknöpft hatte.

»Also?«, fragte er, und wie er so vor ihr stand, hager wie seine Mutter, fühlte sich Lilly plötzlich an einen Psychofilm erinnert. Sahen die nicht genau so aus, harmlose Muttersöhnchen, die plötzlich ein Messer zogen? »Also«, wiederholte sie. »Anja Hoffmann sollte für eine Vertragsverlängerung entweder sehr viel mehr Miete für den kleinen Andenkenladen bezahlen oder die Keramikteile der Töpferin, meiner Mutter, nicht mehr annehmen. Das war doch nicht Ihre Idee. Also, wer steckt dahinter?«

Schröder wurde blass. Darum ging es also.

Bevor er sich eine Antwort zurechtlegen konnte, wurde die Tür aufgerissen, und seine Mutter stand im Rahmen. »Was geht hier vor sich?«

»Wie ich schon sagte, Frau Schröder, es ist eine Sache zwischen mir und Ihrem Sohn!«, antwortete Lilly in der gleichen Tonlage.

»Schmeiß diese Person raus!«

»Mutter!« Schröder trat auf sie zu. »Es ist nichts!«

»Nichts?« Mit zusammengekniffenen Augen funkelte sie Lilly an. »Mir hat sie etwas anderes erzählt!«

»Das war eine Stammtischlaune«, sagte er beruhigend. »Wie Männer eben manchmal so sind.«

»Eine Stammtischlaune?« Ihre Stimme schnappte fast über. Sie fasste sich ans Herz. »Zuerst dein Vater mit seiner Geliebten und jetzt du! Dass du mir so etwas antun kannst!«

Nun war es Schröder, der ratlos dreinblickte. »Am Stammtisch! Du kennst sie doch alle. Ludwig und Andreas, Paule und Leonhard, Uwe und Rolf, da werden eben manchmal irgendwelche Dinge besprochen. Und gemacht. Gemeinsam. Wie Männer das halt tun.«

»Gemeinsam?« Frau Schröder starrte erst ihren Sohn an, dann Lilly.

»Aha«, sagte Lilly, »also Uwe und Rolf! Und Anja, wie es der damit ging – darüber haben Sie nicht nachgedacht!«

»Hans-Günter!«

»Nein, darüber habe ich nicht nachgedacht. Wie sollte es ihr schon gehen? Für sie ist doch alles beim Alten geblieben!«

Lilly verzog das Gesicht. »Es war ein Komplott gegen meine Mutter! Rolf Petersen wollte groß absahnen, egal wie! Und Sie haben mitgespielt!« Lilly stieß den Zeigefinger gegen seine Brust. »Durch Sie wurde das alles erst möglich! Pfui Teufel!«

Schröder stand steif wie ein Zinnsoldat. Es war ihm anzusehen, dass ihm tausend Gedanken gleichzeitig durch sein Hirn rasten.

Lilly legte wütend noch eins drauf: »Sie sitzen hier gemütlich in Ihrem Brutkasten und lassen andere über die Klinge springen!« Sie ballte die Faust. »Aber das kriegen Sie zurück!«

»Halt!« Schröder langte nach ihr, aber Lilly wich aus. »Das bleibt doch unter uns? Das können wir doch regeln.«

»Aber ganz bestimmt nicht!«, schimpfte Lilly.

»Aber das lässt sich doch regeln!« Schröder lief rot an.

»Regeln?« Frau Schröder hielt sich am Türrahmen fest.

»Eine Entschädigung«, schlug Schröder vor. »Geld!«

»Das Haus ist weg, was wollen Sie da entschädigen?«

»Tausend? Zweitausend? Fünftausend?« Schröder machte einen Schritt zum Schreibtisch. »Ich mache einen Vertrag. Geld gegen Schweigen.«

»Hans-Günter!«

»Mutter! Bitte halt dich da raus. Es geht um unseren Ruf!«

»Und warum überlegen Sie sich das alles nicht vorher?« Lilly drehte sich um. »Ich muss hier raus, sonst wird mir schlecht!«

»Aber warten Sie …!«

»Sie hören von mir. Von uns!« Damit rauschte Lilly an Frau Schröder vorbei auf den Flur, lief die Treppe hinunter und schlug unten die schwere Holztür hinter sich zu.

***

Lea Lohmann hatte am Morgen in Hamburg mit ihrem Mann im Hotel gefrühstückt und sich anschließend für eine kleine Shoppingtour entschieden. Heute ging es ihr erheblich besser, stellte sie fest, seitdem sie wusste, dass das Problem jedenfalls keine Nebenbuhlerin war, stieg ihre Laune wieder. Befördert auch noch durch die gute Nachricht, dass sie abgenommen hatte. Aus ihrer Kleidergröße 42 war eine 40 geworden. Oder aber die Kleidungsstücke wurden kundenfreundlicher ausgezeichnet. Und weil sie sich in den verschiedenen Boutiquen im Spiegel betrachtete, gefielen ihr auch mit einem Mal ihre Haare nicht mehr. Dieses künstliche Blond war zu blond. Es musste aschiger werden, ihrem Alter angemessener. Und außerdem erinnerte ihre Frisur sie plötzlich an Margaret Thatcher, die hatte auch so eine Betonhaube. Oder Hannelore Kohl. Das war einfach nicht mehr zeitgemäß. Zu ihrem angestammten Friseur konnte sie nicht hin, der würde die Welt nicht mehr verstehen. Also sah sie sich auf der Straße um. Und als sie eine junge Frau an der Fußgängerampel stehen sah, deren Frisur ihr gefiel, sprach sie die an, fragte nach ihrem Friseur und durfte ein Foto schießen. So etwas hatte sie in ihrem ganzen Leben noch nicht gemacht, und irgendwie war sie stolz auf sich.

Wenig später saß sie in einem hypermodernen, kahlen Friseursalon, in dem überall junge Leute herumwuselten. Zunächst hatte sie nicht unterscheiden können, wer Friseur und wer Kunde war, aber dann hatte sie an der Theke das Foto der jungen Frau gezeigt und bekam einen Sitz und eine Friseurin zugewiesen. Und als sie zwei Stunden später wieder hinausging, hatte sie so wenig Geld ausgegeben wie noch nie für einen Friseurbesuch – und zudem eine Frisur, die ihr richtig gut gefiel. Etwas wild, etwas fransig, aber nicht affig. Es passte zu ihrem rundlichen Gesicht. Und die Farbe zu ihren graublauen Augen. Warum war sie bloß früher nie auf die Idee gekommen? Sie drehte um, brachte die blaue klassische Stoffhose, die sie eben gekauft hatte, zurück und tauschte sie gegen eine verwaschene Jeans und einen weiten roten Hoodie um. Und weil sie sich darin so gut gefiel, behielt sie die Sachen auch gleich an.

Erst auf der Autobahn holten sie ihre Gedanken wieder ein. Es war vertrackt, und sie wusste selbst nicht, was sie denken sollte. Helmut hing nun also in Hamburg herum, weil seine ach so gut geplanten Geschäfte nicht so liefen, wie er gedacht hatte. Sie hatte keine Lust, einen Tag länger an seiner missmutigen

Laune teilzuhaben. Im Endeffekt hatte er sich das alles selbst eingebrockt – und nicht nur sich, sondern ihr auch. Nun sollte er sehen, wie er da wieder herauskam. Sie hatte nie aus Hamburg weggewollt. Aber bitte, jetzt saß sie am Ostseestrand in einem Haus, in dem es spukte, hatte keine Freunde weit und breit, sondern, ganz im Gegenteil, überall Gegner. Sie würde das noch eine Weile mitmachen und würde dann ihre Siebensachen packen und sich in Hamburg eine kleine Ferienwohnung nehmen. Möbliert. Airbnb für längere Aufenthalte. Da konnte Helmut dann mit einziehen, falls er wollte. Und dann konnte er abreißen, aufbauen, verkaufen und kaufen, wie es ihm gerade Spaß machte. Sie würde aus ihrem Schneckenhaus erst wieder herauskommen, wenn alles geregelt war. So oder so. Inzwischen war es ihr fast schon egal. Sie wollte nur einfach wieder gut schlafen, morgens fröhlich aufwachen und mit Jacky ihren Sport treiben.

***

Lilly hatte sich nach ihrem Auftritt bei Schröders wieder auf Maikes Fahrrad geschwungen und war zum Hotel zurückgeradelt. Zum Nachmittagstee sollte es die Kuchenstückchen geben, die Maike am Vormittag im Café Wichtig gekauft hatte – und außerdem warteten sie alle gespannt auf ihren Bericht. Obwohl sie gegen einen heftigen, aber inzwischen warmen Wind anradeln musste, lachte sie vergnügt vor sich hin. Was war denn das gewesen? Insgeheim hatte Lilly doch immer auf das lange Messer gewartet und ihre Zukunft als Skelett in einem Besenschrank vor Augen gehabt. Sie machte sich, während sie kräftig in die Pedale trat und sich gegen die Windböen duckte, einen Spaß daraus, solche Fantasien zu entwickeln, und war schneller wieder am Hotel angelangt als gedacht.

Inzwischen standen einige Lieferwagen mit großen »Dachtechnik«-Aufschriften in der Einfahrt, und hoch oben auf dem Gerüst waren einige Männer dabei, die große Plane vom Dach zu entfernen. »Geht es wieder los?«, fragte sie einen der Handwerker, während sie ihr Fahrrad an ihm vorbeischob. »Jo!«, antwortete der. »Gutes Wetter in Aussicht, jetzt wollen wir die Sache rund kriegen!« Lilly nickte. Das würde Renate sicher freuen.

Im Kaminzimmer saßen alle versammelt, Maike, Anja, und inzwischen war auch Renate dazugekommen. Der Tisch war schon gedeckt, aber Teetassen und Teller noch leer.

»War's schlimm?«, wollte Lilly von Renate wissen, aber die schüttelte den Kopf.

»Geht schon wieder. Und die Aussicht, dass ich hoffentlich bald wieder öffnen kann, macht den Schmerz vollends vergessen.« Renate zeigte zur Zimmerdecke. »Das Wetter wird gut, und sie haben mir versprochen, dass sie nun dranbleiben. Allerdings könnte es zwischendurch laut werden.« Sie lachte. »Das ist wirklich das allerkleinste Übel!«

Maike nickte. »Super, dass es losgeht. Dann bist du im August wahrscheinlich schon ausgebucht …«

»Für dich finden wir immer noch ein Plätzchen«, Renate zwinkerte ihr zu. »Aber jetzt genießen wir erst mal Maikes leckeren Kuchen.« Sie stand auf. »Und dazu mach ich uns einen richtig guten Tee.«

Sie ging an Lilly vorbei und legte ihr eine Hand auf die Schulter. »Ich bin informiert. Und gespannt, was du erzählen wirst.«

»Jedenfalls gut, dass du wieder da bist«, sagte Anja, »wir haben uns schon Gedanken gemacht, was alles passieren könnte!«

Lilly musste lachen. »Ja, ein bisschen psycho war es schon. Aber ich kenne jetzt zumindest die Namen dieser Stammtischbrüder. Und eigentlich ist es keine Überraschung.«

»Und wer sind die?« Renate war stehen geblieben.

»Unsere Freunde Petersen und Feddersen, Rolf und Uwe. Und falls euch die anderen Namen etwas sagen: Ludwig und Andreas, Paule und Leonhard.«

Anja stutzte. »Leonhard? Er kam mal in mein Geschäft und

hat sich als ehemaliger Schuldirektor vorgestellt. Leonhard …«, sie dachte kurz nach, »mir ist nur der Vorname in Erinnerung geblieben. Er stand herum, ich wusste gar nicht so richtig, was ich mit ihm anfangen sollte, sah sich dieses und jenes an und fragte mich schließlich, ob wir nicht mal abends ausgehen könnten.«

»Ha«, lachte Renate, »der war scharf auf dich. Hat er wenigstens was gekauft?«

Anja schüttelte den Kopf. »Ich habe ihn dann hinauskomplimentiert.«

Renate lachte noch immer, während sie in Richtung Küche ging.

»Und wie hast du das angestellt? Ich meine, dass der Schröder seine Stammtischbrüder geoutet hat?« Maike sah sie gespannt an.

»Warte doch, bis Renate zurück ist, sonst muss ich ja alles zweimal erzählen.« Maike nickte, stand auf und begann das Kuchenpaket auszupacken. »Gibt es irgendwo eine Tortenplatte?«, wollte Anja wissen, und Maike zeigte zum großen Büfettschrank neben der Tür. »Da findest du eine. Und auch jede Menge Geschirr. Teller, Tassen, Kannen.«

»Sollen wir für Falk und Fynn nicht auch decken?«, fragte Lilly, und so arglos die Frage auch klang, Maike hörte etwas anderes heraus.

»Gefällt er dir?«, fragte sie Lilly leise.

»Falk?«

Maike zog nur kurz eine Augenbraue hoch. »Ach Quatsch!«

Lilly musste lachen. »Ja, schon. Er ist doch ganz nett, oder?« Sie warf ihrer Mutter einen Blick zu. »Findest du nicht?«

Tja, dachte Maike, finde ich nicht? Jetzt wird es kompliziert.

»Doch, doch«, sagte sie schnell.

Anja brachte die Tortenplatte, und wenig später kam auch Renate mit einem voll beladenen Tablett zurück, verteilte Zuckerdose und Sahnekännchen auf dem Tisch und stellte die heiße Teekanne auf das Stövchen. »So«, sagte sie mit einer einladenden Handbewegung, »nun ist alles da.« Sie lauschte kurz zum Eingang. »Ach, da kommt noch wer. Also bitte noch ein Gedeck, endlich mal ein Mann, der Wort hält.«

Anton kam als Erster hereingesprungen, lief wedelnd von einem zum anderen und blieb dann vor Maike sitzen. Das war Maike gerade recht, so konnte sie sich zu dem Dackel hinunterbücken und ihn streicheln, während sie hörte, wie Fynn ins Kaminzimmer kam.

Eine kurze Begrüßung in die Runde, dann trat er um den Tisch herum auf Maike zu. »Was machst denn du da unten?«

Er brachte die Frische von draußen mit, die noch in seinem Pullover hing. Maike richtete sich wieder auf. Fynns dunkelbraune Haare waren verwuschelt, seine blauen Augen strahlten. Er sah unverschämt gut aus – und unverschämt jung.

»Ich schenke deinem Hund ein paar Streicheleinheiten.«

»Die bekommst jetzt du! Steh mal auf!«

Alle sahen zu, wie sie aufstand und dann von ihm in den Arm genommen wurde. »Gratuliere«, sagte er.

Sie schob ihn etwas von sich weg, um ihm ins Gesicht sehen zu können. »Wofür?«

»Du hast eine neue Werkstatt!«

»Ich habe was?« Sie sah erst ihn, dann die anderen an.

Renate lächelte ihr zu, stellte sich auf Maikes andere Seite und legte ebenfalls den Arm um sie.

»Ja, Fynn und ich sind heute beim zeitigen Frühstück auf eine gute Idee gekommen. Der Wintergarten steht voll mit Gartenmöbeln. Die müssen jetzt sowieso raus, wenn die Gäste kommen. Und die gemütlichen Sitzgelegenheiten, die normalerweise für unsere Gäste im Wintergarten stehen, sind derzeit in einem Nebenraum gestapelt. Also räumen wir einfach um und machen den Nebenraum frei. Der hat große Fenster und genug Platz für deine ganzen Werkstattutensilien.«

»Oh, das wäre …«, begann Maike, »einfach wunderbar! Ich habe mir schon die ganze Zeit Gedanken gemacht, wie das wohl gehen könnte. Eine so wunderbare Chance und dann keine Werkstatt!«

Renate nickte. »Ja, das dachten wir uns!«

Maike spürte Wärme in sich aufsteigen. Es brannte bis zum Herz, so sehr freute sie sich. Sie küsste erst Renate auf die rechte Wange, dann Fynn auf die linke. »Ihr seid einfach wunderbar! Vielen, vielen Dank!«

Lilly und Anja waren Beifall klatschend aufgesprungen.

»Wo hast du deine Sachen denn versteckt?«, wollte Fynn wissen.

»Alles in so einem angemieteten Cave, von dem ich Renate schon erzählt habe.«

»Bis auf die Drehscheibe«, warf Lilly ein. »Die ist noch im Butenweg.«

»Wir holen alles, was du benötigst«, versprach Fynn. »Keine Sache. Auch die Drehscheibe. Dafür werden wir einen Sprinter brauchen, ist aber kein großes Ding, den haben wir in der Firma!« Er ließ Maike los. »Und übrigens, meine Mutter meint es ernst. Sie ruft dich heute Abend an. Ihr solltet euch treffen!«

Maike schluckte.

»Was ist? Hast du Lampenfieber?«, wollte Lilly lachend wissen. »Angst vor der Frau Kunsthistorikerin? Ist doch alles genial!«

»Ja, wirklich!«, meinte Anja und kam Maike zuvor. »Und Lilly, erzählst du uns nun deine Geschichte?« Sie sah kurz auf ihre Armbanduhr. »Ich sollte nämlich irgendwann noch ins Geschäft.«

Fynn setzte sich auf den nächsten Stuhl. »Jetzt genießen wir erst mal alle zusammen Renates berühmten Tee und die Kuchenstücke hier.« Er warf Lilly einen Blick zu. »Und? Lilly? Was gibt es für eine Geschichte? Darf ich die auch hören?«

***

Lea Lohmann fuhr am späten Abend in den Butenweg und war froh, keinem zu begegnen. Sie öffnete das zweiflügelige alte Gartentor und fuhr ihren Wagen langsam in den Garten. Vor ihr ein Baum, rechts und links Büsche. Sie musste aufpassen, dass sie genau die Mitte traf, um den Autolack nicht zu zerkratzen. Wenn Helmut da war, überließ sie den improvisierten Parkplatz ihm und parkte draußen am Jägerzaun. Und er fluchte jedes Mal aufs Neue, dass sein Coup mit der Fertiggarage nicht geklappt hat.

Lea machte den Motor aus und blieb eine Weile sitzen. Dieses Haus war ihr einfach nicht geheuer. Da nützten ihre neue Frisur und der neue Look auch nichts, eigentlich wollte sie da gar nicht rein. Sie starrte eine Weile auf die spiegelnden Fenster. Sah sie da hinter dem Küchenfenster ein Gesicht? Blickte ihr da jemand entgegen, oder was spiegelte sich da? Sie beugte sich zur Windschutzscheibe vor und blickte zum Himmel. Einige kleine Wolken, sonst nichts. Es gruselte sie, aber sie wollte nicht schon wieder endlos im Auto sitzen und womöglich eine weitere Nacht im Auto verbringen.

Sollte sie sich für die Nacht irgendwo ein Hotelzimmer nehmen? Das war vielleicht die beste Lösung.

Sie fuhr heftig zusammen, als es an ihre Autoscheibe klopfte. Ihr Herz machte einen Satz, ihre Hand fuhr zum Autoschlüssel. Eher würde sie rückwärts durch diesen morschen Bretterzaun fahren, als hierzubleiben. Es klopfte wieder. Also kein Geist. Lea sah hin und erkannte ein Gesicht. Ein Frauengesicht. Vorsichtig ließ sie die Fensterscheibe ein Stück herunter.

»Ja?«, fragte sie und bemühte sich um eine feste Stimme. Das war nicht leicht, denn ihr Herz raste wie verrückt.

»Entschuldigen Sie, ich wollte Sie nicht erschrecken. Ich wollte nur um etwas bitten.«

Etwas bitten?

»Ja?«, wiederholte sie, diesmal gehorchte ihr die Stimme schon besser.

»Ich bin Maike Hinrichs«, sagte sie. »Und in der Werkstatt«, sie deutete in Richtung Haus, »steht noch meine Drehscheibe. Die brauch ich zum Töpfern. Da ich keine Telefonnummer von Ihnen habe, dachte ich, ich fahre am besten schnell her.«

»Eine Drehscheibe?« Das hörte sich harmlos an. »Frau Hinrichs?«

»Ja.« Maike nickte.

»Da war mal eine Frau, die Sie gesucht hat«, sagte Lea, noch immer durch den Fensterspalt hindurch.

»Ja, Anja Hoffmann, ich weiß. Sie hat mich gefunden.«

»Gut.«

Lea überlegte. Angesichts einer Frau war es geradezu lächerlich, im Auto sitzen zu bleiben. Sie öffnete die Wagentür. Und ohne es zu wollen, sagte sie: »Ihr Haus mag mich nicht.«

»Es wird ja bald abgerissen, höre ich, dann dürfte das kein Problem mehr sein.«

Lea kam sich komisch vor. Die Frau, die das Haus ihrer Vorfahren liebte, und sie ... Lea stieg aus. »Das letzte Mal haben wir uns beim Notar gesehen«, sagte sie und reichte Maike die Hand.

»Damals sahen Sie«, Lea spürte, wie Maike sie musterte, »irgendwie anders aus.«

»Aber ich bin's.« Lea lächelte. »Ich wollte nur meinen Look ändern, das ist heute in Hamburg so über mich gekommen.«

»Sehen Sie, Sie wollen was ändern, und ich will zurück zu dem, was ich war: eine Töpferin.«

»Und Sie wollen Ihre Drehscheibe holen?«

Maike musste lachen. »Die lässt sich nicht so einfach unter den Arm klemmen, ich wollte nur fragen, ob wir sie morgen früh holen dürfen?«

»Aus dem Schuppen dort?«

»Ja«, bestätigte Maike, »der Schuppen war meine Werkstatt.«

Lea hörte aus ihrem Ton etwas heraus, das sie kannte: Wehmut. Es war kurz still, sie standen sich gegenüber.

»Ich war noch nie drin«, sagte Lea. »Ich weiß überhaupt nicht, wie es dort aussieht.«

Maike holte Luft. »Was soll ich sagen? Inzwischen wahrscheinlich düster, freudlos, ohne Lebensgeister.«

»Geister habe ich im Haus genug«, entfuhr es Lea, und sie fragte sich im gleichen Moment, warum sie das sagen musste.

»Mein Großvater hat das Haus gebaut, mein Vater ist dort geboren, ich bin da aufgewachsen. Kann schon sein, dass dieses Haus atmet.«

»Atmet?«, echote Lea lebhaft, »es spukt!«

»Saßen Sie deshalb so lange im Auto?«

Maikes Frage passte Lea nun doch nicht. Sie wollte nicht als Angsthase gelten.

»Sie können Ihre Drehscheibe morgen gern holen«, erklärte sie. Und wieder überkam sie ein Satz, den sie sich vorher nicht überlegt hatte: »Wir könnten aber auch, statt hier zu stehen, gemeinsam ins Haus gehen.«

Maike zögerte, das spürte Lea genau. Und sie ahnte auch, warum.

»Es sieht natürlich anders aus«, sagte sie schnell. »Unser Designer hat Möbel aus Hamburg hergebracht, die nicht zum Haus passen.«

»In Ihr neues Haus werden sie dann hineinpassen.«

Lea spürte eine Woge der Traurigkeit, die auf sie zukam und von der sie sich nicht wegspülen lassen wollte.

»Ja, vielleicht ist das keine so gute Idee von mir.«

»Ja, vielleicht nicht«, stimmte Maike zu.

Lea griff nach Maikes Hand, spürte ein kurzes Zurückzucken, dann lag sie ruhig in ihrer. »Gibt es Licht in Ihrer Werkstatt?«

»Selbstverständlich gibt es Licht«, sagte Maike.

»Und Sitzgelegenheiten?«

»Vielleicht noch ein paar alte Kisten!«

»Gut!« Lea schüttelte Maikes Hand und ließ sie wieder los.

»Gehen Sie doch schon voraus, ich hole eine Flasche Wein, zwei Gläser. Dann lernen wir uns kennen. Was halten Sie davon?«

Lohmann, die Todfeindin.

Lea konnte fast hören, was diese Frau von ihr dachte.

Aber dann spürte sie Maikes Hand auf ihrem Oberarm. »Ziehen Sie sich was Warmes an, abends wird es dort immer kühl.«

Es dauerte keine fünf Minuten, bis Lea mit einer Flasche Rotwein, zwei Gläsern, einer Tüte mit Käsegebäck und zur Vorsicht einer Kerze im Kerzenhalter unter dem Arm über die Wiese zur Werkstatt ging. Für sie war das bislang nur ein Geräteschuppen gewesen, aber jetzt brannte tatsächlich Licht und sah von außen ziemlich heimelig aus. Wenn diese Hinrichs kein Gespenst ist, dachte sie noch, bevor sie die Türe öffnete. Hier wusste man ja nie.

Aber Maike hatte zwei Obstkisten umgekippt und eine weitere Kiste diente dazwischen als Tisch.

»So, das ist also Ihre Werkstatt.« Lea stellte alles auf dem improvisierten Tisch ab und betrachtete Maike im Licht der Deckenbeleuchtung. Kein Gespenst, das war sicher. Eine Frau Ende vierzig, dunkelbraunes, halblanges Haar, das sie sich hinter die Ohren gestrichen hatte, ein ebenmäßiges, freundliches Gesicht. Jeans und darüber eine Jacke, wie sie selbst. Sie setzten sich auf die Holzkisten und musterten sich gegenseitig.

»Ich hätte nicht gedacht, dass der Abend so enden würde«, sagte Lea.

»Er fängt doch gerade erst an.«

»Die Nacht fängt bald an«, korrigierte Lea und zeigte auf die Kerze. »Ohne Licht wäre es ja auch etwas düster hier drin … haben Sie ein Feuerzeug?«

Maike ließ ihren Blick durch die Werkstatt schweifen, die in Leas Augen ein kleiner, staubiger Schuppen war.

»Früher ja«, sagte sie, »heute leider nein.«

Lea öffnete die Weinflasche und schenkte die beiden Gläser voll. »Darf ich Sie was fragen?«

»Nur zu«, lud Maike sie ein. »Nun sitzen wir ja da.«

»Haben Sie Ihren Lebensunterhalt mit … töpfern verdient?«

»Meinen und den meiner Tochter.«

»Hatten Sie keinen Mann?«

»Sind Männer für alles zuständig? Insbesondere für den Lebensunterhalt der Frauen?«

Lea überlegte. »Wenn sie ihm zeitlebens den Haushalt macht, den Rücken freihält, die Kinder großzieht, dann ja.« Nachdem Maike schwieg, hakte sie nach. »Sind Sie anderer Meinung?«

»Diese Einschätzung hat viele Ehefrauen in die Altersarmut getrieben, sobald sich der Ehemann umentschieden hat. Und dann ist alles weg. Der Mann, das Geld, die Rente.«

Darüber wollte Lea nicht genauer nachdenken. Sie hatte sich auch noch nie um finanzielle Dinge gekümmert. Helmut war der Fels in der Brandung. Gemeinsam, bis der Tod sie scheiden würde, das war ausgemacht. Und vom Pfarrer besiegelt. Und seit gestern Abend glaubte sie wieder daran.

»Und deshalb sind Sie also Töpferin geworden?«

»So habe ich es meiner Tochter gepredigt, dass egal, was passiert, sie auf alle Fälle eigenständig sein muss. Einen Beruf haben muss, der sie und ihre Kinder im Notfall ernährt.«

»Sie trauen Männern nicht?«

»Ich traue der Liebe nicht.«

Sie sahen sich an.

»Was ist passiert? Warum haben Sie verkauft?« Kaum hatte Lea die Frage gestellt, fragte sie sich im selben Moment, ob sie es überhaupt wissen wollte.

»Genau deshalb«, antwortete Maike nachdrücklich. »Ich habe meinem Familienglück getraut. Und Geld war Nebensache. Geld steht aber leider über allem. Das habe ich nicht wahrhaben wollen.«

»Wir waren einmal einfache Angestellte«, begann Lea. »Mein Mann und ich. In einer Konservendosenfabrik. Helmut war fleißig und clever, fiel auf. Der Chef hatte zwar Kinder, aber die dachten nicht daran, seine Konservendosenfabrik weiterzuführen. Und dann kam Helmut. Und stieg zum Fabrikbesitzer auf. Und ich mit ihm. Und als er sie vor zwei Jahren verkauft hat, sollten uns diese Millionen einen schönen Lebensabend garantieren.«

»Hört sich doch gut an«, sagte Lea tonlos.

»Es ist nur noch Stress. Er ist rastlos, hat keine Aufgabe mehr, hat unser Haus in Hamburg verkauft, will dafür ein großes Appartement, hat ein viel zu großes Segelboot gekauft, dann dies hier, Butenweg, aber nichts klappt, alles ist schwierig, er ist …« Sie brach ab, denn es ging ihr auf, wem sie hier ihr Herz ausschüttete. »Verzeihen Sie.«

Maike zuckte die Schultern. »Jeder hat sein Päckchen zu tragen.«

»Das ist ein alter Spruch«, sagte Lea. »Den kenne ich schon von meiner Mutter.«

Maike musste lachen. Sie hob ihr Glas. »Vielleicht sollten wir mal auf diese Situation anstoßen. Es ist doch ziemlich unwirklich, dass ausgerechnet wir beide hier sitzen, finden Sie nicht?«

»An diesem Haus ist vieles unwirklich. Das ist es ja gerade!«

Lea sah Maike in die Augen, während sie trank. »Jetzt weiß ich aber immer noch nicht, warum Sie überhaupt verkauft haben.«

Maike stellte das Glas ab und faltete die Hände. »Wussten Sie, dass Sie entführt werden sollten?«

»Wie bitte?« Lea erschrak.

»Es hat aber eine andere Frau erwischt. Sie wollte mich besuchen, weil sie nicht wusste, dass ich hier nicht mehr wohne. Sie kam abends mit einer Flasche Wein, als ihr ein Sack über den Kopf gestülpt wurde …«

»Die Flasche Wein«, unterbrach Lea sofort. »Sie stand an der Haustür. Ein Rotwein, ein«, sie dachte nach, »Amarone. Ich befürchtete, so ein nettes Geschenk könnte vergiftet sein.« Sie blickte Maike an. »Entführt? Um Gottes willen! Ist ihr etwas passiert? Ich habe gar nichts gehört, gelesen, irgendwie …«

»Als die Entführer ihren Irrtum bemerkt haben, haben sie sie wieder freigelassen«, erklärte Maike betont sachlich.

»Aber warum?«, fragte Lea. »Wegen der Ambitionen meines Mannes? Waren es Butenwegler?«

Maike trank einen Schluck. »Butenwegler?« Sie schüttelte den Kopf. »Nein, waren es nicht. Angeblich wollten die Entführer ihren Mann zur Rückgabe des Hauses zwingen.«

Lea schüttelte den Kopf. »Das macht doch keinen Sinn. Wenn man ein Haus vorher nicht halten kann, kann man es doch nachher auch nicht. Oder … Entschuldigung, wenn ich mich da vergreife. Aber Sie waren ja die Besitzerin.«

»Genau!« Maike nickte. »Also ging es doch eher um Geld. Um Lösegeld.«

»Lösegeld!« Lea stellte sich Helmut vor. Was hätte er getan? Und sie – irgendwo in einem dunklen Keller. Unvorstellbar!

»Hat man die Männer gefasst?«

Maike verneinte, und Lea strich sich über die Oberarme. Nicht genug damit, dass das Haus ihr nicht wohlgesonnen war, jetzt lauerten hier auch noch Entführer.

»Es ist alles höchst unerfreulich! Und befremdlich!« Sie griff nach ihrem Glas. »Und alleine in diesem Haus – nach Ihrer Eröffnung gibt es noch mehr Schatten, Schritte und Geräusche!«

»Ein altes Haus lebt, das hat nichts zu bedeuten.«

»Es lebt mir ein bisschen zu sehr!«

Sie sahen sich an.

»Wo wohnen Sie denn jetzt überhaupt?«, wollte Lea wissen.

»Im Hotel. *Seehotel Silbermöwe*.«

»Meinen Sie … da gäbe es noch ein Zimmer?«

Lea sah Maike an, dass sie diese Frage nicht unbedingt toll fand. »Ich kann nachfragen«, zögerte sie.

»Ja, das wäre gut! Und morgen holen wir dann Ihren Drehstein«, sagte Lea und deutete auf das dunkle Ding hinter dem letzten verbliebenen Regal.

»Drehscheibe!«, berichtigte Maike.

»Und warum arbeiten Sie nicht gleich hier, wenn diese Drehscheibe schon hier ist?«

»Weil es Ihre Werkstatt ist, weil ich mich nicht wohlfühlen würde und weil mich Ihr Mann hochkant rausschmeißen würde.«

»Ja, das würde er wohl!«, erwiderte Lea.

Maike stand auf. »Ich bringe Sie noch zur Haustüre. Dann sind alle Geister besänftigt, und morgen kommen wir, wenn wir dürfen, und holen die Drehscheibe.«

Lea stand ebenfalls auf. »Schade«, sagte sie und meinte es auch so. »Ich wäre gern auf eine andere Art im Butenweg angekommen. Ich glaube, Sie sind hier eine starke Gemeinschaft.«

»Ja. Nur leider habe ich große Fehler gemacht. Einen großen Fehler darf jeder Mensch im Leben machen. Aber bei mir waren es zu viele. Das rächt sich jetzt.«

Lea nahm die Flasche, die beiden halb ausgetrunkenen Gläser ließ sie stehen. »Sie sind mir da jedenfalls voraus. Ich mag gar nicht groß über mich nachdenken. Für mich war mein Mann immer mein Leitwolf. Durch die Bresche, die er geschlagen hat, bin ich bequem durchgekommen. Vielleicht ist das mein Fehler. Ich weiß es nicht.«

Maike hielt Lea die Werkstatttüre auf und löschte das Licht. »Wer weiß schon, was richtig und was falsch ist«, sagte sie, während sie hinaustraten. »Jedes Gleis hat hundert Weichen. Alles im Leben hätte anders laufen können. Aber, Frau Lohmann, egal wie, geht eine Tür zu, geht eine andere auf.«

»Das hat meine Mutter auch schon immer gesagt! Und nennen Sie mich bitte Lea.«

Die Terrassentür stand offen, aber Lea ging mit Maike ums Haus herum. Vor der Haustüre blieben sie stehen. Lea stellte die halb leere Weinflasche ab, zog den großen Haustürschlüssel aus ihrer Manteltasche und drückte ihn Maike wortlos in die Hand.

»Sie waren doch schon im Haus?«, fragte Maike verwundert. »Warum ist dann abgeschlossen?«

»Weil ich immer abschließe ... aber jetzt hat es ja was Gutes, Sie können den guten Geist ins Haus lassen.« Maike zog kurz eine Augenbraue hoch, schloss dann aber auf, stieß die Tür weit auf und rief: »Lasst sie in Ruhe, sie ist eine Freundin«, in den dunklen Flur hinein.

Dann gab sie Lea den Schlüssel zurück und sagte: »Angenehme Nacht. Bis morgen!«

***

Maike zog sich die Kapuze ihrer Jacke über den Kopf und radelte zurück in die *Silbermöwe*. Die Strecke zwischen dem Butenweg und dem Hotel war nicht weit, aber Maike kam es heute so vor, zumal der Wind an allem zerrte, was ihm in die Quere kam. Er fuhr durch die Baumkronen, er warf Plakatständer um, und vor allem brachte er Maike dazu, kurz vorm Ziel von ihrem Fahrrad abzusteigen, weil sie nicht mehr gegen ihn ankam. Völlig außer Atem stellte sie ihr Fahrrad an der Hotelwand ab, sah, dass im Kaminzimmer Licht brannte, und ging die Treppen hoch zum Eingang. Es ist noch nicht wirklich spät, dachte sie, es kommt mir nur so vor, weil der Tag so ereignisreich war. Und sie war müde.

Im Flur kam ihr Fynn entgegen. »Mein Gott, wie siehst du denn aus?« Er blieb vor ihr stehen. »Völlig durch den Wind! Tobt es draußen so heftig?«

Sie nickte.

»Okay, wir sitzen am Kamin.« Er trat einen Schritt näher.

»Oder sollen wir in die Badewanne?« Er grinste. »Gut gegen Erkältung.«

»Nur ein Sturm«, sagte Maike und hatte sofort widersprüchliche Gefühle. »Kalt ist es nicht, überhaupt nicht.«

»Dann vielleicht vorbeugend?«

Sie spürte Fynns Blick und sah das verheißungsvolle Lächeln, das um seinen Mund spielte. »Ich glaube nicht«, sagte sie leise.

»Schade!« Er strich kurz über ihre Wange. »Aber gut, ich komm gleich nach.«

Sie saßen in den wuchtigen Sesseln am Kamin, Lilly hatte ihr offenes Laptop auf den Knien, Renate las in einem Buch, und auch Falk war da, er lag schräg auf der Ledercouch, neben sich Anton, der seine Schnauze auf seinem Oberschenkel liegen hatte und sich den Rücken kraulen ließ. Auf dem Tisch zwischen ihnen standen halb gefüllte Gläser zwischen allerlei benutztem Geschirr.

»Da bin ich wieder«, grüßte Maike.

»Komm zu mir«, Falk tätschelte den Platz neben sich, rutschte etwas mehr in die Couchecke und zog Anton näher zu sich heran, »der muss sich ja nicht so breitmachen.«

»Mama, wir haben Neuigkeiten«, sagte Lilly und wischte sich eine Haarsträhne aus der Stirn.

»Ach ja? Ich auch.« Maike setzte sich neben Falk auf das von Anton vorgewärmte Leder.

»Was magst du trinken?«, fragte Fynn, der hinter ihr eingetreten war. »Einen alkoholfreien Hugo? Hatten wir vorhin auch.«

»Ja, danke!« Sie warf ihm einen möglichst unverfänglichen Blick zu, was ihr nach der Badewannenidee nicht leichtfiel.

»Und welche Neuigkeiten?«, fragte sie Lilly.

»Und welche Neuigkeiten?«, stellte Lilly die Gegenfrage.

»Zuerst du«, entschied Maike.

»Rösken hat eine Mail geschickt. An Fabian, mit cc an mich.« In ihrer Stimme schwang Stolz mit, was Maike zum Lächeln brachte. »Ist ja toll«, sagte sie. »Gratuliere. Und was schreibt er?«

»Dass Schmidt in der Zwischenzeit zwar ausgeschieden sei, er ihn aber trotzdem zu dieser Sache befragen werde, denn sie hat ja nachweislich während seiner Amtszeit stattgefunden.«

»Das hört sich gut an.« Maike nickte. »Es geht gerade wirklich viel voran. Auch, was du über Schröder erzählt hast. Der zieht ja wirklich den Schwanz ein!«

»Nur nützt das alles nichts«, warf Fynn vom Tisch aus ein, wo er Maikes Cocktail mixte. »Selbst wenn sich nun jeder selbst beschuldigt, Besserung gelobt und drei Kreuze macht, ist der Kaufvertrag gültig.«

»Aber wenn er durch Erpressung erzwungen wurde?« Lilly zeigte auf ihre Tastatur. »Meine Professorin hat nämlich auch schon zurückgeschrieben. Sie lobt meinen Mut wegen Rösken und die Vorgehensweise«, berichtete Lilly mit einem kleinen, relativierenden Lacher, aber der prüfende Seitenblick zu Fynn entging Maike nicht. »Und sie findet den Fall interessant und wird sich schlaumachen.«

Fynn winkte ab. »Beide Parteien waren beim Notar. Die Lohmanns und du, oder nicht? Und dort wart ihr euch doch einig?«

Maike nickte. »Es blieb mir ja auch nichts anderes übrig.«

»Siehst du«, mischte sich Renate ein, »das ist der Casus knacksus.« Sie nickte Lilly zu. »Deine Professorin soll nur mal gut recherchieren, wer weiß, was sich da noch ergibt.«

»Vielleicht sollten sich Rösken und diese Professorin überhaupt zusammentun?«, überlegte Falk aus seiner Sofaecke heraus.

»Schaden könnte es jedenfalls nicht«, Fynn brachte Maike den Drink und setzte sich in den Sessel neben Renate, die ihr Buch zur Seite gelegt hatte. »Und du, Maike? Du wolltest doch nur kurz im Butenweg wegen morgen Bescheid sagen, so ganz kurz war dieses *kurz* ja dann wohl nicht …«

Maike schüttelte den Kopf. »Ich glaube, Lea Lohmann würde lieber hier einziehen, als noch länger im Butenweg zu bleiben.«

»Ach was!« Lilly richtete sich auf. »Das ist ja ein Ding!«

»Nur leider ist Herr Lohmann nach wie vor ganz besessen von seinem Bauplan.«

»Tja«, Lilly ließ sich wieder fallen.

»Erzähl mal«, forderte Fynn auf, unterbrach sich aber selbst: »Bevor ich es vergesse, meine Mutter hat dich heute Abend telefonisch nicht erreicht, also kommt sie morgen vorbei. ›Ein bisschen Ostseeluft um die Nase kann nur guttun‹, meinte sie.«

»Sie hat für zwei Tage gebucht«, bestätigte Renate. »Wenn nun diese Lohmann auch noch kommt, wird das Haus langsam voll. Nicht zu glauben, und das trotz der Bauarbeiten.«

Alle grinsten, außer Maike. Mit Fynns Mutter unter einem Dach. Der Gedanke behagte ihr überhaupt nicht. Fynn warf ihr einen kurzen Blick zu, griff nach seinem Glas und lehnte sich in seinem tiefen Sessel zurück. »Aber jetzt schieß los, wir sind gespannt.«

Freitag, 26. Juli

Lea Lohmann hatte ein Frühstück gerichtet. Darauf waren sie gar nicht gefasst gewesen.

Fynns Sprinter war schon wieder bis fast unters Dach voll, als sie auf ihrer letzten Fahrt im Butenweg parkten. Allein der Brennofen war so groß gewesen, dass sie ihn hatten extra fahren müssen. Danach hatten sie in Maikes gemietetem Cave zwischen den vielen aufbewahrten Möbeln und Kisten all das herausgesucht, was Maike in ihrer neuen, improvisierten Werkstatt brauchte: Regale, den Drehstuhl, einen kleinen Kühlschrank, unterschiedlichstes Werkzeug, allerlei Gefäße, beschriftete Eimer, Glasuren und vor allem ein großer Klumpen Ton. Nun fehlte nur noch die Drehscheibe.

»Das braucht man wirklich alles?«, hatte Fynn staunend gefragt, und Maike hätte vor lauter Glück am liebsten getanzt. Oder wäre ihm um den Hals gefallen. Oder hätte ihn geküsst. Dabei ging es gar nicht um ihn, sondern um die wunderbare Aussicht, wieder arbeiten zu dürfen. Es war ein so einmaliges Gefühl, dass sie die ganze Welt hätte umarmen können.

Aber Fynn vor lauter Freude küssen?

Wären sie alleine gewesen, hätte sie ihren Gefühlen freien Lauf gelassen. Aber Lilly war dabei, und inzwischen war es offensichtlich, dass ihre Tochter ein Auge auf Fynn geworfen hatte.

Im Butenweg vor der Hausnummer 12 angekommen, stand Lea schon wartend in der Haustüre und lief ihnen entgegen, um für den Sprinter das zweiflügelige Gartentor zu öffnen. Maike atmete auf, denn insgeheim hatte sie befürchtet, dass Lohmann ihr einen Strich durch die Rechnung machen könnte. Aber offensichtlich hatten sie Glück, er war nicht da.

Lea Lohmann begrüßte alle freundlich mit Handschlag und sah zu, wie Fynn die Hecktüren des Lieferwagens öffnete. »Ganz schön voll«, stellte sie fest.

Fynn warf Maike einen zweifelnden Blick zu. »Hoffentlich hat deine Drehscheibe noch Platz. Ist sie denn sehr groß?«

»Sonst kommen wir einfach wieder!« Lilly lachte ausgelassen und zwinkerte Lea Lohmann zu. »Ist doch schön hier.«

Maike machte sich Gedanken über ihre Tochter. Die gute Laune hatte sicher nichts mit der Situation zu tun. Sie war einfach verliebt, da war die Welt rosarot, egal, wo man war und was man tat.

»Schau'n wir mal«, entschied Fynn und folgte Lilly, die bereits in Richtung Werkstatt vorauslief. Maike bedankte sich bei Lea für ihr Entgegenkommen und ging dann den beiden nach. Lilly war 19 und kein kleines Kind mehr. Und Fynn war Mitte zwanzig und attraktiv. Kein Wunder, dass sie ihn gut fand.

Bisher hatte Maike nur Lillys erste kleine Lieben kennengelernt. Jungs, für die sie schwärmte und die zwischendurch mal im Butenweg vorbeikamen. Da war sie 15 Jahre alt gewesen. Oder 16. Als 17-Jährige hatte sie ihre Freunde schon nicht mehr vorgestellt. Maike wusste nicht einmal, ob sie damals einen festen Freund hatte. Auch nicht, ob sie nun in Hamburg in einer Beziehung war. Seit der Trennung ihrer Eltern vermied es Lilly offenbar, über ihre eigenen Liebesabenteuer zu reden. Aber jetzt war es augenfällig. Das muss sogar Fynn merken, dachte Maike, während sie in die Werkstatt trat und die beiden an der Töpferscheibe stehen sah.

»Das alles?«, fragte Fynn, und Lilly bestätigte fachmännisch: »Ja, die Töpferscheibe mit der Spritzschutzwanne.«

»Das kriegen wir hin!« Fynn drehte sich zu Maike um. »Idyllisch. Ein lauschiges Plätzchen.«

Maike war klar, was er damit sagen wollte, ging aber nicht darauf ein, sondern stellte die beiden halb leeren Weingläser vom Vorabend an die Tür und räumte die Kisten aus dem Weg. Fynn sah ihr auffordernd zu.

»Ja, ich habe noch ein tolles Video über Mama bei der Arbeit gedreht«, sagte Lilly schnell. »Das steht jetzt im Netz, auf ihrer Homepage …«

»Stimmt!« Maike trat zu Fynn und Lilly an ihren ehemaligen Arbeitsplatz. »Das hast du gut gemacht!« Dann strich sie mit zwei Fingern über den Scheibendeckel. »*As time goes by.*«

»Wird schon wieder«, tröstete Fynn und drehte sich zur Tür um, weil Lea hereinkam.

»Kann ich helfen?«

Alle drei schüttelten den Kopf. »Das schaffen wir leicht«, erklärte Maike.

»Gut. Auf der Terrasse habe ich ein Frühstück gerichtet.« Sie hob entschuldigend beide Hände. »Nicht viel, aber heißen Kaffee und ein paar Croissants. Ich dachte, wenn Sie schon da sind …«

Maike und Lilly tauschten einen Blick, dann stimmte Lilly zu. »Ja, gern.«

»Wenn wir das hier im Wagen sicher verstaut haben«, schränkte Fynn ein. »Also, los jetzt.«

Gemeinsam packten sie an, und wenig später standen sie bei Lea auf der Terrasse. Maike wischte sich die Hände an ihrer Jeans ab und fand, dass Lea in ihrem roten Hoodie und der Jeans recht flott aussah.

»Das Wetter spielt ja mit.« Lea zeigte auf Maikes Holztisch und die geschnitzte, alte Bank. »Das haben Sie dagelassen, das passt doch jetzt für ein Frühstück im Freien ganz gut.«

Maike sah hin, erkannte ihr Versäumnis und musste tief durchatmen. Wie viele Stunden hatten sie an diesem Tisch gesessen, vor allem damals als Familie. Lilly mit ihren Schulaufgaben, sie und Christian abends mit einem Gläschen Wein.

»Setzen Sie sich doch«, sagte Lea und bot ihnen Plätze an, aber Maike lehnte schnell ab: »Ich stehe lieber«, und auch die anderen blieben stehen. Lea reichte die Platte mit den frischen Croissants und schenkte aus der Thermoskanne heißen Kaffee ein. Das tat jetzt gut, und als der erste Schmerz verflogen war, fragte Maike, wie die Nacht gewesen war.

»Nach Ihrem Machtwort haben mich alle in Ruhe gelassen.« Lea lächelte und deutete auf den Garten. »In meinem Haus in Hamburg hatte ich auch einen großen Garten. Etwas anders als der hier, aber auch sehr groß. Mit einem Teich. Die Fische kannten mich. Ich denke oft darüber nach, wie es denen jetzt wohl geht?«

Fynn, der herzhaft in sein Croissant gebissen hatte, spülte mit einem Schluck Kaffee nach und mutmaßte: »Der Nachfolger wird sich doch wohl kümmern?«

»Es steht leer.« Lea zog die Schultern hoch. »Es ist zwar verkauft worden, aber der Käufer hat kein Geld mehr.«

»Sachen gibt's.« Lilly schüttelte den Kopf und strich dann sachte mit der Hand über die Tischplatte. »Frau Lohmann«, sagte sie, »wenn Sie hier abreißen, bekomme ich das dann? An dem Tisch und an der Bank hängen so viele Erinnerungen, ich möchte nicht, dass sie auf dem Müll landen.« Sie warf Maike einen kritischen Blick zu. Maike gab ihn zurück. »Tut mir leid, Lilly, ich habe das beim Auszug tatsächlich übersehen.«

Lea klopfte auf die Tischplatte. »Besser, Sie nehmen die Sachen gleich mit, wer weiß, was noch passiert.«

»Passt nicht mehr in den Sprinter«, erklärte Fynn.

»Fynn!« Das kam gleichzeitig von Mutter und Tochter.

Er musste lachen. »Dann kommen wir eben ein zweites Mal.«

»Und Sie?« Lea taxierte ihn kurz. »Sie sind der Sohn?«

»Der Liebhaber«, antwortete Fynn trocken.

Lilly lachte auf, Maike nicht.

***

Falk bot sich Fynn für die nächste Fuhre in den Butenweg als Helfer an, und so hatten Lilly und Maike die letzte Ladung schon fast vollständig in den Wintergarten des Hotels getragen, bis die Männer mit Bank und Tisch zurückkamen. Fynn fuhr den Sprinter an den Handwerker-Transportern vorbei rückwärts ans Haus, und gemeinsam luden sie ihre Fracht aus. Renate begutachtete die beiden Möbelstücke, die nun vor der Hoteltreppe standen.

»Ein besonders schönes Exemplar«, sagte sie und strich mit der Hand über die geschnitzte Rückenlehne der Bank. »Gut, dass ihr sie gerettet habt!«

Maike stimmte ihr zu. »Verrückt, dass die da einfach stehen geblieben sind. Dabei habe ich den letzten kleinen Lappen aus der hintersten Ecke des Kellers mitgenommen. Und ausgerechnet die beiden großen Lieblingsstücke auf der Terrasse übersehen.«

»Kann in der Aufregung passieren.« Fynn klappte die Sprintertür zu. »Und wohin damit?«

»Könnt ihr sie in den Garten tragen? Am besten unter das Dach am Wintergarten, dort dürften sie vorerst gut stehen.« Sie hob die Bank etwas an. »Leicht ist sie nicht gerade. Ich helfe euch besser!«

Falk wehrte ab. »So weit kommt's noch!«

»Und wir nehmen den Tisch«, forderte Lilly ihre Mutter auf.

Renate trat einen Schritt zurück. »Gut, dann gehe ich wieder ins Büro. Liegt einiges an.«

Sie trugen Bank und Tisch an die von Renate vorgeschlagene Stelle und blickten von dort aus in den Wintergarten.

»Wüstes Durcheinander«, sagte Fynn. »Hättet ihr nicht besser aufräumen können?« Sein Blick traf Maike, aber den Boxhieb gegen den Arm bekam er von Lilly.

»Wir haben wie die Irren geschuftet«, sagte sie.

»Ziemlich irr, man sieht's«, frotzelte er, doch diesmal wich er aus.

Falk lachte. »Okay, ich mach uns eine Kleinigkeit zum Essen.« Er drehte sich zu Lilly um. »Hilfst du mir?«

Lilly nickte gottergeben, und Fynn gab sich geschlagen. »Gut. Wenn ihr beide euch eine gemütliche Zeit in der Küche macht, dann machen wir beide uns jetzt ans Aufräumen!«

Lilly warf ihre langen Haare nach hinten und hakte sich bei Falk unter. »Dann los, schieben wir die Ärmel hoch!«

Maike sah den beiden nach, wie sie scherzend und lachend durch die Wintergartentür ins Hotel gingen. Lilly war hübsch, richtig hübsch, fand sie, und auch wie sehr sie hier zupackte, war grandios. Maike war stolz auf ihre Tochter.

Sie sah zu Fynn. Auch er beobachtete die beiden und lächelte dabei.

»Fynn, wenn du Lilly gut findest …«

Er sah Maike erstaunt an. »Warum sollte ich sie gut finden?«

»Weil sie, na ja, sie himmelt dich an, merkst du das nicht?«

»Ich will aber nicht angehimmelt werden. Wozu auch …«

»Sie ist verliebt. Ich habe sie noch nie verliebt gesehen.«

»Du preist sie an wie auf dem Jahrmarkt.« Fynn runzelte die Stirn.

»Ja, wirklich?« Maike dachte kurz nach. »Das wollte ich nicht. Ich finde nur …«

»Sie ist die kleine Ausgabe von dir. Warum sollte ich die kleine nehmen, wenn ich die große haben kann?«

»Fynn …«

»Apropos.« Er fuhr ihr zärtlich mit gespreizten Fingern durch ihr offenes Haar. »Lässt du deine Zimmertür heute offen?«

»Bist du verrückt, unsere Betten stehen doch Wand an Wand.«

»Na und? Nachts wird sie doch wohl schlafen!« Fynn zwirbelte eine ihrer Haarsträhnen um seinen Zeigefinger und zog leicht daran. »Und wer sagt denn was vom Bett? Gibt es keine andere Möglichkeit?«

Maike spürte Säfte zusammenlaufen, wo sie sie im Moment nicht haben wollte.

»Fynn! Mutter, Tochter. Es ist einfach unmöglich!«

»Das ist ja das Reizvolle. Es *ist* möglich!«

»Siehst du das nicht? Es ist eben nicht normal!«

»Was?« Er ließ ihre Haare los, und sein Blick wurde ernst. »Wenn eine Tochter einen Liebhaber hat, der so alt ist wie der Vater, dann klopfen sich die beiden Männer auf die Schultern. Also klopf doch nachher meiner Mutter auf die Schulter, *das* wäre dann normal. Wo ist der Unterschied?« Er nahm sie in die Arme. »Oder magst du mich nicht?«

Maike lehnte ihren Kopf an seine Schulter. »Ich bin verrückt nach dir, nach deinem Duft, nach deinem ICH, nach deinen Muskeln, nach deinem Sex. Das ist das Problem.«

»Zwei Süchtige.« Er küsste sie auf den Scheitel. »Zwei Süchtige! Wir treffen uns also nicht im Zimmer, sondern heute Nacht in deiner neuen Werkstatt. Wir weihen sie ein.«

***

Renate saß den ganzen Nachmittag lang im Büro über ihren vielen Mails, während Falk, Fynn, Lilly und Maike aus dem leer geräumten Nebenraum eine Werkstatt machten. Zwischendurch schaute sie nach, fragte, ob sie gebraucht würde, und ging dann wieder an ihren Computer zurück. Es gab erfreulich viele Anmeldungen für August. Und auch großes Interesse für die Monate danach, selbst bis Weihnachten. Sie bestätigte zahlreiche Anfragen und ging auch auf die diversen Zimmerwünsche ein, bis auf das eine Zimmer, das sie erst einmal nicht vermieten wollte: Maike. Wie das wohl weiterging? Klar würde sie ein

Zimmer auch noch länger für sie bereithalten, das war unter Freundinnen keine Frage. Aber über kurz oder lang wäre eine eigene Wohnung doch sinnvoller, denn dass es ihr Häuschen am Butenweg wieder werden könnte, glaubte Renate nicht recht. Lilly hatte mit ihrem Einsatz zwar eine gewisse Euphorie ausgelöst, aber die Zeit ließ sich nun eben mal nicht zurückdrehen.

Renate hörte die Eingangstüre gehen, horchte kurz, ob Falk nachsehen würde, hörte nichts, warf einen Blick auf den tief schlafenden Anton in seinem Körbchen und stand auf.

Die Frau, die hochgewachsen in einem leichten Sommermantel im Flur stand, identifizierte sie sofort als Flynns Mutter.

»Frau Brenndörfer? Geh ich recht …?«

Sie nickte. »Ja, Eva Brenndörfer. Ich stand eine Weile vor Ihrem Hotel, weil ich es so schön fand. Es hat noch diese heimelige Atmosphäre mit viel Holz, Verzierungen und Fantasie, die man so selten findet.«

»Vielen Dank. Im Moment überwiegt aber eher der Blick auf die weniger schönen Gerüste, befürchte ich.« Renate zuckte die Schultern. »Und zudem finden es manche hoffnungslos altmodisch.«

»Ja, modern, quadratisch und nüchtern, genauso, wie es in vielen Menschen aussieht. Aber fühlt man sich auf die Dauer zwischen Betonwänden wohl? Nur weil es angesagt ist?« Eva Brenndörfer schüttelte den Kopf. »Ich nicht!« Dann streckte sie die Hand aus und ging die wenigen Schritte auf Renate zu. »Ich freue mich, Sie kennenzulernen. Mein Sohn erzählt mir schon seit Langem von seinem zweiten Zuhause. Nun mach auch ich endlich die Erfahrung.«

Renate drückte ihre Hand und wies auf das Bordcase, das neben Eva stand. »Gut, dann zeige ich Ihnen erst mal Ihr Zimmer. Nach vorn raus, zum Meer. Zwischen Ihrem Sohn und Maike Hinrichs, der Töpferin …«

»… derentwegen ich ja hier bin«, ergänzte Eva Brenndörfer.

Renate nickte und wies den Flur entlang. »Sie richten gerade Maikes neue Werkstatt ein. Dort hinten, zum Garten.« Sie zögerte. »Wenn Sie es gleich sehen wollen?«

»Aber ja!« Eva Brenndörfer zog ihren Mantel aus, warf ihn über den kleinen Koffer und sah Renate erwartungsvoll an. »Ich halte die Frau wirklich für eine sehr gute Keramikerin. Und ich kann mir vorstellen, dass die Gäste des Restaurants das auch so sehen werden.« Sie lächelte Renate an. »Aber zunächst muss sie natürlich ein Musterservice abliefern. Und sie hat selbstredend Konkurrenz.«

»Ich würde es ihr von Herzen gönnen«, sagte Renate inbrünstig, »es wäre wunderbar und für alle ein Segen!« Sie nickte Eva zu. »Kommen Sie! Das wird eine Überraschung, wir dachten, Sie kämen erst zum Abendessen.«

»Ich habe es nicht mehr ausgehalten. Produktiv war ich auch nicht mehr, also konnte ich genauso gut losfahren.«

»Der inneren Stimme folgen.«

»So ist es!«

Der Krach war nicht zu überhören. Offensichtlich wurden schwere Dinge verschoben, aber als Renate und Eva plötzlich in der Tür standen, war es mit einem Schlag still. Fynn und Falk waren gerade dabei, den Brennofen in die hintere Ecke zu bugsieren, während Maike und Lilly mitten im Raum ein Regalbrett kürzten. Alle hielten inne und sahen zur Tür.

»Mein Mütterchen«, sagte Fynn, ließ den Brennofen stehen, ging im Zickzack um alle verstreuten Gegenstände herum und küsste Eva zur Begrüßung rechts und links auf die Wangen. »Unberechenbar wie immer. Angekündigt warst du für den Abend!«

Eva zuckte mit den Achseln. »Da hat sich die Welt halt mal wieder schneller gedreht!«

Fynn lachte. »Darf ich dich bekannt machen?«, fragte er, legte seiner Mutter den Arm auf die Schulter und ging mit ihr in die Mitte des Raumes. Wenn er jetzt seinen Liebhabersatz von vorhin wiederholt, falle ich tot um, dachte Maike. Aber Fynn stellte Mutter und Tochter korrekt vor, und dann Falk, den unverzichtbaren Motor des Hauses.

Eva und Maike schüttelten einander die Hände. »Es freut mich besonders«, sagte Eva, und Maike dachte, wow, sie sieht fantastisch aus.

»Und mich noch mehr«, antwortete sie.

»Kann nicht sein«, lachte Eva und ging auf Lilly zu. »Jurastudentin mit Durchsetzungskraft, mein Sohn hat schon erzählt.«

»Oh ja?«, freute sich Lilly.

Eva sah sich um. »Noch ein bisschen chaotisch, aber ich könnte ja mithelfen. Zwei Hände mehr, dann geht es schneller.«

»Gute Idee. Wir stellen noch schnell den Brennofen korrekt auf, dann übernehme ich Maikes Part beim Brettersägen. Und ihr beide könnt ja schon mal das fertige Regal an der Wand bestücken.« Falk bückte sich zu einer großen Umzugskiste. »Da steht *Regalutensilien* drauf. Müsste also passen!« Er drehte sich zu Fynn um: »Komm, alter Junge!«, und gemeinsam trugen sie die Box vor das Regal.

»Also, das ist doch prima«, meinte Eva unternehmungslustig zu Maike und krempelte sich die Ärmel ihres weißen Hemdes hoch, »so lernen wir uns besser kennen.«

***

Anja hatte keine einzige Reklamation bekommen, das beunruhigte sie. Eigentlich hätte ihre Kundschaft Sturm laufen müssen – das Geschäft an einem normalen Wochentag einfach geschlossen, ohne Hinweis, ohne kleinsten Zettel an der Ladentür. Dass sich niemand beschwerte, konnte ja nur bedeuten, dass es niemand gemerkt hatte. Das war ein unschöner Gedanke.

Anja lenkte sich mit der Vorfreude auf ihre neuen Kunstkarten ab. Sie hatte am Montag ein ganzes Paket bekommen, von einer Künstlerin, die sie neu entdeckt hatte. Sie liebte ihre Art zu zeichnen, den fein gestrichelten Fuchs, von einem schwarzen Raben begleitet, oder auch den Hirsch im Wald, der mit hochgerecktem Kopf junge Blätter von einem Baum zupfte. Einfach mal anders, ungewöhnlich. Sie hatte sich so sehr in diese Karten verliebt, dass sie wahrscheinlich zu viele bestellt hatte.

Macht nichts, tröstete sie sich über diese Investition, die sind ja zeitlos. Sie hatte das Paket auf ihre Theke gestellt, und während sie nun eine Karte nach der anderen herausnahm und betrachtete, klingelte es an der Ladentür. Sie blickte hoch und erschrak. Ihr Vermieter stand vor ihr.

»Frau Hoffmann, guten Tag.« Er sprach zögerlich, und Anjas Gedanken rasten. Sie war alleine im Laden, und sie traute ihm nicht. Schon gar nicht nach dem, was Lilly von ihrer Begegnung erzählt hatte.

»Herr Schröder«, sagte sie und fand ihre Tonlage etwas zu schrill, »welche Überraschung. Was kann ich für Sie tun?«

Er zögerte. Groß und hager stand er in seinem beigen Popeline-Mantel vor ihr, den Hut hatte er vom Kopf genommen und drehte ihn in den Händen. Er kommt nicht als Miethai, das ist offensichtlich, dachte Anja, eher als Fischchen. Sie richtete sich auf.

»Sie haben das damals ja nicht so ernst genommen, die Sache mit dem Vertrag, der Mieterhöhung … und so …«, begann er.

»Doch!« Damit kommt er nicht durch, dachte Anja. »Hab ich. Und deshalb die Sachen von Maike Hinrichs aus meinen Regalen entfernt. Ganz wie Sie es mir nachdrücklich *empfohlen* haben.«

»Das war aber nicht so gemeint.«

»Doch, natürlich war es so gemeint!« Anja gab ihren Augen einen stechenden Ausdruck. »Ihr Freund Uwe Feddersen hatte Ihnen das nahegelegt. Stammtischbrüder.«

Schröder wehrte ab. »Stammtisch! Das ist eine eher lockere Gemeinschaft!«

»Umso schlimmer«, schnaubte Anja. »Denn der Anfang einer langen Kette, das waren Sie! Das Ende ist, dass Maike Hinrichs ihr Haus verloren hat. Da haben einige Betrüger mitgespielt. Das Ganze artet gerade in einen handfesten Skandal aus … Und Ihr Freund wird damit ganz schön auf die Nase fallen. Mal sehen, ob der je wieder ein Bein auf die Erde bekommt!«

Es stimmte nicht. Aber sie genoss es, wie Schröders Gesichtsfarbe wechselte. Er war aschgrau geworden.

»Das muss doch nicht an die Öffentlichkeit!«

»Wo soll es denn sonst hin?«

Er machte einen Schritt auf sie zu. Anja befahl sich, genau auf ihrer Position stehen zu bleiben.

»Es ist … das wäre doch anders zu regeln!«

»Wie wäre es denn zu regeln?«

Schröder blickte schnell über die Schulter zur Eingangstüre und überflog dann rechts und links den Laden.

»Mit Geld«, sagte er leise.

Das hat Lilly schon erzählt, dachte sie. Was hatte er geboten? 5000 Euro.

»Sie können zusehen, dass Maike Hinrichs ihr Haus zurückbekommt. Das wäre die einzige Möglichkeit, die Sache zu regeln und Schlimmeres zu verhindern. Wie beispielsweise Ihren Namen in der Öffentlichkeit breitzutreten. Ich weiß nicht, was Ihre Frau Mutter …«

»… die lassen Sie mal schön aus dem Spiel!« Er kniff die Augen zusammen.

Aha, jetzt wird er scharf, dachte Anja. »Beraten Sie sich doch einfach mit Uwe Feddersen und Rolf Petersen, das sind doch findige Typen, die sich für nichts zu schade sind. Haben Sie manipuliert, inszenieren Entführungen, gehen im Café Wichtig auf andere Menschen los … Die beiden haben bestimmt eine Idee, wie alle Westen wieder reinzuwaschen wären.«

»Damit habe ich nichts zu tun!«

»Womit?«

»Was Sie da gerade gesagt haben. Entführung? Ich weiß nicht, wovon Sie sprechen!« Er krallte sich an seinem Hut fest.

»Das wird aber nachher keinen interessieren, denn dann wird alles in einen Topf geworfen!«

»Aber Petersen hat das Haus doch gar nicht vermittelt!«, wandte Schröder ein. »Er hat am Stammtisch doch deswegen geflucht! Das war doch Schmidt!«

»Ja, aber die Lunte haben Sie gelegt«, sagte Anja. »Und übrigens«, sie machte eine Kunstpause, »der Schmidt ist reif für den Staatsanwalt. Die Ermittlungen laufen schon.«

Schröder hüstelte.

»Schröder, Petersen, Schmidt, da hat Timmendorfer Strand endlich mal wieder was zum Tratschen«, legte sie nach.

»Hören Sie schon auf!« Er streckte sein hohlwangiges Gesicht so sehr vor, dass sich an seinem dünnen Hals die Sehnen spannten. »Ich kann Ihnen auch kündigen. Wegen Verleumdung!«

»Nur zu«, sagte Anja, »es wird nur niemanden interessieren!« Sie sah an ihm vorbei ein Pärchen auf die Ladentür zukommen und warf noch einmal alles in die Waagschale: »Ich bin hier in der Gegend nicht interessant. Aber Schröder, Petersen, Schmidt – das sind Namen für einen ausgemachten Skandal. Da werden sich nicht nur die Tratschmäuler, sondern auch die bunten Blätter freuen!«

Schröder wirkte, als würde er gleich zum Angriff übergehen, aber da klingelte es an der Eingangstüre hinter ihm. Er verharrte kurz, setzte seinen Hut auf, drehte sich ruckartig um und sagte im Hinausgehen: »Sie hören von mir.«

»Sehr gern«, rief sie ihm hinterher.

Als die Tür hinter ihm zugefallen war, musste sie sich erst einmal am Tresen festhalten. Ihr Herz schlug bis zum Hals. Sie brauchte einen Moment, um sich zu beruhigen, dann begrüßte sie das Pärchen, das immer mal wieder bei ihr einkaufte. Die beiden kamen näher. »Moin, Frau Hoffmann, haben Sie schöne Karten? Vielleicht etwas Ausgefallenes zum Geburtstag?«

***

Rolf Petersen saß in seinem Büro, die Füße auf dem Schreibtisch, und sinnierte darüber, wie lange er sich die Büromiete ohne Verkaufsobjekte wohl noch würde leisten können, als die Türe aufgerissen wurde und Hans-Günter Schröder hereingestürmt kam.

»Kein Wunder, dass du nichts verdienst, hier verlottert ja alles!«, fuhr er ihn an, bevor Rolf überhaupt reagieren konnte.

»Moin«, sagte er und nahm die Füße betont langsam vom Tisch. »Was gibt's?«

»Was es gibt? Die Stadt wird bald Kopf stehen. Du mit einer Entführung, Erpressung, sonst noch was und ich mittendrin durch eure blöde Hoffmann-Vermieter-Idee.«

»Mal langsam!« Rolf griff nach der Whiskyflasche, die neben der Schreibtischlampe stand. »Auch einen Schluck?«

Hans-Günter starrte auf das offensichtlich schon häufiger benutzte Glas, nach dem Rolf nun griff, und schüttelte angewidert den Kopf. Rolf schenkte sich entspannt ein, dann sah er auf. »Wovon sprichst du überhaupt?«

»Ich spreche davon, dass wir unseren Kopf retten müssen, bevor uns die Hoffmann und die Hinrichs und Gott weiß wer noch alles an einem Strick durchs Dorf ziehen!«

Rolf nahm einen tiefen Schluck. »Wie kommst du denn auf so eine abstruse Idee? Und was soll das mit der Entführung?« In seinem Kopf begann eine Alarmanlage zu schrillen. Erst leise, dann immer lauter. »Von wem hast du das überhaupt?«

»Wir haben die Lunte gelegt, hat die Hoffmann gesagt. Die dazu geführt hat, dass die Hinrichs das Haus verloren hat!«

»Aber nicht durch mich. Uwe hat dir das gesteckt. Und du hast die Lunte mit deiner Erpressung gelegt. Mehr Miete oder

Hinrichs raus. Und verkauft hat Schmidt. Ich habe überhaupt nichts damit zu tun.«

Mit zwei Sätzen war Schröder bei ihm, ging ihm so schwungvoll an die Gurgel, dass das halb volle Whiskyglas klirrend in die nächste Ecke flog und Rolf mitsamt seinem Stuhl nach hinten umkippte. Er knallte mit dem Kopf gegen die Wand und blieb regungslos am Boden liegen.

Schröder trat zu ihm. Machte einen Schritt nach vorn und einen zurück. Er betrachtete Rolf, wie er mit abgewinkeltem Kopf an der Wand lag, und wusste nicht, was er tun sollte. Hatte er ihn umgebracht? Zumindest gab er keinen Mucks von sich. Aber er blutete auch nicht aus dem Mund. Das sah man doch immer. Die Opfer bluteten aus dem Mund. Aber da war nichts.

Wieder einen Schritt vor, einen zurück. Sollte er den Notarzt rufen? Wenn er jetzt ging, war es unterlassene Hilfeleistung. Aber wenn er tot war? Er hatte ihn angegriffen. Totschlag?

Er konnte ja auch einfach wieder gehen.

Hatte ihn jemand gesehen? Hatte er etwas angefasst? Konnte Rolf von alleine umgefallen sein? Im Suff? Immerhin stand die Whiskyflasche da.

Einen Schritt vor, einen zurück. Schröder zog das Smartphone heraus. Er musste den Notarzt verständigen. Dann steckte er es wieder ein.

Mit Mord wollte er nichts zu tun haben.

Er wollte mit dieser ganzen Sache nichts zu tun haben!

Schritt für Schritt ging er langsam zurück zur Tür. Er würde die Türklinke abputzen und einfach gehen. Rolf war sowieso fertig. Das wusste jeder. Die Karriere des großen Gigolos war zu Ende. So oder so. Er hatte ihm nur einen Gefallen getan.

Hans-Günter Schröder war schon fast zur Tür raus, als ihn ein leises Stöhnen zurückhielt. Hatte er sich verhört? Er blieb stehen. Ein Stöhnen. Diesmal lauter. Es kam deutlich unter dem Schreibtisch hervor. Er konnte sich nicht entschließen zurückzugehen, aber als er einen deutlichen Fluch hörte, tat er es doch.

Rolf lag mit offenen Augen da und rieb sich den Hals. »Verflucht noch mal«, sagte er, als Hans-Günter langsam um den Schreibtisch herumkam. »Hast du noch alle Tassen im Schrank?«

Hans-Günter sagte nichts, sondern reichte Rolf die Hand zum Aufstehen. Mühsam rappelte der sich hoch, hielt sich am Schreibtisch fest und starrte Schröder an. »Wolltest du mich umbringen?«

Schröder schwieg.

»Aha!« Rolf nickte zornig. »Das würde dir so passen. Aber ich habe nichts zu verlieren. Du alles!« Den letzten Satz spuckte er regelrecht hervor, und Schröder wünschte sich in diesem Moment, Rolf wäre tot. Mausetot.

Aber dann dämmerte ihm, dass das Problem damit nicht gelöst wäre.

»Wir müssen reden«, sagte er, während Rolf ächzend seinen Stuhl aufstellte.

»Kann ich mich hinsetzen, ohne von dir angegriffen zu werden?« Rolf legte sich eine Hand in den Nacken, die andere an die Stirn.

Schröder setzte sich in Hut und Mantel auf den Stuhl gegenüber.

»Schmidt bekommt Probleme«, begann Hans-Günter. »Offensichtlich läuft die Ermittlung da schon. Und wir bekommen auch Probleme, denn wir haben der Hinrichs über die Hoffmann und die anderen Läden den Geldhahn abgedreht.«

»*Du* hast den Geldhahn zugedreht!«, korrigierte Rolf.

»Es war Thema am Stammtisch«, erinnerte ihn Hans-Günter. »Jeder weiß, dass du und Uwe die Sache inszeniert habt, weil ihr der Hinrichs das Haus abluchsen wolltet.«

Rolf nickte. »Aber abgeluchst hat es ihr ein anderer!«

»Verstehst du nicht? Wenn da ein neugieriger Reporter

kommt, ein Staatsanwalt, ein … keine Ahnung, dann sind wir alle dran!«, sagte Hans-Günter. »Das ist doch ein gefundenes Fressen für jeden Zeitungsfuzzi. *Arme Frau wird von Immobilienhaien aus ihrem Haus vertrieben.* Wir können uns nirgendwo mehr sehen lassen, wir sind untendurch!«

Rolf dachte nach. Dann sagte er: »Bring mir mal was Kaltes aus dem Kühlschrank! Zum Auflegen!« Er deutete auf den kleinen Kühlschrank in der Ecke.

Hans-Günter fand eine kalte Flasche Bier, die sich Rolf in den Nacken legte. »Ich hätte mir das Genick brechen können!«

»Lass dir was einfallen«, sagte Hans-Günter. »Ich kann mir zumindest einen Topanwalt leisten … einen, der vielleicht noch was drehen kann. Damit ich aus der Sache raus bin.«

»Meine Güte!«, sagte Rolf genervt, »du machst dir echt in die Hosen!«

»Ich weiß, im Gegensatz zu dir, was auf uns zukommt!«

»Auf dich und Schmidt!«

»Hör auf damit! Du weißt ganz genau, dass es dann mit dir und deinem …«, Hans-Günter zögerte, »schönen, hellen Leinenanzug aus besseren Zeiten auch vorbei ist.«

***

Lea Lohmann hatte es befürchtet. Sie hatte sich gerade etwas Käse, Brot und Butter auf den Küchentisch gestellt, dazu ein Glas Rotwein, als sie die Haustüre hörte. Und gleich darauf kam Helmut wie ein Derwisch hereingeschossen.

»Du hast meinen Parkplatz blockiert!« Vorwurfsvoll legte er seinen Autoschlüssel vor ihr auf den Tisch.

»Ich wusste nicht, dass du kommst.« Sie schob seinen Autoschlüssel von sich weg. »Setz dich, ich habe noch mehr Käse im Kühlschrank.«

Er blieb stehen.

»Ich will erst umparken. Wenn mein Wagen draußen am

Zaun steht, wer weiß, was diese Hottentotten mit ihm anstellen.«

»Das sind ganz normale bürgerliche Leute, keine Randalierer.«

Er warf ihr einen kritischen Blick zu. »So weit ist es jetzt also! Du verbündest dich mit denen!«

Lea stand auf.

»Wir wollen uns nicht streiten. Ich fahre meinen Wagen raus, du deinen rein, und dann machen wir uns einen gemütlichen Abend.« Lea schlug einen versöhnlichen Ton an und ging mit gespitzten Lippen auf Helmut zu. »Guten Abend erst mal.«

Sie küsste ihn auf den Mund, merkte aber, dass Helmut unwillkürlich zurückzog. Nichts stimmt mehr in unserer Beziehung, dachte sie. »Bist du nicht mehr mein starker Kater und ich dein kleines Mäuschen?«, fragte sie.

»Ich will, dass du deinen Wagen wegfährst und ich nicht noch lange in dieser Küche herumstehen muss.«

»Was ist denn passiert, dass du so ruppig bist?« Lea blieb dicht vor ihm stehen.

»Alle drei Minuten passiert irgendwas!«, gab er unwillig zur Antwort.

So aus der Nähe sah Helmut etwas verwahrlost aus, fand Lea. Zumindest hatte er sich heute Morgen nicht anständig rasiert. Sein Hemdkragen stieß an einige graue Barthaare. Außerdem fiel ihr nicht zum ersten Mal auf, dass sein früher so kräftiges Kinn einfach in den Hals überging. Er war kein starker Kater mehr.

»Gut«, sagte sie, »ich fahre meinen Wagen weg!«

Er griff wortlos nach seinen Autoschlüsseln und ging ihr hinterher.

»Überall könnte man eine Bombe reinwerfen«, grummelte er hinter ihr, während sie zu ihren Wagen gingen. »Hier, dort, überall!«

»Machst du bitte das Tor auf?« Sie hörte ihn höhnisch lachen und dann gegen den Jägerzaun treten. »Tor! Wovon träumst du nachts?«

Ganz cool bleiben, sagte sich Lea, stieg in ihr Auto, startete den Motor, legte den Rückwärtsgang ein und fuhr, nachdem sie im Rückspiegel die beiden offenen Tore gesehen hatte, hinaus. Helmut stand an seiner Limousine wie ein Zerberus, wuterfüllt, Höllenhund. Lea verstand nicht, was in ihn gefahren war, aber sie fuhr ihren Wagen zur Seite, damit Helmut die Limousine vor den Nachbarn in Sicherheit bringen konnte. Inzwischen fand sie das alles lächerlich. Aber sie war ja auch diejenige, die hier lebte. Hier leben musste, nachdem er es so entschieden hatte. Nur dass sie langsam anfing, mit alldem hier Frieden zu schließen. Sie war nicht mehr an der Seite ihres Mannes auf Kriegszug.

Sie hatte auch schlicht keine Lust mehr.

Vor allem die Bekanntschaft mit Maike hatte ihr gezeigt, dass sie im Unrecht waren. Helmut hatte sich verrannt. Mit seinen Kauf- und Verkaufsplänen, den Bau- und Zukunftsplänen verrannt. Hoffnungslos verrannt.

Sie wartete, bis Helmut seine Limousine zwischen den Büschen geparkt hatte, dann schloss sie die beiden windschiefen Gartentore hinter seinem Wagen und blieb an seiner Fahrertüre stehen. »Hast du Gepäck?«

»Nein! Gepäck, wozu?«

Er stieg aus und stapfte vor ihr durch das Gras zum Haus. Für einen kurzen Augenblick dachte sie, er könne jetzt das Fehlen der Bank und des Tisches auf der Terrasse bemerken, aber er hatte ja womöglich noch nie bemerkt, dass sie überhaupt dort gestanden hatten.

Plötzlich, während sie so hinter ihm herlief, verstand sie die Psyche ihres Mannes. Er, der Gewinner, sah sich plötzlich als Verlierer. Hamburg lief nicht wie geplant, der Butenweg machte Schwierigkeiten. Die Euphorie des Anfangs war einem Desaster gewichen, dem ersten seit Kauf seiner Firma. Bisher war er immer der große Zampano gewesen. Angehimmelt von seiner Frau, seiner Sekretärin und wer weiß von wem sonst noch. Jetzt sah er seine geschäftliche Spürnase versagen, sah seinen Stern sinken, sah sich dazu noch täglich im Spiegel altern und wurde wütend. Nicht auf sich, sondern auf die anderen. Auch auf sie.

Und, ganz seltsam, diese Erkenntnis gab ihr Auftrieb. War sie plötzlich die Starke und er der Schwache?

Helmut stieß die Haustüre auf, schaffte es gerade noch, sie für Lea aufzuhalten, und ging dann direkt zum Kamin. Dort zog er seine Jacke aus, warf sie über einen der Sessel, schichtete Holz und zündete es an. Dann drehte er sich nach Lea um. »In dieser Bude ist es ständig kalt! Selbst im Hochsommer!«

»Ein Kaminfeuer ist immer schön. Schön gemütlich«, Lea fror zwar nicht, aber vielleicht besänftigte ihn eine nette Atmosphäre.

»Hast du was Trinkbares im Haus?«

»Was hättest du gern?«

»Einen alten Rum und eine Zigarre!«

Das hörte sich schon mal gut an, dachte Lea, brachte ihm beides und stellte anschließend in der Küche ihr Essen auf ein Tablett. Das stellte sie auf den Couchtisch, nahm ihr Weinglas und prostete ihm zu. »Magst du auch ein bisschen?« Sie deutete auf ihren Teller, aber er blies nur eine Rauchwolke in die Luft.

Auch gut, dachte Lea. Früher oder später würde er mit der Sprache rausrücken.

Es dauerte eine Weile, dann sagte Helmut: »Der Kerl hat tatsächlich keine Kohle mehr!«

»Der Käufer unseres Hauses?«

Helmut nickte. »Und der andere … Dem ist auch eine Krise dazwischengekommen!«

»Was heißt das?«

»Amerika macht einen Rückzieher. Der CEO in Boston will

die politische und wirtschaftliche Entwicklung abwarten, hat er mir gesagt. Also bleibt er noch und arbeitet weiterhin von Hamburg aus.«

»Was?« Lea spielte die Entrüstete. »Unser tolles Penthouse mit Alsterblick?«

Helmut sah sie an. Zum ersten Mal an diesem Abend, fiel Lea auf.

»Wie siehst du überhaupt aus? Bist du unter den Rasenmäher gekommen?«

»Ich war beim Friseur.«

»In diesem Kuhdorf hier, das konnte ja nichts werden.«

»Nein, gestern in Hamburg.«

Helmut schwieg und fuhr sich mit der Hand übers Kinn. Es knisterte.

»Es ist alles verkorkst!«, sagte er plötzlich. »Und wenn ich nicht schon so alt wäre, könnte ich heulen!«

»Du könntest heulen?« Lea stellte ihr Glas ab. So hatte sie ihn noch überhaupt nie erlebt.

Helmut stellte sein Glas auf den Boden, legte seine Zigarre in den Aschenbecher, beugte sich vor, stützte seine Ellenbogen auf den Knien ab und drückte sein Gesicht in die Hände.

Lea betrachtete ihn, zögerte, schließlich stand sie auf und setzte sich auf die Armlehne seines Sessels. »Helmut«, sagte sie leise. »Wir haben das gemeinsam angefangen, wir stehen das gemeinsam durch. Und wir suchen gemeinsam nach einer Lösung.«

»Alles ein einziges Chaos«, sagte er durch seine Finger hindurch, ohne sich zu rühren.

Lea streichelte sanft über seinen Nacken.

»Es gibt für alles eine Lösung. Wir sind zu zweit. Wir sind nicht arm. Alles wird sich zum Guten wenden.«

»Und wie soll das gehen?«, hörte sie seine gepresste Stimme.

Sollte sie es wagen? Es war so einfach. Aber würde er dann

nicht wie von der Tarantel gestochen aufspringen und alles zunichtemachen?

Sie musste es vorsichtig angehen. Wie bei einem Kind.

»Schau mal, unser Haus steht noch leer. Der Kauf muss sowieso rückgängig gemacht werden. Dann brauchen wir das Appartement nicht. Und hier keine Prachtvilla, sondern nur ein kleines Ferienhaus.«

»Du willst diese Bruchbude so lassen, wie sie ist?«

Sie schüttelte den Kopf, da er es aber nicht sehen konnte, sagte sie: »Ein schönes kleines Ferienappartement am Strand würde doch auch genügen. Zwei Zimmer, Meerblick. Dein Segelboot im Hafen. Mehr braucht es doch nicht.«

Es war kurz still.

»Hast du ein Ferienappartement im Auge?«

Das war der Haken. Sie hatte keines.

»Aber es wäre sicher einfacher, eines zu finden, als hier die Baugenehmigung durchzupeitschen. Das kann noch ewig dauern. Und dann zwischen all den anderen alten Häusern, Helmut, so schön kann die Villa gar nicht sein, dass sie hier passen würde!«

Es war wieder still. Schließlich sagte er: »Vielleicht hast du recht. Dieser armselige Butenweg hat uns ja gar nicht verdient.«

Sie nickte. Und grinste. Das war ja was …

»Und die Leute auch nicht!«, setzte sie eins drauf.

»Die schon gar nicht!!«, meinte er, nahm seine Hand vom Gesicht und griff nach ihrer.

Samstag, 27. Juli

Carolin Schröder saß morgens in ihrem neuen, schmucken Büro und studierte die Mails. Samstags kommen die Kunden, die während der Woche keine Zeit haben, hatte ihr Vater gesagt, deshalb ist gerade das Wochenende unsere effektivste Zeit.

Sie hatte nichts dagegen, denn dafür hatte sie Montag und Dienstag frei. Außerdem fühlte sich Carolin wohl, denn dies hier war ein anderes Arbeiten als bei Rolf Petersen. Hier kamen, ohne großes Zutun, die Mails von Leuten rein, die verkaufen wollten, und die Mails von Interessenten. Von wegen Todesanzeigen lesen, Ohren offen halten, Saunagespräche belauschen. Das hier war professionell, dafür hatte ihr Vater gesorgt. Wenn sie auch eine Ewigkeit nichts von seinen Plänen gewusst hatte. Erst vor Kurzem hatte er ihr gestanden, dass er sie ursprünglich überhaupt nicht als Mitarbeiterin haben wollte. Er hielt sie für nicht besonders agil. Und auch nicht für kompetent. Das hatte sie mehr geschmerzt, als sie sich selbst eingestehen wollte. Aber nachdem sie beim Abendessen mal etwas von Petersens neuer Idee ausgeplaudert hatte, war sie plötzlich seine Vertraute geworden. Und das mit der Hinrichs hatte ja geklappt, also war es auch ein bisschen ihr Erfolg.

Und jetzt dieser blöde Zwischenfall im Café Wichtig! Ausgerechnet dieser Mann an ihrem Tisch, der mit dem Verkauf seiner Villa am Strand zu ihnen gekommen war, war unsicher geworden. Dieser Deal hätte sie mit einem Schlag in den Makler-Olymp befördert. Alles war perfekt gewesen: Er war nicht zuerst zu Engel & Völkers gegangen, sondern direkt zu ihnen. Und hatte das Café Wichtig als Treffpunkt vorgeschlagen, weil er Arnulf Schmidt erst mal unverbindlich kennenlernen wollte. Und dann war dieser Irre Petersen aufgekreuzt. Und die Hinrichs, die hatte dem Ganzen die Krone aufgesetzt. Am Ende hatte dieser Typ seine Visitenkarte wieder genommen und war gegangen.

Und nun das. Carolin saß wie versteinert, nachdem sie zunächst völlig unvorbereitet die Mail von einem Marcel Rösken geöffnet hatte. Das Banklogo kannte sie, sicher ein Ex-Kollege ihres Vaters, der nachfragen wollte, wie es ihm so geht. Aber nachdem sie die ersten Zeilen gelesen hatte, wurde es ihr flau im Magen. Carolin hörte auf zu lesen und stand auf. Sie musste irgendetwas tun, um sich abzulenken, denn nun drehten sich ihre Gedanken im Kreis. Dieser Rösken, Vorstandsvorsitzender, wie unten zu lesen war, hatte Ermittlungen gegen ihren Vater eingeleitet. Arnulf Schmidt habe das Bankgeheimnis zu seinem persönlichen Vorteil missbraucht, stand da zu lesen. Carolin wurde es ganz anders.

Dann hatte sie doch recht gehabt, gestern, die Hinrichs! Carolin hatte das nicht so schnell einordnen können, aber offensichtlich war es bei diesem Hausverkauf doch nicht mit rechten Dingen zugegangen. Carolin ging an ihren PC zurück, um die Mail nun langsam, Zeile für Zeile, von vorn zu lesen. Danach stand sie auf und trat ans bodentiefe Fenster.

Ausgerechnet ihr Vater, der immer so makellos daherkam in seinen blütenweißen Hemden und den dunklen Krawatten, der stets so weltmännisch auftrat, er war ganz einfach ein Betrüger. Er hatte die Hinrichs reingelegt. Wenn man sich das genau überlegte, hätte sie wahrscheinlich gar nicht verkaufen müssen. Eine Schuldenberatung hätte es womöglich auch getan.

Carolin erinnerte sich an das Gespräch in der Edeka-Schlange. Die Freundin des Schmuckhändlers hatte doch gesagt, dass die Töpferin auch vom Verkauf ihrer Ware bei Anja lebe. Und das hatte sie damals Rolf triumphierend gesteckt. Und er war dann zu ihr in den Butenweg gefahren, um ihr unter Vorspiegelung falscher Tatsachen ein Angebot zu machen – das die Hinrichs damals abgelehnt hat. Also hatte ihr das Wasser zu dem Zeitpunkt noch nicht bis zum Hals gestanden. Was aber war danach passiert, dass sie doch verkauft hat? War tatsächlich nur ihr Vater schuld, oder gab es da noch andere Beteiligte? Oder war es das Timing ihres Vaters, der die Hinrichs auch am gezieltesten unter Druck hatte setzen können??

Sie dachte eine Weile hin und her, dann warf sie einen Blick auf die Digitaluhr auf ihrem Schreibtisch.

Wo steckte er überhaupt?

Wahrscheinlich versuchte er gerade, diesen Mann mit seiner Prachtvilla ausfindig zu machen. Aber ohne Namen und ohne Adresse? Der hatte angerufen und wollte Arnulf Schmidt im Café treffen, weil er in keinem Immobilienbüro gesehen werden wollte. »Wegen meiner Frau«, hatte er gesagt. Das war die einzige Information. Und ein Rückruf ging auch nicht: Anonym.

***

Rolf Petersen nahm sein Smartphone und rief etwa zur gleichen Zeit Hans-Günter Schröder an. Über Nacht hatte er die Eingebung, wie diese ganze Sache befriedet werden könnte – denn, dass er völlig ungeschoren aus dieser Sache herauskommen könnte, glaubte er selbst nicht mehr. Aber wenn die Hinrichs zumindest ihr Haus zurückbekäme, dann wäre vielleicht noch was zu retten.

Rolf musste es zweimal durchklingeln lassen, bevor Hans-Günter abnahm. Er war sicher, dass der die ganze Zeit vor seinem Telefon gesessen und es angestarrt hatte. Wie das Kaninchen vor der Schlange.

»Was willst du?«, fragte Hans-Günter.

»Moin, erst mal.«

Hans-Günter schwieg.

»Ich habe heute Nacht den Stein der Weisen gefunden«, begann Petersen und versuchte, möglichst aufgekratzt zu klingen.

Keine Antwort.

»Hans-Günter, ich weiß jetzt, wie wir aus dieser Sache ungeschoren herauskommen.«

»Was glaubst du, was hier los ist? Meine Mutter macht mir die Hölle heiß!«

»Ja, eben«, flötete Petersen ins Telefon und verdrehte die Augen. »Und das müssen wir ändern, bevor noch mehr passiert.«

»Wie willst du das ändern?«

»Du gehst zu dem Lohmann und kaufst ihm das Haus wieder ab. Maike Hinrichs' Haus, verstehst du?« Und weil Hans-Günter nicht gleich reagierte. »Das Haus im Butenweg!«

»Super Idee!«

»Ja, wirklich! Es ist eine super Idee!«, setzte Rolf nach.

»Und dann?«, fragte Schröder ironisch, »schenke ich es der Hinrichs, oder was?«

»Du prahlst doch immer mit deinem Geld. Jetzt kannst du echt mal was damit bewegen! Du vermietest es ihr. Low Budget. Dann hast du eine gute Immobilie, und sie hat ihr Haus zurück.«

»Und wenn der Lohmann das anders sieht?«

»Du musst ihm halt so viel bieten, dass er einschlagen muss! Dass er gar nicht anders kann! Der ist Geschäftsmann!«

»Ich auch!«

»Ja, eben, sag ich doch. Du hast ein Haus im Butenweg, Strandnähe, und noch nicht mal einen Verlust. Alles ist gerettet, alle sind zufrieden.«

»Und was hast du von dem Deal?«, wollte Hans-Günter wissen.

»Na, das ist doch klar. Den Kauf wickelst du über mich ab!«

»Und du kassierst die Provision?«

»Ich habe ja auch die Arbeit damit!«

Hans-Günter knallte den Hörer auf die Gabel. Petersen kontrollierte sein Handy. War das Netz zusammengebrochen? Aber nein, Schröder hatte tatsächlich einfach aufgelegt. So ein Idiot!

***

Maike hatte sich nach dem Frühstück einen zweiten Kaffee mit in ihre neue Werkstatt genommen. Sie hatten gestern noch alles so weit an die richtigen Plätze geräumt, dass sie heute anfangen konnte. Die ganze Nacht war sie aufgeregt gewesen. Sie hatten alle bis Mitternacht zusammengesessen, viel gegessen, einiges getrunken und über so viele Themen gesprochen, dass Maike zum Schluss nur noch zuhörte, vor allem als Eva von ihrer Arbeit als Kunsthistorikerin sprach. Sie war eine wirklich schöne Frau, fand Maike, mit ihren kastanienbraunen, kinnlangen Haaren, dem ausdrucksstarken Gesicht und dem schön geschwungenen Mund. Auf alle Fälle hatte sie Fynn einiges vererbt. Nicht zuletzt dieses Grübchen, wenn er lachte. Bis auf die Augen, seine waren blau und die seiner Mutter eher grün-braun.

Während sich Maike immer weniger an den Gesprächen beteiligte, tat sich Lilly immer mehr hervor. Sie punktete mit ihrem Wissen und einigen spontanen Einwürfen, die so witzig waren, dass Maike staunte, woher sie das hatte.

Falk verabschiedete sich als Erster, dann ging Renate, und schließlich brachen auch alle anderen auf. Fynn warf Maike einen kurzen, bedeutungsvollen Blick zu, als sie gemeinsam die Treppe hochstiegen. Oben wünschte Maike ihrer Tochter eine gute Nacht, doch Lilly zog sie schnell in ihr Zimmer.

»Mama«, druckste sie herum, »sei ehrlich.«

Maike schoss es heiß in den Kopf. »Ja?«, fragte sie gedehnt.

Lilly machte eine halbe Drehung und zupfte sich am Ohrläppchen. Dann legte sie den Kopf mädchenhaft schief. »Meinst du, er mag mich?«

»Fynn?«, fragte Maike unnötigerweise.

Lilly nickte nur.

»Wer kann dich nicht mögen«, wich Maike aus.

»Mama, du weißt genau, was ich meine.«

Maike nahm Lilly in den Arm, schon, um ihr nicht in die Augen sehen zu müssen. »Du hast dich in ihn verliebt, stimmt's?«

Lilly nickte. »Er ist so süß«, flüsterte sie. »Ich weiß nur nicht, ob er auch … ob er mich auch nett findet.«

»Das weiß ich natürlich auch nicht«, sagte Maike.

»Kannst du das nicht für mich herausfinden?«, fragte Lilly schnell.

»Wie soll ich das machen?«

»Du kannst ihn doch fragen. Beiläufig. Du kannst das. Ich nicht, das sähe ja blöd aus.«

»Aber was ist, wenn er dich einfach toll findet, aber nicht verliebt ist? Zumindest nicht so wie du?«

»Dann kommt das schon noch. Er wohnt ja in Hamburg. Da haben wir doch Zeit füreinander! Wir könnten uns ab und zu sehen, miteinander essen gehen oder so. Seine Mutter wohnt auch in Hamburg, und die kenne ich schon – und sie kennt dich, und Fynn und du, ihr kennt euch auch, das ist doch alles perfekt!«

»Hört sich jedenfalls so an.«

Lilly sah Maike in die Augen. »Schau, offensichtlich mag er dich doch auch, so locker, wie ihr miteinander umgeht.« Bevor Maike antworten konnte, lachte sie fröhlich. »Ist ja auch kein Wunder. Du bist die perfekte Schwiegermutter!«

Lilly drückte ihr einen Kuss auf die Wange. »Und ich mag dich auch! Hab dich lieb! Du bist eben die allerbeste Mutter auf der Welt!«

***

Eine halbe Stunde später war Maike in die dunkle Werkstatt geschlichen. Dort wartete Fynn schon auf sie, zwei gefüllte Gläser Sekt standen neben einer brennenden Kerze auf ihrer Arbeitsplatte.

Er war ihr entgegengegangen, hatte sie in den Arm genommen.

»Schön, dass du da bist«, hatte er ihr ins Ohr geraunt.

Maike hatte sich an ihn geschmiegt. Und dann gesagt, was sie nicht sagen wollte, aber sie konnte nicht anders: »Fynn, ich kann das nicht. Gerade hat mir Lilly in ihrem Zimmer gestanden, wie verliebt sie in dich ist. Und sie hofft, dass du ähnliche Gefühle für sie hegst. Alles perfekt, findet sie, die Mütter kennen sich schon und können sich gut leiden. Eine runde Sache.«

Sie hatte ihn leise lachen gehört. »Die Kleine! Was sie sich so zusammenreimt … Ich habe ihr dazu keinen Anlass gegeben.«

»Fynn, wenn du verliebt bist und alles durch die rosarote Brille siehst, dann ist schon ein Blick, ein Lächeln, eine kurze Berührung ein Zeichen. Alles!«

»So geht es mir auch. Alles an dir ist ein Zeichen.« Sie spürte seine Finger ihre Wirbelsäule hinaufwandern, bis sie sich in ihren Nackenhaaren vergruben.

»Nein, wirklich«, Maike war einen Schritt zurückgetreten, »ich könnte meiner Tochter nicht mehr in die Augen sehen.«

»Dann denk nicht an sie! Bevor sie hier war, war doch alles da. Begehren, Leidenschaft, sinnlicher, wilder Sex!«

Maike hatte die Augen geschlossen. »Ja, und es ist jetzt noch alles da. Genau so. Begehren, Leidenschaft, Lust auf sinnlichen, wilden Sex! Nur ist sie meine Tochter. Und ich hätte das Gefühl, sie zu verraten.«

»Aber ich will sie doch gar nicht! Ich will dich!«

Maike hatte ihm kurz ihren Zeigefinger auf die Lippen gelegt, einen kurzen Kuss folgen lassen und sich dann umgedreht. »Es tut mir sehr, sehr leid«, hatte sie noch gesagt, bevor sie gegangen war. Vor allem für mich, hatte sie dabei gedacht.

Heute Morgen hatte ein Zettel neben ihrem Gedeck auf dem Frühstückstisch gelegen: »Schade.«

Fynn war schon früh aufgebrochen und mit Anton zurück

nach Hamburg gefahren. Von Falk erfuhr Maike, dass er noch einiges in seinem Büro aufzuarbeiten hätte. Das wollte sie glauben oder auch nicht, aber es änderte auch nichts. Viel wichtiger erschien ihr jetzt Eva, denn sie wollten sich gegen zehn Uhr im Kaminzimmer treffen. Ein paar Farben und Formen des Mustersets durchsprechen, hatte Eva gemeint, außerdem wollte sie Maike die Philosophie des Restaurants erklären, die Dinge so angehen, dass möglichst wenig schiefgehen konnte. Denn sie wollten doch beide Erfolg haben. Und die Konkurrenz war groß.

Ja, dachte Maike, als sie die Kaffeetasse auf der Arbeitsplatte abstellte, wo heute Nacht noch die beiden Gläser Sekt gestanden und die Kerze gebrannt hatte. Sie öffnete ihre geballte Faust, strich den Zettel glatt und las das Wort noch einmal: »Schade!«

Schade. Ja, wirklich schade. Aber in dieser Konstellation, auch mit seiner Mutter, hatte sie sicher das Richtige getan. Obwohl – warum ließ sie sich eigentlich immer von der Vernunft regieren? Sie hätte doch auch einfach die Konventionen ignorieren können. Tun, wozu sie Lust hatte, ohne Rücksicht auf Verluste.

Aber nein, das hatte sie ein einziges Mal getan. Mit ihm beim Wechseln der Glühbirnen. Sie würde diese spontane Leidenschaft einfach in Erinnerung behalten, als eine Maike, die sich selbst überraschen konnte.

***

Renate stand in der Tür zur Werkstatt und sah Maike einige Augenblicke aus der Entfernung zu. Es war später Nachmittag, Eva hatte Lilly nach Hamburg mitgenommen, und Maike war in ihre Arbeit vertieft. Renate kam näher.

»Fühlst du dich wohl?«, wollte sie wissen.

»Du bist einfach wunderbar«, sagte Maike, die schon die ersten kleinen und großen Teller und Schalen geformt hatte. Sie standen bereits zum Antrocknen auf einem der Regale.

»Du lässt nichts anbrennen«, meinte Renate.

»Hoffentlich nicht!« Maike musste lachen, und Renate lachte mit.

»Was ich dir sagen wollte, draußen steht eine Delegation von Leuten, die mit dir sprechen wollen. Ich habe sie hineingebeten, aber sie wollten vor der Eingangstreppe auf dich warten.«

»Ja?« Maike schaltete die Drehscheibe aus und wusch sich die Hände in einer kleinen Plastikschüssel mit Wasser. »Und wer ist es?«

»Ich denke mal, der gesamte Butenweg.«

»Wirklich?« Maike warf Renate einen ungläubigen Blick zu, dann ging sie ihr hinterher, durch den Flur zum Hoteleingang. Tatsächlich, dort standen sie, und soweit Maike es auf den ersten Blick erfassen konnte, waren es wirklich alle.

»Wir haben ein Anliegen«, sagte Fabian, und alle stimmten zu.

»Das ist eine echte Überraschung. Kommt rein«, lud Maike sie ein.

Alle acht Butenwegler marschierten langsam ins Kaminzimmer und verteilten sich um den Tisch. Renate und Falk brachten weitere Stühle, und Falk fragte nach Getränken, aber alle winkten ab.

»Wir gehen gleich wieder«, sagte Fabian, »wir müssen nur etwas sehr Wichtiges klären.«

»Was denn?«, fragte Maike, und während sich alle setzten, blieb sie gespannt stehen.

»Willst du dein Haus wiederhaben, die Nummer zwölf?«, fragte Fabian und fuhr gleich fort: »Ich spreche für alle, so haben wir das ausgemacht.«

»Und ob ich es wiederhaben will. Das habe ich gestern schon diesem Schmidt an den Kopf geworfen, als er zufällig im Café Wichtig saß.«

»Gut!« Fabian sah sich um, alle nickten glücklich. »Das Geld hast du ja noch auf deinem Konto liegen, wie ich aus sicheren

Quellen weiß.« Einige lachten. »So! Wir haben uns nun überlegt, dem Lohmann das Haus einfach wieder abzukaufen. Und wenn er darauf eingeht, weil er ja doch so schnell keine Baugenehmigung bekommt, aber einen höheren Preis will, dann würden wir alle, wie wir hier sitzen, die Differenz unter uns aufteilen.«

Maike sagte nichts. Sie griff nach dem nächsten Stuhl und ließ sich trotz ihrer schmutzigen Töpfer-Kleidung darauf fallen. »Das ist nicht euer Ernst«, sagte sie und fuhr gleich darauf wieder hoch. »Das könnt ihr doch nicht machen! Und ich kann es nicht annehmen!«

»Doch, das können wir machen!«, erklärte Fabian. »Wir haben das alles genau durchgesprochen. Und Lilly hat von deiner Chance in Hamburg erzählt. Und selbst wenn es mit diesem Restaurant nicht klappen sollte, Maike, dann ist jedenfalls der Knopf aufgegangen. Dann wirst du an anderer Stelle erfolgreich sein. Du musst nur den ersten Schritt machen. Und das kannst du bei uns, im Butenweg!«

»Lilly?«, fragte Maike nach.

»Wir haben telefoniert. Wegen Schmidt. Rösken hat bereits eine Ermittlung angeschoben.«

Maike schüttelte den Kopf. »Ich bin wirklich sprachlos.«

Renate trat hinter sie. »Das ist ein wunderbarer Gedanke«, sagte sie. »Und eine unglaubliche Geste!« Sie umarmte Maike von hinten. »Glücklich, wer solche Freunde hat!«

»Es hat ein bisschen gedauert«, sagte Geert, »aber dann war uns allen klar, dass wir Maike nicht verlieren wollen. Und etwas tun müssen. Gemeinsam etwas tun müssen!« In diesem Moment war das Zuschlagen der Haustüre zu hören, und gleich darauf stürzte Anja außer Atem herein.

»Warum gehst du denn nicht an dein Handy?«, fuhr sie Maike an und bemerkte dann erst die vielen Menschen um den Tisch herum.

»Oh, Entschuldigung … es ist nur«, sie sah noch einmal hin, »seid ihr alle Butenwegler?«

»Sieht so aus«, bestätigte Jupp.

»Also! Ich habe die Villa! Die Topvilla am Strand! Die Alternative für die Lohmanns!«

Alle sahen sie gebannt an, keiner verstand ein Wort.

»Mein Mann, Reinhard«, erklärte Anja schnell, »ist im Golfclub und hat mir von einem Golfer erzählt, der seine Millionärsvilla am Strand aus familiären Gründen verkaufen muss. Ich habe das nur nicht gleich geschnallt! Heute, beim Heimfahren, kam es mir plötzlich wieder in den Sinn. Reinhard gab mir die Handynummer, und stellt euch vor: Der Mann wollte mit Schmidt ins Geschäft kommen, wurde dann aber im Café Wichtig Zeuge einer solch schrecklichen Szene, dass er wieder gegangen ist.«

»Das war ich«, stellte Maike trocken fest.

»Verstehst du?« Anja ging die paar Schritte zu Maike und stupste sie an. »Lohmanns suchen so was. Die wollen eine Prunkvilla! Und der Typ verkauft. Und wenn wir die beiden privat zusammenbringen, braucht es nicht mal einen Makler. Das ist doch der Wahnsinn!« Sie stupste Maike noch einmal an. »Und du ziehst wieder in dein Haus!«

Fabian sprang auf. »Ist es sicher, dass der noch nicht verkauft hat?«

»Reinhard hat heute mit ihm gegolft. Alles noch offen!« Sie zog ihr Handy heraus. »Hier habe ich seine Handynummer.«

Nun stand auch Jupp auf. »Mann, Leute, los. Auf in den Butenweg! Zu Lohmanns. Und du, Fabian, telefonierst. Dass uns da jetzt keiner dazwischenkommt!«

Maike stand noch immer regungslos da. Sie war wie gelähmt, zu keinem Gedanken und zu keiner Bewegung fähig.

»Auf!« Geert nahm sie am Arm. »Denn man lous!«

Anja war bereits mit Fabian hinausgegangen, gefolgt von

dem Rest der Meute, während Renate nur den Kopf schüttelte. »Habe ich es dir nicht gesagt, Maike, wenn erst mal die erste Tür aufgegangen ist … Manches braucht halt ein bisschen Zeit!«

Maike löste sich von Geert und fiel ihr um den Hals. »Ihr seid alle so gut zu mir!«

»Das hat mit dir zu tun, nicht mit uns«, gab Geert die Antwort. »Kommen Sie mit?«, fragte er Renate spontan. Die warf Falk einen kurzen Blick zu.

»Ich habe hier alles im Griff«, erklärte er. »Das ist eure Sternstunde, da musst du mit!«

Renate nickte ihm zu. »Auf alle Fälle. Du hast recht!«

»Die Zeit drängt«, Geert ging voraus. »Ich habe genug Platz im Auto. Und schmutzempfindlich ist es auch nicht.«

So fuhren sie im Konvoi zum Butenweg.

Maike saß vorn und kämpfte mit den Tränen. »Ich könnte heulen vor Glück!«, sagte sie zu Geert. »Selbst wenn das jetzt nicht klappen sollte, aber dass ihr, dass ihr alle … und jetzt noch Anja, es ist wie ein Wunder!«

***

Helmut Lohmann hatte gerade das Gartentor aufgestoßen, um seine Limousine herauszufahren, als er die Butenwegler kommen sah. Ihm schwante nichts Gutes, und er klappte das Tor wieder zu.

»Hallo, Herr Lohmann«, rief Fabian schon von Weitem, »wir möchten mit Ihnen reden.«

Helmut blieb misstrauisch hinter dem Jägerzaun stehen und sah sich nach seiner Frau um, die in eine leichte Jacke geschlüpft war und nun ebenfalls näherkam. Sie hatten nach Hamburg fahren wollen, um sich Klarheit über einen Rückkauf ihres Hamburger Hauses zu verschaffen. Lea ging an Helmut vorbei und öffnete das Tor wieder.

»Bist du verrückt?«, zischte Helmut.

»Die wollen reden. Nicht morden!«

»Kann man's wissen?«, raunte er, aber Lea war schon an ihm vorbei und stand auf der Straße.

»Schön, Sie alle zu sehen«, sagte sie, »das trifft sich ja gut.«

Die Männer und Frauen bildeten einen Halbkreis um Lea. »Ja, das trifft sich sogar sehr gut«, bestätigte Fabian. »Herr Lohmann, Sie suchen doch eigentlich eine Prachtvilla in Strandnähe. Und eigentlich kein Häuschen am Butenweg, habe ich recht?«

Helmut schaute skeptisch, kam aber näher.

»Ja«, bestätigte er, »das war meine Absicht.«

»Und hier wollten Sie jetzt mit viel Aufwand die Prachtvilla bauen, die es in Timmendorfer Strand und in Niendorf nirgends zu kaufen gibt. Auch richtig?«

Helmut nickte nur. Und Lea sagte forsch: »Ganz genau. Wir wollten dieses Häuschen keinem wegnehmen.« Ihr Blick ging zu Maike, die ganz vorn in der Mitte stand.

»Und jetzt?«, fragte Helmut. »Kommen Sie zur Sache!«

»Die Sache ist«, sagte Fabian, »dass es ganz hier in der Nähe, im Prachtvillenviertel, eine Prachtvilla in direkter Strandnähe gibt, die verkauft wird.«

Helmut reagierte zunächst nicht. Dann trat er neben seine Frau. »Ich weiß nicht, ob uns das noch interessiert. Eigentlich haben wir heute Nacht entschieden, dass der Butenweg und Timmendorfer Strand nichts für uns sind. Dass wir zurück nach Hamburg wollen. Alles wieder auf Anfang, gewissermaßen.«

Lea sah, wie Maike sich intuitiv ans Herz griff.

»Das heißt«, Lea wandte sich direkt an Maike, »wir hätten es Ihnen zurückverkauft.«

»Einfach so?«, wollte Per wissen. »So völlig spontan, nach all der Aufregung, den Bauanträgen, den Drohungen, dem Platzhirschgehabe, das haben Sie einfach so über Nacht beschlossen? Über einem Gläschen Wein, einfach so?« Er glaubte das nicht, das war offensichtlich.

»Genau so, Sie werden es nicht glauben.« Helmut legte den Arm um Lea. »Man kann sich im Leben ja auch mal verrennen. Und dann bei einem Glas Wein alles besprechen. Und schließlich eine Lösung finden. Das war genau das, was wir beide gestern Abend mit einem Glas Wein am Kamin getan haben.« Er nickte Per zu. »Sie haben völlig recht.«

Alle waren still, keiner rührte sich, dann kam Bewegung in die Truppe.

»Und Sie verkaufen es Maike zurück zum gleichen Preis?«

»Sie hat 1,5 Millionen bekommen«, sagte Helmut, »ich habe zusätzlich 500 000 Euro, sagen wir mal, Beschaffungsgebühr an den Makler bezahlt.«

Alle sahen sich an.

»Der gute Herr Schmidt«, stieß Fabian heraus.

»Wie auch immer«, Regine schüttelte den Kopf, »das hat er auf seine Art schlau eingefädelt.«

»Nicht schlau genug«, entgegnete Fabian.

»Also müsste ich Ihnen jetzt zwei Millionen für mein Haus zahlen? 500 000 Euro mehr, als ich bekommen habe?«

Maike schaute die anderen an.

»Wir stehen zu unserem Wort«, sagte Geert.

»Nein!«, sagte sie, »das«, sie rechnete kurz, »das wären 62 500 für jeden Einzelnen von euch. 125 000 Euro pro Paar … nein, das mache ich nicht. Danke für euer Angebot, aber das geht nicht.«

»Worum geht es denn?«, wollte Lea wissen, und Maike erklärte es ihr kurz.

»Das nenne ich mal gute Freunde!« Lea sah Helmut mit hochgezogener Stirn an. Helmut räusperte sich kurz. »Was soll diese Prachtvilla, wie Sie sie nennen, denn kosten? Denn dies hier«, er zeigte hinter sich, »ist mir ja auch schon als Prachtvilla verkauft worden.«

Maike verzog kurz das Gesicht, sagte aber nichts dazu.

»Vier Millionen«, erklärte Fabian. »Aber da es ohne Makler ist, würde ich die Summe mal als Verhandlungsbasis bezeichnen.«

»Und in welcher Funktion bieten Sie mir das jetzt an?«

»Ich bin Filialleiter der hiesigen Bank, ich kann Ihnen ein entsprechendes Darlehen verschaffen, aber im Prinzip habe ich mit diesem Deal nichts zu tun – ich spreche hier nur als Freund von Maike Hinrichs.«

Helmut beugte sich zu Lea hinunter. »Mal anschauen? Kostet ja nichts.«

»Können wir da jetzt so einfach hin?« Lea sah Fabian fragend an, der zückte das Handy. »Moment, das haben wir gleich.«

»Und die Adresse?«, wollte Helmut wissen.

Anja stellte sich neben Fabian. »Die hab ich.«

Donnerstag, 22. August

Rund drei Wochen später

Alle halfen mit bei Maikes Einzug. Alle Geister wurden begrüßt, Opa Hinrichs, Oma Hinrichs und Vater Hinrichs. Lohmanns Möbel waren wieder verschwunden, nach Hamburg zurückgewandert. Sie hatten sich nach kurzer Bedenkzeit gegen den Kauf der Villa am Strand entschieden, die Lohmanns wollten in ihr altes Haus zurück. Alle waren froh, dass Helmut Lohmann weg war, vor allem die Gemeinde, die die Bauanträge ad acta legen konnte, und natürlich alle Butenwegler. Lea Lohmann hatte sich dagegen in so manche Herzen geschlichen, und als sie Maike fragte, ob sie denn zwischendurch mal kommen und ihr beim Töpfern zusehen dürfte, hatte die aus tiefstem Herzen zugestimmt. Wie Lea es sich von Anfang an gewünscht hatte, wurde nun eine Zweieinhalbzimmer-Wohnung mit Meerblick gesucht. Den Auftrag hatte Rolf Petersen bekommen – allerdings sollte seine Provision als Wiedergutmachung an Maike gehen.

Und auch Schmidt wurde von den Butenweglern nachdrücklich aufgefordert, sein *Handgeld* von 500 000 Euro an Helmut Lohmann zurückzugeben. Falls nicht, hatten sie ihm »legalen Rufmord« angedroht. Ähnlich wie auch Schröder, der Anja erleichtert einen neuen Mietvertrag mit einer zehnjährigen Laufzeit und deutlich geringerer Miete ausstellte. Uwe Feddersen hatte weiterhin keine nennenswerte Kundschaft in seinem Schmuckgeschäft und vertrat seine Nachbarin Anja Hoffmann ohne Murren unentgeltlich im Andenkenladen, wenn die mal mit ihrem Mann auf den Golfplatz wollte.

Lilly war zum großen Einzug gekommen, auch Falk und Fynn halfen mit. Renate hatte versprochen, für den Abend im Hotel einen großen Topf Schnüüsch zu kochen, einen dicken Eintopf, damit alle satt wurden. Und nachdem Eva Brenndörfer am Tag zuvor angereist war, das *Gustav*-Okay gebracht und die Begeisterung des Restaurantbesitzers und seines Teams über Maikes Keramikgeschirr geschildert hatte, gab es einen doppelten Grund für Maike, glücklich zu sein.

In einem stillen Moment nahm sie Fynn am Arm.

»Immer wieder, wenn ich deprimiert war oder geglaubt habe, dass ich es nicht schaffen könnte, habe ich an unsere Momente gedacht. Das hat mir Kraft gegeben. Denn was wir hatten, das war einmalig in meinem Leben. Und vielleicht, weil es einmalig war, doppelt so schön.«

Er lächelte sie an. »Und du hattest recht damit, es bei der Einmaligkeit zu belassen. Obwohl ich das zu dem Zeitpunkt nicht einsehen mochte.«

Maike nickte und sah an ihm vorbei Lilly entgegen, die mit Falk die Gartenbank an ihren Platz trug.

»Und sie«, sagte Fynn, ihrem Blick folgend, »ist wirklich ein kleiner Zwilling von dir. Vielleicht einen Hauch frecher!«

Maike kniff ihn leicht in den Oberarm und ging ins Haus, um die Möbelpacker so einzuweisen, dass die Möbel wieder an ihre alten Plätze kamen. Lilly stürzte herein und schwenkte ihr Handy. »Mama, eben hat Papa angerufen. Er hat natürlich alles mitgekriegt, und er fragt, ob er dich mal besuchen darf?«

»Nur wenn er dir ein Auto schenkt und die Folgekosten übernimmt.«

Lilly schüttelte den Kopf. »Ich habe mir das anders überlegt. Ich brauch kein Auto in Hamburg, das steht nur rum und kostet Geld.«

»Aber ich brauche eins! Wie soll ich in Zukunft meine Keramik transportieren? Am besten so einen Kleinwagen mit schöner Ladefläche.« Sie zwinkerte Lilly zu und dachte, wie sehr viel besser sie Christian nun verstehen konnte: seine junge Freundin, ihr junger Liebhaber. Das war eben doch etwas anderes als gemütliche Sofa-Liebe.

Sie sah durch das Küchenfenster zur Werkstatt, eben war ein weiterer Umzugswagen ausgeladen worden, und alles, was sie kürzlich noch in den Wintergarten getragen hatten, kam nun wieder zurück. Sie ging hinüber und freute sich über jedes einzelne Stück. Und dachte dabei, wie anders sie alles sah. Wie groß das Glück war und der Ansporn, sich einen Namen zu machen. Sie würde keine verschlafene Maus mit Andenkenbechern mehr sein. Sie würde alles daransetzen, erfolgreich zu werden. Das war sie nicht nur sich, sondern auch all ihren Freunden schuldig, die an sie geglaubt und für sie gekämpft hatten. Wenn alles fertig war, wollte sie ein großes Gartenfest geben. Vielleicht sogar schon am 31. August, an Lillys 20. Geburtstag? Das würde sie noch mit ihr absprechen. Mit Lichterketten, Kerzen, jeder Menge Köstlichkeiten, mit Lillys Freunden, den Butenweglern und, wenn er wollte, auch Christian. Und nicht zuletzt mit den Menschen, die sie in den letzten Wochen lieb gewonnen hatte: mit Fynn, seiner Mutter Eva, mit Renate und Falk. Schließlich fiel ihr Lea ein, die sie zum Abschied gefragt hatte, ob sie zwischendurch mal kommen dürfe? »Wenn Sie da sind, hasst das Haus mich nicht so. Und wenn ich zu Besuch bin, bin ich ja nur Gast.« Die Lohmanns würde sie auch einladen. Warum nicht.

Lilly kam wieder Handy schwenkend durch den Garten gerannt. »Die Omi ist dran.«

Maike schaltete das Smartphone auf laut. »Mama?«

»Kind«, hörte sie ihre Mutter sagen, »alles gut bei euch?«

»Ja, alles bestens!«

»Weißt du was?«, die Stimme ihrer Mutter war freudig erregt, »gerade heute Morgen habe ich mir überlegt, ob es nicht doch mal wieder schön wäre, ein paar Tage bei euch zu verbringen?«

Maike sah sich kurz im Chaos aller Möbel und Utensilien um.

»Du willst tatsächlich mal wieder in den Butenweg? Ich dachte, das hättest du abgehakt?«

»Ja, das war auch so. Aber heute Morgen dachte ich, dass ich auch mal über meinen Schatten springen könnte und es am Butenweg vielleicht ganz schön wäre.«

»So, das hast du dir gedacht?«

»Vor allem an Lillys Geburtstag, der ist doch bald.«

Lilly, die mithörte, reckte den Daumen in die Höhe und grinste breit.

»Ja, Mama, da hast du recht, der ist bald.«

»Ja.« Kurzes Schweigen. »Ist es euch recht, wenn ich komme?«

»Aber ja, liebste Mama. Ich freu mich. Und Lilly auch.«

»Weißt du«, meinte ihre Mutter verschwörerisch, »hier ist immer so viel los, da dachte ich, ich brauch mal wieder ein bisschen Ruhe! Und dafür ist der Butenweg doch wie geschaffen! Also ist es abgemacht, am 31. August bei euch!«

Meine Geschichte hinter diesem Buch

Mein Vater sagte einmal, dass Häuser Leben speichern. Er hatte im Krieg bei der Flucht aus einem französischen Gefangenenlager auf einem großen Anwesen in einem baufälligen Herrenhaus übernachtet und eine so haarsträubende Geschichte geträumt, dass er davon aufwachte. Die Morgensonne schien auf die heruntergerissenen, einst edlen, hellen Seidentapeten. Was für ein Zimmer mochte das gewesen sein? Er hatte von einem Streit zwischen dem Verpächter und dem Bauern geträumt, der an der steilen Kellertreppe tödlich endete. Mein Vater stand von seinem Fußbodenlager auf und machte sich auf die Suche nach dem dunklen Raum, in dem der Streit angefangen hatte. In seinem Traum hatte dort ein schwerer Schreibtisch gestanden. Er sah die beiden Männer, die sich gegenübersaßen, er hörte ihr Gespräch. Und er fand die steile Kellertreppe. An deren Eingang blieb er stehen.

War es möglich, dass die Wände ihm eine Geschichte erzählt hatten? Eine wahre Geschichte?

Der Traum ließ ihn nicht los, so ging er später zu dem Bauern, der ihm den Weg zu dem Herrenhaus gewiesen hatte. Ja, der verhasste, erpresserische Gutsherr sei vor rund 100 Jahren tot am Fuß der Kellertreppe gefunden worden. Wer ihn dort hinuntergestoßen habe, sei nie bekannt geworden. Was mein Vater denn geträumt habe? Ob er sich noch an das Gesicht oder die Statur des anderen erinnern könne?

Häuser leben. Das war meiner Schwester und mir schon früh klar. Auch unser »Molerhüsli« am Herzogenhorn bewahrt das Leben, das in ihm stattgefunden hat. Unser Großvater, Schwarzwaldmaler Karl Hauptmann, hat dort in den Winter- und Sommermonaten gelebt und gearbeitet, und ist dort auch gestorben. Leider bereits 1947, mit 66 Jahren, also vor unserer Zeit. Doch schon als Kinder haben wir ihn begrüßt, kaum dass unsere Eltern die schwere Haustüre aufgeschlossen hatten. Seine Hände haben die Schränke, Betten und Regale im »Molerhüsli« bemalt, sein Lachen steckt noch irgendwo in den Ritzen der Holztäfelung, sein Geist lebt noch in den Räumen.

Darum hat es mich auch nicht gewundert, dass eine Freundin meiner Schwester nach dem Einzug in eine frisch renovierte Wohnung in Stuttgart sagte, der Flur sei ihr unheimlich. Irgendetwas stimme da nicht. Erst nach einer Weile erfuhr sie von ihren neuen Nachbarn, dass sich der Vormieter dort aufgehängt hatte und sehr viel später gefunden wurde.

Ein Haus bewahrt Fröhliches, und ein Haus bewahrt Schreckliches. Schon beim ersten Schritt in ein Haus spürt man, ob es einen beherbergen oder abweisen will. Es gibt Wohnungen, in denen ich mich sofort aufgehoben und wohlfühle. Und andere, die ich erleichtert wieder verlasse.

Kann sich ein Haus rächen? Wenn fröhliches Kinderlachen erstirbt, weil der Familie das Geld ausgeht und ein reicher, skrupelloser Käufer seine Spielchen spielt?

Diese Frage hat mich bewegt. Und war der eine Anstoß zu diesem Buch. Wie weit treibt die Geldgier einen Menschen, der nur auf Profit aus ist?

Der andere Anstoß war Freundschaft, Zusammenhalt, für einander da sein. Denn was ist das größte Glück im Leben? Das habe ich mich ebenfalls gefragt und für mich selbst diese Antwort gefunden: Neben der Liebe sind es Freunde. Echte Freunde, die, egal was passiert, einem zur Seite stehen. Und deshalb lag es mir am Herzen, auch ein Buch über Freundschaft zu schreiben. Nicht über die »besten Freunde«, sondern über die Kraft einer Freundschaft vieler Menschen.

Meine Widmung: Warum die Hinnengasse in Allensbach?

1987 zog ich in diese kurze Gasse, die nur wenige Häuser zählt. Eine alte geschichtsträchtige Gasse, würde ich sagen, alles alteingesessene Allensbacher, damals hatten sogar der Schreiner und der Schlosser ihre Betriebe noch hier ... oft standen große LKWs mitten auf der schmalen Straße, so dass es kaum ein Vorbeikommen gab. Ich habe das geliebt, denn hier war echtes Leben.

Für die Hinnengässler war ich damals wahrscheinlich so ein bisschen wie eine vom anderen Stern. Ich arbeitete zu der Zeit für Rundfunk und Fernsehen, war selten zu Hause, fuhr als Single-Frau ein ungewöhnliches Auto und wohnte im sogenannten »Schwabenhaus«, dem einzigen Neubau in der Hinnengasse mit fünf privaten Ferienwohnungen. Eine davon hatte ich gemietet, die anderen wurden nur von den Eigentümern genutzt und standen deshalb die meiste Zeit leer. Aber obwohl ich so offensichtlich anders war, wurde ich von den Alteingesessenen freundlich aufgenommen und als 1991 meine Tochter Valeska zur Welt kam, hieß es, dies sei nun eine »echte Hinnengässlerin«, was als Kompliment zu verstehen war. Denn hier integriert zu sein heißt: ob Hochwasser, ob Feste, ob Krankheiten ... alle halten zusammen, helfen einander, feiern gern, mögen sich.

So ist dieses Buch auch eine kleine Hommage an die Menschen in der Hinnengasse.

Und warum Timmendorfer Strand?

Als meine Tochter zwei Jahre alt war, fuhren mein Freund und ich zum ersten Mal nach Timmendorfer Strand. Damals logierten wir im Landhaus Carsten direkt am Meer. Für Valeska war es dort das Paradies, uns gefiel es auch. Umso mehr, nachdem ich die Besitzer des Gestüts »Hof am See« im nahen Hemmelsdorf kennengelernt hatte. Immer wieder quartierten wir uns dort bei Inge und FrieWi von Barby in einem der kleinen, schwedisch-gemütlichen Ferienhäuser ein, einmal war sogar meine ganze Familie mit Mutter, Schwester, Kindern und Aupair-Mädchen dort. Und Freundinnen sowieso. Meine Tochter saß in der Reitanlage mit vier Jahren zum ersten Mal auf einem Pony – und danach war es geschehen. Unser familiärer »Pferde-Bazillus« war auf sie übergesprungen.

Mein Roman

Aus der Allensbacher »Hinnengasse« habe ich den »Butenweg« gemacht. »Hinnengasse« kommt von Hinne dus, draußen, denn früher lebten hier außerhalb vom Dorfzentrum arme Fischer in ihren Katen direkt am sumpfigen und verschilften Ufer des Bodensees. Und auch »Buten« heißt so viel wie »draußen, vor dem Deich«. Und so wurden aus den »Hinnengässlern« die »Butenwegler«. Ob es die in Timmendorfer Strand gibt? Leider erfunden. Oder vielleicht doch nicht? ☺

Ein Dankeschön

an die Hafen-Töpferei in Niendorf. Johanna Ohrtmann hat sich viel Zeit genommen und mich ausführlich in ihre Kunst eingeweiht. Ein paar schöne Andenken aus ihrer Werkstatt stehen nun bei mir in Allensbach auf dem Tisch.

Alle Namen

ebenso wie die ganze Geschichte sind erfunden … bis auf einen:

Eva Brenndörfer war 26 Jahre lang »meine« Pressechefin beim Piper-Verlag. 26 Jahre lang haben wir zusammengearbeitet, gemeinsam Termine gemacht, Dinge besprochen, waren auf Messen und bei Lesungen, hatten viele erfolgreiche Veranstaltungen, dabei viele vergnügliche Stunden, viel Lachen und manche Albernheit. Alles schweißte uns zusammen – und nicht nur uns beide, sondern als Dritten im Bunde über die 26 Jahre hinweg auch »meinen« Lektor Thomas Tebbe. Wir fühlten uns als unbesiegbares, dreiblättriges Kleeblatt nach dem Motto: »Verleger kommen und gehen, wir bleiben.«

Nun geht auch Eva. Nämlich in den Ruhestand.

Nicht zu fassen! So musste sie zumindest noch in meinen Roman eine passende Rolle bekommen. Eine echte Macherin! Und mindestens so hübsch wie die reale Eva Brenndörfer! Aber was heißt schon Ruhestand. Zu viel Ruhe kann dir nicht guttun, liebe Eva, wir sehen uns auf alle Fälle wieder – wer weiß, was uns noch alles einfällt.

Und noch eines zum Abschluss, um das nicht unerwähnt zu lassen, bei unserer heutigen Verlegerin hoffen wir, dass sie für immer bleibt. Zumindest, bis ich in den Ruhestand gehe, gell, Fe ☺!

Ich danke allen Leser und Leserinnen, dass sie meiner Maike durch ein ganzes Buch hinweg gefolgt sind. Warum Maike? Der Name passt so gut zu der Figur, dachte ich. Und sollte es eine echte Maike geben, dann wünsche ich ihr alles Gute.

Und falls Sie noch mehr wissen wollen, über mich, mein Leben, meine Bücher, meine Lehrstunden für Schreibwillige bei »Meet your Master«, die »Butenwegler« und »Hinnengässler«, dann besuchen Sie mich einfach auf meiner Homepage: www.gaby-hauptmann.de, bei Facebook oder www.piper.de.

Ihre Gaby Hauptmann